HEYNE BÜCHER

W0279222

SCIENCE FICTION

Herausgegeben
von Wolfgang Jeschke

Ein Verzeichnis weiterer Bände dieser Serie
finden Sie am Schluß des Bandes

BILL McCAY & ELOISE FLOOD

KETTEN DER GEWALT

Roman

The Next Generation™
Band 25

Deutsche Erstausgabe

WILHELM HEYNE VERLAG
MÜNCHEN

HEYNE SCIENCE FICTION & FANTASY
Band 0605242

Titel der amerikanischen Originalausgabe
CHAINS OF COMMAND
Deutsche Übersetzung von Horst Pukallus

Redaktion: Rainer Michael Rahn

Erstausgabe by Pocket Books/Simon & Schuster, Inc., New York

Printed in Germany 1994
Umschlagbild: Pocket Books/Simon & Schuster, New York
Umschlaggestaltung: Atelier Ingrid Schütz, München
Technische Betreuung: Manfred Spinola
Satz: Schaber Satz- und Datentechnik, Wels
Druck und Bindung: Ebner Ulm

ISBN 3-453-07963-9

1

Als die Landegruppe auf der Planetenoberfläche materialisierte, durchsäuselte ringsum leichter Wind das üppige Unterholz. Commander William Riker sah das Laub in der Brise zittern, konnte diese aber durch den Schutzanzug nicht spüren.

Er schaute rundum. Nirgends in der urtümlichen Landschaft gab es ein Anzeichen für tierisches Leben. »Keine Mücken«, murmelte er. »Das reinste Paradies für ein Picknick.«

Gelächter hallte ihm ins Ohr. Riker drehte sich um und winkte den anderen Mitgliedern der Landegruppe ungeduldig zu. »Nehmen Sie lieber die Messungen vor und sammeln Sie Proben, statt sich zu amüsieren.« Er fühlte sich recht unbehaglich in dem Schutzanzug. »Beeilen Sie sich! Sonst müssen wir noch während des ganzen Aufenthalts in diesen verdammten Dingern stecken.«

Eilig entfalteten die jungen Besatzungsmitglieder lebhafte Aktivitäten. Niemand wollte vor dem Commander als Schlafmütze dastehen.

»Die Tricorder zeigen fünfundsechzig Prozent Stickstoff, dreißig Prozent Sauerstoff und Spuren verschiedener sonstiger Gase an. Also kaum anders als an Bord der *Enterprise.*« Unteroffizier Janet Kinsolving, eine Biologiepraktikantin, plapperte begeistert ihre Feststellungen herunter. Dabei hätte sie wissen können, daß die Bordscanner diese Beobachtungen längst getroffen hatten.

»Anscheinend ist die Luft atembar, Sir«, sagte sie schließlich voller Eifer. »Ich glaube, wir können es ruhig versuchen.«

»Das widerspricht der ordnungsgemäßen Starfleet-Prozedur, Unteroffizier«, rief Riker ihr in Erinnerung. »Wir verfahren ganz nach Vorschrift.« Er desaktivierte seinen Helmkommunikator und seufzte. Wieder so ein Routineeinsatz, dachte er. Genau das, was ich brauche. Eine Verabredung mußte ich wegen einer Schulungssitzung mit dieser Gruppe schon absagen. Jetzt ist die zweite Verabredung geplatzt. Und Marla ist nicht die Art von Frau, die jemandem eine dritte Chance läßt. Hätte Riker sein Gesicht sehen können, er hätte darin halb Verdruß, halb Belustigung erblickt. Wissen diese Grünschnäbel eigentlich nicht, welchen Schaden sie meinem Liebesleben zufügen?

Unter seinen Mißmut wegen des unerwarteten, lästigen Auftrags mischte sich Ärger über sich selbst. Ihm war völlig klar, daß seine Anwesenheit auf Amon 4, wie sie diesen Planeten benannt hatten, durchaus ihre Wichtigkeit hatte. Riker übte sein Kommando vielleicht etwas lockerer als Captain Picard aus; trotzdem zählte er zu den entschiedenen Befürwortern der Regel des Captains, daß keine Landegruppe je ohne Teilnahme eines erfahrenen höheren Offiziers von Bord gehen sollte.

Es blieb egal, wie viele Holo-Deck-Simulationen planetarer Forschungsaktionen die Crewmitglieder schon hinter sich hatten. Sobald sie den wirklichen Einsatz antraten, bestand stets die Möglichkeit einer gefährlichen Variablen, eines unvorhergesehenen Faktors, den nicht einmal die umfangreichen Prozessoren des *Enterprise*-Bordcomputers einkalkulieren konnten.

Wäre diese Mission bloß nicht gerade *heute* erforderlich geworden, dachte Riker.

Er spürte ein Jucken an der Oberlippe und hob gedankenlos die Hand, um sich zu kratzen. Erst in letzter

Sekunde hielt er inne, als ihm einfiel, daß er einen Helm trug. Amon war ein G-Typ-Stern, und sein vierter Planet hatte eine erdähnliche Lufthülle. Die Landegruppe hatte die Schutzanzüge nur als zusätzliche Sicherheitsvorkehrung angelegt. Nach Rikers Ansicht war das eine übertriebene Maßnahme. Jedesmal wenn er die Helmscheibe eines Schutzanzugs schloß, fing sein Bart ebenso unerklärlich wie heftig zu jucken an.

Das Kribbeln verstärkte sich, aber er konnte auf keine Abhilfe hoffen. Er wußte genau, daß sich auf der anderen Seite der Klarplastik-Scheibe atembare Luft befand. Aber als leitender Offizier der Expedition konnte er unmöglich die eigene Anweisung mißachten und den Helm öffnen.

»Commander?« ertönte erneut die helle, aufgeregte Stimme. »Hier Kinsolving.« Riker war, als ob er eine gewisse Zögerlichkeit hörte. »Ich habe etwas entdeckt, das Sie sich vielleicht anschauen möchten. Einen Einzeller. Er ist das erste Exemplar tierischen Lebens, das wir hier gefunden haben.«

Auf Amon 4 existierte keine gefährliche Fauna. Tatsächlich hatte es sogar den Anschein, als gäbe es überhaupt keine Fauna; zumindest keine, die so groß gewesen wäre, daß die Bordscanner sie erfaßt hätten. Also konnte es sich bei der Entdeckung des Unteroffiziers kaum um etwas Bedeutsames handeln. Trotzdem...

»Gute Arbeit, Unteroffizier.« Riker gab sich einige Mühe, um seiner Stimme einen aufmunternden Klang zu verleihen. »Bin schon unterwegs.«

Er machte sich in Kinsolvings Richtung auf. Die reichhaltige heimische Flora wiegte sich im Wind. Sie hatte eine zu deutlich violette Färbung, um mit terrestrischer Vegetation verwechselt werden zu können. Laub teilte sich, enthüllte eine Blüte in knalligem Orange. Die Blütenblätter säumten den Kelch in augenfälliger Pracht. Riker blieb stehen, um die Pflanze zu betrachten. Hmm. Vielleicht könnten ein, zwei exotische Blumen die Verstimmung der hübschen Marla beschwichtigen …

In diesem Moment hörte er die Schreie. Sie drangen nicht aus dem Kommunikator. Darum wurde ihm im ersten Augenblick nicht klar, woher sie ertönten. Dann begriff er, daß das gräßliche Gegurgel ihn durch die planetare Atmosphäre erreichte. Sein Helm dämpfte die Laute. Dennoch erkannte Riker Unteroffizier Kinsolvings Stimme.

Er lief über die kleine Anhöhe, hinter der sie verschwunden war; auf der anderen Seite sah er Kinsolving, die ihm den Rücken zukehrte. Sie umklammerte mit beiden Händen den Helm. Gleich darauf sackte sie vor Rikers Augen auf die Knie. Riker rannte hin und beugte sich über sie. Er faßte sie an den zuckenden Schultern. Ihr Kopf sank in den Nacken, so daß er ihr ins Gesicht sehen konnte.

»Guter Gott!« entfuhr es Riker. Nur mit äußerster Willensanstrengung schaffte er es, das Mädchen nicht von sich zu stoßen.

Offenbar hatte Kinsolving nach der Untersuchung der Atmosphäre die Helmscheibe einen Spalt weit geöffnet, um die fremde Luft zu schnuppern.

Bei ihrer anfänglichen Begegnung hatte Riker die junge Frau als nichtssagendes Blondchen eingestuft: breite Stirn, Stupsnase, unzweifelhaft schlichte Gesichtszüge. Jetzt starrte er ratlos auf sie hinab, während ihr die Haut buchstäblich vom Gesicht floß. Ihre Schreie verstummten, sobald ein Blutschwall aus dem Mund hervorbrach. Schon ließen sich die Schädelknochen erkennen.

Riker bettete Kinsolving vorsichtig auf den Untergrund. Er sah auf den ersten Blick, daß ihr nicht mehr geholfen werden konnte. Sie war schon tot. Und auf gewisse Weise war es ein Glück, daß der Tod sie so schnell ereilt hatte.

Doch um was es sich auch handeln mochte, das sie verzehrte, es war noch nicht mit ihr fertig. In einer grotesken Parodie echten Lebens bewegte sich Kinsolvings Schutzanzug auf dem Boden. Muskeln, Bänder, ja sogar die Knochen lösten sich auf.

Riker hob den Blick und sah die restlichen Mitglieder der Landegruppe. Ihnen waren die Fragen im Hals erstickt, als sie Kinsolvings rasch zerfallende Gestalt sahen. Wütend richtete der Commander sich auf, aktivierte seinen Kommunikator. »Zurück hinter den Hügel«, befahl er, »und zwar sofort!«

Er kontaktierte die *Enterprise.* »Wir haben Schwierigkeiten. Beamen Sie uns zur Dekontamination in eine Quarantäneabteilung. Informieren Sie auch die Krankenstation.«

»Fünf Rückkehrer?« erkundigte sich die technische Abteilung.

Riker besah sich die inzwischen reglosen Umrisse des Schutzanzugs zu seinen Füßen. Der Anzug war schauderhaft flach geworden; er war leer.

»Vier Überlebende. Kinsolvings Schutzanzug in Transferfokus einbeziehen.«

Wir können nicht einmal ihren Leichnam zwecks Bestattung mitbringen, dachte er freudlos. Es ist nichts von ihr übrig.

Es kostete das wissenschaftliche und medizinische Personal drei Tage, Unteroffizier Kinsolvings Todesursache zu ermitteln. Endlich lag der Bericht vor. Die von ihr eingeatmete Luft unterschied sich auf fatale Weise von der Bordatmosphäre der *Enterprise.* Sie enthielt etwas, das die Tricorder nicht angezeigt hatten. Dieses Etwas hatte die unglückliche Kinsolving innerhalb von Sekunden dahingerafft.

Auf schaurige Art lieferte der Tod des Unteroffiziers eine Erklärung für das Fehlen jeder Fauna auf Amon 4. Als Dr. Beverly Crusher endlich den Killerfaktor isoliert hatte, erwies er sich als subviraler Mikroorganismus. Die Tricorder hatten ihn gar nicht als Lebensform identifiziert. Er fraß tierisches Eiweiß, reduzierte es mit rasanter Schnelligkeit auf Nährstoffe und Kohlensäure. Die Tierwelt Amons 4 beschränkte sich auf einzellige Geschöpfe. Ihre Winzigkeit verhinderte, daß sie den Subvirus anlockten. Folglich hatte er im Ruhezustand verharrt, bis Kinsolving ihren Helm geöffnet hatte.

Die Mitglieder der Landegruppe mußten für die Dauer der Untersuchungen in Quarantäne ausharren, wenn sie nicht das gleiche Schicksal wie Kinsolving erleiden wollten. Sie saßen in ihren Schutzanzügen gefangen. Drei Tage im Schutzanzug, mit begrenztem Wasservorrat, notdürftiger Sanitäreinheit, ohne Gelegenheit zum Waschen oder Essen ...

Während der Quarantänefrist sah Riker die vorher so strahlend jungen Gesichter seiner Landegruppe blaß und verhärmt werden. Er machte sich wegen der Tragödie auf Amon 4 Vorwürfe. Hätte er bloß die Vorschriften gründlicher erläutert. Hätte er auf dem Weg zu Kinsolving, nachdem sie ihn gerufen hatte, nicht gezögert. Hätte er dies und jenes nicht ...

Doch alle Selbstvorwürfe der Welt konnten nicht mehr ändern, was sich ereignet hatte. Mit einem Aufstöhnen lehnte Riker sich an die Wand und schloß die Lider. Er versuchte den bitteren Geruch seines ungewaschenen Körpers und das schreckliche Jucken seines Barts zu ignorieren.

Rings um den Rumpf der USS *Enterprise* erstreckte sich die mit den verstreuten Pünktchen einiger Sterne und Planeten durchsetzte Leere des Alls. Das Raumschiff bot dem menschlichen Auge einen riesenhaften Anblick. Gewaltige Energien durchpulsten die Maschinen. Doch in Wahrheit blieb es nur eine unendlich winzige Blase voller Leben, die lautlos durchs öde Vakuum raste.

Mit so philosophischen Grübeleien beschäftigte der Erste Offizier der *Enterprise* sich normalerweise nur selten. Allerdings fühlte Riker sich gegenwärtig weniger optimistisch als sonst. Infolge der Strapazen von Quarantäne und Dekontaminierung hatte er noch eingesunkene Wangen. Und das Universum lieferte immer wieder kleine Erinnerungen an seine Leere. Gedächtnisstützen wie die Welt, die Riker vor sich auf dem Wandschirm sah.

Eine Anhäufung von Kratern zernarbte die bratenbraune Kruste des Planeten. Aber welche Kraft hatte die Oberfläche dieser Welt so zerschunden?

»Bericht, Mr. Data«, ordnete Riker an, beugte sich im Kommandosessel vor.

»Wir haben hier einen terrestrischen Planeten vor uns, Sir, der in Masse und Dichte Ähnlichkeiten mit anderen terrestrischen Planeten aufweist, die in diesem Sektor schon von uns entdeckt worden sind«, teilte Data ihm mit. Der Androide besaß eine Tenorstimme von vollkommener Modulation, deren Tonfall nichts als höfliches Interesse zum Ausdruck brachte. Er neigte den schmalen Kopf über die Displays der Operatorkonsole. Dann straffte er seine Haltung, ehe er weitere Auskünfte gab. »Keine Lebensindikatoren. Die Analyse der Bodenzusammensetzung legt jedoch nahe, daß der Planet in der Vergangenheit eine Stickstoff-Sauerstoff-Atmosphäre gehabt hat.«

»Und was ist daraus geworden?« fragte Riker.

Data blinzelte; seine goldenen Augen blickten so harmlos, als wäre er ein Kind. »Sie hat sich verflüchtigt, Sir.«

Riker reagierte auf Datas sachlich korrekte Antwort mit einem Aufseufzen. »Data, ich habe gemeint: Was hat nach Ihrer Ansicht die Verflüchtigung der Atmosphäre *verursacht*?«

»Das ist unbekannt, Sir.«

»Hat jemand irgendwelche Vermutungen?«

Die einzige Antwort der Brückencrew bestand aus Schweigen. Es zog sich hin, bis sich an Rikers hellblauen Augen Fältchen des Mißmuts zeigten. Während der Kartografierung dieses leblosen Sektors waren sie in ebensovielen Sonnensystemen auf sechs erdartige Planeten gestoßen. Und alle waren tote Welten, obschon bestimmte Anzeichen verdeutlichten, daß es sich nicht immer so verhalten hatte. Was mochte auf diesen Planeten geschehen sein?

Vier der Planeten waren zerkraterte Einöden, so wie die Welt, die Riker momentan auf dem Wandschirm sah. Auf dem fünften... Riker versuchte, die Erinnerung an Kinsolvings zerfließendes Gesicht aus seinen Gedanken zu verdrängen.

Mit einem Zischen öffneten sich die Doppeltüren des Turbolifts. Geschmeidig trat Counselor Deanna Troi ein und nahm neben Riker Platz. Weder sprach sie ein Wort, noch schaute sie ihn an. Trotzdem spürte Riker ihre Nähe mit aller Deutlichkeit. Behält sie mich etwa im Auge? fragte er sich.

Am Vorabend hatte er im Gesellschaftsraum des zehnten Vorderdecks seine Entlassung aus der Quarantäne begossen. Dabei hatte er an einem Ecktisch Deanna und Beverly Crusher die Köpfe zusammenstecken gesehen. Als er zu ihnen ging, hatten sie ihre Unterhaltung sofort eingestellt. Daraufhin riß Riker einen Scherz über die Vertrautheit zwischen Counselor und Bordärztin. Sein Eindruck war jedoch gewesen, die beiden bei einem Gespräch gestört zu haben, dessen Inhalt er nicht erfahren sollte. Und er war unwillkürlich auf die Frage verfallen, ob sie wohl über ihn geredet haben könnten.

Daß solche Einfälle zum Paranoiden tendierten, wußte er. Eine Ärztin und eine Psychologin führten zwangsläufig des öfteren vertrauliche Erörterungen über eine ganze Reihe von Angelegenheiten. Aber seit seiner Rückkehr von dem Amon 4-Fiasko hatte Riker ständig das Empfinden, daß Dr. Crusher ihm besondere Aufmerksamkeit widmete. Nun plagte ihn die Frage, ob sie möglicherweise Deanna gebeten haben könnte, das gleiche zu tun.

Troi warf ihm aus ihren dunklen Betazoidenaugen einen Blick der Verblüffung zu. Das erinnerte ihn daran, daß seine Gefühle für die Counselor genauso offenlagen, als hätte er sie laut ausgesprochen. Riker seufzte und schob die nutzlosen Gedanken beiseite.

»Schauen Sie sich mal das da an.« Er nickte in die Richtung des Wandschirms. »Was glauben Sie, was dort unten passiert ist?«

Trois zierliche Brauen zogen sich zu einem Stirnrunzeln zusammen. »Vielleicht eine Kollision mit einem Asteroiden«, vermutete sie.

»Das steht zu bezweifeln«, gab Data sofort seinen Kommentar ab. Er drehte sich mit seinem Sessel Riker und Troi zu. »Ein Asteroid wäre auf den Planeten gestürzt, weil er eine zu geringe Geschwindigkeit gehabt hätte, um der planetaren Schwerkraft zu entkommen. Sein Aufprall hätte einen einzelnen, größeren Krater hinterlassen, keine so langgedehnte Ansammlung von Kratern, wie sie in diesem Fall zu sehen sind. Und zudem ist diese Region bemerkenswert frei von kosmischen Trümmern.«

Riker nickte. Die Argumente, die Data nannte, waren auch ihm durch den Kopf gegangen.

Der Androide neigte den Kopf zur Seite. »Theoretisch ist es denkbar, daß ein Körper mit erheblicher Masse und extrem hoher Geschwindigkeit sich dem Planeten aus tangentialem Winkel genähert hat, in der Atmosphäre zerbrochen ist und dadurch diese Anordnung von Kratern erzeugt wurde.«

»Bei tangentialem Kurs könnte dieser Körper auf seiner Bahn durchaus die Atmosphäre des Planeten durchquert haben«, sagte Riker nachdenklich. »Welche Folgen wären dabei aufgetreten?«

Data überlegte. »Der in der Atmosphäre unvermeidbare Reibungseffekt hätte das Äußere des Objekts bis auf Temperaturen von über achtzehntausend Grad Celsius erhitzt.«

»Puh ...!« An der technischen Station meldete sich Geordi LaForge zu Wort. »Das ist eine mehr als dreimal so hohe Temperatur, wie ein durchschnittlicher Typ-G-Stern sie hat. Der Planet muß ja regelrecht verschmort sein.«

»Geordi hat recht, Sir«, stimmte Data zu. »Für etwaige Lebensformen des Planeten muß sich daraus eine katastrophale Wirkung ergeben haben.«

Riker schnitt eine düstere Miene. Er betrachtete den quer über einen ganzen Kontinent verlaufenden Streifen von Kratern. Einer davon mußte gut einhundert Kilometer durchmessen. »Wie groß müßte der Körper gewesen sein, von dem wir reden? Und welche Geschwindigkeit dürfte er gehabt haben, Mr. Data?«

»Ohne Kenntnis der betreffenden Masse kann ich lediglich Mutmaßungen anstellen, Sir«, antwortete der Androide bedächtig. »Anhand des Ausmaßes der Verwüstung würde ich einen Körper mit einem schätzungsweisen Durchmesser von zehn Komma sieben Kilometern annehmen, also in der ungefähren Größe des Marsmondes Phobos. Was die Geschwindigkeit angeht, wäre ein beträchtlicher Prozentsatz der Lichtgeschwindigkeit erforderlich.«

»Ein kosmisches Geschoß, das ein Zerstieben der Atmosphäre bewirkt und die gesamte planetare Oberfläche pulverisiert hat«, faßte Geordi halblaut zusammen. »Dem würde ich ungern in die Quere kommen.«

»Dafür ist die Wahrscheinlichkeit in der Tat minimal«, erklärte Data. »Den Messungen zufolge hat die Kollision vor mindestens zehntausend Jahren stattgefunden.«

»Krieg.« Lieutenant Worfs Stimme glich einem dumpfen Knurren.

Riker und Troi wandten sich vom Bildschirm ab und

schauten zu der hochaufragenden Gestalt des klingonischen Sicherheitsoffiziers. Worf hatte die durch wuchtige Brauenhöcker gekennzeichneten Gesichtszüge zu einer grimmigen Miene verkniffen. Er stand vollkommen aufrecht da, den Blick fest auf einen etwa einen Meter von seiner Nase entfernten Punkt gerichtet. »Sir, das ist ein Krieg gewesen. Keine natürlichen Kräfte können diese Krater geschaffen haben. Die Wahrscheinlichkeit, daß ein gewöhnlicher Asteroid den Planeten in so einem Winkel mit derartig hoher Geschwindigkeit getroffen hat, dürfte nahezu unendlich gering sein. Offensichtlich sind hier intelligente Lebewesen mit unbekannter, aber jedenfalls fortgeschrittener Technik am Werk gewesen. Und eine Maßnahme mit so verheerender Wirkung ist nur durch eine Kriegshandlung erklärlich.«

Troi schüttelte den Kopf. »Ich bin anderer Meinung. Sehen Sie sich doch einmal die Meßergebnisse an. Auf diesem Planeten gibt es nichts, *überhaupt nichts.* Es sind nicht einmal Ruinen zu erkennen. Das würde bedeuten, der Krieg hätte nicht nur sämtliches Leben ausgelöscht, sondern auch alle Bauten völlig zertrümmert.«

»Ein solcher Aufprall muß die gesamte Planetenkruste erschüttert haben«, sagte LaForge. »Darauf folgen Erdbeben, Flutwellen ...«

»Und die Kraterlandschaft erstreckt sich über die hauptsächliche Landmasse, direkt in der gemäßigten Zone.« Riker betrachtete, die Stirn gerunzelt, die quasi pockennarbige Planetenoberfläche. »Vermutlich lag dort das Gebiet mit der größten Bevölkerungsdichte.«

Riker stemmte sich aus dem Kommandosessel hoch, schlenderte auf den Wandschirm zu. Er besah sich für einen langen Moment das Bild aus geringerem Abstand. »Und was ist mit Amon 4?« Ruckartig drehte er sich der Brückencrew zu. »Läßt sich die dortige Situation auch als Kriegsfolge erklären? Durch eine biologische Waffe mit dem Zweck, die Bewohner auszurotten?

Nehmen wir einmal an, es ist ein Doppelschlag geführt worden. Erstens mit einem Virus, das alles tötete, das tierisches Eiweiß enthielt. Zweitens einer gentechnisch erzeugten Lebensform. So etwas wie den Naniten, um die technische Infrastruktur zu eliminieren.«

»Dazu kann man wenig sagen«, äußerte Data freundlich. »Bei den gegebenen Informationen ist diese Vermutung genauso wahrscheinlich wie jede andere Theorie.«

»Aber wir haben keine Anzeichen dafür bemerkt«, wandte Troi ein, »daß auf Amon 4 überhaupt je irgendeine Zivilisation existiert hat.«

»Andererseits bringt die Natur keine derartigen Verhältnisse hervor, wie wir sie auf Amon 4 vorgefunden haben«, entgegnete Riker. »Nichts von allem, was wir je gesehen haben, nichts in sämtlichen wissenschaftlichen oder historischen Datenbanken, kann sie uns erklären. Wieso weist ein Klasse-M-Planet dieses Alters eine Wasserstoff-Sauerstoff-Atmosphäre und üppige Vegetation auf, aber keinerlei höheres tierisches Leben?«

»Von biologischer Kriegführung verstehe ich wenig«, brummte Worf. »Klingonen kämpfen mit *richtigen* Waffen. Trotzdem, Commander Riker, ich bleibe bei meiner Ansicht. Im hiesigen Quadranten muß ein größerer Krieg ausgefochten worden sein.«

»Aber sicherlich kann man doch ebensogut von der Möglichkeit ausgehen«, erwiderte Troi, »daß sich eine schwere Naturkatastrophe ereignet hat.«

Worf blähte die weiten Nasenflügel. »Zum Beispiel…?« fragte er skeptisch.

»Keine Ahnung. Vielleicht eine Supernova in einem benachbarten Sonnensystem.« Troi verklammerte die Finger ineinander. »Eine Nova hätte starke Strahlung freigesetzt und im Umkreis von Lichtjahren beträchtliche Schäden angerichtet. Das könnte für diese toten Planeten eine Erklärung sein.«

»Wäre vor einem so kurzen Zeitraum wie zehntausend Jahren eine Supernova ausgebrochen, hätten unsere Sensoren dafür Anzeichen gemessen«, hielt Worf ihr entgegen. »Nein, Counselor...« Er deutete mit dem Finger auf den Wandschirm. »Das sind die Hinterlassenschaften eines Krieges.«

Troi seufzte und strich sich mit der Hand durch ihr dichtes, schwarzes Haar. »Ich hoffe, daß Sie sich irren, Lieutenant«, sagte sie leise. »Die Vorstellung, es könnte eine Spezies geben, die Zerstörungen in solchen Größenordnungen verursachen kann, ist wirklich schrecklich.«

In seinem Quartier schrak Jean-Luc Picard aus unruhigem Schlaf, während die *Enterprise* die Triebwerksleistung verminderte. Der Unterschied machte sich im Geräuschpegel nur als ein geringfügiges Abschwellen des ständigen gedämpften Summens der Bordsysteme bemerkbar. Aber auf Picard wirkte es wie ein Wecksignal.

Er setzte sich im Bett auf; seine hagere Miene widerspiegelte Achtsamkeit. Wir sind in einen Orbit eingeschwenkt, dachte er. Unwillkürlich langte er mit der Hand nach dem Insignienkommunikator am Brustteil seiner Uniform, die neben dem Bett auf einem Stuhl hing. Aber er beendete die Bewegung nicht. Es war überflüssig, die Brücke zu rufen. Riker wußte, was er tat. Und Picard war von der Bordärztin Erholung verordnet worden.

Picard ließ sich zurücksinken, schloß die Augen und versuchte wieder einzuschlafen. Was hatte Dr. Crusher ihm geraten? Schäfchen zu zählen? Was soll denn das eigentlich für eine blödsinnige Art von Therapie sein? fragte er sich mißgestimmt.

Nach zehn Minuten gab er es auf. »Ich bin kein bißchen müde«, brummelte er, während er Uniform und Stiefel anzog. Er betrachtete seine Erscheinung in dem Wandspiegel über der altmodischen Eichenkommode, in der er seine Kleidung aufbewahrte.

Das Gesicht, das seinen Blick leidenschaftslos erwiderte, glich einer Studie der Konturen menschlicher Physiognomie. Über seine hohe Asketenstirn verliefen zwei parallele, tiefe Furchen. Zwei weitere Falten dreiteilten die Stelle zwischen seinen Brauen. Der Mund bildete die Basis eines Dreiecks, dessen Seiten aus langen Kerben bestanden, die sich über den Nasenflügeln vereinten. Die scharfen Augen beiderseits der keilförmigen Nase wirkten wie schmale Intarsien aus Obsidian.

Er ging zum Fenster und drückte eine Taste, die die Blende öffnete. Der Planet, auf den nun sein Blick fiel, war wieder so ein lebloser Felsklotz. Versonnen besah Picard ihn sich. Zerstreut glättete er den bescheidenen silbernen Haarkranz seines Hinterkopfs.

Falls die Crew nicht bald irgend etwas Bemerkenswertes entdeckte, würde Starfleet die *Enterprise* von diesem Kartografierungsflug zurückrufen. Es verdutzte ihn, daß dieser Gedanke ihm auf unbestimmte Weise gefiel. Wegen der wachsenden Zahl von Sternenvölkern, die Mitglied der Föderation wurden, schrumpfte immer mehr die Zeit, die Starfleet zur normalen Erforschung genehmigte. Picard fand sich mit dem Erfordernis der diplomatischen Missionen und Kurierflüge ab, auf die man die *Enterprise* zusehends häufiger schickte. Aber in erster Linie hatte seine Vorliebe stets der Erkundung unbekannter Regionen des Weltraums gegolten. Die Grenzen des Wissens zu erweitern, die unvorstellbare Riesenhaftigkeit des Universums zu durchschweifen – das waren die Abenteuer, die Jean-Luc Picard zu den Sternen gelockt hatten.

Aber diese traurige Schneise verwüsteter Planetensysteme deprimierte sogar ihn. Eine nahezu spürbare Verlassenheit ging davon aus. »›Mein Name ist Ozymandias, König der Könige‹«, zitierte er leise. »›Schaut meine Werke, ihr Mächtigen, und verzweifelt! Sonst bleibt nichts. Rings um die Trümmerstätten dieser unermeßlich gewaltigen, so öden Ruinen erstreckt sich weithin nur einsamer, ebener Sand.‹«

In einer Anwandlung von Melancholie kehrte er dem dunklen Fenster den Rücken zu. Er schüttelte den Kopf, als wollte er lästige Gedanken abschütteln. Dann tippte er auf den Insignienkommunikator. »Picard an Brücke. Ich komme.«

Als er einige Augenblicke später die Brücke betrat, stand Riker auf, machte ihm den Kommandosessel frei. Der Erste Offizier wies auf den vorderen Wandschirm. »Haben Sie's gesehen, Sir?« fragte er.

Der Captain nickte. »Ich wüßte keinen Grund, weshalb wir eine Landegruppe hinunterschicken sollten, Nummer Eins. Oder sind Sie anderer Auffassung?«

»Nein, Sir«, antwortete Riker. »Ich bezweifle, daß es dort unten irgend etwas zu finden gibt.«

»Fähnrich, neuen Kurs eingeben. Kurs: Drei Komma sieben Strich vier.« Picard nahm in seinem Sessel Platz.

»Kurs programmiert.« Der Fähnrich am Navigationspult schaute zu ihm herüber und wartete auf den nächsten Befehl.

Einen Moment lang verweilte der Blick des Captains noch auf dem toten Planeten, der seinen endlosen kosmischen Reigen tanzte. »Steuern Sie uns aus dem Orbit«, ordnete er schließlich an. »Warp sechs.«

Der nächste G-Typ-Stern war lediglich sechs Lichtjahre entfernt, also praktisch ein stellarer Nachbar. Die *Enterprise* erreichte ihn noch im Laufe desselben Tages. Sie hielt mit gemächlichen 25 Prozent ihrer Schubkraft auf den einzigen Trabanten zu, einen Planeten der Klasse M.

»Externe Fernbereichssondierung, Lieutenant Worf«, befahl Picard.

»Eine Eiswelt, Sir«, meldete Worf, indem er die Darstellungen seiner Sensorinstrumente ablas. »Keine Anzeichen von Zivilisation. Allerdings sind auch hier Spuren eines schweren Zusammenpralls ersichtlich, wie wir sie ähnlich schon auf dem zuletzt angeflogenen Planeten entdeckt haben.«

Der Planet erschien auf dem Wandschirm als glitzrige Kugel mit enormen weißen Eiskappen. Sie bedeckten einen Großteil der Gebiete, die normalerweise gemäßigte Zonen gewesen wären. Über einen der Kontinente zog sich eine riesenhafte Schramme und endete in den Eismassen.

»Anscheinend erlebt dieser Planet gegenwärtig eine Periode weitgehender Vereisung«, konstatierte Data. »Eine Eiszeit.«

»Diesmal ist es statt vieler kleinerer Trichter nur eine, dafür aber eine größere Beeinträchtigung«, sagte Riker. »Das sieht aus, als hätte diese Welt einen direkteren Treffer erhalten. Dadurch dürften fürchterliche vulkanische Aktivitäten aufgetreten sein. Es sind dann wohl genügend Schutt- und Staubpartikel in die Atmosphäre emporgewirbelt worden, um die durchschnittliche Temperatur des Planeten zu senken. So ist das Entstehen von Gletschern herbeigeführt worden. Die Vereisung muß schon seit Jahrtausenden in Gang sein.«

»Sir!« Aus Überraschung dröhnte Worfs Stimme noch klangvoller als sonst. Der Ausruf hallte wie ein Paukenschlag durch die Brücke. »Jemand auf dem Planeten funkt uns an.«

»Visuelle Übertragung einschalten«, befahl Picard augenblicklich.

Die Stimme des Anrufers – er sprach in unterwürfigem, gleichzeitig aber beharrlichem Tonfall –, ertönte eher, als das Bild eintraf. »Welches Raumschiff ist das bitte? Wir haben Regentin Drraagh benachrichtigt. Das nächste Schiff wird erst in drei Jahren erwartet. Bitte, welches Schiff kommt da?« Die Worte waren, wenngleich sie einen starken Akzent hatten, verständliches Englisch.

»Welches Raumschiff ist das?« wiederholte die Stimme. Für einige Sekunden blieb sie aus, dann kam plötzlich das Bild. Es zeigte ein pausbäckiges Gesicht mit bläßlicher Haut.

»Ein Mensch«, rief Troi.

»Vielleicht eine vergessene Kolonie?« überlegte Riker laut. »Aber wie könnten die Leute hierhergelangt sein? Diese Region liegt etliche Parsec außerhalb der Reichweite der früheren irdischen Raumfahrttechnik.«

Einen Augenblick lang behielt das Gesicht des stämmigen Mannes seinen ängstlichen, kriecherischen Ausdruck. Doch dann sah er Picard im Kommandosessel sitzen. Er riß die kalten, kleinen Äuglein weit auf.

»Was ...« Er suchte nach Worten. »Eine menschliche Crew!« platzte es zuletzt aus ihm hervor. »Welche Brigade seid ihr? Wo sind eure Herren?«

»Was meinen Sie damit?« fragte Picard. »Hier ist die USS *Enterprise* von der Vereinten Föderation der Planeten. Wer sind Sie? Und wer sind diese Herren, von denen Sie reden?«

Hinter dem Mondgesicht auf dem Wandschirm brach mit einem Mal die Hölle los. »Keine Herren?« gellte eine andere Stimme. »Es sind freie Menschen! Helft uns! Helft uns, Brüder!«

»Sei still, Faulenzer!« schnauzte die Speckbacke eine Anweisung über die Schulter. Das mörderisch aussehende, klobige Instrument, das auf seinen Rücken gerichtet wurde, sah der Mann nicht. Doch die Brückencrew sah es.

Im ersten Moment dachte Riker daran, ihn zu warnen. Aber schon war die Gelegenheit verpaßt. Ein Blitz schoß aus der Waffe. Als letztes zeigte der Wandschirm den Tod des Dicken. Ein blendend greller Strahl durchbohrte ihn und das von ihm benutzte Kommunikationsgerät. Alle auf der Brücke Anwesenden zuckten vor dem unerträglich hellen Aufflammen zurück.

Danach zeigte der Wandschirm nichts mehr.

2

Mr. Worf, können Sie den Kontakt wiederherstellen?« Captain Picard rief die Frage in energischem Ton.

»Nein, Sir«, teilte der Klingone einen Moment später mit. »Ich versuche den Planeten auf einem breiten Frequenzspektrum zu erreichen, aber es kommt keine Antwort.«

Gereizt schnaubte Picard. »Verdammt noch mal …! Worum ging es da? Counselor …!« Er wandte sich an Troi. »Welchen Eindruck haben Sie von dem Vorfall, den wir gerade beobachten konnten?«

»Es blieb alles ziemlich unklar.« Trois Gesicht war blasser als gewöhnlich, doch sie bewahrte die Fassung. »Ich habe Furcht, Zorn und Haß gespürt. Aber von einem solchen Sammelsurium an Persönlichkeiten, daß ich nichts Konkreteres sagen kann.«

»Mmm«, machte Picard, indem er nickte. »Brigade … Herren. Hmmm …« Er sah Riker an, der neben Data an der Operatorstation stand. »Nummer Eins, was vermuten Sie?«

Riker spreizte die Hände. »Ohne weitere Informationen will ich lieber nicht spekulieren«, sagte er. »Der Kontakt war zu kurz.«

»Da stimme ich Ihnen zu.« Picard beugte sich vor und blickte hinüber zum Navigationspult. »Fähnrich, steuern Sie uns in den Orbit. Lieutenant, können Sie den Ursprungsort der Funksendung ermitteln?«

»Jawohl, Sir«, brummelte Worf. »Die Sensoren haben eine energetische Emission gemessen, die mit der

Stärke des abgefeuerten Strahlschusses korrespondiert. Offenbar ist der Schuß in einem unterirdischen Komplex nahe des nördlichen Endes der Aufprallzone gefallen.«

»Wir stehen vor einem Rätsel und haben einen Hilferuf empfangen«, sagte Picard. »Also haben wir wenigstens die Pflicht, die Situation dort unten in der Anlage zu untersuchen.«

»Ich empfehle«, äußerte Worf, »eine Landegruppe in den Umkreis des Komplexes zu beamen, in dem die Energieentladung erfolgt ist. Sie sollte jedoch außerhalb des Bereichs bleiben, in dem die Lebensindikatoren die Anwesenheit von Lebensformen anzeigen.«

»Genauso verfahren wir«, rief Picard in lebhaftem Tonfall Riker zu. »Ich will wissen, was zum Teufel sich da unten abspielt.«

Riker unterdrückte die Aufwallung von Besorgnis, die er bei dem Gedanken empfand, erneut eine Landegruppe anzuführen. Selbstverständlich hatte er gewußt, daß ihm dergleichen bald wieder bevorstand. Gleichfalls war ihm klar, daß Worf das logischste Vorgehen vorgeschlagen hatte. Sich mit Sorgen zu quälen, war sinnlos. Sich von unnötiger Beunruhigung ablenken zu lassen, war der sicherste Weg, um noch einmal eine ähnliche Tragödie wie auf Amon 4 heraufzubeschwören.

»Aye, Sir«, gab er zur Antwort. Er dachte einen Moment lang nach. »Riker an technische Sektion«, sagte er anschließend. »Mr. LaForge, bitte kommen Sie so bald wie möglich zum Transporterraum zwei. Ich lasse mich mit einer Landegruppe auf den Eisplaneten hinabbeamen.«

»Wie Sie wollen, Commander«, ertönte die Stimme des stets munteren Chefingenieurs. »Dann treffen wir uns gleich dort.«

Riker gestattete sich ein andeutungsweises Grinsen. Er hatte Geordi LaForge immer gern in einer Landegruppe dabei. In einer fremden Umgebung waren

Geordis erweitertes Sehvermögen und sein gründliches Wissen auf den Gebieten der Physik und Technik von großem Nutzen. Und außerdem steckte sein unermüdlicher Schwung an.

Der Erste Offizier winkte Worf zu. »Sie kommen auch mit, Lieutenant.«

Worf folgte Riker in den Turbolift. Riker war ein großer Mann, doch der Sicherheitsoffizier überragte ihn um ein ganzes Stück. Sein breiter Brustkorb dehnte den Stoff der nach Maß geschnittenen rotschwarzen Uniform sichtlich. Wenn Riker zu ihm aufblickte, kam er sich wie ein Zwerg vor.

»Deck acht«, befahl er, und der Turbolift sauste abwärts. Riker schielte nochmals zu Worf. Der Klingone stand so entspannt da – die Hände auf dem Rücken, die Beine leicht gespreizt –, wie ein Klingone überhaupt nur entspannt sein konnte.

»Soll ich Handphaser ausgeben, Sir?« erkundigte sich der Sicherheitsoffizier.

»Ja, natürlich«, sagte Riker. »Und stellen Sie zur Unterstützung eine zusätzliche Sicherheitsgruppe zusammen. Ich habe so eine Ahnung, als könnte es dort unten trotz des eisigen Klimas heiß hergehen.«

»Das glaube ich auch.« In Worfs Tonfall klang eine gewisse Erwartung an.

Auf Deck 8 öffnete sich die Doppeltür des Turbolifts. Die beiden Männer betraten den Korridor zum Transporterraum. Vor einer Kom-Konsole blieb Riker stehen und berührte flüchtig eine Sensortaste. »Riker an Dr. Crusher.«

»Hier Akihiko«, antwortete eine Männerstimme. »Dr. Crusher und Dr. Selar sind zur Zeit mit einem Notfall beschäftigt. Kann ich Ihnen behilflich sein, Commander?«

Riker runzelte die Stirn. »Ich möchte nur die Krankenstation darüber informieren, daß gleich eine Landegruppe in eine eventuelle Kampfzone gebeamt wird.«

»Wir halten uns in Bereitschaft, Sir«, sagte der Arzt ihm zu.

»Gut. Riker Ende.« Als der Erste Offizier sich von der Kom-Konsole abwandte, hatte er einen Anflug böser Vorahnung. Er überging sie. »Also los, Lieutenant, dann wollen wir mal nach dem rechten sehen.«

Als das altbekannte Kribbeln des Transporterstrahls Riker erfaßte, strengte er wieder einmal seine Augen an. Dabei wußte er genau, daß es keinen Zweck hatte. Der Transfervorgang geschah ohne Zeitverzögerung. Aber während all der Jahre, in denen er da und dort hingebeamt worden war, hatte er nie den Versuch aufgegeben, zu *sehen,* wie es dazwischen sein mochte.

Auch dieses Mal hatte er keinen Erfolg. Im einen Moment stand er auf der Plattform und hatte den Blick auf Transporterchef O'Brien gerichtet. In der nächsten Sekunde fand er sich ohne spürbaren Übergang inmitten eiskalter, zwielichtiger Düsternis wieder.

Rundum war alles still und leise. Worf nickte den zwei Sicherheitswächtern zu, die sie begleiteten, und sofort nahmen die beiden Verteidigungspositionen ein. Riker trat vor. Augenblicklich schloß Worf sich ihm an. Eine große Hand ruhte locker auf dem an seinen Gürtel gehakten Phaser. In der anderen Faust hielt er einen Tricorder, den er nun langsam im Kreis bewegte. »Außer uns befinden sich in unmittelbarer Umgebung keine Lebensformen«, meldete er.

Rikers Augen paßten sich der schwachen Helligkeit an. Neugierig schaute er sich um. Sie waren in eine große, schäbige Räumlichkeit transferiert worden. Anscheinend hatte man sie in die gefrorene Erd- und Gesteinskruste des Planeten gegraben. Bei genauerem Hinsehen erkannte Riker, daß eine klare, plastikähnliche Substanz die Felswände versiegelte. Die Arbeit war allerdings ohne Sorgfalt erledigt worden. Gummiartige Streifen und Zinken verrieten Schlamperei. Den

Fußboden bedeckte eine ähnliche Masse. Isolierung, schlußfolgerte Riker.

In zwei Reihen säumten weithin hohe Stapel von Kästen und Kisten die Wände. Die Beleuchtung stammte ausschließlich aus einem einzelnen, glimmenden Metallband, das unter der Decke an einer Schiene hing. Zwei Ausgänge führten in unbeleuchtete, wenig einladende Tunnel. Ein dumpfiger Geruch nach Staub und ungewaschener Haut durchzog die abgestandene Luft. Man hätte meinen können, diese Katakomben wären seit Jahren nicht belüftet worden.

»Brrr, hier ist es aber lausig kalt«, bemerkte Geordi LaForge.

Damit untertrieb er. Riker hüllte sich enger in seine Thermojacke. Er sah seinen Atem eine Dunstwolke erzeugen. Nur gut, daß die Landegruppe daran gedacht hatte, vor dem Transfer Kaltwetterkleidung anzulegen. Die Lufttemperatur lag, falls Riker sich nicht täuschte, um den Nullpunkt. Daraus ergab sich eine Frage: Wenn es hier, in einem geschlossenen Raum, schon dermaßen kalt war, welche Kälte mußte dann erst im Freien herrschen?

Er berührte seinen Insignienkommunikator. »*Enterprise,* hier spricht Riker.«

Er erhielt keine Antwort. Riker schnitt eine Miene des Unmuts und tippte nachdrücklicher auf den Kommunikator. »Riker an *Enterprise.* Riker an *Enterprise. Enterprise,* bitte melden.«

»Versuchen wir's mal mit meinem«, schlug Geordi vor. Er aktivierte seinen Insignienkommunikator. Doch auch sein Gerät brachte keine Verbindung zustande.

Riker strich sich durch den Bart und warf dem Chefingenieur einen Blick der Bestürzung zu. »Was halten Sie davon?«

Geordis dunkelhäutiges Gesicht mit der VISOR-Prothese, die ihm als Augen diente, blieb gleichmütig. Er hob die Schultern. »Die Ursache könnte alles mögliche sein, von einem Ionensturm bis zu einer unbeabsichtigten Störung hier auf dem Planeten.«

»Aber der Transfer ist nicht gestört worden«, erinnerte ihn Worf. Er hakte den Handphaser vom Gürtel. Aus höchster Konzentration hatten sich seine Brauenhöcker zusammengezogen. »Die Sache gefällt mir nicht. Nach meinen Erfahrungen ist es immer am günstigsten, davon auszugehen, daß...« Plötzlich verstummte er. »Sir, da kommt jemand.«

Worfs Aufmerksamkeit galt nicht dem Tricorder. In diesem Fall war der Apparat auch überflüssig. Das Geräusch hastiger Schritte besagte genug.

Riker sah eine Kolonne von Gestalten aus einer der Tunnelöffnungen stürmen: Männer in grauen Uniformen. Sie hatten Ähnlichkeit mit dem Mann, den sie an Bord der *Enterprise* auf dem Wandschirm sterben gesehen hatten. Ihre Mienen waren grimmig. Außerdem befanden sich ein paar Personen in weiten, lehmbraunen, geflickten Overalls dabei; ihre Gesichter bezeugten ebensoviel Aufsässigkeit wie Bangen.

Eine Schrecksekunde lang starrten die Ankömmlinge die Landegruppe an. Riker merkte noch, daß die Männer in Grau kleine Waffen trugen. Dann erteilte ein Graugekleideter mit ausdrucksloser Visage einen knappen Befehl. »Erschießen!«

Riker riß seinen Handphaser hoch. Worf und ein Sicherheitswächter hatten die Waffen schon gehoben. Sie fällten zwei der Fremden. Doch es waren zu viele. Ein durchdringendes Knistern erscholl, während die Grauen angriffen und feuerten.

Große, bläuliche Funken zuckten aus ihren Waffen. Riker sah, daß ein Sicherheitswächter am Arm getroffen wurde. Mit einem Aufschrei torkelte der Mann zurück. Sein Phaser fiel zu Boden. Der Mann hielt sich den verletzten Arm. Ein zweiter Schuß traf ihn in die Brust. Sein Schrei erstickte, als er zusammenbrach. Vielleicht war er tot.

Riker duckte sich hinter eine Kiste und gab einen Schuß ab. Einer der Grauen stürzte nieder. Auch Worf und Geordi suchten Deckung. Sie erwiderten das Feuer nach Kräften, während Dutzende bläulicher Energiebündel sie umzischten. Unwillkürlich tippte Riker auf seinen Insignienkommunikator. Noch immer bekam er keine Verbindung. Dabei mußte der Sicherheitswächter schleunigst in ärztliche Behandlung. Nun nutzte die Bereitschaft der Krankenstation überhaupt nichts.

Ein zweiter Schrei erscholl. Riker sah, wie der andere Sicherheitswächter sich bleichen Gesichts an eine Kiste stützte. Ein Rinnsal aus Blut sickerte an dem groben Plastikbehälter hinunter.

Ihre Übermacht hatte die Angreifer von vornherein begünstigt. Nun schickten sie sich an, ihren Gegnern den Garaus zu machen. Ihre Überzahl reichte aus, um mit einem Teil ihrer Leute die Landegruppe der *Enterprise* durch unaufhörlichen Beschuß in Schach zu halten. Gleichzeitig rückte ein anderer Teil vor. Riker schaffte es, noch einen Grauen zu treffen. Trotzdem wurde ihm immer mulmiger zumute. Wir können uns nirgendwohin zurückziehen, dachte er, und auch keine Hilfe anfordern. Vielleicht war dies der letzte Einsatz dieser Landegruppe.

Er überlegte, ob er aufspringen sollte, um durch ein paar schnelle Schüsse wenigstens noch einige Widersacher mit in den Tod zu nehmen. Da zerbarst gegenüber in einem grellroten Auflodern die Felswand. In der Bresche zeichneten sich die Umrisse einer Gestalt ab. Auf den Schultern trug der Mann etwas Klobiges, von dem ein Kabel zu einem stumpfen Rohr in seiner Hand führte. Ruckartig richtete er das Rohr auf die graugekleideten Angreifer. Ein dünner, roter Strahl schoß hervor. Der Strahl bestrich eine Reihe von Kisten, erfüllte die Luft mit dem beißenden Gestank zerschmolzenen Plastiks. Hinter der Barrikade sackte ein Grauer hintenüber. Seine Uniform schwelte, sein

Fleisch gloste. Ein Bergbau-Laser, dachte Riker. Ziemlich veraltetes Gerät.

Der Mann trat durch die gewaltsam geschaffene Lücke. Ihm folgte eine ganze Anzahl weiterer Gestalten in braunem Sackleinen. Während der Laser ihnen Feuerschutz gab, gingen sie zielstrebig gegen die Grauen vor. Als Bewaffnung hatten sie meistenteils kaum mehr als schweres Werkzeug: Hämmer, spitze Meißel, Spitzhacken. Nur zwei verfügten über die gleichen geheimnisvollen Schußwaffen, die die Grauen benutzten. Wahrscheinlich haben sie sie im Kampf erbeutet, dachte sich Riker.

Ein flinker, schmächtiger Mann deckte mit feuerbereiter Schußwaffe den Laserträger. Er schoß einen Grauen nieder, der von der Seite herangehuscht war und auf den Mann mit dem Bergbau-Laser anlegte.

Im Gegensatz zu der verbissenen Schweigsamkeit der Grauen verständigten die Braungekleideten sich während des Gefechts ununterbrochen mit Zurufen. Auch sonst schrien sie viel herum. Die Grauen und ihre braungekleideten Begleiter wurden zum Zurückweichen gezwungen. Doch aus dem Tunnel, woher sie gekommen waren, fiel ihnen auf einmal eine zweite Schar Brauner in den Rücken.

Rikers Blick erfaßte den Befehlshaber der Grauen, der jetzt eine bittere Miene zog. Die Waffe in beiden Händen, sprang der Anführer vor, versuchte auf den Mann mit dem Laser zu zielen. Doch der rote Strahl und ein blaues Energiebündel aus der Waffe des Fliegengewichts an der Seite des Laserträgers trafen ihn in derselben Sekunde. Der Mann klappte zusammen. Im nächsten Moment beobachtete Riker, wie eine zerlumpte Gestalt auf den Hingestreckten eine Spitzhacke niedersausen ließ.

Das Ende des Gefechts war kurz, aber grausam. Die Grauen wehrten sich wie in die Enge gedrängte Ratten. Weder kannten sie Gnade, noch schonte man sie. Nirgends bemerkte Riker Verwundete oder Überlebende in Grau. Mit jeder etwaigen Barmherzigkeit war es vollends aus, sobald die Braunen die Grauen in Nahkämpfe verwickelten.

Während die Grauen niedergemacht wurden, verstummte nach und nach das Fauchen ihrer Waffen. Nun stand die *Enterprise*-Landegruppe einem Mob in Braun gegenüber. Der Mann mit dem Laser kam heran. »Das war tüchtig von euch, sie vom Fluchttunnel abzuhalten, bis wir ihn sperren konnten. Aber woher habt ihr diese Waffen?«

Indem er ins Halbdunkel linste, trat er näher, bis er unmittelbar vor Worf anlangte. Riker beobachtete, wie er plötzlich zurückprallte.

»Guter Gott, was für einer bist denn *du*?«

Der Mann hob die Mündung des Lasers. Gleichzeitig richtete Worf mit einem Aufknurren den Phaser auf ihn.

Eine geschmeidige Vorwärtsbewegung brachte den Schmächtigen, der dem Laserträger Feuerschutz gegeben hatte, nun an seine Seite. Er war ein schmaler Kerl dunklen Typs. Das Leid eines schweren Daseins hatte ihm Falten in die knochigen Wangen gefurcht. Schwarze Haare und Brauen verdüsterten seinen argwöhnischen, finsteren Mordblick zusätzlich. Deutlich sah Riker in seiner Hand die Pistole, deren langer, dünner Lauf aus einer zylindrischen Ladungskammer ragte. Wegen ihres sonderbar zierlichen Griffs ähnelte die Waffe zu stark einem Spielzeug, als daß man ihr Effektivität zugetraut hätte; doch Riker hatte mitangesehen, daß diese Schußwaffen funktionierten. Jetzt zielte die Pistole direkt auf Worf.

»Halt, Schluß damit«, rief Riker. »Wir möchten den Kampf nicht fortsetzen.«

Der Laserträger, der anscheinend den Anführer der Braungekleideten abgab, drehte sich ihm zu. Riker mußte ein Aufkeuchen des Schreckens unterdrücken. Bisher hatte er in den trüben Lichtverhältnissen den

Mann nur im Profil gesehen. Dabei waren ihm helles Haar, eine aristokratisch geschnittene Stirn, eine kantige Nase sowie ein junges Gesicht mit herrischem Ausdruck aufgefallen. Von vorn jedoch boten sich seinem Blick entstellte Gesichtszüge dar. Zur Hälfte, vom Haaransatz bis zur Kinnspitze, wirkte es, als wäre die Haut abgezogen worden. In der schwachen Helligkeit glänzte totenbleiches, stellenweise stahlgraues, da und dort blaurötliches Narbengewebe. Aber in den eindrucksvollen, blauen Augen, die Riker aus tiefen Höhlen anschauten, schimmerte beinahe fieberhafte Lebendigkeit. Es schien, als wollte er mit seinem Blick Riker und seine Uniform verschlingen.

Unerwartet verzogen die vollen Lippen des Verunstalteten sich zu einem Lächeln. »Du! Du bist auf dem Bildschirm bei dem Mann, der gefragt hat, wer unsere Herren sind, zu sehen gewesen.« Er betrachtete die Waffen in den Fäusten der *Enterprise*-Crewmitglieder. »Ihr habt mich gehört. Und ihr seid uns zu Hilfe gekommen.«

»Wir sind zu Nachforschungszwecken hier«, sagte Worf.

»Aha.« Der Entstellte schaute zwischen Riker und Worf hin und her; dann wies er auf die Leichen der Grauen. »Aber ihr habt gegen sie gekämpft.«

»Uns blieb gar keine Wahl«, entgegnete Riker. »Wir sind von ihnen angegriffen worden.«

Der blonde Anführer ging darüber hinweg, als verstünde es sich von selbst. »Ich bin Koban«, sagte er zu Riker. »Und du?« In seinem Tonfall kam etwas Drängendes zum Ausdruck, als wüßte er die Antwort schon, wünschte sich jedoch eine Bestätigung. Vorsichtig senkte Riker den Phaser.

»Ich bin Commander William Riker von der *Enterprise*, einem Forschungsraumschiff der Vereinten Föderation der Planeten«, erklärte Riker. Dann runzelte er auf einmal verunsichert die Stirn.

Koban hatte sich aufgeregt vorgebeugt; sein Gesicht zeigte eine Miene aufgewühlter Hoffnung.

Was denkt er jetzt? fragte sich Riker. Weiß er überhaupt, was die Föderation ist?

Unvermutet schlang Koban zu Rikers maßloser Verblüffung die Arme um ihn. »Also ist es wahr«, rief er. »Nie habe ich zu hoffen gewagt, daß es doch noch geschehen könnte. Vossted hat immer darauf bestanden, daß ihr irgendwo dort draußen sein müßt. Aber ich konnte nie richtig glauben, daß es Überlebende geben sollte. Und jetzt... jetzt sehen wir euch leibhaftig vor uns stehen! Verdammt, das ist die großartigste Neuigkeit, die ich je erlebt habe. Begrüßt sie, Männer! Heißt die freien Menschen auf Koorn willkommen!«

Kobans Gefährten stimmten ein Jubelgeschrei an.

Wider Willen wurde Riker mehr oder weniger von Kobans Begeisterung mitgerissen. »Danke«, sagte er, indem er breit lächelte.

»Du hast ein eigenes Raumschiff?« erkundigte Koban sich wißbegierig.

»Na ja, seins ist es nicht unbedingt«, bemerkte Geordi halblaut.

Für einen Moment widerspiegelte Kobans Miene Betroffenheit. Aber dann lachte er. »Ach, ich verstehe, du hast über dir einen höheren Vorgesetzten. Aber keine Herren? Ihr seid wirklich frei?«

»Frei...?« wiederholte einer der Braungekleideten voll regelrechter Andacht.

Der Sicherheitswächter, der verletzt an der Kiste kauerte, stieß ein gedämpftes Stöhnen aus. Riker ging hin und bückte sich, besah sich den Mann.

Das sonst eher rötliche Gesicht hatte jetzt eine grünlich fahle Färbung. Die glasig gewordenen Augen flackerten. »Ich glaube, ich... komme durch«, krächzte der Mann. »Aber leider... bin ich momentan dienstunfähig... Commander.«

Bekümmert wandte Riker sich nach Koban um. »Hört

mal, zwei meiner Männer sind verletzt. Könnt ihr ihnen irgendwie helfen? Sie müssen in medizinische Behandlung.«

»Chu.« Koban winkte seinem schmächtigen Begleiter zu, der einen Rucksack von den Schultern streifte. Als erstes befaßte er sich mit dem noch bei Besinnung befindlichen Verwundeten.

»Treffer eines Neuro-Disruptors«, diagnostizierte er einen Moment später. »Die Platzwunde am Kopf sieht zwar übel aus, ist aber bloß eine oberflächliche Hautverletzung.« Er holte ein paar Stoffstreifen und ein Töpfchen mit einer stinkigen Salbe heraus. Damit legte er dem Sicherheitswächter einen Verband an. Währenddessen machte er eine Kopfbewegung in die Richtung des anderen Sicherheitswächters, der sich nicht rührte. »Ihm kann ich wohl nicht mehr helfen, so leid's mir tut«, sagte er. Dumpf begann Rikers Herz zu pochen. »Er lebt noch, aber ...«

Benommen nickte Riker.

»Das ist Chu Edorlic«, stellte Koban seinen Freund vor. »Er versteht ein bißchen von Wundbehandlung. Bei den Arbeitsbrigaden haben wir keine Ärzte. Es gab auf dem Planeten mal einen, aber bei den Aufsehern.« Er schmunzelte bösartig. »Inzwischen haben sie auch keinen mehr.«

»Wer sind diese Aufseher?« wollte Riker erfahren.

Edorlic spie aus.

»Sie sind Sklaventreiber«, antwortete Koban. Verachtung verzerrte ihm die Lippen. »Aus Habgier zwingen sie andere Menschen, hier zu schuften und auf diesem Höllenpfuhl von einem Planeten Aufbauarbeit zu leisten ...«

»So *war* es«, unterbrach Chu Edorlic. »Nun übernehmen wir alles selbst. Und diese Halunken sollen allesamt verrecken.«

»Ich habe das Gefühl, wir sind mitten in eine Revolution geraten«, sagte Geordi.

»In eine Sklavenhaltergesellschaft«, meinte Riker leise. »Deshalb das Gerede über ›Herren‹.«

»Es ist jetzt damit vorbei, ja«, bekräftigte Koban. »Heute endet unsere Sklaverei.« In seinen ausdrucksstarken blauen Augen stand eine beunruhigende Eindringlichkeit; eine nahezu hypnotische Ausstrahlung ging von ihnen aus, die den Nachteil seines verunstalteten Gesichts mehr als ausglichen. Plötzlich war Riker vollständig klar, wieso gerade er sich zum Führer dieses verkommenen Haufens hatte aufschwingen können.

»Entschuldigung, Koban«, ergriff auf einmal Geordi, dessen Aufmerksamkeit einer Anzahl beschädigter Kisten galt, das Wort. »Ich glaube, dein Laser hat da drin etwas zum Schwelen gebracht. Ich sehe Hitze.«

»Du *siehst* Hitze?« Koban runzelte die Stirn. »Wie das?«

»Hiermit.« Geordi tippte an sein VISOR. »Das dient mir als Augen. Damit kann ich das gesamte elektromagnetische Spektrum erkennen. Hitze zeigt sich als rote Flecken.« Seine weißen Zähne leuchteten im Düstern, als er lächelte. »Wo es so kalt wie auf diesem Planeten ist«, fügte er hinzu, »fallen rote Tupfer sofort auf. Diese Kiste da ist eindeutig heiß.«

Koban trat auf ihn zu. »Das ist ja phantastisch«, rief er. »Du meinst, du hast keine echten Augen?«

»O doch, ich habe Augen«, erwiderte Geordi. Über seine Eigenheiten zu sprechen, war ihm schon seit Jahren nicht mehr unangenehm. Nach seiner Ansicht bedeuteten die Vorteile des VISOR meistenteils einen mehr als hinlänglichen Ausgleich für die fehlenden Sehnerven. »Nur sind sie nicht in Ordnung. Ich bin so geboren worden.«

»Aber trotz einer solchen Behinderung hat man dich am Leben gelassen«, sagte Chu Edorlic voller Staunen. Er starrte Worf an. »Und du ... Mit einem so deformierten Gesicht ...« Er schüttelte den Kopf.

Worf machte ein wenig große Augen, als er hörte,

was Chu da äußerte. Dann drang ein dunkles Knurren aus seiner Brust. »Ich bin *nicht* deformiert«, erklärte er mit Nachdruck. »Ich bin ...«

»Worf«, mischte Riker sich im Tonfall einer Warnung ein. Er erachtete es als klüger, vorerst zu verschweigen, daß Worf Klingone war. Diese Menschen hier lebten offenbar schon seit Generationen in dieser trostlosen stellaren Region. Sollten sie tatsächlich Nachfahren einer verschollenen menschlichen Kolonie sein, war nicht auszuschließen, daß sie schon seit einer Zeit hier lebten, als die Menschheit noch gar keine fremden Intelligenzen kannten. Wenn sie Worf für einen Menschen hielten, war es möglicherweise besser, es dabei bewenden zu lassen, bis man sicher sein durfte, daß sie die Wahrheit verkraften konnten.

»Chu wollte keine Beleidigung von sich geben«, sagte Koban zu Worf. »Es liegt nur daran, daß für uns alles, was mit euch zusammenhängt, so völlig neu ist.« Seine Augen blickten kälter drein. »Wenn bei uns ein mißgestaltetes Kind geboren wird ... lassen die Aufseher es töten. Und Arbeiter, die nicht mehr können ...« Unvermittelt verstummte er. In seiner entstellten Wange zuckte ein Muskel.

Riker empfand Grauen. Wie mochte man zu einer derartigen Barbarei herabgesunken sein? Wie hatte Koban überlebt? Er fragte sich, ob er an Kobans Stelle angesichts so einer Verrohung auch soviel Würde bewahrt hätte.

Sicher war er sich in dieser Hinsicht nämlich ganz und gar nicht.

»Was seid ihr für Leute?« erkundigte sich Geordi. »Woher stammt ihr? Und wie seid ihr auf diese Eiskugel hier mitten im Nichts verschlagen worden?«

Koban setzte einen Fuß auf eine Kiste, stützte vorgebeugt einen Unterarm aufs Knie. »Man hat uns gelehrt, daß unsere Ahnen vom Planeten Erde gekommen sind«, antwortete er. »Sie sollen ihre Heimatwelt während eines furchtbaren Krieges vor vierhundert Jahren verlassen haben. Wir sind immer davon ausgegangen, daß die Menschheit sich im Laufe des damaligen Konflikts selbst vernichtet hat.«

»Tatsächlich?« Diskret stieß Geordi Riker in die Rippen.

Erregt nickte Riker. Vor vierhundert Jahren ... Das hieß, Kobans Vorfahren mußten Flüchtlinge des Eugenischen Krieges gewesen sein. Was für eine erstaunliche Entdeckung!

»Was die Frage betrifft, wie wir hierhergelangt sind ...« Koban verstummte erneut, als plötzlich das Geräusch hastiger Schritte aus einem der Stollen hallte.

»Koban!« erklang eine Männerstimme. »Wir haben sie erwischt.«

Im nächsten Moment kam ein knorriger Mann in den Lagerraum gelaufen. Sobald sein Blick auf die *Enterprise*-Crewmitglieder fiel, sackte ihm das Kinn abwärts.

»Das sind Freunde«, sagte Koban rasch. »Du wirst bald alles über sie erfahren. Also, was gibt's Neues?«

»Wir haben sie erwischt«, wiederholte der Ankömmling. »Beide, Vossted und den verfluchten Flatterer. Sie sind in Block neun geschnappt worden.«

Kobans Atem entwich mit einem hörbaren Seufzlaut. »Lebend?«

Der Mann nickte.

In Chu Edorlics schwarzen Augen glitzerte Haß. »Koban«, bat er, »überlaß den Flatterer mir.«

»Flatterer?« fragte Geordi. »Meint ihr einen Feigling, oder was?«

Chu prustete vor Lachen. »Einen Feigling, ja, das kann man wohl sagen! Genau richtig.«

»Bring mich zu ihnen«, befahl Koban. Er wandte sich an Riker. »Wenn ich euch um Hilfe bitte, sollt ihr auch über diejenigen Bescheid wissen, die uns so lang unterdrückt haben.«

Riker nickte. »Dann mal los.«

Eine Handvoll Braungekleideter blieb bei den verwundeten Crewmitgliedern, um auf sie achtzugeben. Der Rest des Haufens machte sich auf einen verschlungenen Weg durch ein Labyrinth grob aus dem Felsgestein gehauener Stollen.

Unterwegs zupfte Geordi an Rikers Ärmel, um sein Gehtempo zu verlangsamen. »Werden wir diesen Burschen wirklich helfen?« fragte er, sobald sie ein Stückchen hinter Koban und seinen Männern gingen. »Wollen wir uns in ihre Auseinandersetzung mit diesen Aufsehern einmischen?«

»Wir müssen erst einmal abwarten«, räumte Riker ein.

»Hm-hmm.« Geordi strich sich übers kurzgeschnittene Haar. »Wie läßt sich die Erste Direktive denn in dieser vertrackten Situation anwenden, Commander?«

Riker hob die Schultern. »Es sind Menschen, und wir sind von ihnen um Hilfe ersucht worden. Wir müssen uns also wenigstens durch eigene Nachforschungen informieren. Vielleicht besteht Aussicht auf eine friedliche Vermittlung. Ich persönlich würde diesen Leuten wirklich gerne helfen.«

»Ich weiß, was Sie meinen«, sagte Geordi. Er grinste versonnen. »Auch mir ist Sklaverei nicht sonderlich sympathisch. Man kann sich kaum ein gerechteres Anliegen als den Wunsch dieser Menschen denken, ihre Knechtschaft abzuschütteln.«

»Eben.« Riker zuckte die Achseln. »Tja, wir können nur hoffen, daß alles sich irgendwie gütlich beilegen läßt.«

Sie gelangten in eine weitere Felskammer, die etwas kleiner als das Lager war, in den der Transfer sie befördert hatte. An einer Seite tummelte sich eine wütende Traube von Menschen um irgend etwas, das Rikers Blick verborgen blieb. Auf einmal ertönte ein kurzes, jedoch sehr scharfes Sprühgeräusch. »Nein!« schrie jemand.

Sofort erschollen Schreie der Panik und Würgelaute. Etliche Leute in dem Gedränge griffen sich an die Kehle, röchelten laut.

Wie angewurzelt blieb Riker stehen, als ihm ein scheußlicher Gestank entgegenschlug. Sofort wurde ihm davon schlecht, er taumelte. »Du lieber Gott«, japste er, »was ist denn das für ein Mief?«

Koban bleckte die Zähne, während er sich an ihm vorbeischob. »Diese widerwärtige *Drraagh*!« schrie er, riß eine Hand hoch, bedeckte damit Nase und Mund. Riker sah an seinem Finger das Blinken von Glas oder Metall. Vielleicht handelte es sich um einen Ring.

Koban schubste seine Männer beiseite und strebte schnurstracks zum Mittelpunkt des Aufruhrs. Riker folgte ihm, preßte sich einen Zipfel seiner Thermojacke auf Mund und Nase, um sich gegen den abscheulichen Geruch zu schützen. Trotzdem brachte das ätzende Odeur seine Augen zum Tränen. Alles vor ihm verschwamm. Oder beeinträchtigten die stinkigen Dünste sein Gehirn? Ihm war zumute, als kostete ihn das Wachbleiben unverhältnismäßig viel Kraft. Seine Gliedmaßen drohten ihm den Gehorsam zu versagen. Er fühlte sich auf eine Weise desorientiert, die ihm Angst einflößte.

Aber schließlich erreichte er die Mitte des Gewimmels. Er vergaß augenblicklich sein Unwohlsein, als er die beiden Geschöpfe sah, denen der erbitterte Zorn der Menschenansammlung galt.

Eines lag bewußtlos auf dem rauhen Betonboden: ein kleiner, magerer Mann mit einem löwenartigen Schopf grauen Haars und tief eingesunkenen Wangen. Und ein…

Das andere Wesen war ein Vogel. Buchstäblich. Eine Vogelkreatur in ungefähr der Größe eines zehnjährigen Kindes. Sie hatte weiches Gefieder in gelben und grünen Farbtönen. Riker bemerkte flossenähnliche Flügel, die in schlanken Greifklauen endeten.

Während Riker das Lebewesen anstarrte, drehte es sich ihm zu. In seinem Blick stand unmißverständlich Intelligenz.

Ein vernunftbegabtes Fremdwesen, dachte Riker. Und falls nicht irgendeine Expedition stattgefunden hat, von der ich nichts weiß, zählt es zu einer Spezies, die die Föderation nicht kennt. Auf keinen Fall gehört es zu einem Mitgliedsvolk.

Die Aufwallung angespannter Beklommenheit, die Riker kurz vor dem Transfer befallen hatte, kehrte nun wieder. Er hatte eindeutig den Eindruck, daß seine Aufgabe hier unten sich soeben erheblich verkompliziert hatte.

3

Beverly Crusher setzte den Injektor an den Arm ihrer Patientin und drückte den Auslöser. Das Mexolodin zischte unter die Haut.

Im nächsten Moment richtete das Kind große Augen auf Crusher, in denen noch die Erinnerung an Furcht stand. »Bin ich jetzt wieder ganz gesund?« fragte das Mädchen, indem es zu lächeln versuchte.

»*Ganz* noch nicht.« Crusher klopfte auf den um den Arm des Mädchens geformten, erhärteten Plastverband. »Das mußt du eine Woche lang tragen.«

Tatsächlich wuchsen die Knochen schon zusammen. Freilich brauchten sie noch Zeit, um völlig zu heilen. Doch eigentlich erfüllte der Verband eher den Zweck, dem Kind zu verdeutlichen, daß es künftig vorsichtiger sein mußte.

»Wird … wird Jeremy auch wieder gesund?« fragte die Kleine. »Sie und Dr. Selar hatten so lange mit ihm zu tun.«

Crusher strich dem Kind eine Haarsträhne aus der Stirn über den geweiteten Augen. »Jeremy ist schwerer als du verletzt worden, darum dauert es bei ihm länger, bis er geheilt ist. Aber er wird auch wieder gesund. Du brauchst dir keine Sorgen zu machen.« Sie schaute hinüber zu Selar, um ihre Aussage von ihr bestätigt zu erhalten.

Würdevoll nickte die Vulkanierin. »So ist es, Doktor.«

Crusher spürte, wie die Anspannung allmählich aus ihrem Nacken und den Schultern wich. Sie ging in ihr Büro und ließ sich vom Synthetisierer eine Tasse heißen

Tees fabrizieren. Was für ein Nachmittag war das gewesen!

Das Chaos war vor zwei Stunden ausgebrochen, als in der Krankenstation ein dringender Hilferuf von einem der Holo-Decks eintraf. Drei im Auftrag der Schulklasse auf Exkursion befindliche Zehnjährige hatten beschlossen, die Grenzen der Holo-Deck-Programmierung auszutesten. Der kleine Jeremy hatte einen Hinweis auf Parameter entdeckt, die Todesfälle oder ernste körperliche Beeinträchtigungen verboten. Leider bezog die Gültigkeit dieser Parameter sich allein auf Kampfsituationen. Als Jeremy seine Freunde allzu ungestüm mit sich von einer Klippe zog, büßte er seinen Irrtum mit einem gebrochenen Oberschenkelknochen. Es hatte des Eingreifens einer aus Crusher, Selar sowie vier Medo-Technikern bestehenden medizinischen Einsatzgruppe bedurft, um größeres Unglück abzuwenden. Eine Zeitlang war Jeremys Schicksal fraglich gewesen. Seine Oberschenkelschlagader hatte Blut nach allen Seiten verspritzt. Wenigstens waren seine Klassenkameraden weniger schwer verletzt worden. Man bewahre uns bloß vor kleinen Möchtegern-Genies, dachte Crusher. Kinder sind ja dermaßen leichtsinnig!

Zumindest diese drei Bälger hatten ihren Leichtsinn überlebt. Nicht immer gingen derartige Mißgeschicke so glimpflich aus.

Unwillkürlich kehrten Crushers Überlegungen zu Unteroffizier Kinsolving zurück, der fleißigen jungen Frau, die auf Amon 4 den Tod gefunden hatte. Auch Kinsolving war jemandes Kind gewesen. Sie war erst zweiundzwanzig gewesen, nur etwas älter als Crushers Sohn Wesley. Und wieder einmal konnte Crusher den beunruhigenden Gedanken nicht unterdrücken, der lautete: Das nächste Mal könnte es Wesley erwischen.

»Schluß damit, Beverly«, ermahnte sie sich laut.

Seit Wesley Crusher seine Ausbildung an der Starfleet-Akademie angefangen hatte, vermißte seine Mutter ihn stark. Trotzdem war sie auf das Gefühl krasser Hilflosigkeit, das sie packte, nachdem Kinsolving ihrem tragischen Unheil zum Opfer fiel, völlig unvorbereitet gewesen. Es *hätte* nur zu leicht Wesley treffen können. Da steckte das Problem.

Im riesenhaften Universum war eine unendliche Vielzahl verschiedenartiger Unglücksfälle möglich, die alle darauf warteten, irgendwann zu geschehen. Und nicht jeder Commander zeichnete sich durch so viel Kompetenz und Fürsorge für seine Untergebenen aus wie Will Riker. Unter der Leitung eines anderen Offiziers wäre vielleicht die gesamte Landegruppe in den Tod gegangen.

Mit seiner Entscheidung für Starfleet hatte Wesley sich gleichzeitig zu einem gefährlichen Leben entschlossen. Darüber war Beverly Crusher sich aufgrund eigener, schmerzlicher Erfahrung im klaren. Ihr Mann war während einer Starfleet-Mission ums Leben gekommen. Zwanzig Jahre lang hatte sie bis heute Zeit gehabt, um den Verlust zu verwinden. Noch vor kurzem war sie der Ansicht gewesen, diese Frist müßte genügt haben. Doch mit Kinsolvings Tod waren alle alten Ängste von neuem erwacht. *Das nächste Mal könnte Wesley betroffen sein.*

Am Vorabend hatte Crusher im Gesellschaftsraum des zehnten Vorderdecks ihr Leid wieder einmal Deanna Troi geklagt. »Ich verstehe, wie Ihnen zumute ist«, hatte die Counselor auf Crushers abermalige Darlegung ihrer Sorgen gesagt, »aber Sie machen es sich selbst schwerer, als es sein müßte. Sie können nicht in alle Ewigkeit auf Ihren Sohn aufpassen, Beverly. Sie müssen lernen loszulassen.« Dann hatte Will Riker sich zu ihnen gesellt, und das Gespräch verlagerte sich auf andere Themen.

Loslassen, dachte Crusher jetzt. Leicht gesagt. Welche Mutter kann soweit von ihrem Kind lassen, daß sie einfach aufhört, sich um es zu ängstigen?

Natürlich wußte sie, daß die Counselor es so nicht gemeint hatte. Doch was sie tun sollte, wußte sie noch immer nicht.

Auf der Brücke saß Jean-Luc Picard in gezügelter Ungeduld in seinem Kommandosessel und wartete auf den Bericht der Landegruppe. Was mochte Riker dort unten vorgefunden haben?

Die Nahbereichssensoren hatten außer starken energetischen Entladungen Reste einer Siedlung beobachtet. Sollte sich drunten wirklich eine verschollene Kolonie der Erde befinden, hatte sie zumindest eine gewisse Stufe modernerer Technik beibehalten. Aber wieviel? Welche Art von Kultur war entstanden? Das war ein unwiderstehlich aufreizendes Rätsel, aber noch trübten unbekannte Fakten den Blick aus dem Orbit. Riker und seine Landegruppe mußten am Boden für größere Klarheit des Bildes sorgen.

Picard wandte sich vom Anblick des zerschrammten Eisplaneten ab und den Displays des Offiziers zu, der die taktische Station bemannte. »Irgendwelche Mitteilungen von der Planetenoberfläche?«

»Keine, Sir.« Der Offizier schüttelte den Kopf. Er starrte seine Konsole an, als könnte er ihr mit strengen Blicken zusätzliche Informationen entlocken. Seine Finger huschten über die Schaltungen. »Moment mal. Da ist irgendeine Funksendung, aber nicht auf unserer Kommunikationsfrequenz.«

»Vielleicht ist die Bodenstation, die uns kontaktiert hat, inzwischen repariert worden«, meinte Data.

»Es ist eine andere Frequenz, als die Bodenstation sie benutzt hat«, wandte der Offizier ein. »Anscheinend gilt der Funkspruch nicht einmal uns. Es handelt sich um eine Art von gepulstem Strahl in Maschinensprache.« Plötzlich klang seine Stimme gepreßt. »Captain! Auf dem äußeren Mond ist energetische Aktivität zu beobachten. Energiemessung steigt, Sir. Auf der Mondoberfläche öffnet sich ein Silo. Und ich orte darin irgendein Projektil.«

»Alarmstufe Rot«, befahl Picard schneidig. »Schilde hoch, Phaserkanonen auf volle ...«

Das durchdringende Gellen des Alarmsignals übertönte seine Stimme. Vor seinen Augen blitzte der Wandschirm grellweiß auf, ehe er erlosch.

»Sensoren ausgefallen«, meldete der Offizier an der taktischen Station mit hörbarer Bestürzung. »Wir können nicht einmal feststellen, was uns getroffen hat.«

»Sind die Phaserkanonen feuerbereit?« fragte Picard barsch.

»Jawohl, Sir, und sie zielen auf das Silo.«

»Feuer! Wir wissen nicht, was man dort sonst noch auf Lager hat.«

»Phaserkanonen abgefeuert, Sir«, meldete der Mann.

Picard jedoch war schon einen Schritt weiter. »Technische Sektion«, rief er. »Geben Sie Schadensbericht!«

Doch die Stimme, die ihm antwortete, gehörte Dr. Crusher. »Hier Krankenstation«, sagte sie in mattem Ton. »Was ist los?«

Picard verzog die Lippen. »Ich erklär's Ihnen später, Doktor. Computer! Ich will mit der technischen Sektion verbunden werden, und zwar sofort!«

Zwei weitere Vermittlungsfehler des Kommunikationssystems folgten. Einer verband den Captain mit der Hydroponik, einer mit einem ziemlich konfusen Waffenwart in der Waffenkammer. Danach erst bekam Picard endlich Kontakt mit der technischen Sektion. Transporterchef O'Brien war am Apparat. Seine Stimme klang genervt. Aus dem Hintergrund hörte man beträchtlichen Lärm.

»Tut mir leid, Captain«, sagte er mit merklichem Bedauern. »Was unsere Sensoren ruiniert hat, ist auch dem internen Kommunikationssystem in die Glieder gefahren. Bis jetzt habe ich keine verwertbaren Schadensmeldungen zusammenstellen können.«

»Sind Sie wenigstens dazu imstande«, fragte Picard, »die Situation allgemein zu schildern?«

»Die Deflektoren haben für einen Augenblick versagt, doch die Energiefelder werden jetzt wieder aufgebaut. Allem Anschein nach ist der Außenrumpf intakt geblieben. Soweit wir wissen, sind keine Beschädigungen durch Geschoßeinwirkung oder Strahlwaffeneffekte eingetreten.«

»Soweit Sie wissen?« nörgelte der Offizier an der taktischen Station. »Das klingt ja nicht gerade ermutigend, Chief.«

Hinter O'Brien schwoll der Krawall an. »Versucht's mit manueller Reparatur!« brüllte jemand.

O'Brien seufzte. »Der Computer leitet einen Großteil unserer Sensordaten fehl. Deshalb werden wir den Rumpf durch persönlichen Augenschein inspizieren müssen. Und die Automatiken riegeln infolge falscher Leckmeldungen vollständig unbeschädigte Decks ab.« Kurz schwieg er. »Außerdem muß ich leider sagen, daß sämtliche Sensoren defekt sind. Sowohl die Fernkommunikation wie auch der Funkverkehr mit dem Planeten sind vorerst unmöglich geworden. Und alle Transporter sind ausgefallen.«

Dann sitzt die Landegruppe fest, dachte Picard. Wir können sie nicht heraufbeamen, nicht einmal mit ihnen reden – oder auch nur mitverfolgen, was unten passiert. Er setzte eine Miene der Verärgerung auf. Ist das der Grund, warum man unsere Systeme lahmgelegt hat? Was geht da unten auf dem Planeten vor?

»Ich würde momentan auf der Brücke bei der Benutzung der Computer äußerst vorsichtig sein, Sir«, warnte O'Brien. »Die unmittelbar unter der Rumpfhülle gelegenen Systeme spielen überall verrückt.«

»Argl.«

Picard schaute hinüber zu den vorderen Steuerkonsolen: Data hatte sich in seinem Sitz zur Seite gedreht, das Kinn hing ihm herab.

»Mr. Data!« Erschrocken erhob Picard sich halb aus dem Kommandosessel.

Datas Mund blieb offen, während er aus dem Sitz fiel und aufs Deck krachte. Der weibliche Fähnrich am Navigationspult verließ die nutzlos gewordenen Kontrollen und kniete sich neben den Androiden. Picard eilte hinzu.

»Data! Was ist denn?«

Eine Sekunde lang schien es, als hätte der Aufprall den Androiden funktionstüchtig gemacht. »Die Störung… Argn… hargnn…« Mit halboffenem Mund verstummte Data, stierte den Captain aus starren Augen an. Er sah wie ein Betrunkener aus. Der Captain empfand seinen Anblick als sonderbar bestürzend. Auf einmal wirkte Data, als wäre er nicht mehr als ein glasäugiger Roboter.

Nachdem sie Data in seinen Sessel zurückgehoben hatten, holte der Captain tief Luft und kontaktierte anschließend nochmals die Technik. »O'Brien, unsere erste Priorität gilt der Reparatur der Sensoren. Wir können's nicht riskieren, blind durchs Weltall zu trudeln.« Picard räusperte sich, sein Blick streifte Data. »Außerdem brauchen wir einen Techniker auf der Brücke, und zwar jemanden, der etwas von positronischen Computerschaltkreisen versteht.«

Picard zwang sich, eine gleichmütige Miene zu zeigen, während er wieder im Kommandosessel Platz nahm und für sich die Situation zusammenfaßte. Nach einem offenkundigen Angriff kreisen wir blind durch einen Orbit. Wir können nicht ersehen, ob eine weitere Attacke gegen uns vorbereitet wird oder welche Wirkung unsere Phaserkanonen auf die Stellung drüben auf dem Mond hatten. Verdammt noch einmal, wir wissen gar nicht, ob unsere Phaser überhaupt funktioniert haben.

Minuten verstrichen. Der Captain mußte die Erbitterung und Unruhe, die in ihm brodelten, mit aller

Willenskraft niederringen, während er auf die ersten Erfolgsmeldungen der Reorganisationsanstrengungen wartete. Bei so vielen gelähmten Schaltsystemen hätte er genausogut in einer stählernen Kaverne sitzen können.

Er preßte die Lippen zusammen. Die Crewmitglieder, die ihm Meldung erstatteten, waren kompetente Offiziere. Aber in Notfällen dieser Art hätte er doch lieber auf Worf und LaForge vertraut. Doch beide saßen unerreichbar auf der Planetenoberfläche fest und mußten sich mit wer weiß was herumschlagen.

»Captain!« durchdrang O'Briens Stimme das halblaute Stimmengewirr des Hintergrunds.

»Sind die Sensoren repariert?« Es gelang Picard, seinen Tonfall von Beunruhigung freizuhalten.

»Noch nicht, aber inzwischen wissen wir, was ihnen zugestoßen ist.«

»Spannen Sie mich nicht auf die Folter, O'Brien. Offenbar ist die Lage ja wohl schlimm genug.«

»Unsere Deflektoren und die gesamten externen Sensorinstrumente sind durch eine Ionenwelle neutralisiert worden. Die Sensoren sind ausgebrannt. Alle übrigen Instrumente im Bereich des Rumpfs sind durch den Ionisierungseffekt gestört.«

Picard sah Data an, der schlaff im Sessel ruhte. Ein Techniker hatte artifizielles Fleisch und Haar weggeschält und führte soeben mit äußerster Behutsamkeit eine elektronische Sonde in das Positronengehirn ein. Erneut wünschte Picard, LaForge wäre an Bord und könnte diese heikelste aller Reparaturen vornehmen. Falls die Landegruppe in Gefahr schwebte, hing das Raumschiff um so mehr von seinem Androidenoffizier ab. »Sind die kaputten Sensoren ausgetauscht worden?« erkundigte Picard sich bei O'Brien.

»Ja, Sir, aber solange der Ionisierungseffekt nicht abgeklungen ist, können sie nicht benutzt werden.« Der

Wandschirm flackerte auf; doch das sichtbare Bild hatte starke Ähnlichkeit mit grell erleuchtetem Nebel.

»Bei *der* visuellen Übertragung können wir unmöglich navigieren«, sagte Picard bissig. »Und erkennen, was auf uns zukommt, erst recht nicht.«

»Ach so, ja, Sir.« O'Briens Stimme verriet Zerstreutheit. »Leitung drei zur Brücke durchschalten!«

Plötzlich erschien auf dem Wandschirm eine verschwommene Wiedergabe des Planeten. »Captain, das ist die Perspektive aus dem Gesellschaftsraum im zehnten Vorderdeck«, erklärte O'Brien. »Wir haben es geschafft, eine visuelle Erfassung hinzukriegen, aber wie Sie sehen, ist die Auflösung nicht so gut.«

»Sir ...«, setzte der Offizier an der taktischen Station zu einer Mitteilung an, aber Picard unterbrach ihn.

»Liefern Sie uns eine Aufnahme des äußeren Monds.«

Ruckartig verschob sich das Bild. »Wir müssen die Kamera per Hand bewegen«, erläuterte O'Brien.

Auf dem Wandschirm schien der Mond wie irrsinnig umherzuwackeln, bevor er in der Mitte verharrte. Selbst bei dieser verwaschenen Übertragung konnte man auf dem kleinen Satelliten Anzeichen einer kürzlichen Verwüstung erkennen.

An der taktischen Station flitzten die Finger des Offiziers über die sensitiven Schaltflächen. »Die Phaserkanonen haben voll ins Schwarze getroffen, Sir. Hier sind die Koordinaten der Stelle, an der das Raketensilo gewesen ist.«

»*Falls* es ein Raketensilo war.« Nachdenklich spitzte Picard die Lippen. »Daß das Projektil einen feindseligen Zweck erfüllte, ist erst einmal unsererseits eine Unterstellung.«

»Wieso sollten wir etwas anderes annehmen, Sir?« fragte der taktische Offizier. »Es hat uns blind gemacht. Wir sind noch immer so gut wie wehrlos.«

Picard erhob sich aus seinem Kommandosessel. »Es

hat unsere Deflektoren durchdrungen und die Sensorinstrumente neutralisiert. Aber die Explosion eines Sprengkopfs ist ausgeblieben. Warum?«

»Weil das gestartete Objekt nicht als Waffe gedacht war«, mischte sich mit einem Mal Datas Tenorstimme in die Diskussion ein.

Es freute Picard, den Androiden wieder aufrecht und als Herr all seiner Kapazitäten im Sessel sitzen zu sehen.

»Meine Einschätzung lautet, Sir«, sagte Data, »daß wir von einer Tachyonenrakete gestreift worden sind. Die Schäden, die wir erlitten haben, sind nicht durch irgendeinen Sprengkopftyp verursacht worden, sondern durch den Antrieb.«

»Eine Tachyonenrakete?« rief der taktische Offizier erheitert. »Ein Projektil mit Tachyonentriebwerk? Keinem Föderationsforscher ist es je gelungen, *irgend etwas* zu bauen, das mit Tachyonen funktioniert hätte.«

»Ich bin keineswegs der Ansicht, daß sie das Produkt eines Föderationswissenschaftlers gewesen ist«, stellte Data freundlich klar. »Außerdem wird in Berichten über Laboratoriumsexperimente zur Erzeugung von Tachyonen ausdrücklich auf Ionisierungseffekte der Art hingewiesen, wie wir eben einen erlebt haben. Nur hatten sie unter Laborbedingungen nicht diese Größenordnung.«

Das Gesicht des Offiziers rötete sich. »Wollen Sie uns etwa einreden, eine Kolonie nicht der Föderation angeschlossener Flüchtlinge könnte so eine Technik entwickeln?«

»O nein«, widersprach Data. »Ich glaube nicht, daß sie die Rakete konstruiert haben. Aber sie könnte von ihnen gefunden worden sein.«

Picard spürte, wie sich sein Gesichtsausdruck verkrampfte. »Sie meinen, die Rakete ist ein Artefakt fremder Herkunft gewesen?«

Fast unverzüglich begründete Data seine Hypothese.

»Wir haben schon bemerkt«, sagte er, »daß in diesem Sektor des Weltraums eine ganze Anzahl von Welten Spuren starker Verwüstungen tragen. Sie sind möglicherweise von Wesen angerichtet worden, die im Besitz hochgradig fortgeschrittener technischer Instrumentarien sind. Es stimmt, daß wir bis jetzt keine Beweise für eine fremde Zivilisation entdecken konnten. Aber diesem Planeten sind weniger ausgedehnte Verheerungen als den anderen Welten widerfahren. Zudem darf ich anmerken, daß das, was wir bisher von der Technik der hiesigen menschlichen Siedler kennengelernt haben, an nichts von der Qualität des lunaren Silos oder der Rakete heranreicht.«

»Menschen, die auf hochmoderne Technik gestoßen sind...« Picard durchdachte diese Möglichkeit. »Das kommt mir wie eine sehr gefährliche Kombination vor. Mr. Data, können wir uns, falls man noch so eine Rakete abschießt, irgendwie dagegen schützen?«

An seiner Konsole arbeitete Data schon an der Lösung des Problems. »Gewisse Abwandlungen im Harmonisierungsmuster der Schildstruktur müßten uns wirksamer gegen den Ionisierungseffekt abschirmen, obwohl die Ionisierung nach wie vor Sensoren, Kommunikation und Transporterstrahlen beeinträchtigen dürften. Allerdings könnte diese Frage rein akademisch sein.«

»Inwiefern?« wünschte der Captain zu wissen.

Den Blick auf seinen Bildschirm geheftet, gab Data weitere Variablen ein. »Ich bezweifle, daß das Schiff einen direkten Treffer der Rakete überstanden hätte. Aber sie war meines Erachtens nicht auf uns abgeschossen worden. Anscheinend liegt ihr Ziel außerhalb des Sonnensystems. Vielleicht war sie als Nachrichtenkapsel gedacht.«

Der Androide drehte sich Picard zu. »Berücksichtigen Sie, Sir, daß die Schäden nicht durch einen absichtlichen Angriff, sondern lediglich durch den Tachyonenantrieb hervorgerufen worden sind. Wir haben uns nur zufällig in der Nähe des äußeren Monds und der vorprogrammierten Flugbahn der Rakete aufgehalten.«

»Und schon ein Streifschuß hat uns praktisch paralysiert ...!« Man sah dem taktischen Offizier an, wie mulmig ihm jetzt zumute wurde.

»Ein Angriff mit einer nicht ausreichend verstandenen und bedienten Waffe?« überlegte Picard laut. »Könnte die Attacke durch einen Aufstand sabotiert worden sein?« Noch immer standen sie vor zu vielen offenen Fragen, die sich aus dem Orbit nicht beantworten ließen. Die *Enterprise* war zur Zeit in mehr als nur einer Hinsicht blind. Und die einzigen Besatzungsmitglieder, die irgendwie hätten Licht auf die Situation werfen können, befanden sich außer Reichweite auf der Oberfläche des Planeten.

Durch das Fenster des Konferenzzimmers konnte man die Sternhaufen deutlich und scharf erkennen; in ärgerlichem Gegensatz dazu trübte unverändert der Störeffekt der Ionisierung die Bildqualität des Wandschirms.

Mürrisch betrachtete Picard den Bildschirm. »Jetzt warten wir schon seit einer Stunde«, konstatierte er, »und man könnte immer noch meinen, daß dichter Nebel unsere Sensoren behindert.« Er blickte sich am Konferenztisch um. Troi, Data und Beverly Crusher saßen an ihren gewohnten Plätzen. Aber er sah auch Gesichter, die es hier seltener zu sehen gab. O'Brien war da, und ebenso der diensthabende Sicherheitsoffizier, der zeitweilig Worfs Posten übernommen hatte.

Außer Worf fehlte auch Will Riker.

O'Brien fing mit der Berichterstattung an. »Die Reparaturteams haben alle schadhaften internen Schaltkreise wiederhergestellt.«

»Hervorragende Arbeit, Mr. O'Brien.« Picard war sich völlig darüber im klaren, daß sich hinter O'Briens sachlichem Ton eine schnelle, überaus tüchtige Leistung der Techniker und Wissenschaftler verbarg. Eine entscheidende Frage jedoch blieb noch zu beantworten. »Können Sie absehen, wann es uns wieder möglich sein dürfte, die Landegruppe zu kontaktieren?«

Darauf mußte O'Brien den Kopf schütteln. »Die tachyonische Ionisierung auf der Außenseite des Schiffs ist eine gänzlich andere Angelegenheit. Wir haben unsere Sender auf maximale Stärke gebracht, aber es bis jetzt nicht fertiggebracht, die Störung zu überwinden. Das gleiche gilt für die Transporter.«

»Und ebensowenig haben unsere Sensoren die Kommunikatoren der Landegruppenmitglieder anpeilen können«, gestand der diensthabende Sicherheitsoffizier ein. »Es wäre jedoch machbar, per Shuttle eine Sicherheitsgruppe zwecks Suche zur letzten Position der…«

»Bei allem Respekt, Captain«, fiel ihm O'Brien ins Wort, »aber ein Shuttle müßte unter den gleichen ungünstigen Bedingungen wie das Schiff navigieren. Vielleicht sogar unter noch nachteiligeren Verhältnissen. Die Systeme eines Shuttles lassen sich weniger gut als unsere Bordsysteme abschirmen.«

Picard runzelte die Stirn. »Mit anderen Worten, nicht bloß die Kommunikation wäre unmöglich, sondern die Ionisierung könnte auch ein Versagen der Steuerkontrollen auslösen.«

»Genau, Sir.« O'Brien nickte.

»Wir halten die beiden Monde in der Zielverfolgung, auch wenn wir sie nicht auf weitere Raketenbunker scannen können«, gab der Sicherheitsoffizier bekannt. »Es ist für uns ein Glück, daß die Leute dort allem Anschein nach keinen zweiten Schuß auf Lager haben.«

»Wie erwähnt«, sagte Data, »ich bin der Überzeugung, daß die Rakete als Nachrichtenkapsel gestartet worden ist.«

»Falls es sich so verhält, deutet es auf die Existenz weiterer Siedlungen auf anderen Planeten hin«, äußerte Picard. »Eine beachtliche Errungenschaft für eine Population verschollener Terrestrier, selbst wenn sie fremde Technik entdeckt haben sollten.« Er verzog das Gesicht. »Noch eine Frage: Wieso sind sie eigentlich hier? Dieser Sektor liegt im entferntesten Grenzbereich der gegenwärtigen technischen Beförderungsmöglichkeiten der Föderation. Wie kann Technik aus der Zeit vor Gründung der Föderation diese Menschen so weit in den Kosmos gebracht haben?«

Niemand gab eine Antwort. Nach einem Augenblick des Abwartens wandte Picard sich an Troi. »Counselor, können unter Umständen Sie unseren momentanen Kenntnisstand ein bißchen verbessern? Mit wem haben wir es zu tun?«

Deanna Troi schüttelte lediglich den Kopf. »Ich bin für alle erfaßbaren empathischen Eindrücke offen gewesen.« Sie schauderte. »Mißklang ist die passendste Beschreibung, die ich geben kann. Auf dem Planeten ballen sich extreme Gefühle. Furcht, Haß ...« Deannas Stimme verklang. Ihre Miene widerspiegelte Unbehagen.

»Die Krankenstation ist in voller Bereitschaft«, meldete Beverly Crusher. »Urteilt man nach den Aktivitäten, die sich auf der Planetenoberfläche abspielen, werden wir wohl alle Hände voll zu tun haben, sobald der Kontakt zur Landegruppe wiederhergestellt ist ...« Plötzlich wirkte sie, als suche sie nach Worten. Dabei blickte sie hinüber zu Troi. »Ich meine, dort unten werden voraussichtlich eine Menge Personen ärztlicher Behandlung bedürfen.«

Möglicherweise auch Angehörige der Landegruppe – diese Eventualität war Picard klargeworden. Vielleicht sogar Will Riker.

Wenig später beendete Picard die Sitzung. Beim Gehen zögerte Troi an der Tür. »Captain«, sagte sie plötzlich, während die anderen das Konferenzzimmer verließen, »dürfte ich noch einmal kurz mit Ihnen sprechen?«

»Sicherlich, Counselor.« Picard sah, wie die Tür des Konferenzzimmers sich mit einem Zischen schloß. »Anscheinend sind wir gegenwärtig zu wenig mehr als zum Reden imstande.«

»Wenn wir wieder auf dem Planeten agieren können, ist es möglich, daß wir es mit noch einer unvermuteten Variablen zu tun bekommen.« Troi hob eine Hand an die Stirn. »Während der Sitzung habe ich etwas gespürt...« Sie schwieg einige Sekunden lang. »Etwas *Andersartiges* drunten auf der Planetenoberfläche. In einem solchen Vulkan von Emotionen ist ein einzelner Faktor nur schwer unterscheidbar. Aber ich bezweifle, daß es sich um ein menschliches Gedankenmuster handelte.«

Picard schnitt eine trübsinnige Miene. Er versuchte die neue Variable in die Gleichung der Ereignisse einzuordnen. »Also finden wir hier vielleicht nicht nur eine vergessene menschliche Kolonie, sondern werden auch einer neuen Fremdrasse begegnen.«

Trois dunkle Augen bezeugten Unsicherheit. »Ich konnte es nur ganz schwach spüren. Deshalb habe ich es während der Sitzung nicht zur Sprache gebracht. Aber ich würde gerne, sobald es vertretbar ist, hinuntergebeamt werden.«

Picards Gesichtsausdruck verfinsterte sich noch tiefer. »Irgendwie mißfällt mir die Vorstellung«, wandte er ein, »noch ein wichtiges Besatzungsmitglied hinabzuschicken.«

»Haben Sie lieber alle Experten auf ein und demselben Fleck hocken?« fragte Troi, indem sie die Brauen wölbte.

»Wie die Geschehnisse erwiesen haben, wären Worf und LaForge uns wahrscheinlich nützlicher gewesen, hätten wir sie an Bord des Schiffs belassen.«

»Ich dachte«, entgegnete Troi, »die anderen Offiziere hätten ihre Funktionen recht gut ausgefüllt.«

»Es besteht ein Unterschied zwischen dem Erfüllen einer Funktion und dem Einbringen phantasievollen

Engagements in diese Aufgabe.« Picard schaute Troi an. »Vielleicht hätte ich nicht dulden sollen, daß Commander Riker so viele unentbehrliche Könner mitnimmt.«

»Aus Sorge, er könnte ohne sie zurückkehren?« Unmut verdunkelte Trois Miene. »Er hat schon zu viele Landegruppen geleitet, als daß es gerechtfertigt wäre, an seiner Kompetenz zu zweifeln.«

»Ich zweifle sie überhaupt nicht an«, erwiderte Picard. »Meine Bedenken betreffen keineswegs seine Fähigkeiten.«

Einen Moment lang bewahrte er Schweigen. Dann musterte er Troi mit einem Blick des Mißbehagens. »Jeder Kontakt mit einer Fremdrasse hat seine Risiken. Sind Sie sicher, daß es dort unten fremdes Leben gibt?«

»Bis ich mir die Situation vor Ort angeschaut habe«, antwortete Troi, »kann ich darüber nur spekulieren.«

Picard setzte sich in einen Sessel. »Dann müssen wir beide wohl oder übel warten, bis Commander Riker uns wieder kontaktiert.«

4

»Tja, Sir«, meinte Geordi LaForge mit erstickter Stimme zu Riker, »ich würde sagen, wir stehen vor einem Problem.«

»Vielen Dank für den Hinweis, Mr. LaForge«, gab Riker verdrossen zur Antwort. Dann schüttelte ihn ein Hustenanfall.

Das Vogelwesen duckte sich auf dem Boden zu einer noch kleineren Flauschkugel zusammen und stieß leise Gurrlaute aus.

Geordi wischte sich die Tränen vom Gesicht, die ihm aus den blinden Augen rannen. Er konzentrierte sich darauf, die visuellen Verzerrungen abzuklären, die sein VISOR durchwaberten. Was ist bloß los mit dem Ding? fragte er sich benommen. Da gaben seine Knie nach.

»Du mußt widerstehen«, hörte er eine dunkle Stimme sagen. Fest umklammerte eine Faust seinen Oberarm, zog ihn hoch. Geordi sah ein flackerndes Zweifarbenbild, dessen seltsame Sprenkelung es als Kobans Gesicht kennzeichnete. Die Augen des Rebellenkommandeurs wechselten von einem interessanten Orange zu knalligem Rot. »Wehr dich gegen die Beeinflussung«, drängte ihn Koban. »Laß dich nicht unterkriegen!«

Im Laufe der folgenden Sekunden ließ der bestialische Geruch, der die Kaverne durchwehte, ein wenig nach. Rund um Geordi rappelten die Männer sich auf, husteten und glotzten stieren Blicks umher. Worf hockte an einer der schmutzig grauen Felswände. Er verdrehte wild die Augen, während sein übriges Gesicht dermaßen erschlafft war, als befände er sich in Trance.

Geordi atmete ein und mußte ebenfalls wieder husten. Die verbliebenen Reste des Gestanks ließen jeden Atemzug einem Messerstich in die Brust ähneln.

Und das ist nicht die einzige Wirkung, schlußfolgerte Geordi, während seine Gedanken sich allmählich klärten. Allem Anschein nach trübte ein chemischer Bestandteil des Duftstoffs die sinnliche Aufnahmefähigkeit des Gehirns. Deshalb hatte Koban ihn zu innerem Widerstand aufgerufen. Der Knabe hat leicht reden, dachte Geordi.

Die mutmaßliche Chemikalie mochte auch der Grund der scheinbaren Fehlfunktion seines VISOR sein. Nicht die prothetische Sehhilfe hatte Daten durcheinandergebracht; sie waren vom Gehirn selbst falsch entgegengenommen worden. »Uff …«, machte er matt. Ein unwillkürliches Schaudern verursachte ihm Gänsehaut. Er hätte nie gedacht, daß er so mühelos mattgesetzt werden könnte.

Riker raffte sich auf, das Gesicht rot vor Anstrengung. Mit einer Hand stützte er sich auf Geordis Schulter. »Koban, dieser Geruch … Woher stammt er?«

Koban wies auf die flauschige Kugel aus gelbem und grünem Gefieder. »Dieses Wesen erzeugt ihn zur Verteidigung … Er ist seine Waffe.«

»Das kleine Geschöpf bringt einen derartigen Gestank hervor?« wunderte sich Geordi.

»Was ist das überhaupt?« grollte Worfs Stimme in ungewohnt weichem Tonfall. Er trat neben den Ersten Offizier und besah sich die fremde Kreatur eher belustigt.

Koban zuckte mit den Schultern. »Die Regentin von Koorn. Ihr Name ist Drraagh.« Er dehnte den Namen, während er ihn aussprach, so daß er wie das rauhe Krächzen eines Vogels klang.

»Diese Rasse nennt sich selbst Tseetsk. Wir nennen sie bloß Flatterer.« Koban äußerte sich in ausdrucksarmem Ton. Doch die auffälligen Wechsel der farblichen Schattierungen, die Geordi unter dem Narbengewebe seines

Gesichts sehen konnte, verrieten starke Gefühlsregungen. »Sie sind die eigentlichen Sklavenhalter. Die Aufseher sind nur ihre Schergen. Vor zweihundert Jahren haben die Flatterer unsere Vorväter auf einem Nachbarplaneten entdeckt, wo eine Kolonie gegründet worden war, und sie mit ihrem Duftstoff unterjocht. Wir mußten für sie neue Welten terraformen. Als billige Sklavenarbeitskräfte sind wir seither verschlissen worden.«

»Also sind nicht die Aufseher der wahre Feind«, meinte Riker.

»Ach, sie sind Lumpen, da gibt's keinen Zweifel. Menschen, die ihresgleichen um einiger Vorteile willen verraten haben. Aber natürlich waren es die Flatterer, die uns auf diesen Eisklotz verbannten, damit wir ihn für sie in ein Paradies verwandeln. Sie sind es, die uns nach und nach töten.« Er berührte sein entstelltes Gesicht. »Einen nach dem anderen.« Seine Kiefer mahlten, als könnte er seinen Haß auf der Zunge schmecken.

»Ist das der einzige ...?« setzte Riker zu einer Frage an.

Aber plötzlich übertönte Geschrei aus einem Dutzend Kehlen seine Stimme. »Schlagt ihn tot!« Der Haufen in Braun gekleideter Rebellen grölte wüst durcheinander. »Tod dem Flatterer! *Dreht ihm den Hals um!*«

»Statusbericht, Captain.« Man hörte O'Briens Stimme zu gleichen Teilen Verdruß und Triumph an. »Die Tachyonen-Interferenz hat sich mittlerweile so weit abgeschwächt, daß wir bei ausreichendem Energieaufwand den Kommunikations- und Transporterbetrieb wiederaufnehmen können.«

»Ausgezeichnet. Dann tun Sie das.« Picard spürte, wie sich in seinem Rücken verkrampfte Muskeln lokkerten. Hastig stellte er – er saß im Bereitschaftszimmer – die Teetasse auf den Tisch. »Picard an Riker.«

Nach einem Moment des Schweigens traf eine etwas undeutliche Antwort ein. »Captain, hier spricht La-Forge. Ich bin froh, Sie zu hören.«

Augenblicklich verspannte Picards Rücken sich von neuem. »Mr. LaForge, wo ist Commander Riker?«

»Der Commander hat mich gebeten, mit Ihnen zu sprechen. Er ist momentan... ähm... etwas beschäftigt.«

»Was geht da unten bei Ihnen vor? Sind Sie alle wohlauf?«

»Äh... Mehr oder weniger ja, Captain«, sagte Geordi. Picard fiel auf, daß er mit gedämpfter Stimme redete. Man hätte seinen Ton sogar als verstohlen bezeichnen können. »Wir sind in ein Feuergefecht verwickelt worden. Wir haben zwei Verwundete, von denen es einen schwer erwischt hat. Ich schlage vor, Sie veranlassen, daß Transporterchef O'Brien auf ihre Kommunikatoren anpeilt und sie in die Krankenstation beamt.«

»Bleiben Sie dran.« Picard berührte seinen Insignienkommunikator und erteilte O'Brien kurz und bündig einen entsprechenden Befehl. Danach widmete er seine Aufmerksamkeit wieder Geordi. »Also, Mr. LaForge, wie ist die Situation?«

»Tja, Sir, hier unten ist eine Revolte in Gang«, gab Geordi durch. »Wir haben Sklavenhaltung vorgefunden. Zur Zeit steht die Brigade, wie die Sklaven sich nennen, im Kampf mit ihren Aufsehern.«

»Eine von Menschen errichtete Sklavenhaltergesellschaft?« fragte Picard in merklicher Nachdenklichkeit.

»Die wahren Verantwortlichen sind Fremdrassige«, stellte Geordi klar. »Ich nehme an, Sie wissen, daß wir Sie zeitweilig nicht per Kommunikator erreichen konnten.«

»Allerdings«, bestätigte Picard grimmig. »Wir hatten hier selbst Schwierigkeiten. Mehr erzähle ich Ihnen gleich. Berichten Sie bitte weiter, Mr. LaForge.«

Während Geordi der Aufforderung nachkam, summte der Türmelder des Bereitschaftszimmers. Dann öffnete sich die Tür. Troi trat ein. Mit einem Wink wies Picard sie in einen Sessel sich gegenüber. Unterdessen lauschte er achtsam Geordis Ausführungen.

»Bei den Fremden handelt es sich um eine Vogelrasse mit dem Namen Tseetsk. Die menschlichen Arbeitsbrigaden sind – oder vielmehr waren – aus Sklaven gebildet. Sie mußten Schwerstarbeit erledigen. Zufällig sind wir gerade hier eingetroffen, als die Brigade rebellierte. Inzwischen sind die Aufseher überwältigt worden, und die Brigade hat die Kontrolle übernommen.« Eine Sekunde lang schwieg er. »Oder vielleicht sollte ich sagen, sie ist außer Kontrolle geraten. Im Moment versucht Commander Riker, ihnen auszureden, einen Tseetsk kaltzumachen. Die Rebellen hassen die Fremden wie die Pest, Sir.«

»Captain, lassen Sie mich dort hinunter«, sagte Troi eindringlich dazwischen. »Ich kann den Geist des Fremden jetzt deutlicher spüren. Er ist voller Entsetzen.«

»Sir, ich würde das befürworten«, rief Geordi. »Ich glaube, die Counselor könnte hier unten sehr nützlich sein.«

Picard lehnte sich zurück. »Kann sein. Aber vorher habe ich ein paar Fragen, zu denen ich Ihre Meinung hören möchte.« Die Fingerspitzen aneinandergelegt, schilderte er die unerfreuliche Kollision der *Enterprise* mit der Tachyonenrakete.

»Hui, ich dachte, so etwas ließe sich gar nicht konstruieren.« Geordis Tonfall zeugte von nahezu ehrfürchtigem Staunen. »Ist das Schiff unbeschädigt? An sich müßten die Bordsysteme bei dermaßen starker Ioneneinstrahlung durchgedreht sein.«

»Genau das ist auch passiert«, bestätigte Picard mit trockenem Humor. »Die Situation ist stabilisiert worden, obwohl uns Ihr fachkundiger Rat gefehlt hat, Lieutenant. Meine Frage lautet: Glauben Sie, daß die Menschen da unten die Rakete gestartet haben könnten?«

»Die Arbeitsbrigade auf keinen Fall«, antwortete Geordi sofort. »Eher kämen die Aufseher in Frage, die

Kerle in den grauen Uniformen. Aber sie hatten ja überhaupt nicht mit uns gerechnet. Anscheinend ist die Revolte doch durch den Anblick von uns ›freien Menschen‹ auf ihren Bildschirmen erst ausgelöst worden. Allerdings hat selbst der Rebellenkommandeur nur halb geglaubt, daß es uns wirklich gibt, bis unsere Landegruppe aufkreuzte. Sollten trotzdem die Aufseher die Rakete abgeschossen haben, wird es schwierig sein, den Grund aufzudecken. Die meisten von ihnen sind tot oder halten sich versteckt.«

»Sind Sie dazu in der Lage, falls ich Counselor Troi zu Ihnen hinabschicke, ihren Schutz zu gewährleisten?«

»Das würde ich bejahen, Sir. Offensichtlich betrachten die Rebellen uns als ihre Freunde. Ich sehe keine Probleme.«

Picard erwiderte den Blick aus Trois dunklen Augen und nickte ihr zu. »Dann gehen Sie«, sagte er.

»Packen Sie sich warm ein«, empfahl Geordi. »Es ist hier kalt.«

Troi lachte. »Das ist schnell getan. Ich bin gleich bei Ihnen.«

»Murkst den Flatterer ab!« brüllten die braungekleideten Rebellen.

Riker zermarterte sein noch halb umnachtetes Gehirn nach einem für Koban und seine Anhänger überzeugenden Argument zugunsten der Fremden. Aber er verfiel auf keinen einleuchtenden Grund aus ihrer Sicht, der sie dazu hätte bewegen müssen, das Vogelwesen *nicht* zu töten. Daß es kaltblütiger Mord wäre, darauf hatte er schon hingewiesen. Koban hatte nur die Schultern gezuckt. »Wir könnten dir eine Menge über Tausende von Menschen erzählen, die von den Flatterern auf entschieden kaltschnäuzigere Weise umgebracht wurden.«

Der dürre, grauhaarige Mann, der neben dem Vogelwesen lag, stöhnte auf und regte sich. Seine stark von

Adern durchzogenen Lider zuckten aufwärts und enthüllten dunkle, kummervolle Augen. Riker bemerkte, daß der Mann die graue Kluft der Aufseher trug.

»Vossted.« Koban beugte sich über den Liegenden. »Deine Seite verliert.«

Vossted hustete. »Ich wußte nicht, daß ich auf jemandes Seite stehe.«

»Bah! Schon für diese Lüge hat er den Tod verdient.« In Edorlics Mandelaugen glomm Haß. »Er gehört zu den Aufsehern, oder etwa nicht?«

»Laß es gut sein, Chu.« Kobans unverletzte Gesichtshälfte nahm wahrhaftig einen sanfteren Ausdruck an. Er streifte seinen staubigen Überwurf ab, legte ihn zusammen und schob ihn Vossted als Kissen unter den Kopf.

Beim Zuschauen erkannte Riker, daß Koban aus irgendwelchen Beweggründen tiefe Zuneigung für den alten Aufseher empfand. Das war die einzige Schwäche, die Riker bislang bei ihm beobachtet hatte. Der Blick des Ersten Offiziers fiel in Chu Edorlics finstere Visage. Wenn Koban nicht auf der Hut ist, überlegte Will, könnte dieser Schwachpunkt ihn eines Tages zu Fall bringen.

»Vossted«, sagte Koban, »ich weiß, daß du dich in deinem Herzen zu uns gehörig fühlst. Du brauchst es nun nicht mehr zu verheimlichen.« Mit einer Geste des Arms deutete er auf die anwesenden Rebellen. »Von *uns* wird dich wohl niemand bei den Flatterern anschwärzen.« Sein Gelächter entlockte auch den Umstehenden einiges zurückhaltendes Auflachen.

»Wenn du glaubst, das sei meine größte Sorge«, entgegnete Vossted schlagfertig, »mißverstehst du mich sehr.«

Plötzlich widerspiegelte Kobans Miene neue Anspannung. Er kauerte sich auf die Fersen. »Die Zeiten ändern sich, Alter«, sagte er mit halblauter Stimme. »Von nun an ist Neutralität keine sinnvolle Option mehr. Hör auf mich, Vossted.«

Die Rebellen wurden unruhig. »Killt den Flatterer!« schrie erneut jemand. Kobans Hand griff nach dem Rohr seines Lasers.

Mühselig stemmte Vossted sich auf einem dünnen Ellbogen hoch. »Nicht!« Seine Hand berührte Koban, und Riker sah Beklommenheit in den Augen des Älteren.

»Das ist wirklich der ungeeignetste Moment, um deine Sympathien für die Flatterer zu demonstrieren«, sagte Koban in merklich abgekühltem Tonfall.

Hastig fing Vossted auf ihn einzureden an. »Es geht doch um die Frage, wem man die eigentliche Schuld geben muß. Weshalb sollte man Drraagh umbringen? Sie persönlich hat euch nie etwas Böses getan. Sie ist immer eine gute Regentin gewesen. Du weißt, daß die Zustände auf Koorn besser als an den meisten sonstigen Einsatzorten sind. Nein, Drraaghs einziger Fehler besteht darin, daß sie nun einmal ein Produkt ihrer Welt ist.« Freudlose Belustigung umspielte seine Lippen. »So wie wir ein Produkt dieser Welt sind.«

»Nichts als Aufsehergeschwätz«, murrte Chu.

»Die üblichen, alten Tricks, wie wir sie längst von den Aufsehern kennen!« schrie ein wutentbrannter Rebell. »Hört nicht auf ihn! Bringt Vossted auch um!«

»Vossted muß sterben!« Etliche andere Rebellen stimmten zu.

Riker hatte darüber Klarheit, daß er nun irgendwie eingreifen mußte. Er hakte den Handphaser vom Gürtel und gab einen Schuß an die Felsdecke der Kaverne ab. Der Schuß verursachte ein Herabstieben von Staub und körnigen Steinchen. Augenblicklich herrschte Stille.

Chu Edorlic hatte seine Waffe halb aus dem Halfter gerissen, bevor Koban ihn mit ausgestrecktem Arm zurückhielt. Der Rebellenkommandeur verschränkte die Arme auf dem Brustkorb und heftete seinen durchdringenden Blick auf Riker. »Möchtest du etwas sagen?« fragte er in ruhigem Ton.

Rikers Magen zog sich zusammen. Er wußte, daß er sich auf dünnes Eis wagte. Doch Vossteds Bitten hatten ihm zu einer Idee verholfen. Vielleicht nutzte es etwas, wenn er an den Stolz der Rebellen appellierte …

Das Spiel war zweifellos gefährlich, aber er mußte es damit versuchen.

»Ja, habe ich«, bestätigte Riker. Er sprach so laut, daß alle in der Kaverne Versammelten ihn hören konnten. »Wollt ihr etwa so wie die Flatterer werden?« fragte er. »Gefällt es euch, nur deshalb zu töten, weil ihr die Stärkeren seid? Ach, wie mutig ihr seid, ihr alle zusammen gegen diesen einen Flatterer allein …! Von mir aus denkt nicht an eine faire Behandlung. Laßt alles außer acht, was Drraagh vielleicht zu ihrer Verteidigung anführen könnte. Verschwendet meinetwegen keinen Gedanken an Gerechtigkeit. Aber merkt euch eines: Wenn ihr euch so verhaltet, werdet ihr niemals wahrhaft frei sein.«

Riker musterte die Menschenmenge und wartete die Reaktion ab.

Das Schweigen dauerte noch einen Moment lang. Währenddessen bemerkte Riker, wie Koban ihn mit einem Ausdruck der Beifälligkeit im verunstalteten Gesicht anschaute.

»Wer *bist* denn du überhaupt?« rief jemand aus der Menge.

Koban hob die Arme in die Höhe. »Das ist einer der Männer aus dem Sternenschiff.«

»Blast ihm auch das Lebenslicht aus!« blökte eine andere Stimme.

»Jawohl!« Der Mob, der seine Blutgier ungestillt sah, geiferte grell durcheinander. »Lyncht die Sternenmenschen!«

Zornig fletschte Worf die Zähne.

»Ruhe!« gebot Koban in scharfem Ton. »Sie sind unsere Freunde. Sie haben versprochen, uns zu helfen.« Erneut heftete er seinen beifälligen Blick auf Riker.

»Haben wir das?« raunte Worf in Rikers Ohr.

Das Gezeter verebbte etwas; allerdings nicht sehr. Riker spürte, wie sich trotz der Kälte auf seiner Stirn Schweißperlen bildeten. Ich habe die Sache verbockt, dachte er in einer Anwandlung sinnlosen, gegen sich selbst gerichteten Ärgers. Falls ich die Situation nicht schnell bereinigen kann, muß ich Unterstützung von der *Enterprise* anfordern und hoffen, daß man uns aus dieser Patsche herausholt. Vorausgesetzt selbstverständlich, dem Schiff ist während dieses sonderbaren Kommunikationsausfalls nichts zugestoßen. Geordi ist es gelungen, Verbindung mit Captain Picard zu erhalten. Er müßte inzwischen wissen, wie die Dinge stehen. Riker verrenkte sich, indem er nach dem Chefingenieur ausspähte, fast den Hals.

Und sah eine energetische Säule schillernden Blaus zwischen Fußboden und Decke der Kaverne flimmern. Das Irisieren verdichtete sich rasch zu einer menschlichen Gestalt. Deanna Trois Gestalt.

»Verdammt noch mal!« schimpfte Riker. »Doch nicht ausgerechnet jetzt!«

Deanna Troi wurde mitten in einen Andrang verworrener Gedankenströme transferiert: Konfusion, Schrekken, Ehrfurcht vor einem stets gegenwärtigen Hintergrund aus Wut und Haß. Und dann ergänzte noch etwas die emotionale Ausstrahlung – eine zügig anschwellende Emanation, die sie zunächst nicht so recht durchschaute …

Sie blickte in ein Gedränge entgeisterter Gesichter und trat einen Schritt vor.

Jemand brach das plötzlich entstandene Schweigen. »Ist das …?« Die Stimme stockte. »Ist es eine *Frau*?«

Und da steigerte die zusätzliche Emanation, die Troi spürte, sich schlagartig zu einer Ballung aufgestauter Gefühle, die ausschließlich ihr galt. Troi wankte rückwärts, als ihr die volle Kraft der Empfindungen entgegenschlug. »Oh!« schrie sie, rang um Atem. Die Luft schien plötzlich stickig und von einem abstoßenden Moschushauch erfüllt zu sein.

Alles verschwamm Troi vor Augen. Diese Emanationen hatten mit nichts Ähnlichkeit, das sie je zuvor empathisch empfangen hatte. Es waren häßliche, rohe, schockierend gewaltsame, von beinahe unerträglicher Begierde aufgestachelte und zur gleichen Zeit mit Scham vermengte Gefühle. Dann folgten die Gedankenbilder. Troi sah zahllose Abbilder ihrer selbst, das Gesicht undeutlich, während die Proportionen ihres nackten Körpers lachhaft übertrieben wirkten; sie sah ihn sich winden, ihn kopulieren, sich an ungezählten Geschlechtsakten beteiligen.

Das Gefühl, begriff sie in einem flüchtigen Momentchen geistigen Durchblicks, war Lüsternheit. Was sie mental überschwemmte, war die unterdrückte Lust von hundert Männern gleichzeitig.

Troi stöhnte auf, duckte sich in ihrer weiten, dicken Thermojacke zusammen. Ihre Hände vollführten fahrige Bewegungen der Unentschlossenheit. Ihr Nervensystem konnte nicht entscheiden, ob sie an erster Stelle ihre Seele oder ihren Körper vor dem grauenvollen Schwall der Geilheit schützen sollte.

»Counselor? Stimmt irgend was nicht?«

Vor sich unterschied sie als dunklen Klecks ein Gesicht. Geordis Gesicht. Sie konzentrierte sich auf die kühle, beruhigende Woge des Mitgefühls und der Sorge, die von ihm ausging. »Hilfe...!« röchelte sie, grabschte nach seinem Ärmel, krallte sich daran fest.

»Halten Sie durch«, sagte Geordi aufgeregt zu ihr. »Halten Sie noch einen Moment durch, Troi. Wir sind da. Sir, ich weiß nicht, was mit ihr nicht stimmt.«

Inzwischen hatten andere Personen sich nach vorn geschoben. Sie hielten die Massen erhitzter, lüsterner Gesichter und vorgestreckter Hände von Troi zurück. Worf war dabei; durch die Tränen, die ihren Blick verschleierten, sah sie seine Hünengestalt aufragen. Sie spürte, wie er sich zu ihrem Schutz vor sie stellte, gegen ihre Bedränger. Und da war Will Riker …

O nein. Nicht Will. Sie mochte ihn jetzt, während sie sich dermaßen entblößt fühlte, nicht in ihrer Nähe haben. Sie konnte sein Mitleid, seine Sorge und Liebe jetzt nicht ertragen. Am wenigsten seine Liebe …

Troi verbarg ihr Gesicht an Geordis Ärmel. Wechselweise durchströmten Wellen von Hitze und Kühle sie. Tief schöpfte sie Atem. »Bitte bringt mich von hier weg«, bat sie, indem sie sich angestrengt um eine deutliche Aussprache bemühte. »Ich muß aus dem Umkreis dieser Leute fort.«

»Koban, wohin können wir sie bringen?« Wills tiefe Stimme war es, die die Frage in eindringlichem Tonfall äußerte.

»Zurück mit euch, ihr alle!« erscholl im Befehlston eine andere Stimme. »Hinaus mit euch! Ich werde mich um alles kümmern.«

»Wir wollen die Frau!« ertönte ein Zuruf.

»Sie gehört zu unseren neuen Freunden«, erwiderte die gebieterische Stimme streng. »Also ist sie auch unsere Freundin.«

»Na sicher, Koban, das ist doch klar«, rief jemand. »Wir wollen ja auch bloß 'n bißchen nett zu ihr sein.« Die ganze Horde grölte Gelächter hervor.

Troi krampfte sich zusammen, als die mentalen Emanationen sexueller Begierde mit erneuerter Zudringlichkeit gegen ihren Geist anbrandeten. Erneut sickerten die Wunschbilder in ihre Seele. Diesmal schärfer, irgendwie realistischer. Trois Fleisch erbebte unter dem Andrang schweißiger Phantomhände …

»Ist es das, wofür wir gekämpft haben?« Die Wut in Kobans Stimme durchschnitt das Krakeelen wie ein Peitschenknall. »Ist es möglich, daß der Sternenmensch euch auf den ersten Blick richtig eingeschätzt hat? Seid ihr Tiere?« Koban hob die Lautstärke seiner Stimme nicht, doch der Haufen erregter Männer bemerkte seine kalte Verachtung. Sie reagierten wie getretene Hunde. »Ich dachte, ich wäre der Anführer von Menschen.«

Troi hörte Füßescharren, während in ihrem Bewußtsein der dichte Nebel aus Frustration und Begehrlichkeit sich zu lichten anfing. Nach und nach nahm sie die Männer schließlich als Individuen wahr, sogar den Burschen, der noch trotzig »Männer brauchen eben Frauen!« maulte.

»Falsch! Nur Sklaven und Vieh lassen sich von ihren Trieben leiten. Wir sind freie Männer. Um es zu werden, haben wir heute gekämpft. Von nun an haben wir unser Leben selbst in der Hand. Wir *brauchen* nur unsere Freiheit.«

Während die Männer seine Worte zur Kenntnis nahmen und widerwillig darüber nachdachten, spürte Troi, wie ihre Lust ein wenig abschwoll. Gleichzeitig linderte sich das beschleunigte Klopfen ihres Herzens.

Anscheinend merkte Koban, daß es ihm gelang, die Horde zu überzeugen. »Ihr dürft euch jetzt nicht durch Nebensächlichkeiten ablenken lassen«, ermahnte er sie. »Noch ist unser Sieg nicht vollkommen. Von wenigstens fünfzehn Aufsehern wissen wir nicht, wo sie stecken. Ich wünsche, daß die Gruppen sich neu aufteilen und das Durchkämmen der Außenblocks fortsetzen. Wenn ihr fertig seid, sollen die Gruppenleiter sich bei mir in der Waffenkammer zur Berichterstattung melden.«

Unter anhaltendem Gemurmel entfernten die Männer sich zu den Stolleneingängen. »Und was wird aus Vossted und dem Flatterer?« erkundigte sich jemand.

»Ich befasse mich mit ihnen, Chu. Erledige du deine Aufgaben.«

Während das Stiefelgetrampel sich langsam entfernte, wagte Troi endlich den Kopf zu heben. Sie löste den harten Griff ihrer Faust von Geordis Ärmel.

Im nächsten Moment stand Riker an ihrer Seite.

»Deanna, ist alles in Ordnung?« Mit der Hand berührte er sie, um sie zu beschwichtigen, am Ellbogen.

Ein heißes Erröten der Scham verursachte auf Trois Wangen ein Brennen. Doch sie zwang sich dazu, ihm in die sorgenvollen Augen zu blicken. »Es ist schon gut«, sagte sie mit zittriger Stimme. »Es war bloß...«

Ein hochgewachsener, muskelbepackter Mann mit nach hinten gekämmtem, blondem Haar und fürchterlich entstellten Gesichtszügen trat auf sie zu. Sie sah ihm an, daß ihre unwillkürlich erschrockene Reaktion auf seine Erscheinung ihn schmerzte. Trotzdem machte er vor ihr eine höfliche, tiefe Verbeugung. »Ich bin Iarni Koban. Ich bitte dich für das Betragen meiner Männer um Entschuldigung.«

Probeweise öffnete Troi ihm, während er sprach, ihren Geist. Starke Emotionen durchbrodelten sein Bewußtsein. Am heftigsten war der Kummer wegen des Schreckens, den sein verwüstetes Gesicht bei ihr ausgelöst hatte. Außerdem verspürte er Ärger, aber die Fundamente seines Gemüts bestanden aus einer eingefleischten Haltung der Entschlossenheit. Zu ihrer Erleichterung bemerkte Deanna bei ihm nur ein geringfügiges Maß sexuellen Verlangens.

Ermutigt verbeugte sie sich gleichfalls. »Deanna Troi. Ich bin Counselor des Raumschiffs *Enterprise.* Vielen Dank für Ihr Einschreiten. Ich stehe tief in Ihrer Schuld.«

»Was zum Teufel ist denn eigentlich los gewesen?« brummelte Riker.

»Das Auftauchen eurer Counselor ist auf diesem Planeten ein sehr außergewöhnliches Ereignis«, erklärte Koban sachlich. »Ihr müßt bedenken, daß seit fünf Jahren keiner von uns eine Frau gesehen, geschweige denn angefaßt hat.«

»Ui...« Geordi stieß einen gedämpften Pfiff aus. »Du meinst...?«

»Ganz genau.« Koban nickte. »Es gibt keine Frauen

auf Koorn. Die verdammten Flatterer halten die männlichen und weiblichen Arbeitsbrigaden auf verschiedenen Planeten getrennt. Und als die Männer jetzt diese schöne Frau zu sehen bekommen haben...« Noch einmal verbeugte er sich vor Troi. »Na ja, ihre Reaktion war verständlich. Aber auf keinen Fall« – das fügte er hastig hinzu – »irgendwie akzeptabel.«

Troi konnte hinter seinem neutralen Ton Wut aufschäumen spüren. »Diese Trennung ist ein fester Bestandteil der Planung der Flatterer«, erläuterte er. »Die Arbeitsbrigaden werden für siebenjährige Tätigkeitsphasen auf bestimmte Projektplaneten verteilt. Danach werden wir für sechs Monate zur Erholung und zum Produzieren einer neuen Sklavengeneration zum Zuchtplaneten befördert. Natürlich stauen sich bei den Männern während der siebenjährigen Trennung reichlich Aggressionen an.« Ein freudloses Schmunzeln umzuckte seine Lippen. »Als Brigade vierzehn landete, zählten wir noch Tausende. Mittlerweile sind wir auf siebenhundertzwölf zusammengeschrumpft. Abgesehen davon, daß bei der Plackerei Unfälle geschehen, bringen wir uns häufig auch noch gegenseitig um. Man muß das als perfekte Ausrottungsmethode bewerten.« Jetzt klang seine Stimme nach Bitterkeit. »So haben die Flatterer keine Mühe mit uns und müssen nicht ihren stinkigen Balg riskieren.«

»Das ist unwahr.«

Verdutzt fuhr Troi herum. Sie hatte die beiden Gestalten in den Schatten am anderen Ende der Kaverne bisher nicht bemerkt. Infolge der emotionalen Drangsal, die sie eben durchgestanden hatte, war ihr empathisches Gespür, das ihr normalerweise ihre Gegenwart verraten hätte, noch leicht betäubt.

Sie dehnte ihre empathische Wahrnehmung auf die zwei Gestalten aus. Unverzüglich spürte sie die Anwesenheit einer fremdartigen Psyche. Seit dem letzten, schwachen Kontakt hatte das Entsetzen weitgehend nachgelassen. Allem Anschein nach zeichnete das Wesen sich durch kühle Intelligenz aus. Mehr vermochte Troi momentan nicht festzustellen.

Neugierig ging sie einige Schritte auf das Lebewesen zu und musterte es. Aus einem Doppelstreifen hellblauer Daunen lugten ihr ernst orangegelbe Knopfaugen entgegen. Das Gesicht der Kreatur bestand aus sanften Rundungen und mündete in einen kurzen, stämmigen Schnabel. Kopf und Körper waren hauptsächlich gelb, wiesen jedoch schwarze Einsprengsel auf. Um den Hals wuchs eine Krause aus grünem Gefieder. Mit Ausnahme der Farbe, der langen, kräftigen Beine und der Klauenhände, die an den flossenartigen Armschwingen saßen und etwas lächerlich wirkten, erinnerte das Geschöpf Troi stark an einen Pinguin.

»Der Flatterer sieht nicht wie ein Angehöriger eines Erobervolkes aus, wie?« Kobans Stimme troff von Ironie. »Counselor Troi, das ist Drraagh, Regentin der Tseetsk-Rasse auf dem Planeten Koorn.«

»Wie geht's, wie steht's?« fragte Troi halblaut. Die Höflichkeitsfloskel kam ihr selbst ziemlich blödsinnig vor. Aber was sollte man in einer derartig ungewöhnlichen Situation denn eigentlich sagen?

Drraagh gab keine Antwort. Nichts an ihrem Gebaren zeigte an, daß sie Trois Äußerung verstanden hätte. Der Blick der orangefarbenen Augen ruckte von Troi hinüber zu den anderen Cremitgliedern der *Enterprise.* Er verweilte für einen Sekundenbruchteil auf Worf, setzte danach die Musterung der Landegruppe fort.

»Und das«, sagte Koban, indem er auf den Mann deutete, der neben dem Vogelwesen mit dem Rücken an der Wand saß, »ist Josip Vossted: Aufseher, gelegentlich Lehrmeister ... und ein Verteidiger der Tseetsk.«

Vossted raffte sich hoch. Er war ein hühnerbrüstiges Männlein, kleiner als Troi, hatte ein faltenreiches Gesicht und große, traurige Augen. Obwohl er am Kinn einen sichtlich geschwollenen Bluterguß hatte, rang er sich ein verzerrtes Lächeln ab.

»Es freut mich, euch kennenzulernen, Sternenmenschen«, sagte er mit schwächlicher Stimme. »Ich habe mich oft gefragt, ob überhaupt noch freie Menschen existieren. Aber ich muß unverzüglich klarstellen, daß mein junger Freund Koban sich irrt. Ich bin kein Verteidiger der Tseetsk. Daß sie meinem Volk großes Unrecht zugefügt haben, kann ich nicht leugnen. Dagegen bleibe ich jedoch bei der Behauptung, daß sie weder von Natur aus schlecht sind noch versuchen, uns auszurotten.« Er seufzte. »Ich bin der Auffassung, daß leider alles ganz erheblich komplizierter ist.«

»Es wäre Dummheit von einem Eroberervolk«, merkte Worf an, »seine Arbeitskräfte zu eliminieren.«

»Genau!« Vossted zeigte mit dem Finger auf Worf. »Ich sehe, du bist jemand, der praktisch denkt. Das gleiche gilt für die Tseetsk. Weshalb sollten sie Sklaven töten, die sich als so nützlich erwiesen haben? Die Geschlechtertrennung hat nicht den Zweck zu erreichen, daß wir uns gegenseitig massakrieren. Das ist ein Nebeneffekt. Ich bin sicher, daß er auf keine Absicht der Tseetsk zurückgeht.«

»Aber wenn es geschieht, haben sie anscheinend nichts dagegen.« Ruckartig wandte Koban sich Vossted zu. In seinem narbigen Gesicht schienen einzig die Augen lebendig zu sein.

»Vielleicht sehen sie dazwischen keinen Zusammenhang. Die Tseetsk haben ein wenig schmeichelhaftes Bild von der menschlichen Gewaltneigung.« Sarkastischer Humor glänzte in Vossteds Augen. »Ich bezweifle, daß sie je auf die Idee kämen, Sexualität und Gewalt hätten miteinander etwas zu tun. Ihr Sexualtrieb unterscheidet sich von unserem vollkommen. Nein, das Prinzip der Geschlechtertrennung ist lediglich zur Absicherung gedacht. Die Tseetsk möchten die Gewähr haben, daß jede Rebellion auf einem Projektplaneten nicht länger als eine Generation dauert, weil es keine Kinder gibt, die daran anknüpfen könnten.«

Riker strich sich, einen Ausdruck der Betroffenheit in der Miene, durch den Bart. »Diese Absicherungsmethode der Tseetsk wirkt auf mich nicht viel anders als ein Ausrottungsplan«, meinte er zu Vossted. »Was ist es denn anderes, wenn man die Bewohner eines Planeten, nur weil sie sich gegen ihre Sklaverei erhoben haben, einfach aussterben läßt? Ich wüßte wirklich gerne von Ihnen, wie Sie eine solche Politik rechtfertigen möchten.«

»Ich rechtfertige sie nicht.« Vossted schüttelte nachdrücklich den Kopf. »Ich behaupte nur, daß die Tseetsk keine Ungeheuer sind. Vielmehr sind Sie ein Volk, daß durch eine extreme Notlage zu extremen Maßnahmen gezwungen wird.«

»Und welche Notlage soll das sein«, fragte Geordi, »die sie dazu zwingt, sich als Sklavenhalter zu betätigen?«

»Überbevölkerung. Ihre Heimatwelt ist an den Grenzen ihrer Ressourcen angelangt. Sie benötigen dringend mehr Raum. Aber gewisse… Faktoren machen es ihnen nahezu unmöglich, die umfangreichen Forschungen und schweren Arbeiten auszuführen, die erforderlich sind, um Planeten in bewohnbare Welten zu verwandeln. Sicherlich stehen ihre und unsere Bedürfnisse im Konflikt. Aber böse sind die Tseetsk nicht. Es muß einen Weg geben, um mit ihnen eine Verständigung zu erzielen.«

»Ausgeschlossen«, schnauzte Koban. »Die Flatterer haben keinen Zweifel daran gelassen, daß sie mit uns keine friedliche Koexistenz wünschen. Vossted, du machst dir etwas vor.«

Ein kurzer Blick Vossteds streifte Drraagh. »Ich kenne eine Tseetsk, deren Herzenswunsch es ist, unter unseren Völkern Einvernehmen herzustellen. Drraagh und ich diskutieren schon seit langem, wie das möglich sein könnte.«

»Paaah ...!« Geringschätzig warf Koban die Hände in die Höhe. »Drraagh flüstert dir im Interesse ihrer Rasse Lügenmärchen ein. Wie kannst du bloß dermaßen naiv sein?«

Plötzlich gab Drraagh ein lautes Zwitschern von sich. Überrascht schaute Troi sie an. Irgend etwas in den Augen der Fremden bewog sie dazu, sich auf Drraaghs Gedanken zu konzentrieren.

Einen Moment darauf wandte Troi sich an Riker. »Ich kann von Drraaghs Innenleben kaum etwas wahrnehmen. Ihre Denkmuster sind mir zu unvertraut. Soviel allerdings kann ich sagen: Sie hat Vossted nicht angelogen. Sie ist über diese Unterstellung sehr empört.«

»Das glaube ich gern«, beteuerte Vossted. »Ich bin nämlich Drraaghs Ehren-Nestbruder. Was Treue und Ehrbarkeit betrifft, beachten die Tseetsk starke Tabus. Besonders innerhalb der Familie.« Er schabte sich den Nasenrücken, während er Troi versonnen ansah. »Woran hast du eigentlich gemerkt, daß sie entrüstet ist?«

Troi schaute Riker an. Er nickte knapp. Offenbar hielt er den richtigen Zeitpunkt für gekommen, um mit der Wahrheit herauszurücken.

Troi richtete den Blick zurück auf Vossted. »Ich bin Empathin«, sagte sie. »Das heißt, ich verfüge über begrenzte telepathische Fähigkeiten, die den Genen meiner Mutter entstammen. Ich bin Halb-Betazoidin.«

Kobans Miene widerspiegelte Begriffsstutzigkeit. »Betazoidin?«

»Die Betazoiden sind ein humanoides, auf dem Planeten Betazed beheimatetes Volk.« Unwillkürlich hob Troi halb die Hand, als sie sah, wie Koban das Kinn herabsackte. »Mein Vater«, fügte sie rasch hinzu, »war ein Mensch.«

»Dein Vater ...« Kobans Stimme stockte. »Du meinst«, vergewisserte er sich schließlich, »du bist kein echter Mensch?«

»Nicht ganz jedenfalls.«

Riker trat vor und wies auf Worf. »Unser Lieutenant Worf hier ist kein Mensch. Tatsächlich sind Worfs Gesichtszüge keineswegs deformiert. Sie entsprechen dem Äußeren, zu dem sein Volk, die Klingonen, sich auf natürlichem evolutionärem Weg entwickelt haben. Weißt du, Koban, wir pflegen zum gegenseitigen Nutzen Beziehungen zu zahlreichen nichtmenschlichen Kulturen.«

»Ach so … Jetzt verstehe ich.«

Ist das wirklich der Fall? fragte sich Riker. Er beobachtete Koban durch verkniffene Lider. Obwohl die Verkrampfung in den Schultern des Rebellenkommandeurs eine gewisse innere Anspannung bezeugte, blieb seine Miene neutral. Riker widmete Troi einen Blick stummer Fragestellung. Sie zuckte mit den Schultern.

Riker atmete tief auf. Gut, sagte er sich. Endlich machen wir ein paar Fortschritte.

5

Iarni Koban, der zum Rebellenkommandeur gewordene Ex-Sklave, musterte das bärtige Gesicht des Sternenmenschen. Es war schon schwer genug gefallen, nur zu glauben, daß es jemanden wie ihn wahrhaftig gab. Doch die Enthüllungen, die er gerade über die Herkunft seiner Begleiter gemacht hatte, gingen übers Glaubhafte hinaus. Sie waren regelrecht gruselig. Nicht daß Koban sich irgendeine Bangigkeit hätte anmerken lassen. Schließlich glich sein Gesicht seit nahezu fünf Jahren einer Maske. Und jetzt hatte es den Anschein, als müßte er in der Nähe dieser beunruhigenden Frau namens Troi auch seine Gedanken kaschieren.

Er sah zu, wie Riker sich leise mit dem Schwarzen beriet, der das Metallband auf den Augen trug, dem Mann mit Namen Geordi. Auch diese Ausstattung war für Koban etwas völlig unbekanntes: Welche Art von Kultur betrieb soviel Aufwand, um Hilfe für einen ... Er versuchte ein anderes Wort als ›Krüppel‹ zu finden, aber ihm kam keines in den Sinn. Koban hatte es oft genug gehört, während er nach dem Unfall, der sein Gesicht verunstaltete, ums nackte Überleben rang. Niemand hatte mit seinem Durchkommen gerechnet.

Seine Gedankengänge wurden unterbrochen, als Riker ihn ein weiteres Mal ansprach. »Unser Raumschiff berichtet mir von einer Rakete, die von Koorns äußerem Mond in den Fernraum gestartet worden ist. Können Sie uns darüber irgend etwas mitteilen?«

Koban schüttelte den Kopf und wandte sich Vossted

zu. »Das dürfte etwas gewesen sein, was die Aufseher getan haben.«

Die Gesichtszüge des Älteren wirkten unversehens noch verhärmter. »Die Raumboje. Sie müssen die Signalboje gestartet haben, mit der die Fertigstellung des Terraformingprojekts gemeldet werden sollte. Aber die Tseetsk wissen, daß die Arbeit unmöglich schon getan sein kann. Sie werden nachforschen … und sich darauf vorbereiten, Bestrafungen vorzunehmen.«

Koban, Riker und Geordi wechselten Blicke. »Wann dürften die Tseetsk eintreffen?« wünschte Riker zu erfahren.

»Uns ist nie verraten worden, wo ihre Heimatwelt liegt«, antwortete Koban. »Vossted ist allerdings einmal dort gewesen.«

Vossted schüttelte den Kopf. »Ich weiß nur, wie lang es gedauert hat, die Tseetsk-Heimatwelt von unserem Planeten Basis aus zu erreichen. Und ich weiß die Dauer des Flugs von Basis nach Koorn. Es werden wohl kaum mehr als sieben Tage vergehen.«

»Das heißt, uns bleibt eine Woche Zeit, um Koorn zur Verteidigung vorzubereiten«, sagte Koban grimmig. »Eine Woche ist so gut wie nichts. Es gibt nur einen Ausweg: Ihr Sternenmenschen müßt uns beim Kampf gegen die Flatterer helfen.«

»Was?« Riker starrte ihn an.

»Täusche dich nicht, Riker, es herrscht Krieg. Krieg zwischen Menschen und Tseetsk.« Koban sprach schneller als sonst, während er Riker festen Blicks maß. »Die Tseetsk werden alle Menschen als Feinde einstufen. Sie machen bestimmt keinen Unterschied zwischen aufsässigen Sklaven und freien Menschen. Falls überhaupt irgend etwas sich dafür eignet, dürften euer Raumschiff und eure Besatzung sie stärker beeindrucken, als wir es können. Sobald die Tseetsk-Raumer hier sind, versuchen sie euch aus der Umlaufbahn zu schießen. Glaube mir, ich kenne sie.«

Riker schüttelte den Kopf.

Grob packte Koban ihn am Arm, blickte ihm aus nächster Nähe in die Augen, damit Riker die Häßlichkeit seines Gesichts vergaß. Jedes Wort sprach er mit der Wucht eines Hammerhiebs aus. »Unsere einzige Hoffnung besteht darin, als erste zuzuschlagen, bevor die Tseetsk über euer Raumschiff Bescheid wissen. Wir können die Tseetsk-Heimatwelt finden. Ich bitte für mich und meine Männer nur um Beförderung. Den Rest erledigen wir allein.«

Endlich überwand Riker die Sprachlosigkeit. »Koban, die *Enterprise* ist kein Kriegsschiff. Wir sind für die Föderation als Forscher und Botschafter tätig. Es ist unser Auftrag, den Weltraum zu erkunden und mit anderen Sternenvölkern friedlichen Kontakt zu schließen. Uns bleibt eine Frist von einer Woche, um uns so weit wie möglich über die Tseetsk zu informieren. Um herauszufinden, wie ihre Gesellschaft funktioniert ...«

»Sie funktioniert auf den Grundlagen von Feigheit und Tod!« brach es aus Koban hervor. »Ihrer Feigheit und *unserem* Tod!« Er drehte Riker seine narbige Gesichtshälfte zu. Die Erregung erzeugte unter dem abgestorbenen Gewebe weitere blaurote Flecken. »*Das* hier ist es, dank dessen ich verstehe, wer und was die Flatterer sind. Man könnte es als grausame Wahrheit bezeichnen.«

Riker zog den Kopf ein. »Es muß nicht so bleiben«, widersprach er beharrlich. »Die Klingonen sind einmal Todfeinde der Föderation gewesen, aber die Feindschaft ist überwunden worden. Heute sind wir Bundesgenossen. Wie Sie sehen, dient Worf auf demselben Raumschiff wie ich.«

»Du bildest dir also ein, du könntest mit den Flatterern Freundschaft schließen? Du bist ein Träumer, Riker. Wenn du aus deiner Träumerei erwachst, wirst du mit mir zusammen beim Errichten geothermischer Zapfstellen schuften. Die Tseetsk können sich Menschen nur in einer Rolle vorstellen – als Sklaven.«

Einen Moment lang sahen die beiden Männer sich stumm an. Dann ging Koban, indem er von neuem eine Miene der Gefaßtheit aufsetzte, wieder auf Abstand. Trübselig fand er sich mit der Sinnlosigkeit des Streits ab. Riker hatte es an Bord des Raumschiffs mit all seinen Maschinen stets zu leicht gehabt. Er glaubte, daß die Vernunft immer siegte, keine Macht des Bösen je eine ernsthafte Bedrohung sein könnte. Wie ließ sich beweisen, daß es für die Tseetsk in einem geordneten Universum keinen Platz gab?

Koban schüttelte den Kopf. »Na schön, wenn ihr über die Flatterer was lernen wollt, helfen wir euch dabei, so gut es geht. Aber ich bin der Überzeugung, daß ich und meine Männer sie besser durchschauen, als ihr es je könnt. Ihr habt eine Woche Zeit. Wir kennen sie schon seit zwei Jahrhunderten.«

Er entfernte sich, drehte sich jedoch noch einmal um. »Ich veranlasse, daß ihr Zugang zu den Computern und der sonstigen Tseetsk-Technik erhaltet, die wir hier haben.« Er schenkte Riker ein halbes Lächeln. »Es ist wahr, man sollte seine Feinde kennen. Ich stelle euch auch Drraagh zum Befragen zur Verfügung.«

Chu Edorlic kam zurück. Sein von hohen Wangenknochen gekennzeichnetes Gesicht blieb ausdruckslos, während er die *Enterprise*-Offiziere musterte. Leise sagte er etwas zu Koban, der daraufhin nickte. »Das Kontrollzentrum ist repariert worden, und wir haben Verbindung zu eurem Raumschiff«, teilte der Rebellenkommandeur Riker mit. »Entschuldigt mich bitte jetzt, es gibt noch viel zu tun.«

Er winkte einigen Braungekleideten zu, die Vossted und Drraagh in die Mitte nahmen und sich mit ihnen den beiden Anführern anschlossen.

Geordi schaute ihnen nach. »Das war's wohl fürs erste.«

»Koban hat jede Menge am Hals, und er hat viel Zeit

für uns erübrigt«, meinte Riker. Er tippte auf seinen Insignienkommunikator. »Riker an *Enterprise:* Transfer, vier Personen.«

Als sie im Transporterraum rematerialisierten, gerieten sie dort mitten in fieberhafte Aktivitäten. Medo-Personal stapelte verpackte Gegenstände auf – offensichtlich die halbe medizinische Ausstattung der Krankenstation. Eine sechsköpfige Medo-Gruppe unter der Leitung von Beverly Crusher und Selar schlüpfte gerade in Thermojacken.

»Was ist denn los, Dr. Crusher?« fragte Riker, indem er von der Transporterplattform stieg.

»Wir haben für die Menschen dort unten eine Notfall-Hilfsaktion veranlaßt«, lautete Crushers Antwort. »Wir beamen uns hinunter, sobald Sie sich zurückgemeldet haben.«

Worf machte eine skeptische Miene. »Nicht ohne Mitnahme von mindestens zwanzig Sicherheitswächtern«, sagte er.

»Und einer *gründlichen* Rücksprache mit dem Captain.« Riker berührte seinen Kommunikator. »Riker an Picard. Captain, ich bin der Ansicht, die medizinische Hilfsaktion müßte erst noch einmal diskutiert werden.« Sein Blick fiel auf Troi. »Unter Einbeziehung der Counselor.«

»Na gut, Nummer Eins. Wir treffen uns im Bereitschaftszimmer.«

Wie vorauszusehen gewesen war, verlief die Debatte recht stürmisch. Crusher brachte dem Bericht der Landegruppe durchaus Interesse entgegen. Doch ihr Interesse wich erst blanker Ungläubigkeit und dann heller Empörung, als sie erfuhr, weshalb Riker die Hilfsaktion abzublasen beabsichtigte. »Da unten sind Menschen, die ärztlichen Beistand benötigen«, rief sie, indem der Zorn ihr die Wangen verfärbte.

»Es sind über siebenhundert Männer, denen seit fünf Jahren keine Frau vor die Augen gekommen ist«, stellte

Riker klar. »Die Weise, wie sie auf Counselor Trois Erscheinen reagierten ...«

Bei der Erinnerung daran schauderte es Deanna. »So leid es mir tut, Beverly, aber die Situation unten ist wirklich äußerst explosiv.«

»Ich bin mir sicher, daß Worf genug Sicherheitswächter abkommandieren kann, um unseren Schutz zu garantieren«, wandte Crusher ein. »Wenn ich richtig verstanden habe, ist der einzige Arzt des Planeten tot. Was unternimmt man zur Behandlung der Verwundeten?«

»Aufgrund meiner Beobachtungen der Kämpfe habe ich den Eindruck gewonnen, daß es zahlreiche Tote, aber nur wenige Verletzte gegeben hat.« Müde ließ Riker sich im Sessel zurücksinken. »Ich bin der Auffassung, die ärztliche Hilfsaktion sollte Bestandteil einer viel größer angelegten Maßnahme zur Untersuchung der Tseetsk und zur Unterstützung der Menschen auf Koorn sein. Aber ich rate dringend davon ab, weibliches Personal in diese Stollen hinunterzuschicken, bevor wir einen sicheren Stützpunkt etabliert haben.«

»Ich muß mich dieser Einschätzung anschließen«, sagte Troi.

Crusher schaute sie an, als wäre eine Verbündete, der sie vertraut hatte, ihr plötzlich in den Rücken gefallen.

»Ich bin ebenfalls dieser Ansicht, Captain.« Worf schnitt ein düsteres Gesicht. »Sowohl das Untersuchungsteam wie auch die medizinische Einsatzgruppe zu schützen, würde die Möglichkeiten des Sicherheitspersonals überfordern.«

»Also gut«, sagte Picard. »Bis wir einen tauglichen Gesamtplan haben, was morgen früh der Fall sein wird, wie ich annehme, schicken wir keine weiblichen Crewmitglieder hinab. Dr. Crusher, Sie möchten etwas sagen?«

»Wenn ich keine Medo-Gruppe einsetzen darf, wäre es dann wenigstens durchführbar, ein paar ... äh ... geeignete Medo-Techniker mit einem Grundstock an

Material hinabzubeamen, damit sie sich ein Bild von der Lage machen?«

Picard nickte. »Das läßt sich einrichten. So, und was diese Forschungen hinsichtlich der Tseetsk anbelangt...«

»Koban, der Rebellenkommandeur, ist einverstanden. Wir können mit ihm alle erforderlichen Absprachen über das Kontrollzentrum der Kolonie treffen.« Riker rieb sich die Augen. »Ich dachte, daß vielleicht Data...«

»Lieutenant Data soll noch heute abend eine erste Erkundung ausführen«, sagte Picard. »Aber ich wünsche, daß Sie diese Forschungen leiten, Commander Riker. Ich brauche Ihnen wohl nicht lang und breit darzulegen, daß sie von erstrangiger Wichtigkeit sein könnte.«

Riker nickte. Ihm fiel Kobans Bemerkung ein: *Man sollte seine Feinde kennen.*

Picard beendete die Sitzung. Während die Teilnehmer das Bereitschaftszimmer verließen, winkte er Riker noch einmal zu sich. »Ich möchte von Ihnen noch einige Einzelheiten über die Situation dort unten hören, Will. Sie haben gemeldet, daß der Rebellenkommandeur um militärischen Beistand gegen die Tseetsk ersucht hat.«

Nochmals nickte Riker. »Koban ist sich darüber im klaren, daß die Rebellen keinen Bewegungsspielraum haben. Auf dem Planeten stecken sie in der Falle. Er kann weder wirksamen Widerstand leisten, noch sich irgendwohin zurückziehen. Da wundert es mich nicht, daß er lieber in die Offensive gehen würde.«

»Ich kann mich nicht des Gefühls erwehren, daß Sie mit ihm sympathisieren.« Picard saß still an seinem Platz, den Blick auf seinen Untergebenen geheftet.

Riker zögerte. »Es ist eben so, daß wir, ohne es zu beabsichtigen, die Revolte ausgelöst haben«, antwortete er zu guter Letzt. »Die Zustände da unten waren reichlich mies. Die Ankunft eines Raumschiffs voller ›freier Menschen‹, wie sie uns nennen, ist der Zündfunke für den Kampf im Kontrollzentrum gewesen. Von dort aus hat die Revolte auf die gesamten unterirdischen Anlagen übergegriffen.«

»Das konnten wir doch nicht ahnen«, konstatierte Picard.

»Nein, aber es ist passiert. Deshalb fühle ich mich ... mitverantwortlich.«

Picard lehnte sich in den Sessel. »Wie lautet Ihre Beurteilung Kobans?«

»Die Rebellen könnten sich keinen besseren Führer wünschen. Er befehligt in vorderster Front, und ich bin sicher, daß seine Männer für ihn fast alles tun.« Riker entsann sich daran, wie Koban nach Trois Erscheinen dem abstoßenden Verhalten seiner Männer nachdrücklich entgegengetreten war und mit welch starken Argumenten er um die Unterstützung der *Enterprise* geworben hatte. »Der Mann hat ein unglaubliches Charisma. Ich habe schon genug politische und planetare Führer gesehen, aber jemandem, der mit ihm vergleichbar wäre, bin ich selten begegnet. Wenn man vor ihm steht, meint man, man hätte es mit Washington, Lenin oder Yaffour zu tun.«

»Sie reihen ihn in eine recht illustre Gesellschaft ein«, sagte Picard, der Riker ruhigen Blicks musterte. »Schöpferisch begabten Führern großer Bewegungen. Aber nach Lenins Revolution waren Millionen von Toten die Folge, und Yaffours Planetenunion fiel nach seinem Ableben zurück ins Chaos.« Seine Stimme wurde leiser. »Persönlichkeiten, die mit den Kräften der Geschichte hantieren, bewundert man am besten erst, wenn sie in die Geschichtsbücher Eingang gefunden haben, Will.«

Riker zog die Schultern hoch.

»Vielleicht sollten Sie sich etwas Erholung gönnen. Morgen kommen noch genügend Herausforderungen auf Sie zu.«

»Ja, Sir.« Matt straffte sich Riker und verließ das Bereitschaftszimmer. Er durchquerte die Brücke und betrat den leeren Turbolift. Erst nachdem die Doppeltüren der Transportkapsel sich geschlossen hatten, ließ er sich rücklings an die Wand sinken.

Es ist schon schlimm genug, daß ich meine Urteilsfähigkeit angezweifelt habe, während ich unten war, dachte er. Jetzt zieht auch der Captain sie in Zweifel. Er unterstellt, ich hätte mich von Koban zu stark beeindrucken lassen. Riker hob die Hand und rieb sich die Stirn. Ich bin inzwischen alt genug, um nicht mehr blauäugig zu sein. Aber ich habe ganz einfach instinktiv das Empfinden, daß Koban eine gerechte Sache vertritt.

Riker atmete tief ein. Und was, wenn er auch in bezug auf die Tseetsk recht hat?

Lorens Ben, der jüngste Mensch Koorns, spähte achtsam um die Felsecke des Eingangs zum Ausrüstungsdepot, das den Rebellen jetzt als Waffenkammer diente. Auch in einer Sklavenhaltergesellschaft nahm man es als normal hin, daß Jungs in verbotenen Winkeln umherschlichen und ihre Nase in Dinge steckten, um die sie sich eigentlich nicht scheren sollten. Und außerdem war Lorens' Vater Aufseher gewesen. Sogar einer der Oberaufseher. Deshalb war Lorens für den Rebellenbund ein unermeßlich wertvoller Spion gewesen.

Jetzt war die Rebellion zur vollendeten Tatsache geworden, und sein Vater lag tot auf dem Misthaufen der Geschichte. Doch Lorens nutzte noch immer sein während des Spionierens erworbenes Geschick – diesmal allerdings, um einen Blick auf seinen großen Helden zu erhaschen.

Der Grund nämlich, warum Lorens zum Rebellen wurde, war Iarni Koban. Koban verkörperte alles, was Lorens' Vater gefehlt hatte. Nach Koorn zu kommen, hatte für den Jungen eine erschreckende Offenbarung bedeutet. Dank der Beziehungen seines Vaters war er auf Basis aus der Elementarschule geholt worden und der Arbeitsbrigade 14 für das Terraformingprojekt auf Koorn zugeteilt worden. Shakra Ben hatte die Überzeugung vertreten, Arbeit vor Ort sei lehrreicher als alle theoretische Lernerei in der Schule.

Stattdessen hatte Lorens gelernt, seinen Vater zu hassen. Arbeitsbrigade 14, die er sich in seiner jugendlichen Phantasie als buntscheckige Bande abenteuerlicher Pioniere ausgemalt hatte, erwies sich als ausgemergelte Schar drangsalierter Sklaven. Und sein Vater, den er sich damals, vor dem Flug nach Koorn, immer als Führungspersönlichkeit vorstellte, hatte sich als ebenso unterdrückter Sklave wie die anderen Männer entpuppt. Lorens war dabeigewesen, als Shakra Ben sich beim ersten strengen Wort von Regentin Drraagh in einen weinerlichen Schlappschwanz verwandelte. Danach hatte Shakra sein Selbstwertgefühl aufzupolieren versucht, indem er Menschen mißhandelte, die sich nicht wehren konnten.

Shakra Ben hatte oft mit seinem Sohn über die Zukunft geredet. Aber Lorens sah für sich immer nur die gleiche, erbärmliche Existenz voraus, die sein Vater führte. Ein Dasein als eine Art Klon des Mannes, den er inzwischen verabscheute.

Als er Koban das erste Mal begegnete, hatte er sich wieder einmal in einer Gegend herumgetrieben, wo er an sich nichts zu suchen gehabt hätte. Ein Aufseher hatte mit seinen Leuten zu nah an einer der schweren Ausschachtungsmaschinen gearbeitet, als der schwere Apparat plötzlich auf eine mit Eis gefüllte Höhle fuhr. Der Boden unter den Raupenketten war aufgebrochen, die Maschine ins Schleudern geraten. Eine riesige Grube klaffte plötzlich, in die die Maschine und viele Männer der Gruppe hinabstürzten. Der Aufseher suchte das Weite, brachte sich in Sicherheit. Koban war es gewesen, der die Rettungsmaßnahmen organisierte.

Lorens hatte einen Helden gefunden.

Langsam, aber sicher war er trotz des Argwohns der Arbeitsbrigadenangehörigen gegen seinen verräterischen Vater in die Reihen der Gefolgsleute Kobans aufgenommen worden. Und seine Nützlichkeit hatte der Junge bewiesen, indem er Örtlichkeiten auskundschaftete, von denen sonst kein Sklave je erfahren hätte. Ihm verdankte man es, daß keine Aufseher sich während der Erhebung in geheime Tunnel hatten flüchten können.

Koban hatte, weil er sich Gedanken über die Zukunft machte, die Welt verändert.

Lorens sah, wie sein Anführer einen Laserbohrer auseinandernahm. Seine großen, starken Hände waren dabei überraschend geschickt. Der Junge wußte, daß Koban, während er sich mit dem Werkzeug beschäftigte, schon den nächsten Schritt der Revolte plante. Der Kommandeur überlegte, wie die Rebellen mit Hilfe der eingetroffenen Sternenmenschen den Kampf fortsetzen könnten.

Lorens' Fuß schabte über eine Unregelmäßigkeit des auf den Felsboden gesprühten Plastikbelags. Koban hob den Blick, seine Miene angestrengten Nachdenkens wich einem Lächeln, als er den Ankömmling erkannte. »Ach, du bist es, Lorens«, sagte er. »Im ersten Moment dachte ich, du wärst ein übriggebliebener Aufseher, der sich angeschlichen hätte, um mich zu ermorden.«

»So einer käme nie in deine Nähe«, versicherte der Junge mit der begeisterten Anhänglichkeit eines Zwölfjährigen. »Nicht solange ich da bin.«

»Na schön, Leibwächter.« Koban behielt einen ernsten Gesichtsausdruck bei, als er Lorens zunickte. »Dann bezieh im Korridor Posten. Chu ist zu mir unterwegs, und es obliegt dir, für die Sicherheit unserer Besprechung zu sorgen.«

Zielstrebig stapfte der Junge in den Gang. Koban widmete sich wieder seiner Betätigung. Er löste das flexible Kabel des Laserbohrers vom Akku-Gehäuse und kratzte die Isolierung ab; darunter blinkte ein Bündel dünner, glänzender Fasern.

Ein Schatten huschte durch die schwache, wintrige

Helligkeit, die durchs einzige Oberlicht der Räumlichkeit eindrang. Ohne nachzudenken wirbelte Koban herum und nahm eine geduckte Abwehrhaltung ein. Aber vor ihm stand kein Meuchelmörder. Statt dessen blickte Koban in Chu Edorlics sardonische Miene.

»Es beruhigt mich zu sehen«, bemerkte Chu, »daß du dich nicht ausschließlich auf den Aufseherlümmel verläßt.«

»Es steht kaum jemand treuer als Lorens zu mir«, entgegnete Koban ohne Erregung.

Chu stieß ein Brummen aus. »Ich traue ihm so weit, wie ich ihn schmeißen kann, und das ist zu seinem Glück im Moment noch ziemlich weit. So, da wir jetzt etwas Zeit zu einer Aussprache haben: Was gibt's Neues über die Sternenmenschen?«

Koban machte sich mit verbissener Miene daran, das Bündel Fasern aus dem Kabel zu zupfen. Während dieser Tätigkeit informierte er Chu über die wesentlichen Punkte seiner Diskussion mit Riker. Allerdings verschwieg er, wie ablehnend Riker dem Ansinnen gegenüberstand, gegen die Flatterer Krieg zu führen. Diese entmutigende Neuigkeit gedachte er für sich zu behalten, bis er wußte, wie sich daran etwas ändern ließ.

»Dann ist dieser große, finstere Grobian also irgendeine Art von Alien, hm?« Chu verzog das Gesicht zu einer Grimasse des Widerwillens. »Puh! Ich wußte gleich, daß mit ihm irgend was nicht stimmt. Er hat... so fremd gerochen. Mir haben sich die Nackenhaare gesträubt.«

»Mmm.« Koban wußte, was Chu meinte, hatte jedoch jetzt keine Neigung zuzugeben, daß er genauso empfand. Sollten die Männer von seinem Unbehagen etwas merken, würden sie nur nervös. Und daraus könnten für die Revolution katastrophale Nachteile entstehen.

Er hielt das Faserbündel ins vom Schnee gefilterte Licht. Sein geübtes Auge entdeckte eine haarfeine Unregelmäßigkeit in der Refraktionsstruktur. Natürlich eine Bruchstelle. Die Kälte wirkte sich übel auf die Laser aus. Auf diesem verfluchten Kühlschrank von einem Planeten verschliß sämtliche Ausrüstung schnell. Und dabei sah es so aus, als würden Koorns Menschen recht bald jede Waffe benötigen, die sie auftreiben konnten.

»Die Sache mißfällt mir«, sagte Chu unverblümt. Er begann hin und her zu laufen. »Wir dürfen diesen Leuten nicht trauen, Koban. Diese Monstren, mit denen sie zusammenarbeiten, zusammenleben, sich sogar *paaren*… So etwas ist einfach nicht richtig.«

»Chu, wir wissen doch gar nichts über diese Fremden«, erwiderte Koban. »Vielleicht sind sie gar nicht so gräßlich. Immerhin sehen sie doch im großen und ganzen wie Menschen aus.«

»Das macht es bloß noch schlimmer. So was ist einfach *sittenwidrig*!«

»Es betrifft uns überhaupt nicht, ob es falsch oder richtig ist. Es geht nicht einmal darum, ob wir ihnen vertrauen. Wir *brauchen* sie.« Koban wölbte die Brauen und schaute seinen Unterführer an. »Ich werde schon noch irgendeinen Weg finden, wie wir mit ihnen zurechtkommen.«

6

Kurz wurde der fahle morgendliche Sonnenschein Koorns an Helligkeit deutlich überstrahlt, als in einer eisverkrusteten Ebene zehn Säulen aus Licht aufflackerten und sich zu menschlichen Gestalten verfestigten. Man hatte von der *Enterprise* eine Landegruppe auf den Planeten gebeamt. Die Kälte traf Captain Picard wie ein Faustschlag. Der Wind, der von höhergelegenen Gletschern herabfegte, trug Eiskristalle mit sich.

Picard richtete seine Aufmerksamkeit auf das Bauwerk, das er voraus sehen konnte, und hoffte, es schleunigst betreten zu können. Allerdings hatte Riker ihn schon vorgewarnt, daß man auch in den Innenräumen wenig Wärme fand. Der Bunker verkörperte eine sonderbare Mischung aus solider und gleichzeitig schlampiger Konstruktion. Die niedrigen, schrägen Mauern hatten anscheinend eine beachtliche Dicke. Sie waren jedoch aus einem sehr groben Beton geschaffen, der dem Bau ein unfertiges Aussehen verlieh. Ein mehrteilig gegliedertes Stahltor verschloß einen Zugang, dessen Abmessungen für zwei Shuttles gereicht hätten. Nun hob das Tor sich langsam unter dem Knarren und Knirschen verborgener Mechanismen in die Höhe.

Dahinter stand ein hochgewachsener, muskulöser Mann mit verletztem Gesicht. Ihn flankierten Männer in geflickten, aber sauberen, braunen Overalls. Vermutlich das feinste Empfangskomitee, dachte Picard, das man hier aufstellen konnte.

»Das ist also der Führer dieser Revolutionäre«, sagte

er leise zu Riker, indem er ihn anschaute. Dann beobachtete er Iarni Koban unauffällig, der in die eisige Kälte heraustrat, als ob er sie nicht spürte. »Ziemlich jung, was, Nummer Eins?«

Riker antwortete in neutralem Ton. »Kann sein, Sir. Aber vergessen Sie nicht, daß die Lebensspanne dieser Männer wahrscheinlich erheblich kürzer als unsere ist. Diese Leute wurden durch die Sklavenarbeit früh verschlissen.«

»Sieht ganz so aus.« Picards linke Braue rutschte aufwärts. Für seinen Geschmack hatte Will eine etwas patzige Antwort gegeben. Der Captain vermutete, daß ihn die Unterhaltung vom Vorabend noch wurmte.

Schlichte Neugier war es gewesen, die Picard trotz der energischen Einwände des Sicherheitsoffiziers der *Enterprise* nach Koorn getrieben hatte. Eine vergessene menschliche Kolonie! Nach allem, was Riker berichtet hatte, mußten diese Leute seit den ersten Anfängen der interstellaren Raumfahrt der Menschheit in diesem desolaten Sektor gestrandet sein.

Hinzu kam die Entdeckung dieses neuen Sternenvolks, der zweibeinigen Vogelwesen, deren Bevölkerungsdruck sie zur Versklavung von Angehörigen einer anderen Rasse verleitet hatte. Schon von dem wenigen, was Picard bisher über sie erfahren hatte, war sein Interesse stark geweckt worden.

Er blickte hinüber zu Dr. Crusher, als er sich des Berichts der vorherigen, aus Medo-Technikern zusammengesetzten Landegruppe entsann. Anhand von untersuchten Blut- und Speichelproben hatte sie ermitteln können, daß es sich bei dem psychoaktiven Duftstoff, dessen Wirkung die erste Landegruppe kennengelernt hatte, um ein eine Art von Pheromon handelte. »Daß man bei hochentwickelten Lebewesen eine so primitive Verteidigungsmethode vorfindet, ist nahezu völlig unbekannt«, hatte Crusher dem Captain erklärt. »Mein Eindruck ist, daß diese Tseetsk eine wirklich sehr fremde Rasse sind. Ich möchte zu gern einmal einen von ihnen sehen.«

Vielleicht erhält sie nun dazu Gelegenheit, dachte Picard.

Koban kam auf die Gäste zu. Riker wickelte die gegenseitige Bekanntmachung ab. »Koban, das ist Captain Jean-Luc Picard, Kommandant der *Enterprise.* Captain, dies ist Koban, Oberhaupt der freien Menschen Koorns.«

»Es freut mich, daß wir uns begegnen, Captain Picard. Wir können viel voneinander lernen.« Koban begleitete die Landegruppe am Empfangskomitee vorbei. Schließlich wandte er sich einem leichtgewichtigen Mann mit hohen Wangenknochen zu, der am Ende der Reihe Braungekleideter stand und die Besucher mißtrauischen Blicks beäugte. »Das ist Chu Edorlic, meine rechte Hand.«

Riker stellte die übrigen Mitglieder der Landegruppe vor, unter ihnen auch Data und Beverly Crusher.

»Ich habe gehört, daß du die ganze Nacht durchgearbeitet und die beabsichtigten Forschungen vorbereitet hast«, sagte Koban zu Data. Aufmerksam betrachtete er den abweichenden Teint und die gelben Augen des Androiden. »Und eurer Bordärztin müssen wir für die Hilfe ihrer medizinischen Einsatzgruppe danken.«

»Ich biete gerne weitere Unterstützung an«, antwortete Crusher. »Meine Medo-Gruppe hat Mangel an Medikamenten, anständiger Nahrung und warmer Kleidung festgestellt. Also habe ich mir die Freiheit genommen, entsprechende Lieferungen zu veranlassen.«

Im ersten Moment wirkte Koban überwältigt. Dann lockerte sich sichtlich der harte Zug um seinen Mund. »Wir werden alles zu schätzen wissen«, beteuerte er, »was ihr entbehren könnt.«

Er bewahrt Würde, erkannte Picard mit einem Anflug der Bewunderung. Auf den ersten Blick war klar, daß die Rebellen große Not litten. Bis jetzt jedoch hatte Koban um nichts gebeten.

Crusher berührte ihren Insignienkommunikator. »O'Brien? Bitte aktivieren Sie die Frachttransporter.«

Sekunden später materialisierten vor dem Bunker mit dicken Thermojacken und Behältern aller Art beladene Paletten auf dem Eis. Koban hatte schon Arbeiter gerufen, die die Güter hineintragen sollten. In Braun gekleidete Männer schwärmten ins Freie, hüllten sich sofort in warme Jacken. Anschließend bildeten sie eine Kette und reichten so das Transfergut von Hand zu Hand in die Lagerräume hinab. Trotz der eisigen Luft, die böig das Vorgelände des Bunkers durchstob, strahlte Frohsinn aus ihren Mienen.

Während Beverly Crusher das Geschehen beobachtete, fiel ihr Blick unvermeidlich auf das kleinste Glied der Menschenkette. Sie sah einen Jungen mit heller, weicher Haut und glattem, schwarzem Haar, das ihm in die Stirn wehte.

Wesley! Spontan durchzuckte der Name ihres Sprößlings ihren Kopf.

Dann jedoch obsiegte die Vernunft. Ihr Sohn besuchte die Starfleet-Akademie, war kein verschollener Siedler, kein Sklave auf einer verwahrlosten Welt. Der Junge war eindeutig *nicht* Wesley Crusher, stellte sie fest, sobald sie ihn sich genauer anschaute. Eine gewisse Ähnlichkeit bestand. Aber dieser Bursche war deutlich jünger. Dennoch griff es Beverly ans Herz, als sie mitansah, wie der junge Mensch unter dem Gewicht einer Kiste voller Fertiggerichte mühsam dahintaumelte.

»Ich dachte, es seien *befreite* Sklaven«, meinte sie zu Picard. Sie wies auf den Jungen, der jetzt mit einem Riesenstapel Thermojacken vorbeiwankte. »Aber er da ist ja praktisch noch ein Kind. Wieso zwingt man ihn zu so schwerer Arbeit?«

Unverzüglich wurde das kesse Feixen des Jungen von einer Miene der Entrüstung abgelöst. »›Zwingt‹?«

wiederholte er, indem er den Stapel weitergab. »Ich hab' mich *freiwillig* gemeldet.«

Crusher betrachtete ihn. Er redete sogar daher wie Wesley. Auch er wollte als Mann gelten. »Tja, wenn du freiwillig dabei bist, kann ich dagegen wohl nichts einwenden.«

Schroff nickte der Junge, während er die nächste Ladung entgegennahm. Aber als er Beverlys Schmunzeln bemerkte, erwiderte er es mit einem unsicheren Lächeln.

Beverly ging an der Menschenkette entlang, hörte weitere Kommentare. »Kleidung, Medikamente, Essen ... alles was wir brauchen«, äußerte ein Mann.

»Na, sagen wir mal, fast alles.« Im Augenwinkel konnte die Bordärztin wahrnehmen, wie der nächste Mann in der Kette sie begierig angaffte. Röte stieg ihr in die Wangen.

Als sie merkte, daß auch Picard die Anzüglichkeit mitbekommen hatte, errötete sie noch stärker. Auch Koban hatte sie gehört, und er warf dem Mann einen vernichtenden Blick zu.

Picard beobachtete die stumme Konfrontation. Wären Kobans Augen Phaser, überlegte er, hätte er den Kerl längst eingeäschert.

»Ich muß mich für meine Männer entschuldigen«, sagte Koban. »Aber immerhin sind wir gerade an ein Problem erinnert worden. Wenn ihr Erkenntnisse über die Tseetsk gewinnen wollt, müssen eure Frauen wohl daran mitarbeiten.« Er senkte die Lautstärke seiner Stimme. »Es wäre allerdings besser, sie kommen den Männern *nicht zu nah.*«

»Ich verstehe, was Sie meinen«, gab Picard zur Antwort.

»Ich möchte eine für die Forschungen günstigere Örtlichkeit vorschlagen«, sagte Koban als nächstes. »Dort drüben im höheren Gelände steht eine kleine Anlage, ein an der Oberfläche errichtetes Straflager. Dort geht keiner meiner Männer hin. Aber ihr könntet euch mit euren Möglichkeiten sicher gut einrichten.« Er zögerte einen Moment lang. »Gegenwärtig befindet sich dort der Flatterer in Gewahrsam … die Tseetsk … Drraagh. Vielleicht könnt ihr auch die Bewachung übernehmen. Offen gestanden, das würde meinen Leuten eine große Versuchung ersparen.«

Picard nickte. »Alles klar. Ich bin für Ihr Entgegenkommen und Ihren Vorschlag dankbar, Koban. Das Forschungsteam wird ziemlich umfangreich sein: Geologen, Biologen, Computerspezialisten und so weiter. Ihre Bunkersiedlung bedeutet eine wahre Schatzgrube an Informationen über diesen Raumsektor und die Tseetsk.«

»Kann ich mir denken«, meinte Koban mit leicht ironischem Lächeln. »Und angesichts des Zeitdrucks, unter dem wir stehen, habt ihr es bestimmt eilig, an die Arbeit zu gehen. Ich erachte das alles hauptsächlich als Zeitverschwendung. Aber ich muß zugeben, daß ich Vorurteile habe.«

Ein Mitglied des Empfangskomitees hatte sich entfernt und kehrte jetzt mit einem hageren Mann zurück. Dessen Haar war so grau wie die Kleidung, die er trug, und sein auffälligstes Merkmal gaben seine kummervollen Triefaugen ab.

»Ich darf euch den bisherigen hiesigen Flatterer-Experten vorstellen«, sagte Koban. »Captain Picard, Dr. Crusher, Data, das ist Josip Vossted. Er kann euch über unsere ehemaligen Herren viel erzählen. Ich muß zu seinem Standpunkt jedoch folgendes erwähnen: Er wird von den Bewohnern dieses Planeten mit einer Mehrheit von über siebenhundert zu eins abgelehnt.«

Trotzdem schenkte Koban, wie Picard auffiel, Vossted ein durchaus wohlwollendes Lächeln. »Beim Gespräch über eure etwaigen Interessen hat Vossted den Vorschlag gemacht, euch unseren unterirdischen Komplex zu zeigen. Ich glaube, so eine Besichtigung wäre ein ausgezeichneter Anfang.«

Picard spürte Rikers starke Überraschung. Er besann sich auf das, was der Erste Offizier über den alten Aufseher gesagt hatte, der trotz allem offenbar bei Koban viel galt. Aber hatte Riker nicht berichtet, der Mann sei gefangengenommen worden?

Anscheinend wartete Koban auf eine Stellungnahme. Folglich setzte der Captain, sobald er es merkte, eine gleichmütige Miene auf. »Ach, vielen Dank. Werden Sie uns auf dem Rundgang begleiten?«

»Ich stoße später dazu«, antwortete Koban. »Vorher muß ich noch zu einer Beratungssitzung. Es muß so vieles reorganisiert werden. Vossted ist der beste Mann für die Führung.« Durchdringend musterte er den Älteren. »Trotz unserer Meinungsverschiedenheiten kann er euch einen hervorragenden Überblick über unsere Niederlassung und die Population geben.«

Vossted lächelte ebenso ironisch wie zuvor Koban, während er dem Rebellenkommandeur nachschaute. Dann wandte er sich an Picard. »Tja, Captain«, sagte er, »willkommen in Koorns Siedlung.«

Chu Edorlic schnitt eine Miene des Mißfallens, während er und Koban durch einen Irrgarten schäbiger Stollen eilten. »Es ist wirklich schlimm genug«, beklagte Chu sich halblaut, »daß wir die Ankunft von noch mehr Monstren und Nichtmenschen aus dem Sternenschiff dulden müssen. Aber obendrein Frauen wie diese Ärztin?« Sein Gesicht widerspiegelte ein sonderbares Gemisch aus Sorge und Verlangen. »Ist das klug? Sogar ich merke, daß ...«

»Ich weiß. Aber sie richten sich außerhalb unserer Station einen eigenen Stützpunkt ein. Weiter oben. Wir schicken ihnen eine Gruppe zu Hilfe. Sie zusammenzustellen, ist deine Aufgabe. Such friedliche Männer aus, Chu ... besonnene Männer. Und ich wünsche, daß an den Zugangswegen nach oben Wächter aufgestellt werden. Du mußt sicher sein, daß es verläßliche Männer sind. Sie müssen auf jede Frau achtgeben, die sich blicken läßt, und sie beschützen. Gib den Männern bekannt, daß jeder, der eine Sternenfrau belästigt oder nur anpöbelt, nackt ins Eis gejagt wird.«

Edorlic musterte seinen Anführer. »Das wird den Männern nicht passen. Soviel ist dir hoffentlich klar.«

»Egal. Wir brauchen diese Leute.« Koban durchschritt die letzte Biegung vor dem Sitzungsraum. Wenigstens vorläufig, fügte er in Gedanken hinzu.

Die beiden traten in einen Kreis von Männern, die auf modrigen Getreidesäcken saßen oder lehnten. Ob sie groß oder klein waren, stämmig oder mager, alle hatten sie eines gemeinsam: alle hatten graue Haare, und ihre Gesichter waren zerfurcht vom Alter und der schweren Plackerei. Vor Kobans Zeit hatten Erfahrung und Überlebenstüchtigkeit Einzelne zu Gruppenleitern qualifiziert. Aber er hatte es geschafft, obwohl er deutlich jünger war, sie für die gemeinsame Sache zu einigen.

Jedenfalls bis heute. Ein neuer einigender Faktor waren jetzt die bösen Blicke, mit denen die Gruppenleiter ihn empfingen.

Nun war Koban darüber froh, die Zusammenkunft in ihrem Hauptquartier aus der Zeit vor der Revolte anberaumt zu haben, einem längst unbenutzten Lebensmittellager. Die dicke Tür, die ursprünglich den Zweck gehabt hatte, Hungrige von den Vorräten fernzuhalten, würde nun eventuelle laute Zwietrachtsäußerungen dämpfen.

»Wie kannst du gestatten, daß sie einen eigenen Stützpunkt anlegen?« rief einer der Männer. »Und zudem einen, der höher als unsere Niederlassung liegt?«

»Es ist gleich, wo sie ihren Stützpunkt haben«, entgegnete Koban umgänglich. »Sie können uns so oder so aus der Umlaufbahn unter Beobachtung halten.«

»In der Umlaufbahn machen sie uns Sorgen, hier unten Ärger«, führte ein anderer Mann unumwunden an. »Bislang sind die Gruppen bei der Deckung ihrer Bedürfnisse von *uns* abhängig gewesen. Jetzt geben ihnen die Sternenmenschen, was sie wollen.«

»Außer Frauen«, schränkte der vorherige Sprecher verdrossen ein. »Die Männer sind nicht gerade erfreut über deine sexualfeindliche Bekanntmachung.«

»Sind ihnen Frauen wichtiger als die Freiheit?« brauste Koban auf. »Ja, wir haben Koorn erobert, schön und gut. Aber um den Krieg zu gewinnen, brauchen wir die Sternenmenschen.« Einen nach dem anderen musterte er seine Unterführer, sah in jedes Gesicht. Bisher hatten sie stets treu zu ihm gehalten. Jetzt zeugten ihre Mienen von Skepsis.

Jahrelang haben wir gemeinschaftlich geplant, dachte er. Soll es damit jetzt, nachdem der erste Schritt unserer Revolution erfolgreich vollzogen wurde, aus sein?

Er beschloß, das Gespräch auf weniger heikle Themen zu lenken. »Welche Nachrichten liegen von den Suchtrupps vor? Sind alle Aufseher aufgespürt worden?«

»Alle bis auf vier«, erteilte ein schlaksiger Gruppenleiter Auskunft, der mit der Hüfte an einem Getreidesack lehnte. »Fritts Verbleib ist noch unbekannt. Was Haliger betrifft, wissen wir noch nichts Genaues. Aber jemand aus meiner Gruppe will ihn im Stollen zum Fahrzeugpark gesehen haben.«

»Hmmm«, brummte Chu. »Er wird nicht weit kommen. Allein und ohne Nahrung oder Wasser kann er keinesfalls überleben. Selbst wenn ihn die verdammten Eisbestien nicht schnappen, es ist auf diesem Planeten einfach unmöglich, im Freien am Leben zu bleiben.«

»Den verfluchten Sadisten Kemmel habe ich erwischt«, erzählte ein Gruppenleiter mit gewohnheitsmäßiger Schmollmiene. »Ich habe ihm meine Spitzhacke direkt zwischen die Augen gehauen.« Er bleckte die Zähne zu einem wüsten Grinsen der Genugtuung.

»Wie gesagt, Haliger ist wahrscheinlich draußen«,

sagte der Schlaksige. »Von Forns und Jevet steht es unzweifelhaft fest. Ich habe sie gestern selbst in einem Flyer durchs Ostportal abschwirren sehen.«

»Durchs Ostportal?« wiederholte Koban befremdet. »Was liegt denn östlich der Bunker?«

»Nichts. Vermutlich wollten sie uns nur irreführen. Bestimmt haben sie einen Bogen beschrieben und sind nach ein paar Kilometern in Richtung Außenposten am Großen Graben geflogen.«

»Egal wohin sie geflüchtet sind, sie sind erledigt«, meinte Chu. »Es ist noch nicht Winter, und der Schnee ist an manchen Stellen schon drei fünfzig hoch.«

Der Schlaksige stieß ein Räuspern aus. »Einen Namen hat bis jetzt noch niemand genannt: Vossted.«

Ganz gleich, worüber wir reden, dachte Koban, es entsteht eine Kontroverse. Er runzelte die Stirn. »Was ist mit ihm?« fragte er laut. »Er befindet sich in unserem Gewahrsam.«

»Er war Aufseher«, antwortete ein Mann mit grauem Stoppelbart barsch. »Wenn er mit den Fremden einen Besichtigungsgang veranstaltet, ist das nichts, was ich als ›Gewahrsam‹ verstehe.«

»Er kann ja nirgends hin. Außerdem wißt ihr so gut wie ich, daß Vossted kein *gewöhnlicher* Aufseher gewesen ist. Hat er je einen von uns mißhandelt?« Koban blickte in die Runde. »Na?«

Chus Mienenspiel verriet Unmut. »Für mich persönlich ist es belanglos, ob er den Gutmütigen gespielt hat oder nicht. Er ist einer von *ihnen.*«

»Er ist anders als sie«, widersprach Koban unverhohlen. »Man muß berücksichtigen, daß er in seinem alten Schädel eine Menge Wissen und Kenntnisse hat. Sie können uns in Kürze von großem Nutzen sein.«

»Es gefällt mir trotzdem nicht, daß er frei herumläuft«, murrte Chu unterdrückt.

»Es braucht dir nicht zu gefallen«, erklärte Koban in rauhem Ton. »Es genügt, wenn du es akzeptierst. Aber falls es dich beruhigt, Chu, will ich dir etwas versprechen. Sollte jemand mir einen Beweis dafür erbringen, daß Vossted unsere Sache irgendwie behindert, werde ich ihn dafür eigenhändig zur Rechenschaft ziehen.«

Einen Moment später senkte Chu den Blick und fuhr sich mit der Hand durch die schwarzen Haare. »Ich weiß, daß das dein Ernst ist«, sagte er. »Ich hoffe, soweit kommt's nicht.«

Ich auch, dachte Koban mit einem Gefühl innerer Vereisung. Vossted war zu ihm fast wie ein Vater gewesen. Alles was Koban wußte, hatte der Alte ihn gelehrt: Metallurgie, Chemie, Computerfachwissen, Technik, Geschichte ...

Aber das war in der Vergangenheit gewesen. Gegenwart und Zukunft gehörten der Revolution. Falls Vossted sich mit dem, was die neuen Zeiten brachten, nicht abzufinden vermochte, mußte er eben abtreten.

Nochmals musterte Koban die anderen Männer, forschte in ihren ausdruckslosen Mienen. Sie zweifeln an mir, erkannte Koban. Es ist noch nie vorgekommen, aber jetzt haben sie an mir ihre Zweifel.

»Wir wissen, wieviel Vossted dir bedeutet«, sagte der Schlaksige. »Nach dem Unfall, dieser Panne mit deinem Gesicht, hat er dir das Leben gerettet. Aber dürfen wir ihm wirklich trauen, Iarni? Zumal wenn er sich mit den Sternenmenschen abgibt, die wir gar nicht kennen?«

»Du behauptest, sie werden uns helfen, weil sie auch Menschen sind«, äußerte der Graubärtige. »Dabei sind einige von ihnen doch Monster ... Fremde ... richtige Scheusale! Ich glaube, mit so was sollten wir uns nicht einlassen.«

Während er in den Gesichtern seiner Unterführer las, bemerkte er darin Furcht vor dem Unbekannten. Nicht einmal Chu Edorlic mochte ihm noch in die Augen sehen. »Iarni«, meinte Chu mit hörbarem Unbehagen, »dank deiner Führerschaft haben wir mehr erreicht, als wir es uns je hätten träumen lassen. Aber diese Fremden … Na, sie treiben einen Keil zwischen uns und die Männer. Die Medikamente und die Nahrung, die sie uns schenken … bei ihrer Technik bedeuten sie für sie gar nichts. Wenn sie wollten, könnten sie uns mit ihrem Transportergerät hier aus diesem Raum fortholen und wer weiß wohin transferieren. Daß wir sie unsere Freunde nennen dürfen, ist ja ganz nett. Aber wir müssen uns der Tatsache stellen, daß sie uns immens überlegen sind. Wie weit können wir ihnen trauen?«

Koban erhob sich. »Am wichtigsten ist es für uns, zu sichern, daß *sie* weiterhin *uns* vertrauen.«

Chus Gesicht widerspiegelte wachsende Skepsis. Ein Pochen an die Tür verhinderte jedoch, daß er seine Bedenken aussprach. Er sprang auf und erkundigte sich im Korridor nach dem Grund der Störung. Als er gleich darauf die Tür weit öffnete, zeigte seine Miene ein Grinsen. »Besuch aus der Welt der Ratten.«

Zwei Rebellen zerrten gegen seinen Widerstand einen Mann mit blassem Gesicht durch den Eingang herein. »Wir haben ihn in einem geheimen Tunnel aufgegriffen«, meldete der eine Rebell, ein hochaufgeschossener Schwarzer. »Einem der Tunnel, die wir durch Lorens Ben kennen.«

»Na, wenn das nicht Fritt ist, die Spitzenkraft der Aufseherclique«, spottete Edorlic. Mit einem Wink gab er den beiden Bewachern zu verstehen, daß sie Fritt aufrecht hinstellen sollten. »Wozu macht ihr euch die Mühe, den Kerl herzuschleppen?«

»Der Mann verlangt 'ne gerechte Verhandlung.« Der Schwarze sah hinüber zu seinem Kumpel. »Swagen glaubt aus irgendeinem Grund, sie stünde ihm zu.«

Das kantige, stoppelbärtige Gesicht des anderen Rebellen lief dunkel an. »Für einen Aufseher war er einigermaßen in Ordnung«, sagte er. »Er hat nichts davon gehalten, jemanden bis zur Arbeitsunfähigkeit zu schikanieren, bloß weil er krank war. Er hat einen dann bis zur Besserung für leichtere Tätigkeiten eingeteilt.«

Die Männer in der Räumlichkeit nickten. Als Gruppenleiter waren sie ebenso verfahren, um ihre Männer zu schützen. Daß ein Aufseher das Kontrollsystem unterlief, hatte für manchen von ihnen eine Überraschung bedeutet.

»Als ich krank gewesen bin…« Verlegen zögerte Swagen. »… da hat er mir Medikamente gebracht, die sonst nur die Aufseher erhielten.«

»Und du denkst, deshalb sollten wir ihn am Leben lassen?« Chu Edorlics Stimme war so scharf wie eine Messerschneide.

Swagens Gesicht nahm einen einfältigen Ausdruck an. »Ich dachte, er hätte 'ne Chance verdient, sich zu rechtfertigen.«

»Hast du vielleicht auf das Geschwätz der Sternenmenschen gehört?« fragte Edorlic verächtlich. »Sie sind große Freunde vieler Worte.«

Koban bemerkte die Blicke, die seine Unterführer austauschten. Wie sollte er diese Situation handhaben? »Wenn du uns etwas zu sagen hast, Fritt«, legte er dem Aufseher nahe, »dann heraus mit der Sprache.«

Fritt schlotterte in den Fäusten seiner beiden Aufpasser. Koban bemerkte, daß Yafeu einen nagelneuen Aufseher-Anorak trug, und Swagen hatte sich Fritts Jacke übergezogen.

»Ich… ich…« Vor Kälte und Furcht klapperten Fritt die Zähne. »Ich habe immer versucht, für die Männer, die für mich arbeiteten, das Beste rauszuholen. Sie zu schützen… ihnen zu helfen, wenn sie Hilfe benötigten… Ich habe getan, was ich konnte.«

»Du meinst«, hielt der graubärtige Gruppenleiter ihm höhnisch vor, »solang's dir nicht lästig wurde.«

Fritt schüttelte den Kopf. »Ich habe mir angehört, was Vossted zu sagen hatte… Geglaubt hab' ich ihm. Ich wußte, daß unsere Art zu leben verkehrt ist. Ich hab' mich bemüht, etwas zu ändern. Da könnt ihr ruhig fragen.«

Koban trat auf Fritt zu. Er spürte die Blicke seiner Unterführer. Erst der Streit wegen der Sternenmenschen. Und jetzt berief sich auch noch dieser jämmerliche Aufseher auf Vossted.

»Wen sollen wir fragen?« hakte Koban nach. »Alle übrigen Aufseher sind entweder tot oder haben das Weite gesucht.«

»Vossted«, sagte Fritt verzweifelt. »Er lebt noch, habe ich mitgekriegt. Oder… oder Shakra Bens Sohn. *Er* kann euch meine Angaben bestätigen.«

Mit unnachgiebiger Miene lächelte Koban. »Lorens Bens gutes Verhältnis zu den Aufsehern dürfte dir wohl kaum nützlich sein. Und was Vossted anbelangt… Na, ich bezweifle, daß dieses Gremium so inkompetent ist, sich erst seine Aussagen anhören zu müssen.«

Er straffte sich zu voller Körpergröße. »Du willst eine gerechte Beurteilung? Also gut. Ich beschuldige dich der Halbherzigkeit. Du rühmst dich, Vossteds Anhänger zu sein. Aber du hast, im Gegensatz zu ihm, deine Haltung nie offen gezeigt, sondern verheimlicht. Zu deinen Ansichten zu stehen, war dir wohl zu gefährlich. Du hast Vossted alle Gefahr allein tragen lassen und vor den Flatterern gebuckelt… und dir dabei eingebildet, mit ein paar guten Taten könntest du dich bei uns beliebt machen.«

Koban blickte dem Aufseher direkt ins vor Schrecken verkniffene Gesicht. »Ich glaube kaum, daß diese wenigen Nettigkeiten nun deine Haut retten werden, Fritt. Zuwenig zu tun, kann ein Schwerverbrechen sein.« Er wandte sich an seine Unterführer. »Ihr fungiert als Gericht. Wie lautet euer Urteil?«

»Schuldig«, gab Chu Edorlic sofort zur Antwort.

»Schuldig«, sagte auch der Graubart.

Grimmig nickte der schlaksige Gruppenleiter. »Schuldig.«

Der Mann mit der Schmollmiene sah Fritt an. »Schuldig.«

Nur Swagen zögerte einen Moment lang. Er leckte sich mit der Zunge über die Lippen. »Schuldig«, sagte er dann erst.

Sie stehen wieder hinter mir, dachte Koban. Nun darf ich sie nicht enttäuschen …

Sein Blick fiel auf den Laserbohrer, der unbeachtet auf einem Berg Säcke lag. »Du bist für schuldig befunden worden, Fritt, und das Urteil wird ohne Aufschub vollstreckt. Auf die Knie mit ihm!«

Fritt schrie auf, aber seine Bewacher handelten mit brutaler Effizienz. Seine Arme noch fest im Griff, traten sie ihn in die Kniekehlen. Eine Sekunde später kauerte er auf den Knien, während man ihm die Arme auf den Rücken drehte, als wäre er ein widerborstiger Vogel, dem man die Flügel stutzen mußte. Sein Kopf ragte nach vorn.

Koban nahm das Laserrohr in die eine und das Akku-Gehäuse in die andere Hand.

Fritt sah, als er sich nahezu den Hals ausrenkte, um aufzublicken, den Rebellenkommandeur näher treten. »Koban! Bitte nicht!«

Koban senkte das Rohr und drückte auf den Auslöser. Für einen Moment erhellte ein flüchtiges Auflohen rubinroten Lichts die Räumlichkeit. Fritts säuberlich abgetrennter Kopf plumpste dumpf auf den Fußboden. Den durchschnittenen Hals hatte der Laser sofort kauterisiert.

Die Wächter ließen den Toten los, und der Leichnam sackte schlaff der Länge nach hin.

»Das war der Schlußstrich unter das Aufseherproblem.« Koban reckte die noch ums Laserrohr geklammerte Faust in die Höhe. Er empfand ein seltsames Gefühlsgemisch aus Triumph und Furcht. Innerhalb weniger Stunden hatte er die Brigade zu durchschlagendem Erfolg geführt. Doch wie die Vorfälle im Beratungsraum andeuteten, mochte das vielleicht der einfachere Teil des Kampfes gewesen sein. Nun galt es, den gegenwärtig vorhandenen revolutionären Schwung zu nutzen, den Sieg der Brigade zu vervollkommnen.

An einen Haufen Getreidesäcke gelehnt, die langen Beine vor sich gestreckt, überlegte Koban, was er als nächstes sagen sollte. Schließlich entschied er sich dafür, den Männern seinen Plan ein Stück weit zu enthüllen – den verwegenen, erst halb ausgereiften Plan, über dessen Tauglichkeit er sich selbst noch nicht ganz sicher war. Doch die Ex-Sklaven brauchten etwas, das sie in ihrer Hoffnung bestärkte.

Mühsam schluckte er, bemühte sich um eine nonchalante Miene. »Wir können davon ausgehen, daß die Flatterer inzwischen nach Koorn unterwegs und darauf vorbereitet sind, Vergeltungsmaßnahmen gegen uns durchzuführen«, sagte er zur Einleitung. »Darum müssen wir die Sternenmenschen davon überzeugen, daß es angebracht ist, uns bei einem Präventivschlag gegen sie zu unterstützen.«

»Ich glaube nicht«, erklärte Chu ohne Umschweife, »daß die Fremden für uns Krieg führen werden.«

»Was sollen wir denn sonst machen?« fragte der hagere Gruppenleiter. »Sie anbetteln, uns mit an Bord zu nehmen und irgendwo hinzufliegen? Die Flucht ergreifen?«

»Und was würde dann aus dem Rest?« Der Unterführer mit der Schmollmiene hatte das Gesicht zu einer Fratze der Wut verzogen. »Ich habe auf Basis Zwillinge, zwei Buben. Ich denke gar nicht daran, sie in den Krallen der Flatterer zu lassen.«

In Chus schwarzen Augen funkelte Zorn. »Die Sternenmenschen sind Weichlinge. Sie können nicht nachvollziehen, was es heißt, Gefangene zu sein, wie wir es gewesen sind.«

Koban schmunzelte. Chu hatte wieder einmal den Nagel auf den Kopf getroffen. »Aber es ist möglich, daß sie es noch lernen. Was meint ihr wohl, weshalb ich ihnen erlaubt habe, in unserer Nachbarschaft einen

Stützpunkt einzurichten?« Sein Blick schweifte durch die Runde der Besprechungsteilnehmer, die ihn jetzt ratlos anstarrten.

»Es ist so, wie ihr gesagt habt: In ihrem Raumschiff sind sie uns weit überlegen«, fügte er hinzu, schlug einen leiseren, dafür jedoch um so eindringlicheren Ton an. Unbewußt beugten die Gruppenleiter sich mit gespannten Mienen vor.

»Aber die Sternenmenschen hier unten auf dem Planeten«, sagte er gedämpft, »sind *uns* ausgeliefert.«

7

»Was möchtet ihr zuerst sehen?« fragte Vossted gutgelaunt.

Captain Picard hatte zuvor LaForge und Worf den Auftrag erteilt, den Aufbau der Forschungsstätte zu überwachen. Er, Riker, Crusher und Data standen mit Vossted unmittelbar hinter dem Zugangsportal der Bunkersiedlung. Sie waren bereit, mit der Besichtigung anzufangen.

»Nach meiner Ansicht ist es am logischsten«, meldete sich Data zu Wort, »sich als erstes mit den Computeranlagen zu befassen.«

»Richtig.« Riker unterstützte Datas Meinung. »Je schneller wir Zugriff auf eure Aufzeichnungen erhalten, um so leichter können wir nachher die Wissenslücken schließen, die sicherlich in allen Bereichen unserer Nachforschungen auftreten werden.«

»In der Tat äußerst logisch.« Vossted lachte auf; seine schweren Lider legten sich in Fältchen. »Nun gut, dann los. Mir nach!«

Er winkte, und die Gruppe folgte ihm durch eine enge Tür in ein Labyrinth unzulänglich beleuchteter Gänge. Unterwegs beschleunigte Picard seine Schritte und holte Vossted ein. »Verraten Sie mir eines«, verlangte er. »Wieso erlaubt Koban Ihnen, sich frei zu bewegen? Weshalb dürfen Sie, dem man unterstellt, ein Gegner der Rebellion zu sein, uns gegenüber als offizieller Sprecher tätig sein?«

Vossted hob die Schultern. »Dafür kann ich mehrere Gründe nennen. Erstens hatten unter den Tseetsk nur die Aufseher so etwas wie ungehinderten Zugang zu Computern und anderer hochtechnischer Ausrüstung. Den Arbeitsbrigaden wird nur beigebracht, was sie wissen müssen, um die Laserbohrer und sonstigen Geräte zu bedienen, geothermische Zapfstellen zu errichten, dergleichen eben. Sie arbeiten immer unter der Knute der Aufseher. Seit der Revolte bin ich hier beinahe die einzige Person, die euch sagen kann, womit ihr es zu tun habt.«

»›Beinahe‹?«

»Ich halte viel davon, Wissen weiterzugeben. Im geheimen habe ich einen jungen Mann der Brigade alles gelehrt, was ich zu vermitteln hatte. Sowohl über die Systeme der Bunkersiedlung wie auch andere Angelegenheiten, die ich als wichtig ansah.«

Picard wagte eine Vermutung. »Der junge Mann war Koban?«

Vossted nickte. »Als ich ihm zum erstenmal begegnet bin, war er fast tot.«

Picard wölbte die Brauen. »Der Unfall, der sein Gesicht zerstört hat?«

»Vor fünf Jahren ist er als ›Frischfleisch‹ bei uns eingetroffen, als neuer, erst fünfzehn Jahre alter Brigadist. Sein Gruppenleiter ließ ihn bei einem Arbeitseinsatz an der Oberfläche auf einem Bagger mitfahren, während der Rest der Gruppe zu Fuß ging. Der Aufseher führte die Gruppe über die Eisdecke eines Felsspalts. Das Eis brach, und alle außer Koban kamen um. Es war pures Glück, daß er durch den Aufprall lediglich die Besinnung verlor und sich am Kopf nur eine harmlose Platzwunde zuzog.«

»Aber wie ...«, setzte Picard zu einer Frage an.

»Die Baggerkabine war warm genug, um seinen Kreislauf aktiv zu halten«, erzählte Vossted in sachlichem Ton. »Als er erwachte, war das Metall allerdings abgekühlt. Sein Blut und die Hälfte seines Gesichts waren an der Kabinenwand festgefroren. Koban war noch ein Grünschnabel, aber ihm war klar, daß er auf keine Rettungsmannschaft zu warten brauchte. Also riß er sich los und marschierte durch einen Schneesturm zurück zur Siedlung.«

Die bloße Vorstellung derartiger Vorgänge verursachte Picard ein Gruseln.

»Es bedarf wohl keiner besonderen Erwähnung, daß niemand mit Kobans Überleben rechnete. Aber der für die Aufseher zuständige Arzt … wurde von mir dazu überredet, ihn zu behandeln.«

Vossted schüttelte den Kopf. »Wenigstens ist sein Auge gerettet worden. Während der Genesung durfte Koban für mich arbeiten, und dabei fiel mir seine enorme Intelligenz auf. Ein wirklich pfiffiger, lerneifriger Junge ist er gewesen.« Man hörte seiner Stimme eine Spur ironischer Zuneigung an. »Und wie ihr seht, versteht er gut zu nutzen, was er von mir gelernt hat … Dieses altbekannte Band zwischen Lehrer und Schüler ist ein weiterer Grund, warum Koban mir die Freiheit läßt. Er bringt es nicht übers Herz, mich einzusperren oder meine Hinrichtung anzuordnen. Und ein dritter Grund ist, glaube ich, daß er zum Teil eigentlich erleichtert wäre, würde einer seiner Männer mich nebenbei umlegen. Ihr müßt bedenken, ich verkörpere für ihn ein Problem. Meine Gegenwart untergräbt seine Autorität.«

Allmählich irritierte Vossteds von weitgehender Akzeptanz des Geschehens geprägte Haltung Picard. »Verzeihen Sie, aber ich begreife Ihre Einstellung gegenüber den Ereignissen nicht so richtig«, gab er zu. »Ihren Äußerungen nach könnte man meinen, Sie sympathisieren mit den Rebellen, obwohl sie ihr Gefangener sind. Sagen Sie mir: Sind Sie für oder gegen diese Revolution?«

Unbeeindruckt lächelte Vossted. »Captain, ich bin Aufseher.« Er strich sich mit einem knochigen Finger über den Nasenrücken. »Gleichzeitig bilde ich mir ein,

Humanist zu sein. Das bringt mich in eine ziemliche Klemme, was?«

Das war keine Antwort, befand Picard.

Riker, der dem Gespräch interessiert zugehört hatte, mischte sich nun ein. »Warum sind Sie Aufseher geworden?«

»Liegt in der Familie«, antwortete Vossted humorig. »Als die Tseetsk uns vor rund zweihundert Jahren entdeckten, war unsere Kolonie technisch heruntergekommen. Wir schlitterten von einer Krise in die andere. Das Kolonistenschiff war nach dem Abflug von der Erde stark beschädigt worden. Eine Art von interstellarem Vortex verschluckte es und schleuderte es in ein Gebiet des Alls, in dem die Astrogatoren nicht einmal die Sternbilder wiederfanden.«

»Ein Wurmloch«, sagte Picard. »Also ist das Raumschiff in ein Wurmloch geraten und in diese Region verschlagen worden.« Es überraschte ihn, daß von dem Schiff überhaupt noch etwas übrig geblieben ist.

»In alten Physikbüchern haben wir Hinweise auf ein derartiges Phänomen gefunden, ja.« Vossted zuckte die Achseln. »Im alltäglichen Überlebenskampf der Flüchtlinge nahmen Theorien über die Natur des Universums jedoch einen geringen Stellenwert ein. Das Schiff erlitt eine Bruchlandung, und was den Siedlern danach an Technik blieb, bestand aus Materialien, die sie aus dem Wrack bargen. Aber diese Gerätschaften standen schon fast am Ende ihrer Nutzungsdauer. Meine Vorfahren mußten mit dem zufrieden sein, was sie an provisorischen Apparaturen zusammenbasteln konnten. Sie hatten keine Mittel, um neue Maschinen anzufertigen. Sie wußten über Mikroschaltkreise Bescheid, verfügten aber nicht einmal über so viel Technologie wie ein Hufschmied. Ihre Zivilisation drohte in Barbarei zurückzufallen. Die einzige Hoffnung waren die Techniker. Und das wußten sie genau.«

»Sie meinen«, fragte Picard, »die Techniker haben

ihre Kontrolle über die noch vorhandenen technischen Systeme dazu mißbraucht, um auch über ihre Mitmenschen zu herrschen?«

»Genauso war's. Als die Tseetsk kamen, sahen sie, daß die Techniker die Oberhand hatten. Also bestimmte man sie dazu, die menschlichen Arbeitskräfte, die sich die Tseetsk unterwarfen, zu beaufsichtigen. Die Tseetsk-Gesellschaft besteht aus Kasten, in die die Angehörigen hineingeboren werden. Deshalb sind die Kinder der Aufseher seitdem, ungeachtet ihrer Qualifikation, ebenfalls immer Aufseher geworden.«

»Und ohne Rücksicht auf ihre persönlichen Wünsche?« erkundigte sich Riker.

Vossted hob die Schultern. »Mir hat man jedenfalls keine Alternative angeboten. Es wäre uns aber sowieso nahezu unmöglich gewesen, aus dem Kastensystem auszubrechen. Wir Techniker und die restlichen Siedler waren längst polarisiert, und die Ankunft der Tseetsk hat diesen Zustand dann nur auf die Spitze getrieben. Die Aufseher wachten eifersüchtig über jedes Privileg, das sie genossen, und die Arbeitssklaven verbissen sich in eine Art von Klassenhaß. Jeder, der die Grenze zwischen solchen Schichten zu überschreiten versucht, stößt auf Argwohn und Ablehnung. Aber könnte ich ehrlich von mir behaupten, ich hätte mich, wäre es mir möglich gewesen, anders entschieden? Natürlich könnte ich einfach sagen, ich wäre den schwereren Weg gegangen, hätte Entehrung und Ungnade auf mich genommen, um zur Linderung der Leiden meiner Mitmenschen alles zu tun, was in meiner Macht stand.«

Ein Grinsen der Selbstironie umspielte seinen Mund. »Andererseits läßt sich nicht leugnen, daß das Leben eines Aufsehers angenehmer als das Dasein eines Sklaven ist.«

Die Schritte Vossteds und der Besucher hallten auf dem Felsboden, während sie weiter durch die Stollen strebten. Endlich gelangten sie zu einer schweren, an den Rändern in Gummi gefaßten Stahltür. Sie war mit einem altertümlichen Vorhängeschloß gesichert gewesen. Es war zertrümmert worden und hing seither schief an der Tür.

»Die Tür ist isoliert«, stellte Dr. Crusher erstaunt fest.

»Computer müssen warm gehalten werden«, erklärte Data.

»Und das Treiben der Aufseher sollte den Sklaven verborgen bleiben«, ergänzte Vossted. Er schwang die Tür auf und gab der Besuchergruppe mit einem Wink zu verstehen, daß sie eintreten durfte.

Dahinter war die Luft spürbar wärmer als überall, wo Picard auf diesem Planeten bisher gewesen war; er streifte die Thermojacke ab und legte sie beiseite, schaute sich in unverhohlener Verwunderung um.

»Der Computer sieht ganz anders als unsere übrige Technik aus, stimmt's?« fragte Vossted.

Eine Wand des Raums, den sie betreten hatten, wurde vollständig von einer glatten, schwarzen Fläche eingenommen. Bunte Glanzlichter geisterten in schillernden Mustern darauf umher. Man sah jedoch keine Tasten, Schalter oder Mikrophone, die angezeigt hätten, daß man vor einer in Betrieb befindlichen Maschine stand.

In regelmäßigen Abständen waren vor der schwarzflächigen Wand – in komischem Kontrast zu ihrer blanken Glätte – vier altmodische Trichterantennen aufgebaut. Von ihnen verliefen Kabel zu plumpen Monitoren und Tastaturen, die auf Picard den Eindruck machten, als wären sie aus dem Technischen Museum der Starfleet-Akademie geklaut worden.

»Trichterantennen und manuelle Schnittstellen?« meinte Riker ungläubig. »Mit einem Apparat gekoppelt, der technisch so fortgeschritten wie dieser aussieht? Das ist ja eine merkwürdige Anlage.«

»So etwas wie ein Hybride. Der Computer wird per Stimme bedient, ist aber ausschließlich auf die Tseetsk-

Sprache programmiert.« Vossted gurrte einen dunklen Laut, dem er einen getrillerten Pfiff hinzufügte.

Vor den Besuchern entstand dicht über dem Boden das holographische Bild eines Laserbohrers. Leuchtpfeile deuteten auf gewisse Bestandteile. Bezeichnungen in befremdlichen Schriftzeichen erschienen, die wahrhaftig aussahen wie Fußspuren eines Vogels.

Picard fühlte sich verdutzt. »Sie sprechen die Tseetsk-Sprache.«

»Stimmt. Aber nur wenige Menschen schaffen es, sich so die Zunge zu verrenken. Darum haben die Tseetsk uns diese Tastaturen und Monitoren installieren lassen, die aus den Resten unseres Kolonistenschiffs stammen. Die Koppelung ist alles andere als perfekt, aber sie genügte für die Tätigkeit, die wir hier zu verrichten hatten.«

Picard furchte die Stirn. »Weshalb schreibt denn nicht einfach jemand ein englisches Übersetzungsprogramm?«

»Weil niemand weiß wie«, lautete Vossteds Auskunft. »Zwar sind unsere Vorväter Techniker gewesen, aber keiner von uns hat eine vernünftige Ausbildung erhalten.« Wieder zeigte er sein verschrobenes Lächeln. »Wir sind ausschließlich für unsere Aufgaben geschult worden und wissen nur, was wir für ihre Erfüllung brauchten. Und den meisten fehlt ein besonderer Hang zur Arbeit mit Apparaten.«

»Aha. Dann nehme ich an, die Schwäche Ihres Systems besteht aus dem Mangel an ausreichendem Schutz. Sie dürften wohl kaum dazu imstande sein, Waffen zu fabrizieren, mit denen Sie sich gegen die Tseetsk wehren könnten.«

Picard streckte die Hand aus und berührte die glasig-schwarze Fläche des Computers. Sie war unvorstellbar glatt. Die Berührung erzeugte fast keine Reibung. Als der Captain die Hand senkte, sah er, daß sie keine Fingerabdrücke hinterließ, obwohl sie schweißig war, weil er sie gerade erst aus dem Handschuh gezogen hatte.

»Eine bemerkenswerte Substanz«, sagte er halblaut.

»Nicht wahr?« äußerte Vossted. »Koban ist davon regelrecht fasziniert gewesen. *Er* ist jemand mit intuitivem Verständnis für Computer. Ich habe ihm eine Kopie meines Schlüssels gemacht, und er hat spät abends, wenn sonst niemand da war, stundenlang hier gesessen. Einfach herumgespielt, ausprobiert.«

Auch Riker betastete die schwarze Fläche des Computers. »Was ist das für ein Material? Woraus besteht es?«

»Es ist ein altes Tseetsk-Produkt. Wißt ihr, die Tseetsk-Kultur ist unglaublich alt, sie existiert seit Abertausenden von Jahren. Sie muß einmal auf wissenschaftlich-technischem Gebiet sehr hochentwickelt gewesen sein. Soweit ich es sagen kann, unterliegt die Substanz des Computergehäuses keinerlei Verschleiß. Aber ich glaube, die Tseetsk wissen heute selbst nicht mehr, wie man sie herstellt.«

Data ergriff das Wort. »In Wirklichkeit ist die Wandung aus keiner materiellen Substanz. Anscheinend handelt es sich um ein Kraftfeld. Allerdings ist mir seine Beschaffenheit ungeläufig.« Er trat an eine der Tastaturen, schaute dann erwartungsvoll hinüber zu Vossted. »Können Sie mir ein Lexikon der Tseetsk-Sprache laden? Sobald ich sie gelernt habe, wird sich unser Arbeitstempo in bedeutendem Umfang beschleunigen.«

»Du bist der Ansicht, du kannst das Tseetsk so schnell lernen?« fragte Vossted mit einem Anklang von Unglauben.

»O ja«, antwortete Data in verbindlichem Ton. »Die Rechengeschwindigkeit meiner positronischen Schaltkreise übertrifft ...«

»Dann bist du ein echt begabter Bursche, Data«, meinte Vossted voller Anerkennung. Er schlurfte an

Datas Seite und tippte einen kurzen Befehl ein. Anschließend deutete er auf einen Monitor. »Da ist es schon.«

»Ich denke, Data und ich werden mit unseren Forschungen hier den Anfang machen«, sagte Riker. »Ich möchte schnellstens loslegen.«

»Genau mein Gedanke, Nummer Eins.« Picard nickte. »Die Zeit drängt.«

»Na gut.« Vossted sah Picard und Crusher an. »Sollen wir die Besichtigung zu dritt fortsetzen?«

»Ich würde gerne die medizinischen Einrichtungen sehen«, erklärte Crusher, »um eine detaillierte Vorstellung davon zu erhalten, was hier benötigt wird.«

»Unsere Not ist groß, Doktor«, bekannte Vossted gefühlvoll.

Beim Verlassen des Computerraums schlug Picard wieder Kälte ins Gesicht. Er und Crusher schauderten und zogen sich die Thermojacken enger um die Schultern.

Während sie erneut durch das Labyrinth der Gänge wanderten, kam ihnen mit harten Mienen ein Trupp Männer entgegen. Zwei von ihnen drehten sich um und glotzten Crusher lüstern nach. Sie duckte den Kopf hinter den Kragen, wünschte sich, die Thermojacke wäre noch dicker.

»Erzählen Sie mir einiges mehr über die Tseetsk-Kultur«, wandte sich unterwegs Picard an Vossted.

Vossteds trübsinnige Augen schienen irgend etwas in unendlicher Ferne zu betrachten, während er eine kurze Treppe erstieg.

»Ihre Zivilisation stellt einen sonderbaren Mischmasch dar. In mancher Beziehung ist sie hochentwickelt. In anderer Hinsicht sind Unwissenheit und Aberglauben in unglaublichem Maß verbreitet. Zum Beispiel ist die Medizin der Tseetsk außerordentlich weit fortgeschritten. Sie haben nicht nur alle schweren Krankheiten ausgerottet, sondern auch solche Belanglosigkeiten wie ihr Äquivalent zu einem gewöhnlichen Schnupfen. Andere Bereiche hingegen, wie Genetik, sind absolutes Tabu. Es gilt als schlechtes Benehmen, sie bloß zu erwähnen. Wie sie sich in den Labors daran vorbeimogeln, übersteigt mein Vorstellungsvermögen. Das gleiche ist bei Kosmologie und Atomphysik der Fall. Sie verzichten auf sämtliche Wissenschaften, die die grundlegende Struktur der Dinge betreffen.« Kurz schwieg er, dachte nach. »Ich glaube, davor ist ihnen irgendwie bang.«

»Wodurch wissen Sie so viel über sie?« wollte Crusher erfahren.

»Als ich noch 'n Junge war, habe ich drei Jahre auf der Tseetsk-Heimatwelt verbracht«, antwortete Vossted. »Vermutlich hatte man mich nur als so was wie ein Kuriosum mitgenommen. Ich konnte singen, und daran hatten sie Spaß. Außer mir hat bisher kein Mensch so engen Umgang mit den Tseetsk gehabt. Als ich dort hinkam, habe ich sie gehaßt. Sie waren für mich schlicht und einfach der Inbegriff des Bösen. Eine Fremdrasse, die keinerlei Anstrengung unternommen hatte, unsere Rasse zu verstehen. Uns bloß um der eigenen Bequemlichkeit willen versklavt hatte. Während meines Aufenthalts bin ich dann jedoch gezwungen gewesen, mein Bild zu revidieren.«

»Inwiefern?« fragte Picard.

»Ich befand mich auf einem Planeten von beachtlicher Schönheit und Fruchtbarkeit. Man hat dort ein sozial orientiertes Gesellschaftssystem, das in vielerlei Weise als vorbildlich für das Walten einer guten Regierung gelten darf. Man pflegt reichhaltige, vielfältige künstlerische Traditionen. Ach, und die Musik...« Mit einem Mal klang Vossteds Stimme belegt, als hätte er regelrechtes Heimweh. »Die Musik der Tseetsk ist so schön, daß sie einem schier das Herz bricht...«

Picard musterte Vossted. »Dann würde ich sie tatsächlich gerne mal hören«, sagte er leise.

Vossted seufzte auf. »Ich habe dort auch… Angehörige eines anderen Volks gesehen. In vieler Hinsicht waren sie wie Menschen. Gütig und freundlich, aber ohne Neigung, über ihre unmittelbaren Angelegenheiten hinauszublicken und das Ganze zu betrachten… Überrascht hat mich, daß die durchschnittlichen Tseetsk mehrheitlich kaum etwas über unsere Existenz wußten. Und soweit sie uns zur Kenntnis nahmen, hielten sie uns für animalische Lebewesen mit geringer Intelligenz und ohne sonderlich vorteilhafte Eigenschaften.«

»Eine klassische Rationalisierung«, lautete Picards Einschätzung. »Viele terranischen Reiche der Vergangenheit beruhten auf Sklaverei. Stets war eines der Argumente, mit denen man sie rechtfertigte, daß die versklavten Völker irgendwie nur aus Untermenschen bestünden.«

»Interessanter Vergleich. Tatsächlich gibt es auch bei den Tseetsk Gegner der Sklaverei.«

»Sie meinen Regentin Drraagh?« fragte Picard. Riker hatte ihm etwas ähnliches berichtet. Skeptisch hob er die Brauen. »Wieviel kann sie hier auf Koorn denn ausrichten? Oder ist sie gerade deswegen hierhergeschickt worden?«

Vossteds Lippen zuckten. »Volltreffer!«

»Nur zu«, ermunterte Picard ihn, »erzählen Sie mir ruhig noch mehr über die Vogelwesen.«

»Ihre Rasse lebt streng hierarchisch und zudem in einem ausgeprägten Matriarchat«, sagte Vossted. »Die männlichen Exemplare haben buchstäblich keine andere Aufgabe als die Zeugungsfunktion.«

»Wie Drohnen in einem Bienenstock«, kommentierte Picard.

»Genau. Die Männchen sind groß, faul und dumm. Alle wichtige Arbeit wird von Weibchen erledigt. Sie fällen auch die Entscheidungen.«

»Faszinierend«, murmelte Crusher.

Picard warf ihr einen achtsamen Blick zu und sah ein verdächtiges Glitzern in ihren Augen.

Unterdrückt lachte Vossted. »Wie erwähnt, die Tseetsk sind ein altes Volk. Früher einmal haben sie mehrere Sonnensysteme bewohnt.« Er legte die Fingerkuppen aneinander. »Aber irgendwann in fernerer Vergangenheit fand irgendein gewaltiges Unheil statt, das sie an den Rand des Untergangs brachte.«

Picard dachte an die verwüsteten Planeten, die die *Enterprise* im Laufe der letzten paar Wochen entdeckt hatte. »Ein Krieg?« fragte er.

»Ich glaube, ja. Was eigentlich passiert ist, das ist mir unklar geblieben. Strenge Tabus verhindern, daß explizit darüber geredet wird. Aber egal, was es gewesen ist, danach kannten die Tseetsk nur noch ein Ziel, nämlich das Aussterben ihrer Rasse zu verhindern. Ich vermute, das hat seitdem ihr gesamtes Denken bestimmt. Nie habe ich irgendein Volk gesehen, das sich so sehr um das Wohl seiner Mitglieder kümmert. Auf der Tseetsk-Heimatwelt kennt man keine Armut. Niemand leidet Hunger. Jeder hat ein Zuhause …«

»Da sehe ich einen gewissen Widerspruch«, unterbrach ihn Picard. »Commander Riker hat mir erzählt, die Tseetsk müßten sich mit einem katastrophalen Überbevölkerungsproblem herumschlagen. Wie können sie unter so ernstem Bevölkerungsdruck für alle sorgen?«

»Es wird von Jahr zu Jahr schwieriger«, räumte Vossted ein. »Man muß jedoch berücksichtigen, daß sie knapp der gewaltsamen Ausrottung entgangen sind, Captain. Erhaltung der Rasse bedeutet für sie Erhaltung jedes einzelnen Individuums. Das ist für sie ein moralischer Imperativ. Danach richten sie sich, egal welchen Preis es kostet. Die medizinischen Wissenschaften sind, wie gesagt, sehr fortgeschritten. Und die Tseetsk-Kinder schätzt man höher als in jeder anderen Kultur, von der ich je gehört habe. Ein Kind zu haben, ist bei den

Tseetsk Recht *und* Pflicht der heiligsten Sorte. Jedes Tseetsk-Leben wird als unermeßlich wertvolles Geschenk erachtet.«

»Bewundernswert«, sagte Picard trocken. Die Ursprünge der gegenwärtigen Situation wurden ihm immer klarer. Von der Einstufung eines Tseetsk-Lebens als »unermeßlich wertvolles Geschenk« bis zur Einordnung jeder sonstigen Art von Leben als minderwertig – oder gar als Bedrohung – war es nur ein kleiner Schritt.

Unwillkürlich fragte er sich, wie die Tseetsk wohl auf die Neuigkeit reagieren mochten, daß jetzt einige ihrer galaktischen Nachbarn quasi vor ihrer Haustür aufkreuzten.

»Da sind wir«, sagte Vossted. Mit andeutungsweisem Nicken wies er auf eine niedrige Tür; Crusher und Picard mußten beim Hindurchgehen die Köpfe einziehen.

Drinnen sperrte Crusher vor Entsetzen weit die Augen auf. »*Das* ist Ihr Krankenrevier?«

Die Räumlichkeit hatte kärgliche Ausmaße. Ein in seiner Helligkeit ungedämpftes, leuchtendes Metallband unter der Decke verströmte harsches, grelles Licht. Auf grob improvisierten Krankenbetten lagen drei Männer. An einer Wand standen Regale, die schmutzige Töpfchen voller unidentifizierbarer, scheußlicher Substanzen sowie zahlreiche Reihen ordentlich aufgerollten Verbandszeugs enthielten.

»Die Tseetsk mögen ihre medizinische Wissenschaft weit entwickelt haben, aber wir kamen nie in den Genuß dieses Wissens«, erläuterte Vossted. »Ich glaube, der einzige Arzt an Bord des Kolonistenschiffs ist bei der Bruchlandung ums Leben gekommen. Jedenfalls ist das meiste heilkundliche Wissen schon mit der ersten Siedlergeneration ausgestorben. Was aus der Krankenstation noch an Fachliteratur übrig war, fiel in die Hand der Aufseher. Sie benutzten ihre Kenntnisse als weiteres Druckmittel zur Kontrolle über die Arbeitssklaven.«

»Das ist doch kriminell!« Die Empörung blähte Crushers Nasenflügel.

»Wir haben in gewissem Umfang eine eigene Kräutermedizin entwickelt.« Vossted zeigte auf die Töpfchen voll klebriger Substanzen der verschiedensten Art. »Und kleinere Verletzungen verstehen wir natürlich auch zu behandeln. Aber wer ernsthaft erkrankt oder sich schwere Verwundungen zuzieht...« Seine Stimme verklang.

Beverly Crusher verzichtete darauf, ihn um Beendigung des angefangenen Satzes zu bitten. Den Rest mochte sie lieber gar nicht hören.

»So, Dil, 's ist höchste Zeit, um deinen Verband zu wechs...« Schlagartig verstummte die jugendlich helle Stimme hinter Crusher.

Sie drehte sich um und erkannte den Jungen, der zusammen mit anderen Arbeitern die Hilfslieferung der *Enterprise* in die Bunkersiedlung geschleppt hatte – eben den Jungen, der vom Typus her solche Ähnlichkeit mit Wesley aufwies. Sein Blick fiel von Picard auf Beverly, und fast sofort wich seine Miene der Verdutztheit einem kessen Grinsen. »Ach, Sternenmenschen«, sagte er im Tonfall tiefer Zufriedenheit.

»Na hallo«, rief Crusher, indem sie lächelte. »Ich bin Dr. Beverly Crusher. Wer bist du?«

Der Junge richtete sich hoch auf und gewann dadurch tatsächlich erheblich an Würde. »Lorens Ben. Ich bin *auch* 'n Doktor.«

»Was, du und Doktor?« Picards Brauen hoben sich.

»Sehr richtig«, bekräftigte Lorens trotzig. Er deutete auf die drei Liegen. »Das sind meine Patienten.«

»Hallo, Lorens«, begrüßte Vossted ihn halblaut.

Der Junge beachtete Vossted nicht. »Ich wechsle ihre Verbände, säubere die Wunden«, sagte Lorens zu Picard. »Wenn sie Fieber haben, mache ich ihnen Breiumschläge.«

Picard schnitt eine kritische Miene. »Wird dieses

Kind«, erkundigte er sich bei Vossted, »von niemandem beaufsichtigt?«

»Ich bin kein Kind!« fuhr Lorens hitzig auf.

»Wie alt bist du denn?« fragte Crusher ihn.

»Ich bin ... Ich werde bald dreizehn.«

»Und da hast du hier schon als Sklave arbeiten müssen?«

Lorens' junges Gesicht lief rot an, und er senkte den Blick, ohne zu antworten.

»Er hat von Medizin so viel Ahnung wie jeder hier«, sagte Vossted. »Außerdem leistet er Männerarbeit, und zwar gute Arbeit.«

Lorens preßte die Lippen zusammen. Noch immer vermied er es, Vossted anzuschauen.

Peinliches Schweigen folgte, das Crusher schließlich brach, indem sie sich räusperte. »Tja, Dr. Lorens«, meinte sie, »ich würde dein Krankenrevier gern einmal etwas näher kennenlernen. Du wolltest einen Verband wechseln, glaube ich, oder?«

Im ersten Moment war Lorens sich darüber im unklaren, ob sie ihn auf den Arm nahm. Dann verzog er das Gesicht wieder zu seinem breiten Grinsen. »Geht in Ordnung, Dr. Beverly. Ich zeige dir, wie wir das hier machen.«

Crusher folgte ihm zu den Regalen, wo er ein Töpfchen Salbe und zwei Rollen Verbandszeug heraussuchte. Damit ging er zur nächststehenden Liege. Darauf ruhte ein Mann, der einen blutgetränkten Lumpen um die Schulter gewickelt hatte.

Lorens setzte sich auf einen niedrigen Hocker und entfernte den blutigen Fetzen mit behutsamen Fingern. »Durch eine Spitzhacke verursachte Wunde«, konstatierte er bündig, sobald die lange, gezackte Fleischwunde freilag. Er riß ein Stück Stoff vom sauberen Verbandszeug ab, tauchte es ins Salbentöpfchen und betupfte damit die Verletzung.

Der Mann auf der Liege stöhnte. »Halt still, Kumpel«,

empfahl Lorens. »Ich muß die Bazillen abtöten. Es brennt bloß für 'n Momentchen.«

Crusher fühlte sich gleichermaßen verdutzt wie beeindruckt. Aus Lorens' jugendlicher Stimme sprach echte Autorität. Ebenso erstaunlich war die Selbstverständlichkeit, mit der der Verwundete den Rat befolgte. Er nickte einfach und schloß die Lider.

Nachdem er die Verletzung gesäubert hatte, faltete Lorens eine der Binden zu einem Polster zusammen. Er bedeckte damit die Wunde und befestigte es mit der zweiten Bandage. Danach legte er eine Hand auf Dils Stirn und hob den Blick zu Crusher. »Kein Fieber«, sagte er. »Ich hatte schon Sorge, die Wunde könnte sich entzünden.«

»Ohne deine Behandlung hätte das auch ohne weiteres geschehen können«, antwortete Crusher. Am liebsten hätte sie ihm das schwarze Haar gezaust. Aber sie ahnte, daß diese Geste ihm mißfallen würde. Also klopfte sie ihm statt dessen zum Zeichen des Lobes auf die Schulter. »Das hast du ausgezeichnet gemacht, Lorens. Ich sag's dir von Doktor zu Doktor.«

Stolz glänzte in seinen Augen. Dann stieß er ein Räuspern aus. »Stimmt es, daß du hier unten bei uns tätig sein wirst, Dr. Beverly?«

»Ja, es ist wahr«, bestätigte ihm Crusher. »Ich werde bei einigen Forschungsaktivitäten behilflich sein. Ich habe aber auch vor, eine Klinik für alle aufzubauen, die ärztlichen Beistand benötigen.«

»Vielleicht... vielleicht kann ich behilflich sein«, meinte Lorens mit einer Andeutung von Schüchternheit.

Crusher freute sich ebenso, wie sie sich gerührt fühlte. »Eine hervorragende Idee, Lorens. Wenn du diesen Wunsch hast, steht es dir selbstverständlich frei.«

Zur Antwort lächelte er ganz einfach. Es war ein strahlend-kindliches Lächeln. Zum erstenmal merkte man ihm keinerlei Vorbehalte mehr an.

Picard, der sich leise mit Vossted verständigt hatte, wandte sich nun Crusher zu. »Wir sollten uns wohl auf den Rückweg machen, Doktor«, rief er. »Vossted schlägt vor, daß wir uns mit Koban über die Möglichkeit eines baldigen Gesprächs mit Regentin Drraagh ins Einvernehmen setzen.«

»Ihr wollt zu Koban?« fragte Lorens in regelrecht atemloser Erregung.

Crusher erkannte in seinen Augen den Glanz der Heldenverehrung und empfand für ihn Mitleid. »Warum kommst du nicht einfach mit?« meinte sie zu ihm. »Dann können wir beide uns noch über die geplante Klinik unterhalten.«

Eifrig nickte Lorens und schoß förmlich zur Tür hinaus. Draußen wartete er, bis Crusher ihn einholte. Picard und Vossted folgten mit langsameren Schritten.

»Mir kommt der Bursche etwas zu jung vor, als daß er hier sein dürfte«, bemerkte Picard mit verhaltener Stimme.

»Lorens ist kein Brigadier. Der arme Junge. Ich glaube, er wäre glücklicher, könnte er der Brigade angehören. Sein Vater war Shakra Ben, der Oberaufseher Koorns. Ich glaube, du kennst ihn, Captain.« Vossted warf Picard einen Seitenblick zu. »Ein Kerl mit feister Fresse. Und Schweinsäuglein.«

»Feiste ... Ach ...!« Plötzlich begriff Picard, daß Vossted den Mann meinte, mit dem die *Enterprise* in Funkkontakt gestanden hatte. Vor den Augen der Brückencrew war er von einem Laserstrahl durchbohrt worden.

»Ich sehe, du erinnerst dich.« Vossteds Miene zeugte von Bedauern. »Lorens ist sein einziger Sohn. Shakra Ben hatte seine Beziehungen spielen lassen, um den Buben nach Koorn mitnehmen zu dürfen. Aber er hätte sich den Aufwand sparen können. Lorens ist ein romantischer junger Mann mit starkem Ehrgefühl. Er verabscheut die Aufseher. Keiner war ihm widerwärtiger als sein eigener Vater. Und jetzt ist er Kobans glühendster Anhänger.«

»Der Tod seines Vaters muß ihn doch irgendwie getroffen haben.«

»Zweifellos. Und es macht ihm die Sache bestimmt nicht leichter, daß der Mann, der seinen Vater mit dem Laser getötet hat, niemand anderes als Koban gewesen ist.«

»Koban ...!« Picard preßte die Lippen zusammen. Daß er tiefe Einsichten in die kindliche Psyche hätte, würde er nicht von sich behaupten. Doch in diesem Fall war leicht zu erraten, daß die Situation für Lorens problematisch sein mußte.

»Ich nehme auf Lorens' Liste der Fieslinge den zweiten Platz ein.« Vossteds Stimme klang nach Kummer. »Gleich nach Shakra. Ich bin sicher, daß er mich in mancher Beziehung sogar für mieser hält ... Für einen Aufseher mit Gewissen, der diesem jedoch an jedem Tag seines Lebens zuwiderhandelt.«

Picard musterte seinen Begleiter. »Und haben Sie vor, Ihrem Gewissen auch künftig zuwiderzuhandeln?« fragte er schonungslos. »Mein Eindruck ist, daß Sie dank Ihres Wissens über die beteiligten Kräfte und Faktoren in der gegenwärtigen Lage dringend erforderliche Anleitung geben könnten. Aber die erste Frage, die ich Ihnen gestellt habe, ist von Ihnen nie beantwortet worden. Wo *stehen* Sie, Vossted?«

»Nirgends.« Vossteds Ton bezeugte unerwartete Bitterkeit. »Ich bin nutzlos. Ich bringe sowohl den Menschen wie auch den Tseetsk Verständnis und Zuneigung entgegen. Eben darum traut *mir* keine der beiden Seiten. Ich hatte auf eine unblutige Veränderung der Verhältnisse gehofft, eine allmähliche Entwicklung zum Besseren, auf beiderseitiges Verstehen. Aber kann man es diesen elenden Menschen hier auf Koorn zum Vorwurf machen, daß sie mich verachten? Welchen Grund haben die Tseetsk ihnen je zur Hoffnung gegeben? Jetzt haben sie die Sache selbst in die Hand genommen. Nun braucht niemand sich noch mit Hoffnungen zu täuschen. Du weißt, Captain, die Tseetsk werden in Kürze da sein. Ihre Raumschiffe werden kommen, die Rebellion entdecken und niederschlagen ... und damit jede Aussicht auf gegenseitige Verständigung ersticken.«

Vossted schüttelte den Kopf. »Nein, Captain. Ein anderer Mann hätte die Ereignisse vielleicht in eine positivere Richtung lenken können. Aber ich bin keine Führernatur. Unter Umständen wäre es sogar am günstigsten, wenn irgendein übereifriger, junger Rebell mich zum Märtyrer machen würde.« Freudlos feixte der Alte. »Vielleicht dächten die Männer dann doch noch einmal über das nach, was ich ihnen dauernd zu erklären versuchte.«

Picard legte dem alten Aufseher eine Hand auf den Arm. »Ich glaube«, sagte der Captain, »Sie unterschätzen Ihren Einfluß.«

Stimmengewirr empfing sie, als sie den Raum betraten, in dem sie Koban treffen sollten. In Braun gekleidete Rebellen starrten die Gruppe von Männern und Frauen in Starfleet-Uniformen an, die in der Mitte der Räumlichkeit standen. Hier hatte die Forschungsmannschaft sich versammelt.

Picard ließ Vossted am Eingang stehen und ging zu seinen Untergebenen. Getuschel griff um sich, als neben dem Aufseher Koban in der Tür erschien.

Plötzlich stieß eine Gestalt in blutbespritztem braunen Sackleinen, die um einen Großteil des Kopfs einen ebenfalls blutigen Verband trug, sich von der Wand ab. Picard hatte unterstellt, er sei einer der gehfähigen Verwundeten. Jetzt jedoch sah der Captain, wie der Mann den Arm hob. Seine Faust hielt einen Neuro-Disruptor und zielte damit direkt auf Koban.

»Achtung, Koban!« brüllte ein Rebell eine Warnung. »Das ist 'n Aufseher!«

»Haliger!« gellte Vossteds Stimme. »Nicht!«

Der Finger des Mannes krümmte sich in derselben Sekunde um den Auslöser der Waffe, als Vossted vorsprang.

Ein hohes Fauchgeräusch durchtönte den Raum. Dann stürzte Vossted mit einem schrecklichen Schrei auf den Fußboden.

8

Noch während Vossted zusammenbrach, stieß ein bulliger junger Rebell Koban zu Boden. Der Rebell packte einen Laserbohrer und schwenkte das Rohr in die Richtung des Attentäters, als hätte das Werkzeug überhaupt kein Gewicht. Andere Rebellen zückten ihre Neuro-Disruptoren.

Nachdem er das Überraschungsmoment verloren hatte, versuchte der verkleidete Aufseher ein letztes Mal, Koban mit einem Schuß zu treffen. »Du Scheißkerl!« heulte er.

Das durchdringende Prasseln von Disruptor-Schüssen riß ihm weitere Äußerungen von den Lippen. Allerdings war es überflüssig. Schon hatte der rotleuchtende Strahl des Laserbohrers den Aufseher entzweigeschnitten.

Beverly Crusher stemmte sich vom Fußboden hoch, auf den sie sich geworfen hatte, als die Schießerei anfing. Sie hatte Lorens mit hinabgezogen. Ihr Gesicht war bleich, doch ihre Hände blieben ruhig, während sie den medizinischen Scanner über Vossteds reglose Gestalt bewegte. Daß es für den Attentäter keine Hilfe mehr gab, erkannte man auf den ersten Blick.

»Wie ist sein Zustand?« fragte Picard.

»Er hat gehörige Verletzungen in Brustkorb und Hals erlitten.« Eine Sekunde lang zögerte Crusher. »Und im Kopf.«

Von Vossteds blassem Gesicht fiel der Blick des Captains auf den Disruptor, der noch dort lag, wo er hingeflogen war, als der Laserstrahl den Aufseher niederstreckte. Die Waffe wirkte, wie sie da so auf dem kalten Plastikbelag lag, ziemlich unbedeutend. Trotzdem hatte sie jetzt den Mann, der in der Koorn-Rebellion die einzige gemäßigte Stimme geltend machte, möglicherweise umgebracht. »Tun Sie, was Sie können, Doktor«, sagte Picard mit gepreßter Stimme.

Beverly Crushers Gesicht nahm einen immer ernsteren, sorgenschwereren Ausdruck an. Unvermittelt tippte sie auf ihren Insignienkommunikator. »Sofort zwei Personen in die Krankenstation transferieren!«

Koban stand wieder auf den Beinen. Aufgrund der Rötung seines Gesichts mutmaßte Picard, daß es ihm nicht behagte, bei Ausbruch des Schußwechsels zu seiner Sicherheit von einem Kumpel zu Boden gestoßen worden zu sein. Koban machte einen Schritt auf den Verwundeten zu, schrak jedoch zurück, als das Transporterfeld aufflimmerte. »Vossted! Er ist doch nicht...?«

»Vossted hat übel was abgekriegt. Dr. Crusher hat ihn an Bord unseres Schiffs beamen lassen.«

Koban nickte. »Dort kann ihm bestimmt besser geholfen werden.« Voller Abscheu betrachtete er die Waffe, die er an seinem Gürtel im Halfter trug. »Diese verdammten Disruptoren! Bei schwacher Leistung verursachen sie unglaublichen Schmerz, schaden körperlich aber weniger als eine Peitsche. Auf maximale Leistung eingestellt, versengen sie die Nerven bis zur Abtötung. Ein Mann mit abgestorbenem Arm oder Bein ist für die anderen ein sehr wirksames abschreckendes Beispiel. Er lebt gerade noch so lange, daß die übrige Sklavenschaft daraus eine Lehre zieht.«

Er holte den Disruptor aus dem Halfter und zeigte ihn Picard auf der Handfläche vor. Der Captain konnte die Abmessungen der Waffe nun mit der Größe einer menschlichen Hand vergleichen. Wie er sah, war der Griff deutlich zu klein.

Koban bemerkte wohl an Picards Blick, daß er daraus die richtige Schlußfolgerung ableitete, und griente verzerrt. »Genau, Captain. Diese Waffe ist für die Klaue eines Flatterers konstruiert worden. Es ist der einzige Typ von Waffe, den die Herren uns überlassen haben – das heißt, unseren Aufsehern. Zu Unterdrückungszwecken.«

Picard schnitt eine Miene des Mißfallens, als der junge Mann den Disruptor ins Halfter zurückschob: eine grausame Waffe auf einem von völkermörderischem Krieg angeschlagenen Planeten.

Koban bückte sich, um die Waffe des Attentäters aufzuheben. »Wir werden sehen, wie es den Flatterern behagt, wenn wir ihre Unterdrückungswerkzeuge gegen sie anwenden.«

»Koban…« Picard zog den Rebellenkommandeur beiseite. »Hat der Haß nicht längst genug Unheil angerichtet? Machen Sie mit diesen kriegerischen Redensarten Schluß. Es wäre viel vorteilhafter, wenn Sie versuchen, mit den Tseetsk einen Frieden auszuhandeln. Dabei sind wir Ihnen zu helfen bereit. Vielleicht ergibt sich nie wieder eine so günstige Gelegenheit wie jetzt.«

»Ich sehe gegenwärtig eine andere Gelegenheit als du, Captain«, erwiderte Koban. »Solang ihnen eine Wahl bleibt, werden die Flatterer uns niemals am Leben und in Freiheit lassen. Darum müssen wir in die Offensive gehen und ihnen zuvorkommen. Verstehst du das denn nicht?« Er hob beide Arme, als wollte er Picard an den Schultern packen und durchrütteln. Aber er hielt sich zurück, ballte lediglich die Hände zu Fäusten. In seinem Narbengesicht zuckten Muskeln. »Die Flatterer sind Feinde der Menschheit. Wir können nicht mit ihnen koexistieren. Sie werden *niemals* eine andere Rasse als ihnen ebenbürtig anerkennen. Wir oder sie, darum geht's.«

»Ich kann mich in dieser Frage nicht einfach auf Ihr Wort verlassen.«

»Dann habt ihr zwei Möglichkeiten. Ihr bleibt hier

und sterbt mit uns. Oder ihr fliegt ab und habt unseren Tod auf dem Gewissen.«

»Es gibt eine dritte Alternative«, entgegnete Picard. »Verhandlungen unter Vorsitz eines Botschafters der Föderation. Mein Schiff ist groß genug, um alle Bewohner dieses Planeten an Bord zu nehmen, Koban. Wir können Sie zu einer Außenstation der Föderation befördern. Dort wären Sie und Ihre Männer in Sicherheit. Sie hätten die Chance, Ihr Anliegen an höherer Stelle vorzutragen.«

»Und was wird aus den übrigen Menschen auf Basis?« fragte Koban in beißend-scharfem Ton. »In dieser Region sind fünfzigtausend über fünf bis sechs Planeten verstreut. Kann sein, du hast ein großes Raumschiff, ja, aber alle kann es nicht an Bord unterbringen. Und wenn die Flatterer einträfen und fänden Koorn verlassen vor, werden sie nicht erst lange fackeln, bis sie die Situation aufgeklärt haben. Sie würden vom schlimmsten Fall ausgehen und unverzüglich Maßnahmen einleiten, um den Rest der menschlichen Population zu neutralisieren.« Er schüttelte den Kopf. »Unsere ganze Bevölkerung dient ihnen als Geisel. Ich kann unmöglich dulden, daß sie abgeschlachtet wird.«

»Und ich kann mich nicht am Hinmetzeln eines anderen Sternenvolks beteiligen, solange vielleicht noch ein anderer Weg offensteht. Koban, der Preis eines Krieges ist einfach zu hoch.«

Geringschätzig lachte Koban. »Und wann werden die Kosten tragbar, Captain? Sobald ihr selbst bedroht werdet und nicht bloß eine verwilderte Randgruppe der Menschheit in irgendeinem öden Winkel der Galaxis in Gefahr schwebt? Na, vielleicht kommt's ja soweit, Captain. Kann sein, es kommt noch soweit.«

Ehe Picard eine Antwort formulieren konnte, drehte der Rebellenkommandeur sich auf dem Absatz um und stapfte davon.

Mit finsterem Gesicht berührte Picard seinen Insignienkommunikator. »Mr. Worf?«

»Ja, Captain?« grummelte Worfs Baßstimme.

»Stellen Sie Drraagh unter die Obhut zweier Sicherheitswächter. Die Stimmung hier heizt sich immer mehr auf. Wir beide müssen ein paar Sachen besprechen. Ich bin gleich bei Ihnen.«

Picard kehrte zu dem Bunkerportal zurück, durch das man die Lieferungen der *Enterprise* hereingeschafft hatte. Durch eine links davon befindliche, kleine Pforte ging er ins Freie. Er nahm sich nur Zeit, um die Thermojacke zu schließen und die Kälteschutzmaske aufs Gesicht zu setzen. Dann erklomm er den steilen, vereisten Fußweg zu dem geplanten Forschungsstützpunkt.

Am oberen Ende des Pfads erwartete Worf ihn schon. In der Thermokleidung sah der Klingone noch wuchtiger aus. An seiner Seite stampfte Geordi LaForge mit den Füßen und schlug die in Handschuhe gehüllten Handteller gegeneinander. Hinter den beiden wimmelten Crewmitglieder der *Enterprise* und ein Bautrupp der Rebellen umher. Sie schleiften gewölbte Segmente aus weißem Karbonfasermaterial zu einer halbfertigen, neben einigen baufälligen Baracken errichteten kleinen Kuppel.

Picard erzählte seinen beiden Offizieren von dem mißlungenen Mordanschlag. »Natürlich sind die Rebellen jetzt reichlich aufgebracht. Ich weiß nicht, wie es weitergeht, aber es ist besser, wir sind auf alles gefaßt. Glauben Sie, Sie können hier die Aufbauarbeiten bis heute abend geschafft haben, wenn ich zusätzliche Leute herunterbeordere?«

»Das wird schwierig werden, Sir.« LaForge hob den Blick zum Himmel, wo Koorns fahle Sonne schon zu sinken anfing. »Die Tage sind hier sehr kurz. Und in diesem Klima im Freien zu arbeiten, ist kein Zuckerschlecken.«

Wie um seine Bedenken zu unterstreichen, fegte eine eisige Bö über das Plateau. Die Arbeitsmannschaft stöhnte kollektiv auf, als die halb aufgebaute Kuppel in sich zusammenstürzte.

LaForge schaute wieder den Captain an und verzog sardonisch das Gesicht. »Sehen Sie, was ich meine? Aber wir tun unser Bestes.«

»Mehr kann ich nicht verlangen.« Picard wandte sich an Worf. »Lieutenant, ich mache mir besondere Sorge um die Sicherheit der Regentin. Hier hat genug Blutvergießen stattgefunden. Ich will hier keine Lynchjustiz erleben.«

Der Klingone nickte, während sein Blick über die Hänge des Tals glitt und er die Lage einschätzte. »Wir sind hier in einer ausgezeichneten Verteidigungsposition, Sir. Ich werde Sicherheitspersonal sowohl zur Überwachung der Zugangswege wie auch des Geländes hier oben einteilen. Wünschen Sie, daß der Zutritt ausschließlich der *Enterprise*-Crew vorbehalten bleibt?«

»Das wäre undiplomatisch«, sagte Picard.

Worf warf ihm einen gewohnheitsmäßig düsteren Klingonenblick zu. »Dann würde ich die Sicherheit nicht als hundertprozentig einstufen«, antwortete der Offizier. »Aber für die momentanen Bedürfnisse müßte sie ausreichen.«

»Gut. Ich glaube, ich werde nun mal ein Wörtchen mit Drraagh reden.«

Picard stapfte auf den verkommenen Bau direkt neben den Trümmern der Kuppel zu. Vor der Erhebung hatte sich hier eine Art von Straflager für widerspenstige Sklaven befunden. Jetzt gab dies Gebäude ein provisorisches Gefängnis für die Regentin ab.

Provisorisch ist genau die passende Bezeichnung, dachte Picard, während er die inzwischen windschiefen, vorfabrizierten Wände betrachtete. Mit schrillem Säuseln pfiff der eiskalte Wind durch schlecht abgedichtete Ritzen.

Die Kälte störte das fremde Vogelwesen, das sich drinnen aufhielt, anscheinend nicht. Trotzdem legte

Drraagh unverkennbar Aufregung an den Tag. Picard deutete eine Verbeugung an. »Ich bin Jean-Luc Picard, Captain der USS *Enterprise.*«

»Is wahrr?« quarrte die Fremde in einer annäherungsweisen Nachahmung des akzentreichen Englischs ihrer ehemaligen Sklaven. »Vossted is xossen?« In ihrer Trällersprache klang der Name eher wie »Oossitt«, gebildet aus einem Gurren, einem Zwitschern und einem Schnalzen.

Picard schaute die Wachen an, die es offenbar genauso wie ihn verblüffte, daß die Regentin Englisch beherrschte.

»Ich habe vorhin erwähnt, weshalb die Bewachung verstärkt worden ist«, erklärte ein Sicherheitswächter. »Daß sie Englisch kann, ist uns nicht gesagt worden.« Er zeigte auf ein Metallgerät, das Drraagh an einem Band um den Hals trug. »Bisher haben wir einen Universal-Translator benutzt, um uns mit ihr auf Tseetsk zu unterhalten. Es ist mehr ein Singen als ein Sprechen. Ich bezweifle, daß ich es je lernen könnte.«

»Für Menschen ist es schwer«, stimmte Drraagh ihm auf Tseetsk zu. »Es verlangt eine erstklassige Stimme und ein hochentwickeltes musikalisches Gehör.« Sie knickste mit dem Kopf. »Vossted hat beides. Unter anderen Umständen hätte er Karriere machen können in der… Wie heißt diese Kunstform?« Sie wechselte ins Englische über. »Ooprrrah?«

Picards Brauen zuckten empor. »Oper, meinen Sie? Ich habe den Eindruck, Drraagh, Sie haben nicht nur Kenntnisse unserer Sprache, sondern auch unserer Kultur.«

Wieder vollführte Drraagh das ruckartige Abknicken des Kopfs. »Was ich kenne, weiß ich von Vossted. Er hat seinerseits viel Zeit darauf verwendet, unsere Kultur zu studieren. Er singt meine Sprache viel besser, als ich seine beherrsche.«

Ihr starrer Vogelblick maß Picard. »Was ist ihm zugestoßen? Ihr Personal hat es nicht erzählt.«

»Einer der entkommenen Aufseher wollte wohl die Rebellion enthaupten. In der Verkleidung eines Rebellen hat er auf Koban geschossen. Vossted hat sich dazwischengeworfen und wurde vom Strahl eines Neuro-Disruptors am Kopf getroffen.«

Aus Drraaghs Schnabel drang das Zischeln eingesaugten Atems. Sie senkte den Blick auf ihre Hände, die kleiner als menschliche Hände waren; jede hatte vier Krallenfinger. »Wahrscheinlich haben Sie bemerkt, daß diese Waffen für unser Volk geschaffen worden sind. Ich bin immer der Ansicht gewesen, daß es falsch ist, die Aufseher mit Disruptoren auszustatten. Wir haben unser Gewissen mit der Hoffnung beruhigt, die Anwendung neural wirksamer Waffen sei wirksamer als die Bedrohung durch brutalere Gewaltmittel. Die Neuro-Disruptoren haben eine nur begrenzte Reichweite. Aber innerhalb dieser Grenzen sind sie höchst gefährlich. Wir waren nicht so dumm, unsere Sklaven mit *zu* gefährlichen Waffen auszurüsten. Nicht einmal die bevorzugten Sklaven. Sicherlich wissen Sie inzwischen über das Bescheid, was die Menschen ›Gestank‹ nennen.«

»Den Pheromon-Duftstoff«, sagte Picard.

»Genau. Seine Wirkung übertrifft die Effektivität des Disruptors bei weitem.«

Das Sicherheitspersonal in der alten Baracke tauschte bei der freimütigen Äußerung der Gefangenen, daß ihr Körper eine potentielle Waffe darstellte, Blicke der Beunruhigung aus.

Drraagh kümmerte sich nicht darum. Ihre Beachtung galt Picard. »Lassen Sie die Stützpunktcomputer von Experten untersuchen?« erkundigte sich die Tseetsk. »Ich kann Ihnen die Kennwörter für die medizinischen Dateien verraten«, sagte sie, sobald er genickt hatte. »Darin könnten Informationen über die Behandlung von Disruptor-Verletzungen vorhanden sein.«

»Gut.« Picard berührte seinen Insignienkommunikator. »Mr. Data?«

»Hier Data.«

Erneut schilderte Picard den Zwischenfall und Vossteds Schicksal. »Merken Sie sich diese Kennwörter«, befahl er, »und prüfen Sie nach, ob Sie in dem Computer etwas über die Behandlung von Disruptor-Treffern finden.«

Er nickte Drraagh zu, und sie trillerte auf tseetsk mehrere Laute.

»Ich werde unverzüglich auf diese Dateien zuzugreifen versuchen«, gab der Androide gelassen durch. »Data Ende.«

»Anscheinend ist Ihnen an Vossteds Wohlergehen sehr gelegen«, bemerkte Picard zu Drraagh, während er sich im kahlen, unterkühlten Inneren der Behausung umsah.

»Sie meinen, mehr als an der Situation anderer Menschen.« Drraaghs Blick folgte dem des Captains durch das schäbige Interieur. »Ich kenne Vossted besser als die übrigen Arbeitskräfte. Allerdings glaube ich außerdem, daß er wichtiger als der Rest ist.«

Picard öffnete den Mund, um zu antworten, doch Drraagh kam ihm zuvor. »Mein Name, Captain, hat sich aus dem Wort *drraak* entwickelt.«

Die Vokabel hatte einen ganz ähnlichen Klang wie der Name der Regentin, nur sprach sie sie schärfer aus, so daß sie sich wie ein ansteigendes Krächzen anhörte.

»So lautete der überlieferte Warnruf meiner Nestgemeinschaft«, erklärte Drraagh. »Das ist im Zusammenhang unseres Gesprächs keineswegs belanglos. Klang und Ton dieses Rufs bedeuten in der schwächer modulierten Version ›Hüterin‹. Für mich ist mein Name mehr als ein Symbol. Er ist mir Verpflichtung, Hüterin meines Volkes zu sein. Obwohl Vossteds Name keine solche Bedeutung hat, bemüht auch er sich, ein Hüter seines Volkes zu sein.«

Sie musterte Picard, ohne daß ihr Vogelauge mit der Wimper gezuckt hätte. »Vossted hat mich, wie gesagt, seine Sprache gelehrt. Zudem hat er mit mir über die menschliche Kultur diskutiert. Sehr beeindruckt hat mich eine Gestalt aus Ihrer Geschichte: Benjamin Franklin. Er lebte, Jahrhunderte bevor Vossteds Vorfahren von ihrem Heimatplaneten flüchteten, aber Vossted hat für ihn eine besondere Schwäche. Ist Benjamin Franklin Ihnen ein Begriff, Captain Picard?«

»Ein Erfinder und Autor des achtzehnten Jahrhunderts«, sagte Picard. »Ich glaube, er hat auch die Elektrizität entdeckt, oder?«

»Ja«, bestätigte Drraagh. »Ferner war er als Diplomat einer sehr jungen Nation tätig, die sich von einem älteren, kultivierteren Reich zu lösen versuchte. An den europäischen Höfen hielt man die Amerikaner für kaum mehr als Barbaren. Franklin gelang es, die aristokratische Klasse Europas für sich einzunehmen. Er vermittelte ihr eine Vorstellung von der Bedeutung seines Landes und dem Wert seiner Landsleute.«

Picard nickte. »So wie es Vossted auf dem Heimatplaneten der Tseetsk versucht hat.«

Drraagh sah den Captain fester an. »So etwas ist keine leichte Aufgabe. Oft ist kein Franklin oder Vossted da, der sie bewältigen kann. Die Menschen brauchen Vossted. Und ich glaube, daß mein Volk ihn ebenfalls braucht.«

»Auch Sie stehen vor einer ernsten Herausforderung«, sagte Picard. Er stand auf; im Stehen überragte er die gelb-grün gefiederte Fremde ganz erheblich.

»Sie sprechen von meiner persönlichen Sicherheit?« fragte Drraagh.

»Ich hatte gehofft, Koban würde Ordnung schaffen«, meinte Picard knapp. »Aber sollten die Aufseher nun...«

»Glauben Sie mir, Captain, ich habe nicht den Wunsch, von den Aufsehern befreit zu werden.« Drraagh machte eine ruckhafte Gebärde. »Die Aufseher werden ausschließlich durch Furcht und Gier motiviert.

Ich habe mich auf unserer Heimatwelt stets für ihre Eliminierung eingesetzt.« Ihre weichen Nackenfedern sträubten sich. »Damit Sie mich nicht mißverstehen: Ich will sagen, ich habe nach einer Möglichkeit gesucht, um ihr gemeinschaftliches rücksichtsloses Tun zu beenden. Nicht etwa ihre Ausrottung befürwortet.«

»Trotzdem bleiben Sie eine Symbolfigur sowohl für sie wie auch die Rebellen. Hier kann ich für Ihre Sicherheit nicht einstehen.« Kurz schwieg Picard. »Aber ich könnte Ihnen auf meinem Schiff Zuflucht gewähren.«

Er sah Drraagh eine abgehackte Geste der Ablehnung vollführen. »Wir alle müssen mit den politischen Realitäten leben. Koban hat mich zum Zeichen des guten Willens in Ihren Gewahrsam gegeben. Aber ich bin sicher, daß er mich als wesentliches Element seiner langfristigen Strategie betrachtet. Ich bin eine Geisel, Captain. Und ich bin der Überzeugung, daß das Verhältnis zwischen Ihnen und den Menschen von Koorn gespannt werden dürfte, sollten Sie mich von hier fortbringen.«

Picard nickte. »So sehr ich das bedaure, aber ich glaube, Sie haben recht. Ich bitte Sie aber, in unseren Forschungsstützpunkt umzuziehen, sobald er aufgebaut ist. Dort wird es wenigstens behaglicher als hier in dieser Bruchbude sein.«

»Wie Sie wünschen.«

Picard tippte auf seinen Insignienkommunikator. »Picard an *Enterprise.* Beamen Sie mich rauf.«

Die kleine Felskammer, in der sich das Computerzentrum der Tseetsk befand, war zu einem Dreh- und Angelpunkt emsiger Aktivitäten geworden. Drei Techniker in Starfleet-Uniformen krochen mit Instrumenten vor der Kraftfeldwand umher. Vier andere versuchten sich hartnäckig an den Tastaturen der angeschlossenen Terminals.

Commander Riker betrat den Raum. Froh über die Wärme, streifte er rasch die Thermojacke ab. Er hatte sich nochmals die Fortschritte angeschaut, die die Aufbaumannschaft machte. Allem Anschein nach kam man mittlerweile zügig voran. Trotzdem standen den Männern noch einige Stunden Arbeit bevor. Ähnlich verhielt es sich offenbar mit dem Team hier im Computerzentrum.

Riker seufzte müde auf und rieb sich den Nacken. »Data, geben Sie mir mal einen Zwischenbericht.« Er blickte den Androiden an, der reglos vor der glatten Fläche stand.

»Ich habe in Dateien der Tseetsk-Sprache Einsicht genommen«, sagte Data, indem er sich umdrehte. »Die von Menschen hergestellten Geräte sind mit nur wenigen Teilen dieses Systems gekoppelt. Deshalb konnten die Sklaven die Möglichkeiten der Prozessoren lediglich zu einem winzigen Prozentsatz nutzen, gerade so viel, wie sie für leichte Berechnungen und zum Verwalten ihrer Aufzeichnungen brauchten. Seltsamerweise haben jedoch nicht nur die Menschen, sondern auch die Tseetsk es ungenügend genutzt.«

»Woher wissen Sie das?« wollte Riker erfahren.

Der Androide schenkte ihm einen Unschuldsblick. »Ich habe es gefragt.«

»Und es hat Ihnen ... ohne weiteres Auskunft gegeben?«

»Ich verstehe, was sie damit andeuten«, antwortete Data ernst. »Obwohl das System außerordentlich hoch entwickelt ist, sind die Sicherheitsprogramme anscheinend von Operatoren geschrieben worden, die mit den Apparaten nicht völlig vertraut waren.«

»Mit anderen Worten«, sagte Riker, »es handelt sich um schludrige Arbeit.«

»Sie ist nachlässig ausgeführt worden. Ich bin zu dieser Auffassung gelangt, weil der Computer, obwohl er wie eine einzige Anlage aussieht, tatsächlich mehrere

Systeme verschiedenen Ursprungs umfaßt, von denen jedes einen eigenen Plasma-Kernspeicher aufweist.«

Riker wurde stutzig. »Soll das heißen, hinter dem Kraftfeld befindet sich Plasma?«

Data nickte, kehrte sich wieder der großen, glatten Fläche zu und trällerte ein paar Tseetsk-Phoneme. Auf dem Schwarz gleißte plötzlich eine farbenprächtige, schnelle Montage aus Bildern und Darstellungen. Ein schrill gesprochener Text begleitete sie. Unwillkürlich befürchtete Riker, er würde von dem Geflimmer blind.

»Booh!« entfuhr es ihm. »Das war ja toller als 'ne Laserorgel. Was hat es denn bedeutet?«

»Soweit ich es verstanden habe, war das, was Sie gerade gesehen haben, eine astrogatorische Unterprogrammfunktion eines in dieses System integrierten Raumschiffcomputers.«

»Das Vogelvolk ist uns in der Kybernetik weit voraus, hat es den Anschein.«

»Auch im Schiffbau«, sagte Data. »Die Konstanten für Dimensionierung und Kapazität des Warpfelds verweisen darauf, daß das Raumschiff, an dessen Steuerung dieser Computer einmal beteiligt gewesen ist, von der fünf- bis siebenfachen Größenordnung der *Enterprise* gewesen sein muß.«

»Fünf- bis siebenfach ...?« Riker gab einen Pfiff von sich. »Data, je mehr ich über diese Rasse höre, um so stärker wird meine Besorgnis. Tachyonenraketen, Riesenraumschiffe, Supercomputer ... Eigentlich müßten sie in der hiesigen stellaren Region die unangefochtene Hegemonie ausüben. Wir müßten von ihrer Existenz längst wissen.«

»Ich vermute ...«, setzte Data zu einer Antwort an; doch Riker, der laut zu denken angefangen hatte, unterbrach ihn.

»Es gibt so viele Ungereimtheiten«, sinnierte er. »Wenn sie über all diese hochmoderne Technik verfügen, wozu brauchen sie dann Sklaven? Weshalb integrieren sie einen Astrogationscomputer in eine Bodenstation? So etwas ist doch vollkommen widersinnig.«

»Ich glaube, dafür habe ich eine Erklärung.« Datas sanfte Stimme schien noch weicher zu werden. »Sie läßt sich einer unbereinigten Datei im vom Captain geführten Logbuch des Bordcomputers entnehmen.«

»Unbereinigt?« wiederholte Riker.

»In dem System sind große Datenmengen gelöscht worden. Darauf bin ich bei dem Versuch aufmerksam geworden, eine Speichertabelle zu erstellen. Die meisten Löschungen sind in Dateien über Biologie und andere Wissenschaften erfolgt, einiges fehlt aber auch an historischen Daten. Man kann darin die Entstehung einer Sree-Tseetsk genannten Volksgruppe nachlesen, den Vorfahren der heutigen Tseetsk. Allerdings finden sich auch Verweise auf Volksgruppen mit den Bezeichnungen Joost-, Loor- und Kraaxaa-Tseetsk, über die alle weitergehenden Informationen jedoch gelöscht sind. Das hier ist die übriggebliebene historische Datei.«

Noch einmal trällerte er dem Tseetsk-Computer einen komplizierten Befehl zu. Sein faltenfreies, bläßliches Gesicht widerspiegelte beim Erzeugen des melodischen Getrillers keinerlei Anstrengung.

»Sie könnten ohne Mühe die galaktische Olympiade der Vogelstimmen-Imitatoren gewinnen«, bemerkte der Erste Offizier.

Rikers Schmunzeln wich aus seiner Miene, als auf der Fläche ein großes Tseetsk-Gesicht erschien und etwas in der Singsprache seines Volkes zwitscherte.

»Ich habe bei dieser Datei die Arbeitsgeschwindigkeit verlangsamt«, sagte Data. »Offenbar haben Tseetsk-Augen ein außerordentlich hohes Bilderfassungstempo.«

Während der verbale Kommentar fortgesetzt wurde, wechselte das Bild, zeigte einen im All schwebenden Planeten. Plötzlich erschienen hineinprojizierte Pfeile, deuteten auf ein helles Aufflammen. »Die Entladung einer Energiewaffe«, rief Riker. Soviel erkannte er, ohne zu wissen, was für eine Waffe benutzt worden sein mochte. »Anscheinend versuchen Raumschiffe, irgend etwas abzufangen.«

Als die Szene sich weiterentwickelte, zeigte sich, daß der Abfangversuch vergeblich gewesen war. Die Kamera zoomte auf drei Raumschiffe zu, die einen kantigen, von Kratern zerfurchten Felsbrocken beschossen, der mit enormer Geschwindigkeit auf den Planeten zustürzte.

»Der Klotz muß sich mit achtzig Prozent der Lichtgeschwindigkeit bewegen«, murmelte Riker.

Das Bild wurde undeutlich, während man einen Schwarm von Raketen auf den Asteroiden abfeuerte. Durch einen dünnen Nebel ionischer Aufladung sah man nur noch geisterhafte Erscheinungen. Ein Projektil traf den Asteroiden, aber die Wirkung genügte nicht, um ihn aufzuhalten. Seine enorme Masse zerbrach lediglich in mehrere Stücke, deren jedes mit derselben unnatürlichen Rasanz auf Kurs blieb.

Die durch den Ionisierungseffekt verursachte Verschwommenheit ließ allmählich nach, während die kosmischen Trümmer um den Planeten rasten, mit höllischer Intensität leuchteten. Selbst aus dem Weltraum konnten die Auswirkungen auf die Oberfläche beobachtet werden. Die Vegetation wurde weggesengt. Die Meere bäumten sich auf. Einmal umrundeten die Bruchstücke des Asteroiden den Planeten ganz, solange sie durch die Atmosphäre sausten, und sie legten nochmals drei Viertel derselben Strecke zurück, ehe sie endlich einschlugen. Der endgültige Aufprall bedeutete eine planetare Katastrophe. Weite Bereiche der gemäßigten Zone des Planeten verschwanden unter gewaltigen Staubwolken, als die Trümmerbrocken auf den Boden hagelten. Die Sensoren des Raumschiffs, das die Dokumentation aufgezeichnet hatte, folgten der Schneise der Vernichtung um den Planeten auf die Nachtseite.

Da bemerkte Riker die Lichtpünktchen. Manche waren über weite Gebiete verstreut. Andere sah er in geballter Häufung. Alle erloschen sie nun durch Verfinsterung oder Vernichtung. »Städte«, sagte er mit rauher Stimme. »Der Planet war bewohnt. *Dicht* bevölkert.«

»Ich kann Ihre nervliche Belastung verringern, indem ich das Wiedergabetempo beschleunige«, sagte Data. Er sang dem Computer neue Instruktionen zu, und die Bildfolge wurde deutlich zügiger, zu einer Schnellbetrachtung eines planetenumspannenden Kataklysmus. In raschem Ablauf beobachtete Riker auf den Kontinenten zahlreiche weitere verheerende Ereignisse. Feuersäulen loderten himmelhoch empor, Meere wälzten sich über Kontinente, Vulkanausbrüche verschleuderten Flammenzungen. Schließlich verhüllte das Wallen lückenloser Staubwolken die gesamte Planetenoberfläche.

Ehe die Wolkenschicht den Planeten vollends bedeckte, fand eine zweite, sehr schwere Explosion statt. Eines der Raumschiffe hatte sich aus der Umlaufbahn auf die Oberfläche gestürzt. Die grelle Stichflamme der Materie-Antimaterie-Reaktion durchstach selbst die rußige Düsternis, die die gesamte Planetenkugel umgab.

»Der Kommentar verweist auf einen Akt der Selbstvernichtung«, erklärte Data. »Offenbar stammte die Besatzung des Raumschiffs von diesem Planeten.«

Wenigstens eines der restlichen Raumschiffe blieb über der verwüsteten Welt und erkundete das Unheil auch auf anderen Wellenlängen als denen des sichtbaren Lichts.

»Bitte beachten Sie diese Informationen«, sagte Data. »Der Captain des Schiffs hat mehrere topographische Übersichten der Planetenkruste erstellt.«

Unter den Staub- und Trümmerwolken erschienen in Form geisterhafter Linien die neuen Konturen der zerstörten Welt. Die Ozeane waren verdampft, sämtliche Kontinente hatten ihre Umrisse verändert, und ein langer Streifen aus Kratern wand sich rund um den Planeten. Data sang einen Befehl, und das Bild stoppte.

Riker stutzte erneut. »Moment mal… Das ist doch die Welt, die wir kartografiert haben, bevor wir nach Koorn geflogen sind.«

»Stimmt«, bestätigte Data. »Sie hieß Loor-Sskaawra.«

»Loor-Sskaawra…« Riker versuchte den ungewohnten Namen zu wiederholen.

»Ja. Das Präfix ›Loor‹ besagt, daß die Volksgruppe der Loor-Tseetsk den Planeten bewohnte. Anscheinend kämpften die Loor- und die Kraaxaa-Tseetsk als Verbündete gegen die Sree- und die Joost-Tseetsk. Der Erfolg ihrer Auseinandersetzung war, daß sie einer Kultur den Untergang brachten, die sich damals auf vierzehn Planeten in neun Sonnensystemen ausgebreitet hatte.«

Riker klappte den Mund auf; aber er fand keine Worte.

»Obwohl in den Aufzeichnungen auf vier klar unterscheidbare Tseetsk-Dialekte Bezug genommen wird«, erläuterte Data, »wird zu jedem Zeitpunkt im Anschluß an den allgemeinen Zusammenbruch nur noch die Sree-Tseetsk-Sprache erwähnt. Darum dürfen wir annehmen, die Sree-Tseetsk sind die einzigen Überlebenden gewesen.«

»Es ist kaum zu glauben, daß überhaupt jemand überlebt hat«, meinte Riker leise. »Wann ist das alles passiert?«

»Anhand der Position der auf diesen Bildern im Hintergrund erkennbaren Sterne muß Loor-Sskaawra vor zehntausendvierhundertzweiunddreißig Jahren verwüstet worden sein«, gab Data ohne Verzögerung zur Antwort. »Nach dem, was ich aus den Anmerkungen des Tseetsk-Captains schlußfolgern konnte, sollen die Joost-Tseetsk etwas, das als Warpschleuder bezeichnet wird, eingesetzt haben, um den Asteroiden auf Kollisionskurs zu bringen.«

»Ich will mich nur mal vergewissern, daß ich alles richtig kapiert habe«, sagte Riker. »Du behauptest also, dieser aus einem Tseetsk-Raumschiff entfernte Computer hat einen über zehntausend Jahre alten Datenspeicher, ja? Und einer der darin enthaltenen Dateien zufolge waren es die Tseetsk, die in dieser stellaren Region all diese Planeten ruiniert haben?«

»Alle Informationen sprechen dafür, daß es sich so abgespielt hat«, antwortete Data. »Ich gestehe zu, daß die Beweislage etwas unbefriedigend ist. Im ganzen Computersystem sind keine weiteren Daten auffindbar, die diese Informationen bestätigen. Allerdings gibt es einige Erwähnungen eines Krieges und zahlreiche Hinweise auf einen umfangreichen Wiederaufbau.«

»Vossted hat erwähnt, daß bei den Tseetsk die eigene Geschichte diversen Tabus unterliegt«, äußerte Riker. »Das erweckt den Eindruck, als wollten die Tseetsk ihren Krieg am liebsten vergessen. Macht sie das zu friedliebenden oder zu kriegerischen Wesen?«

Einen Moment lang überlegte Riker. »Vielleicht ist das auch die Erklärung für die seltsamen Lücken im Stand ihrer wissenschaftlich-technischen Entwicklung. Die wirklich modernen Komponenten dieser Anlage hier stammen ja vom Ausschlachten alter Apparate. Die erforderlichen Schnittstellen sind von Tseetsk- oder menschlichen Technikern zurechtgebastelt worden.« Er runzelte die Stirn. »Was läßt sich daraus ...?«

»Sir«, rief eine Technikerin von einer der Tastaturen herüber. Riker und Data gingen zu ihr.

»Ich weiß nicht, ob es wichtig ist, Sir«, sagte die junge Frau eifrig, »aber ich bin auf eine Datei mit einem Lageplan des Bunkerstützpunkts gestoßen, der nicht mit dem offiziellen Plan im Aufseher-Handbuch übereinstimmt. Da, das ist er. Der offizielle Lageplan ist daraufprojiziert.«

Sie hatte vier Tasten gedrückt. Auf dem Bildschirm

erschien ein Gespinst aus roten und grünen Linien. Riker besah sich die Darstellung.

Er stellte fest, daß die grünen Linien dem Lageplan entsprachen, den er schon kannte. Ein Großteil der roten Linien folgten genau dem Verlauf der grünen Striche. An einigen Punkten gab es jedoch zusätzliche Abzweigungen, die vermutlich Stollen anzeigten.

»Hmm ... Dann müßte das da ja ein Tunnel sein, der vom Hangar in die Ebene führt.« Mit dem Finger folgte Riker der Linie vom Hangar über das Straflager bis in die Weite der Schnee- und Eiswüste. »Und das hier noch einer... Von diesem Depot bis hinter die Siedlung...«

»Die genaue Länge beträgt siebenhundertvierundzwanzig Meter«, teilte Data ihm hilfsbereit mit.

»Sich so weit durch gefrorenes Erdreich zu buddeln, ist selbst mit Laserwerkzeug ein beachtliches Stück Arbeit«, sagte Riker.

»Vielleicht sind die zusätzlichen roten Tunnel nie fertiggestellt worden«, mutmaßte Data. »Bei der Aktualisierung des Lageplans ist die alte Version gelöscht worden.«

Riker nickte. »Wahrscheinlich haben Sie recht.« Als er den Ausdruck der Enttäuschung im Gesicht der jungen Technikerin bemerkte, klopfte er ihr auf die Schulter. »Trotzdem gut gemacht.«

»Sir«, rief ein anderer Techniker. »Kommen Sie doch bitte mal hier rüber.«

Während er die Räumlichkeit durchquerte, massierte Riker sich unauffällig eine schmerzhafte Stelle seines Rückens. Der Tag war lang gewesen, und es hatte nicht den Anschein, als wäre bald Feierabend.

Einen Tag später hatte Chu Edorlic in einem auf dem offiziellen Lageplan der Aufseher nicht verzeichneten Stollen eine abschließende Einsatzbesprechung mit fünf sorgfältig ausgesuchten Kämpfern. Der schmächtige

Mann musterte das Grüppchen mit gewohnt finsterer Miene. Sein Blick huschte über die Ausrüstung.

Zwei Männer, die tüchtigsten Steinbrecher aus Kobans früherer Brigade, zeigten ihre Laserbohrer vor. Die Optikfasern der Kabel waren in Bestzustand. Als nächstes prüfte Edorlic die Sprossen der beiden Sturmleitern.

»Bleibt beiseite, während die Bohrer die Felsdecke aufschneiden«, grummelte er den Leiterträgern zu. »Aber ich will, daß die Leitern stehen, sobald die Steine herabgefallen sind.«

Chu trat zum letzten Angehörigen der Gruppe. Gemeinsam checkten sie ihre Neuro-Disruptoren. »Vergiß nicht, die Waffe muß auf schwächster Leistung stehen. Du darfst sie nur verwenden, wenn's unbedingt sein muß. Wir wollen niemanden umbringen. Uns ist nur an Geiseln gelegen.«

»Und was ist mit ihren Disruptoren?« fragte einer der beiden Steinbrecher, ein Mann mit zottigem Haar.

»Es sind ›Phaser‹«, berichtigte Chu ihn. »Sie wirken nicht halb so stark wie die Disruptoren. Und außerdem, wie sollen sie, nachdem der Gestank freigesetzt ist, noch sehen, wohin sie zielen müssen?«

»Der Gestank ...« Sämtliche Mitglieder der Einsatzgruppe verzogen das Gesicht zu einem Ausdruck des Widerwillens.

Edorlic gab einen Schnalzlaut der Verachtung von sich. »Kommt, kommt, ihr wißt alle, wie ihr euch dagegen schützen könnt.«

»Wie die Wirkung sich hinauszögern läßt«, murrte der zottige Steinbrecher halblaut. »Irgendwann tritt der Effekt doch ein.«

»Wir werden fort sein, ehe der Gestank überhaupt die Gelegenheit hat, auf euch zu wirken«, entgegnete Chu ungeduldig. »Wenn ihr euch unbedingt mit Sorgen plagen wollt, dann mit welchen um die Sternenmenschen. Sie kriegen ungeschützt die volle Wirkung ab.« Er schaute aufs Chronometer an seinem Handgelenk. »Zeit zum Fertigmachen. Reibt euch ein.«

Die Männer holten kleine Töpfchen hervor, entstöpselten sie und beschmierten alle unbedeckten Stellen ihrer Haut mit einer fettigen Salbe. Edorlic lächelte, sobald er ihren scharfen Duft roch: Rotgrasöl. Es stammte von einem Planeten, den die Tseetsk Thweetra nannten. Schon von den ersten Kolonisten war Rotgras auf Basis entdeckt worden. Ebenso hatte man es auf sämtlichen Welten vorgefunden, zu deren Terraforming die Tseetsk sie als Sklaven geschickt hatten. Das Kauen von Rotgras galt als Abwehrmittel gegen das Tseetsk-Pheromon.

Vor sechs Monaten hatte ein Anhänger Kobans entdeckt, daß zu dicklichem Öl verarbeitetes Rotgras gegen den Duftstoff immerhin begrenzten Schutz bot. Seit dieser Entdeckung hatten die Rebellen – in Erwartung eines künftigen Konflikts mit ihren Herren – einen Vorrat dieses Mittels angelegt. Was sie jetzt beabsichtigten, überlegte Edorlic ironisch, war allerdings nicht die Art von Aktion, an die sie damals gedacht hatten.

Er rieb sich mit der Schmiere Kopfhaut, Gesicht, Hals, sogar die Nasenlöcher ein. Danach band er sich eine mit dem Öl getränkte Maske vor die untere Gesichtshälfte. Zum Schluß zog er ein Paar Handschuhe an.

»Gleich ist es soweit«, warnte er nach einem erneuten Blick aufs Chronometer seine Männer vor. »Haltet euch bereit.«

9

»Das sieht ja schon ganz anders aus als bei meinem letzten Besuch.« Zufrieden blickte Picard sich um. Die schlechtbeleuchteten Fertigbauten des Straflagers, durch deren Wände noch am Vortag eisig der Wind pfiff, waren verschwunden. An ihrer Stelle stand jetzt eine aus vorfabrizierten Segmenten errichtete, sichere, warme Kuppel.

»Wirklich, Geordi, fabelhafte Leistung«, pflichtete Riker bei. Die drei Männer standen am Eingang zu Geordis vor Ort etabliertem Büro, einer kleineren, aus den gleichen Materialien wie der größere Bau zusammengefügten Kuppel.

Geordi LaForge lächelte. »Danke. Aber das Verdienst hat die Arbeitsmannschaft erworben. Meine Leute und die Rebellen, die uns geholfen haben. Ohne sie wären wir nicht so gut vorwärtsgekommen. Sie haben uns vorgeschlagen, die Kuppel so flach zu konstruieren, damit der Wind keine Ansatzfläche findet. Nach allem, was mir erzählt worden ist, können die Stürme hier eine unglaubliche Stärke entwickeln.«

»Ist der Stützpunkt komplett?« fragte Picard.

»Noch nicht, aber diese Kuppel ist völlig betriebsbereit. Doch es ist unsere Absicht, vier kleinere Kuppeln unmittelbar anzubauen, so daß wir so etwas wie eine Anzahl miteinander verbundener Iglus erhalten. Dann sind wir gegen den Wind noch besser abgesichert.«

Picard nickte. »Und um den Zutritt zur Hauptkuppel zu beschränken.«

»Ganz genau. Wie sie sehen, sind wir bisher nur mit

ihr fertiggeworden. Zum Glück ist geplant, darin die Unterkünfte und Laboratorien unterzubringen. Also kann das Personal jetzt einziehen. Dr. Crusher hat in einem Teilbereich auch schon eine Mini-Klinik und eine Apotheke eingerichtet. Aber bislang reißen Kobans Männer sich nicht gerade um die Behandlung. Sie sind ziemliche Machos. Mein Eindruck ist, sie bewerten es irgendwie als unmännlich, zum Arzt zu gehen, solange sie nicht am Rande des Todes stehen.«

Picard schüttelte den Kopf. Das waren nun einmal die Narreteien, die menschlichem Stolz entsprangen. »Also, Nummer Eins, wollen wir uns mal umschauen?«

»Ja, Sir.«

Picard fiel ein düsterer Unterton in der Stimme seines Ersten Offiziers auf; er warf ihm einen Seitenblick zu. Tatsächlich war Rikers Miene plötzlich verdrossen geworden.

LaForge kehrte zurück an seine Arbeit. »Stimmt irgend was nicht?« erkundigte Picard sich gedämpft bei Riker.

Riker schrak zusammen. »Wie? Ach was, Sir. Ich habe bloß … nachgedacht.« Er hob die Hand, um sich durch den Bart zu streichen.

»Etwa über unsere Macho-Rebellen?« hakte Picard nach. Er faßte es als Bestätigung auf, als eine Antwort Rikers ausblieb. »Mir gefällt ihre allgemeine Einstellung auch nicht besonders«, gab der Captain zu. »Sie halten so verbissen an ihrem Haß und ihrer Erbitterung fest, daß es sich noch als schwierig erweisen könnte, mit ihnen auszukommen.«

»Koban hat seine Männer in der Hand«, sagte Riker im Brustton der Überzeugung.

»Ja, wenn er will, Nummer Eins. Solange er will. Lassen Sie von Ihrer verständlichen Bewunderung für den Mann nicht Ihr Urteilsvermögen trüben. Koban steckt genauso voller Haß wie die anderen … Vielleicht hegt er sogar den tieferen Haß.« Als er an Kobans Narben dachte, berührte Picard unwillkürlich die eigene Wange. »Leider habe ich die Befürchtung, daß seine Unversöhnlichkeit unsere Friedensbemühungen ernsthaft beeinträchtigen könnte.«

»Vorausgesetzt, es gelingt uns überhaupt, die Tseetsk für Friedensverhandlungen zu interessieren.«

Picard furchte die Stirn. Damit führte Riker ein gewichtiges Argument an, allerdings nicht zur Freude des Captains. Stumm betraten die beiden Männer die Hauptkuppel.

In dem gut beleuchteten Bauwerk war es warm. Oberlichter ließen soviel wie möglich vom schwachen Sonnenlicht herein. Riker ging zu einer transparenten Trennwand, hinter der ein Biologenteam bei Drraagh eine Anzahl von Tests vornahmen. Die Aufmerksamkeit der Tseetsk-Regentin galt jedoch einem anderen Teil des Innenraums der Kuppel. Picard blickte in die gleiche Richtung und sah Beverly Crusher mit einem Jungen sprechen.

»Ah, der junge Aufsehersohn, der zum Rebellen geworden ist, hat anscheinend bei Dr. Crusher Eindruck hinterlassen«, sagte Picard, während er beobachtete, wie Beverlys brünettes Haar sich immer tiefer zum schwarzen Schopf des Burschen hinabbeugte. »Ob das wohl irgendwie auf seine bemerkenswerte Ähnlichkeit mit einem gewissen Starfleet-Kadetten zurückzuführen ist?«

Rikers Miene entspannte sich zu einem schwachen Lächeln. »Sie hat wirklich was für Lorens übrig.«

Picard schlenderte zu dem Paar hinüber, schob sich unterwegs die Kapuze seiner Thermojacke in den Nacken. Als Lorens Ben die Bewegung wahrnahm, drehte er sich Picard zu. Er starrte ihn mit dermaßen lebhafter Neugierde an, daß der Captain nicht umhin kam, ihn nach dem Grund zu fragen. »Findest du an mir irgendwas merkwürdig?«

»Als ich dich gestern gesehen habe, dachte ich, es

läge vielleicht am Licht… Deshalb wollte ich nichts sagen…« Lorens wirkte ein wenig verlegen. »Aber bist du nicht für 'n Captain… na, ich meine… längst 'n bißchen zu *alt*?«

Picard schaute den Jungen nur an. Im ersten Moment war er sprachlos.

Crusher widmete ihrem jugendlichen Schützling einen ungnädigen Blick. »Lorens! Gehört es sich, so daherzureden?« Doch Picard hatte nicht den Eindruck, daß ihre Stimme allzu große Empörung zum Ausdruck brachte.

»Ja, ich weiß, ich hätte besser die Klappe gehalten«, gestand Lorens im Ton der Niedergeschlagenheit. »Aber er sieht älter als Vossted aus, und Vossted ist *vierzig*.«

»Vierzig?« Riker stieß, indem er dem Captain zuzwinkerte, einen Pfiff aus. »Das ist ja wirklich *verdammt* alt.«

»Ich hätte Vossted eher auf sechzig geschätzt«, nuschelte Crusher vor sich hin. »In dieser Umgebung altern die Menschen wohl sehr schnell.«

»Unterrichtest du?« erkundigte Lorens sich bei Picard.

»Ob ich unterrichte?« fragte Picard perplex zurück.

»Bei uns läuft alles etwas anders ab, Lorens.« Crusher wandte sich an Picard. »Auf Basis ziehen die Menschen die Kinder gemeinschaftlich auf«, erklärte sie. »Die Alten sind mit dieser Aufgabe betraut… Pensionäre würden wir sie wohl nennen.«

»Wahrhaftig?« quetschte Picard schließlich mühsam hervor. Er räusperte sich. »Ähm… Wenn Sie ein Momentchen Zeit hätten, Doktor… Es wäre mir recht, sie dabeizuhaben, wenn ich mir über die Fortschritte hinsichtlich Drraaghs berichten lasse.«

Er strebte zu der Fremden zurück. Crusher folgte ihm. Auch Lorens Ben schloß sich an, doch die Bordärztin komplimentierte ihn rasch zum Labor hinaus.

»Wenn ich mich nicht irre«, sagte Picard zu der Regentin, »fasziniert Sie die Interaktion zwischen Dr. Crusher und diesem Bürschchen.«

»Ein Menschenjunges habe ich nie zuvor gesehen«, räumte die Fremdrassige ein. »Bei uns wachsen sie auf dem Kolonieplaneten – Basis heißt er bei den Menschen – in Fortpflanzungskollektiven heran.«

»Keine nette Sache, so was«, äußerte Picard. »Ich meine, von verbitterten alten Sklaven aufs eigene Sklaventum vorbereitet zu werden.«

»Nach meiner Kenntnis ist bei den Menschen, die unser Forschungsraumschiff vor vierhundert Jahren entdeckte, eine vergleichbare Methode gebräuchlich gewesen.«

»Soviel ich weiß, befand die menschliche Kolonie sich in einer Übergangsphase, als Ihr Schiff auftauchte«, antwortete Picard. »Die damals, in einer Notlage, praktizierten Maßnahmen sollten nicht mit der Normalität verwechselt werden. In der menschlichen Gesellschaft werden weder die Jungen noch die Alten so behandelt.«

»Allmählich glaube ich das selbst.« Drraagh schaute zu, wie Crusher an Lorens' aus *Enterprise*-Beständen stammender Thermojacke den Reißverschluß schloß und ihn fortschickte, indem sie ihm das Kopfhaar wuschelte. »Ich hätte nie gedacht, ein Mensch könnte so…« Für einen Moment suchte sie den passenden Begriff. »… so mütterlich sein.«

»Dr. Crusher *ist* Mutter. Natürlich kann das auf ihr Verhältnis zu dem Jungen einen gewissen Einfluß haben.«

Crusher kam zurück. Sie hatte eine betont dienstliche Miene aufgesetzt, die sie jedoch sichtliche Anstrengung kostete.

Unterdessen hatte Riker sich mit der Xenologin verständigt, die das biologische Forschungsteam leitete, Dr. Iovino, einer Frau mittleren Alters, deren Lippen permanent den Ausdruck eines leichten Schmunzelns hatten. Sie nickte dem Captain zu.

»Unter den hiesigen Bedingungen zu arbeiten, ist naturgemäß mit Schwierigkeiten verbunden«, sagte sie, indem sie an einem kleinen Computer Daten auf den Bildschirm projizierte. »Aber ich glaube, es geht voran.«

»Welche Bedingungen?« fragte Riker.

»Ich will ja nichts kritisieren, aber Sie müssen berücksichtigen, daß die *Enterprise* für Forschungen dieser Art personell ungenügend ausgestattet ist.« Mit der Hand beschrieb Dr. Iovino eine Bewegung, die auf das Labor ringsum verwies. »Ich meine, diese Leute sind keine Experten in Xenobiologie, obwohl sie bestimmt sehr fähig sind.« Ihr Tonfall verriet jedoch, daß sie sich bezüglich der Befähigung ihrer Mitarbeiter nicht so sicher fühlte.

»Aha.« Nachdenklich nickte Riker.

Iovino drehte den Monitor Picard zu. »Möchten Sie sich die Daten ansehen, Captain?«

Beim Anblick der Zahlen- und Symbolreihen auf der Mattscheibe war Picard zwischen Gereiztheit und Belustigung hin- und hergerissen. Ohne Zweifel wußte Iovino, daß kein Laie diese Auflistungen zu deuten verstand. »Würden Sie mir vielleicht eine mündliche Zusammenfassung geben, Doktor?« fragte er in unterkühltem Ton.

»Selbstverständlich.« Picard glaubte den schwachen Ausdruck eines Überlegenheitsgefühls in ihrem Gesicht zu entdecken. »In anatomischer Beziehung zeichnen die Tseetsk sich durch eine augenfällige Ähnlichkeit mit gewissen Laufvögeln der Erde aus. Die dicken, starken Beinknochen erinnern an kleinere Moa-Arten Neuseelands, während Körper und Flügel – letztere könnte man auch als Flossen kategorisieren – beinahe spheniziform sind.«

»›Spheniziform‹?« wiederholte Picard.

»Wie bei Pinguinen«, erklärte Dr. Iovino, indem sie verstohlen lächelte. »Meine Annahme ist, daß die

Tseetsk ursprünglich an Küsten heimische Schwimmvögel gewesen sind, wahrscheinlich in einem Klima, das irgendwie auf einem Stand zwischen diesem hier« – ihre Handbewegung wies ins Freie – »und dem beschaffen gewesen sein muß, was wir gemäßigt nennen.«

Picard nickte. »Das sind ja umwerfende Erkenntnisse.« Die Wissenschaftlerin schaltete auf die nächste Bildschirmseite um. »Auf molekularer Ebene sieht dann natürlich alles schon ganz anders aus. Aber solange wir bei der groben Anatomie bleiben, erleben wir nur wenige Überraschungen, beispielsweise das Vorhandensein der Hände.«

»Und sicherlich ist das Gehirn ziemlich groß«, sagte Picard. »Das dürften zwei Überraschungen sein, die für die kulturelle Entwicklung der Tseetsk von maßgeblicher Bedeutung gewesen sein müssen.«

»Vollkommen richtig, Captain«, gestand Dr. Iovino ihm mit einem Anflug von Irritation zu. »Freilich haben wir die Entfaltung der Tseetsk-Gesellschaft bisher noch nicht ausreichend untersucht. Wir warten darauf, daß Commander Data uns mitteilt, was er in den Computern gefunden hat. Mit etwas Glück helfen seine Ermittlungen uns dabei, uns ein abgerundetes Gesamtbild der Tseetsk zu erarbeiten. Allem zufolge, was Drraagh uns bis jetzt erzählt hat, haben sie anscheinend eine faszinierende Kultur, die sich deutlich von den Verhältnissen bei den Aurelianern unterscheidet.«

»Die Aurelianer sind auch Vögel, nicht wahr, Dr. Iovino?« fragte Riker.

Die Xenologin wich zurück, als hätte Riker gerade eine anstößige Bemerkung gemacht. Dann rümpfte sie die Nase. »Das ist im Prinzip richtig. Es handelt sich um die ersten aviatischen Intelligenzen, denen die Föderation bislang begegnet ist. Ich habe vorausgesetzt, die aurelianische Kultur sei Ihnen bekannt. Vor erst vier Jahren ist darüber eine bahnbrechende Studie beendet worden.«

An der Dr. Iovino gewiß mitgearbeitet hat, vermutete Picard. Er und Riker verkniffen sich ein Grinsen, während die Xenologin den Commander kalten Blicks musterte.

Unvermittelt hörte man die Außentür der Kuppel knallen. Inmitten eines Windstoßes des draußen herrschenden Schneegestöbers kam Counselor Troi herein.

»Ah, Counselor, wie günstig, daß Sie gerade aufkreuzen«, rief Picard. »Also kann unsere Aussprache anfangen.« Er deutete in Drraaghs Richtung eine Verbeugung an. »Wenn Sie sich die Mühe machen möchten, uns zu begleiten, können wir nun nach Möglichkeit etwas über Ihr Volk erfahren, und vielleicht lernen Sie bei dieser Gelegenheit auch etwas über uns.«

»Captain …!« Dr. Iovinos Stimme klang, als wäre die Wissenschaftlerin ziemlich pikiert. »Der soziologische Gedankenaustausch ist doch wohl eine Angelegenheit der Experten …«

»Bestimmt, Doktor«, stimmte Picard liebenswürdig zu. »Und wir brennen schon darauf, Ihren Bericht zu lesen, sobald er fertig ist. Aber wir wollen es erst einmal mit einem informellen kulturellen Plausch versuchen. Wenn Sie uns nun entschuldigen wollen, wir möchten Sie nicht von der Arbeit abhalten …«

Er genoß den Ausdruck der Verwirrung in Iovinos Miene, als sie sich zum Gehen wandte.

Eine Stunde später bewunderte Riker noch immer Picards elegante Geschicklichkeit; nicht nur wegen der Art, wie er mit der kratzbürstigen Dr. Iovino umgegangen war, sondern auch aufgrund der Weise, wie er die offene Diskussion zwischen den Menschen und der Tseetsk leitete. Dabei gab es nämlich ebenfalls so manchen Moment der Spannungen.

Die Informationen, die Tseetsk über das Leben der ›freien Menschen‹ erhielt – sie selbst gebrauchte die Formulierung –, beeindruckten sie nachhaltig. »Ich hoffe Sie dadurch nicht persönlich zu kränken«, erklärte sie, »aber unsere Forschungsbrigade hat bei der Entdeckung der Kolonisten geglaubt, sie wäre auf Wesen mit einer Ameisenmentalität gestoßen.«

»Was ist denn Ameisenmentalität?« piepste Lorens' helle Stimme. Der Junge war soeben mit einem Klemmbrett und einem Stift hereingehuscht. Nun legte er beides Beverly Crusher vor. »Neela möchte, daß du diese Anforderung unterschreibst.«

Crusher schenkte ihm ein Lächeln, während sie das Formular unterzeichnete. »So. Und nun verschwinde. Wir versuchen uns hier über einiges klarzuwerden.«

»Darf ich zurückkommen und zuhören?« fragte Lorens. »Ich möchte wissen, was ›Ameisenmentalität‹ ist.«

»Das ist eine Form des Kollektivbewußtseins«, erläuterte Crusher. Riker staunte über das Maß an Herzenswärme und Nachsicht, das in ihrer Stimme anklang. »In einer entsprechenden Gesellschaft betrachtet man Individuen als entbehrlich, solange die Sicherheit der Gemeinschaft insgesamt gewährleistet bleibt.«

Picard ließ ein vielsagendes Räuspern hören. Crusher wurde rot. »So, deine Frage ist beantwortet. Und nun raus mit dir, Lorens. Neela wartet auf dich.«

Auf dem Gesicht des Burschen zeigte sich der Ansatz einer aufsässigen Miene. »Darf ich nicht wiederkommen? Ich werde auch ganz ruhig sein.«

Man merkte Crusher an, daß sie den erforderlichen Willen zur Strenge aufzubringen versuchte.

Riker hatte Mitleid. »Warum denn eigentlich nicht?« meinte er gutmütig. »Hör mal her, Lorens, wir könnten hier ein paar Tassen Kaffee gebrauchen. Würdest du uns welchen bringen?«

Lorens grinste breit. »Klar, Commander Riker.« Er eilte hinaus.

Riker lächelte ihm nach. Ein richtig netter Junge.

Picard hüstelte. »Könnten wir nun wieder zur Sache kommen?« fragte er hörbar energisch. »Sie haben erwähnt, Drraagh, daß Ihre Forscher damals zu der Einschätzung gelangten, unsere Kolonisten hätte eine Ameisenmentalität.«

»Ja«, bestätigte die Fremde. »Die gemeinschaftlichen Aktivitäten, vor allem die Methoden des Kinderaufziehens, die Mißachtung der persönlichen Sicherheit sowie die Unterordnung des Einzelwesens zwecks Erreichung gemeinsamer Ziele haben alle zum Entstehen dieser Auffassung beigetragen.«

»Selbstloses Handeln bedeutet keineswegs zwangsläufig«, bemerkte Troi leise, »daß für den einzelnen das eigene Selbst keine Bedeutung hätte.«

»Trotzdem, wie konnten Ihre Forscher diese verfehlte Schlußfolgerung ziehen?« fragte Beverly Crusher. »Eine genaue Untersuchung der Zustände müßte doch ...«

»Sie mißverstehen die Situation«, sagte Drraagh. »Unsere Forschungsbrigade hatte überhaupt nicht mit irgendwelchen Entdeckungen auf Joost-Klaara gerechnet, dem Planeten, den Ihr Volk Basis nennt. Jedenfalls nicht mit intelligentem Leben. In der gesamten Sphäre des Alls, die bis dahin erforscht worden war, kannte man außer uns Tseetsk gar keine denkende Lebensformen. Seit ...«

Plötzlich plusterte Drraagh ihre Federn auf. »Seit vielen Jahren war kein Tseetsk auf Basis gewesen, darum erstaunte und erschreckte es unsere Forscher, dort Ihre menschliche Kolonie vorzufinden. Und sie hatten keine Spezialisten für fremde Kulturen, die ihnen hätten Aufschluß geben können.«

Von Crusher glitt der Blick der orangeroten Augen Drraaghs über die übrigen anwesenden Personen. »Das Studium der Kolonisten trug weiter dazu bei, unsere Forscher zu beunruhigen. Erstens waren allem Anschein nach die männlichen Exemplare dominant, und viele von ihnen verhielten sich reichlich aggressiv. Zweitens erfuhren wir, daß die Menschen vor einer gewaltigen Katastrophe geflohen waren ...

einem Krieg auf ihrem Heimatplaneten. In den Aufzeichnungen der Kolonie fanden sich Spekulationen, die darauf hinausliefen, daß der gesamte Rest der Menschheit sich höchstwahrscheinlich … selbst ausgerottet hatte.«

»Und deswegen sahen sich die Tseetsk dazu berechtigt«, fragte Riker, »die Überlebenden zu versklaven?«

»Anfangs zogen unsere Forscher es ernsthaft in Erwägung, die Kolonie … auszumerzen«, sagte Drraagh. »Mehrere Spezialisten befürchteten, die Menschen seien eine krankhaft kriegslüsterne Rasse.«

Versonnen nickte Picard. »Man stelle sich einmal vor, die Erde hätte den ersten Fremdkontakt mit den Romulanern oder den Borg gehabt.«

»Einer der ersten Fremdkontakte der Erde fand mit den *Klingonen* statt«, rief Riker hitzig. »Damals hätte man sie bestimmt als ›krankhaft kriegslüsterne Rasse‹ einstufen können. Trotzdem sind wir nie auf die Idee verfallen, sie ›auszumerzen‹.«

»Wie wurde das Dilemma behoben?« erkundigte Picard sich bei Drraagh.

»Der Captain des Forschungsraumschiffs schlug vor, daß diese Schar im All verirrter Menschen – obwohl sie einer vermutlich irrsinnigen Rasse entstammten – vielleicht in die Tseetsk-Gesellschaft integriert werden könnten …, damit sie sich nützlich machen.«

»Einige der brutalsten menschlichen Herrschaftsformen haben gleichfalls solche Experimente versucht«, sagte Picard mit einer gewissen Ironie. »Es gab einmal ein System, das allen zum Hohn ›Arbeit macht frei‹ an die Tore der Lager schrieb, in denen es seine angeblichen Feinde massenhaft vernichtete.«

Erneut plusterte sich Drraaghs Gefieder. »Wenn ich höre, daß bei einer menschlichen Kultur die Vernichtung der eigenen Schwestern als ernstzunehmende Option galt, glaube ich wieder, daß die Reaktion unserer Forscher doch verständlich gewesen sein mag.«

Riker reagierte gereizt. »Und ich neige wieder dazu, Kobans Furcht vor Ausrottung zu verstehen.«

»Vergessen Sie nicht«, erwiderte Drraagh, »daß Koban von der Ausrottung *meines* Volkes spricht.«

»Regen Sie sich nicht auf, Will«, empfahl Beverly Crusher. »Drraagh will die Tseetsk-Politik ja nicht verteidigen. Sie versucht uns lediglich zu verdeutlichen, wie sie entstanden ist.«

»Gut, das sehe ich ein.« Riker rang seine angestaute Erbitterung nieder. »Wir sollten aber nicht übersehen, daß eine Partei in dieser Diskussion nicht vertreten ist. Die Rebellen haben zu alldem auch eine Meinung, und sie muß berücksichtigt werden, wenn unsere Friedensstrategie eine Aussicht auf Erfolg haben soll. Jemand muß ihren Standpunkt vertreten.«

»Ich kann durchaus nachvollziehen, wie ein Forschungsteam anhand der gemachten Beobachtungen zu den kulturellen Verallgemeinerungen gelangen konnte, die Sie beschrieben haben, Drraagh«, sagte Picard. Er versuchte, die Unterhaltung auf eine weniger persönliche Ebene zurückzulenken. »Aber wie war es mit Ihrem gesamten übrigen Volk? Wie ist es passiert, daß man die Menschen einfach für gefährliche Arbeit einsetzte, ohne daß die anfänglichen Eindrücke in Frage gestellt wurden?«

»Ich vermute«, äußerte Crusher, »es gab zwischen Menschen und Tseetsk nur begrenzten Austausch.«

»Genauso war es«, bestätigte Drraagh. »Seit der zweiten Sklavengeneration war pro Arbeitsbrigade nur noch eine Regentin tätig. Und wie ich schon angedeutet habe, handelte es sich nicht um eine allzu angesehene Position.«

»Aber Sie selbst hatten doch engen Kontakt mit Menschen«, wandte Riker ein. »Mit Vossted. Warum haben Sie nicht ...«

»Lorens ...!« Beverly Crushers Stimme unterbrach ihn. Die Bordärztin hatte den Kopf gedreht.

Riker hob den Blick und sah Lorens Ben eintreten. Der Junge trug seine Thermojacke, kam jedoch mit leeren Händen. »He, wo ist denn unser Kaffee?« fragte Riker, indem er lächelte.

»Ach, hab' ich ganz vergessen.« Mit leuchtenden Augen strebte Lorens auf den Konferenztisch zu. Er schob die Hände in die Jackentaschen.

Dann brach das Chaos aus.

Riker roch den Anflug eines scharfen, moschusartigen Odeurs. In derselben Sekunde verschwamm vor seinen Augen die Umgebung. Der Gestank! Er wirbelte zu Drraagh herum, die erst sehr nah zu sein, dann auf einmal zurückzuweichen schien. Die Fremde wirkte geradeso desorientiert wie Riker.

Riker wollte seinen Insignienkommunikator aktivieren, tippte aber beim erstenmal daneben. Er rief nach den Sicherheitswächtern, warnte vor einem Fluchtversuch Drraaghs. Daß er zusammenhängende Sätze von sich gab, konnte er nur hoffen. Aus dem Hintergrund hörte er schnelle Schritte, dann Schreie des Schreckens.

Er torkelte auf Drraagh zu, um sie festzuhalten. Sie hatte sich in der gleichen Weise, wie es der Fall gewesen war, als er sie das erste Mal sah, auf den Fußboden geduckt. Doch anders als bei der ersten Begegnung verstärkte sich die Wirkung des Tseetsk-Pheromons nicht, je mehr er sich ihr näherte.

Ein Ellbogen traf ihn in die Rippen, brachte ihn aus dem unsicheren Gleichgewicht und warf ihn zu Boden. Riker wälzte sich herum und sah den Captain wie einen Betrunkenen gleichfalls auf Drraagh zuwanken. Auch er krallte seine Finger um den Insignienkommunikator, bewegte die Lippen. Doch Riker konnte seine Worte nicht verstehen.

Irgend etwas prallte gegen Riker. Wie er gleich darauf bemerkte, war es Lorens Ben. Der Junge hatte weißen Schaum auf den Lippen. Sein Gewicht drückte Riker abwärts. Ein schwerer, harter Gegenstand schlug gegen

Rikers Brustkorb. Ein zweites Schwindelgefühl überkam den Ersten Offizier.

Weitere Gestalten wanden sich auf dem Fußboden. Er erkannte Troi, die so zusammengekauert auf Händen und Knien kroch, als drückte eine enorme Last sie nieder. Beverly Crusher hatte sich eingerollt wie ein Fötus. Die Biologen des Forschungsstützpunkts waren in genauso hilfloser Verfassung.

Dann übertönte ein Dröhnen alle anderen Geräusche. Eine funkensprühende Lichtsäule schoß aus dem Untergrund. In Rikers verzerrter Wahrnehmung schien sie zu flackern und zu wabern. Sieht so Schall aus? fragte er sich. Oder ist dieses Brausen der Klang des Lichts?

Er wollte aufstöhnen. Statt dessen schien der Befehl seines Gehirns seine linke Hand fehlzudirigieren. Sie verkrampfte sich, zuckte wie ein Fisch auf dem Trockenen. Konsterniert schaute er ihr zu, bis sein bedrängter Verstand zu der Ansicht gelangte, jetzt von allem genug zu haben, und sich radikal abschaltete.

10

»Ooooh...« Riker unternahm einen mühseligen Versuch, um den Kopf zu heben, aber jemand schien einen Doppelzentner Federn über ihn geworfen zu haben. Ranzig miefende Federn, die kratzten, wo sie seine offenbar gereizte Haut berührten.

»Coh-ander... Coh-ander...!« Beharrlich ziepte ihm eine leise Trillerstimme mit fremdartigem Akzent ins Ohr. Er wäre lieber von ihr in Ruhe gelassen worden. Er wollte nichts als Schlaf. Hundert Jahre lang schlafen...

»Coh-ander Rie-kerrr, iß-arl-klaarr?«

Klaarr? Angestrengt öffnete Riker die Augen.

Etwas wie Dunstschwaden trübte seine Sicht. Riker kniff die Lider zusammen und blinzelte. War ein Feuer ausgebrochen?

Über ihm schwebte irgend etwas Dunkles. Zwei große, orangefarbene Augen lugten ihm direkt ins Gesicht. Eine kleine Klauenhand wedelte mit einem Fläschchen, dem ein süßlich-scharfer Geruch entquoll, unter seiner Nase. Ein paar Tröpfchen Flüssigkeit spritzten ihm auf die Wangen.

Verärgert fuhr Riker zurück. Er machte Anstalten, seinen Quälgeist zurückzustoßen, wer er auch sein mochte. Da jedoch merkte er, daß die Tropfen überall, wo sie auf seine Haut fielen, die eingetretene Reizung linderten. Er entspannte sich und nahm einen tiefen Atemzug. Währenddessen klärte sich sein Blick.

Der dunkle Klecks über ihm verwandelte sich in Regentin Drraaghs weiches, rundes Vogelgesicht. Ihr Gefieder war zerzaust, und kahler, gelblicher Balg war sichtbar, wo man ihr offenbar etliche Federn aus der Halskrause gerupft hatte. »Coh-ander Rie-kerrr«, flötete sie eindringlich. »Iß arl klaarr?«

Ihr Translator fehlte, begriff Riker plötzlich. Deshalb redete sie so sonderbar. Er stützte sich auf die Ellbogen, zog den Kopf ein, als er grausamen Schmerz in den Schläfen pochen spürte. »Ja, ich bin wieder da«, sagte er. Sein Blick wanderte durch die Kuppel. Auf dem Boden lagen Gestalten in *Enterprise*-Uniformen ausgestreckt. »Mein Gott …! Was ist passiert?«

»Ssie sinn oonmäxtig, nix … tott«, beruhigte Drraagh ihn. »Eß warr derr Geßtank.«

»Der Gestank? Ihr Pheromon, meinen Sie?« Entgeistert musterte Riker die Tseetsk. »Das kapier' ich nicht.«

Mehrmals wippte Drraagh – anscheinend eine Gebärde der Betroffenheit – mit dem Kopf. »Eß warr nix ik, nain. Eß warr derr Sklaaw. Ko-ans Uunterrpfuirrerr, derr mirr ßo 'aßt. Ik waiß nix wie.«

»Kobans Unterführer … Chu Edorlic?«

»Jarr, jarr.«

»Aber wie soll er das gemacht haben? Und warum?« Riker schnitt eine böse Miene. Würde doch wenigstens sein Schädel zu brummen aufhören …! »Und wieso hat das Zeug auf Edorlic nicht genauso wie auf uns gewirkt?«

Drraagh hielt das Fläschchen hoch, das sie ihm vorhin unter die Nase gehalten hatte. Da Riker wieder klar sehen konnte, stellte er jetzt fest, es war mit einer rötlichen Gallerte gefüllt. »Daß wurrd vrrrgeß'n. Aaf tseetsk eß 'aißt Thweetra. Eß iß … Wie 'aißt Worrd? Eß iß gerrgen Geßtank. Edrorrlic uun 'älfer 'atten eß aaf Krrrper.«

»Ein Gegenmittel«, erriet Riker. »Auf was hatten sie's denn abgesehen?« Er schaute nochmals Drraagh an, den kahlen Fleck an ihrem Hals. »Sind Sie unverletzt?«

»Ik binn 'ail. Err riß Trranßlatrr ab, sonß nix.«

Drraaghs starrer Vogelblick sah Riker in die Augen. »Ssie wex mitt Ihrrrm Captän uun Troi.«

»*Was?* Wohin?« Schlagartig vergaß Riker seine Kopfschmerzen. Er packte Drraagh am Flügel, spürte unter den Federn schlanke Vogelknochen. »Raus mit der Sprache!«

Erschrocken wich die Regentin zurück. »Ssie sinn wex 'ierr«, zwitscherte sie, deutete auf den Fußboden bei der linken Wand. »Mehrr ik nix waiß.«

Riker sah neben einem der Arbeitstische ein durch den Plastikboden gebranntes, finsteres Loch klaffen. Ein Stollen! Seine Hand langte nach dem Insignienkommunikator.

Das Gerät war fort.

»Verdammt noch mal!« Mühsam raffte er sich auf, verfluchte die Flauheit und Schwäche, infolge der ihm die Knie wackelten, und wankte zur ersten der ausgestreckten Gestalten.

Es war Dr. Crusher. Sie lag auf dem Bauch, die Arme ausgebreitet, als wollte sie die Erde umfangen. Als er sie herumwälzte, stöhnte sie. Ein kleiner, unregelmäßiger Riß im Vorderteil ihres Uniformpullis zeigte, daß man auch ihr den Insignienkommunikator weggefetzt hatte.

»Verfluchter Mist...« Riker hielt seine Hand Drraagh hin. »Geben Sie mir das Gegenmittel«, forderte er in herrischem Ton.

Drraagh träufelte ihm ein paar Tropfen des klebrigen Zeugs in den Handteller. »Ik 'älp annerrrn«, meinte sie.

»Auch recht.« Riker betupfte mit der Flüssigkeit Crushers Oberlippe und Nasenflügel. »Los, wachen Sie auf, Doktor«, drängelte er halblaut. »Ich brauche Ihre Hilfe.«

Einen Moment später zwinkerte die Bordärztin und öffnete die Augen. »Wa...«

Riker faßte sie an den Schultern. »Beverly, ich bin's, Will Riker. Ich muß das Schiff kontaktieren, aber man hat uns die Kommunikatoren geklaut. Gibt's in der Kuppel noch andere Kommunikationsapparate?«

»Häää?« fragte Crusher in dösig-trägem Flüsterton. »Papparate ...?«

»Kommunikatoren!« Riker widerstand der Versuchung, sie kräftig zu schütteln. »Ich muß dringend die *Enterprise* kontaktieren.«

Crusher runzelte die Stirn. »Nehmen Sie 'n Kommunikator.«

»Ich hoffe, Sie geben als Ärztin nicht auch so hervorragende Ratschläge«, brummelte Riker. »Aber vermutlich werden in nächster Zeit wohl keine Sprechstunden stattfinden.«

Er stand auf, bemerkte dabei mit Erleichterung, daß ihm nach und nach die Kraft in die Beine zurückkehrte. Aber in seinem Kopf brummte es noch ganz erbärmlich. Anscheinend hatte das Gegenmittel eine nur begrenzte Wirkung.

Ringsum ächzten Frauen und Männer vor sich hin, während sie allmählich zur Besinnung kamen. »Mal sehen, ob ich hier was finde ...« Rikers Blick huschte durchs Laboratorium. Plötzlich sah er die Computer, die alle per Datenfunk in Verbindung mit den Bordsystemen der *Enterprise* im Orbit standen.

»Computer!« Riker räusperte sich. »Hier ist William Riker, Erster Offizier.«

»Identifizierung bestätigt«, antwortete die melodische Computerstimme der Anlage.

»Mitteilung an Hauptcomputer: Betrifft Sicherheit. Forschungsstützpunkt Koorn angegriffen. Kommunikation ausgefallen. Sicherheitspersonal und Medo-Gruppe transferieren.«

»Verstanden.«

Von Lorens Bens regloser Gestalt blickte Drraagh zu Riker herüber. »Ssprraaken Ssie Ihrr Ssipp?«

»Ja, und ich hoffe, daß schnell gehandelt wird.« Riker ging zu Drraagh. »Kommen sie zu sich?«

»Err hierr iß nix gütt«, zirpte die Regentin, flatterte über Lorens mit einem ihrer kümmerlichen Flügel. »Annerre iß gütt.«

Riker kniete sich neben den Burschen. Lorens' Gesicht hatte einen teigigen Teint, und er atmete mit flachen, abgehackten Keuchlauten. An seinen Mundwinkeln klebte vertrockneter Schaum. »Er sieht ja wirklich mies aus«, sagte der Erste Offizier besorgt. Armer Lorens, er wollte unbedingt dabeisein, und das hatte er jetzt davon. Jetzt bereute Riker seinen spontanen Entschluß, den Jungen im Umkreis der Forscher geduldet zu haben.

»Commander ...! Was ... was ist hier eigentlich los?«

Riker schaute auf und sah in Beverly Crushers von Benommenheit verschleierte Augen. »Was herrscht denn da für ein Chaos im Labor? Diese Leute brauchen Hilfe!« Sie schaffte ein paar taumelige Schritte, blieb dann bleichen Gesichts stehen. Sobald sie Lorens Bens unheilvolle Reglosigkeit wahrnahm, ging sie an seiner Seite in die Knie. »Was ist ihm zugestoßen?« rief sie.

Sachte legte Riker ihr eine Hand auf die Schulter. »Regen Sie sich nicht auf, Doktor«, empfahl er.

Sie schüttelte seine Hand ab. »Nicht aufregen?« meinte sie schrill. »Das Kind hier kämpft eindeutig mit dem Tod, und Sie schwafeln davon, ich sollte mich nicht aufregen? Er gehört in die Krankenstation.« Sie tastete nach ihrem Insignienkommunikator, doch das Gerät fehlte. »Wo ... wo ist die Erste-Hilfe-Tasche?« Überstürzt richtete sie sich auf, schwankte, hielt sich an einem Labortisch fest, um auf den Füßen zu bleiben.

»Doktor«, sagte Riker, »bestimmt ist es nicht so schlimm. Das Pheromon hat keine lebensgefährliche Wirkung.« Fragend wandte er sich Drraagh zu.

Die Regentin zog den Kopf zwischen die Schultern. »Eß 'att manxmal ssädlix Wirrkung ... Err 'att klain Sstaturrr.«

Crushers Miene wurde totenblaß. »Was ist denn überhaupt passiert?«

»Wir sind überfallen worden, Doktor«, erklärte Riker in so neutralem Ton wie möglich. »Eine Horde Rebellen ist über uns hereingebrochen. Anscheinend haben sie den Tseetsk-Duftstoff, dieses Pheromon, irgendwie abfüllen können, und wir sind allesamt damit außer Gefecht gesetzt worden.« Er spürte, wie sich unwillkürlich sein Magen zusammenkrampfte, als er mit der wirklich schlechten Neuigkeit herausrückte. »Sie haben Captain Picard und Counselor Troi verschleppt. Die Entführer haben auch unsere Kommunikatoren mitgenommen. Also sind wir im Moment erst einmal hier unten abgeschnitten.«

Ein Gemurmel der Bestürzung ertönte hinter ihm; auch die übrigen Mitglieder der Forschungsgruppe hatten inzwischen das volle Bewußtsein wiedererlangt.

»Sir!« Jemand zupfte an seinem Ärmel. Riker stand auf und drehte sich um.

Eine Spindel aus schimmerndem Blau flackerte in der Mitte des Kuppelbaus. Das Getanze und Geflimmer der Glanzlichter verdichtete sich zu der unverkennbar soliden Erscheinung Lieutenant Worfs. Er materialisierte, den Phaser gezückt, in geduckter Abwehrhaltung, im Gesicht den Ausdruck höchster Konzentration.

»Worf!« Riker eilte zu ihm. »Meine Nachricht ist eingetroffen.«

»Ja, Sir. Ich erachtete als am sinnvollsten, die Lage persönlich zu erkunden.«

»Gott sei Dank für Ihr mißtrauisches Gemüt«, sagte Riker aus vollem Herzen. »Kontaktieren Sie das Schiff. Man soll alle in der Kuppel anwesenden Personen direkt in die Krankenstation beamen. Ich erkläre Ihnen die ganze Sache, wenn wir dort sind.«

Worf nickte, berührte seinen Insignienkommunikator und erteilte den entsprechenden Befehl. Wenige Sekunden später befand Riker sich in der Krankenstation der *Enterprise.* Beverly Crusher schnappte sich mit zittrigen Händen schleunigst einen diagnostischen Tricorder.

»Drraagh, seien Sie so gut und tun Sie, was Sie können, um ihm zu helfen.« Riker zeigte auf Lorens.

Er winkte Worf zu sich. Zu zweit verließen sie die Krankenstation fast im Laufschritt. »Die Rebellen haben sich gegen uns gewandt«, erzählte Riker unterwegs. »Der Captain und Troi sind von ihnen entführt worden. Wo sie jetzt stecken, wissen wir nicht. Ich vermute, man hat auch ihnen die Kommunikatoren abgenommen, so daß unsere Sensoren sie nicht anpeilen können. Aber versuchen Sie's trotzdem.«

Aus Worfs Kehle drang ein dumpfes Knurren. »Diese Halunkenbande! Sir, ich schlage vor, ich lasse mich mit einer Sicherheitsgruppe hinuntertransferieren. Wir werden die ganze Bunkersiedlung nach den Geiseln durchkämmen.«

»Einverstanden, probieren müssen wir's«, willigte Riker ein. »Allerdings bezweifle ich, daß Koban sie irgendwo gefangenhält, wo sie sich ohne viel Umstände finden ließen. Ein Dummkopf ist er ja auf keinen Fall. Ich bin sicher, daß er es war, der den Zusammenhang zwischen unseren Kommunikatoren und dem Transporter erkannt hat.« Er drosch eine Faust in die Handfläche. »Wir hätten ihm gegenüber nicht so offen sein sollen.«

Worf enthielt sich eines Kommentars. »Ich bitte um Erlaubnis, Sir«, sagte er lediglich, »unverzüglich aufbrechen zu dürfen.«

»Schwirren Sie ab, und viel Glück.« Riker betrat einen Turbolift. »Brücke«, nannte er als Ziel.

Augenblicke später teilte sich vor ihm mit einem Zischen die Doppeltür zur Brücke. Riker strebte nach vorn in den Kommandobereich. »Öffnen Sie einen Kanal zur Rebellensiedlung«, befahl er der diensthabenden Sicherheitsoffizierin. »Ich muß ein Wörtchen mit unserem Freund Koban wechseln.«

»He, was ist denn los?« erkundigte sich Geordi La-Forge, der an der technischen Station stand.

Mit gepreßter Stimme schilderte Riker die Ereignisse, ohne auf die Schreckenslaute zu achten, die der Brükkencrew entfuhren. »Ich möchte, daß Sie mit den Sensoren auf jede nur erdenkliche Weise nach dem Captain und Deanna suchen«, wies er Geordi an. Sein Blick streifte den Offizier an der wissenschaftlichen Station. »Sie auch. Und Sie ebenfalls, Data.« Mit dem Zeigefinger deutete er auf den Androiden, der sofort, als Riker eintrat, den Kommandosessel verlassen und sich an die Operatorstation begeben hatte.

»Sir, ich erhalte keinen Kontakt mit Koorn«, meldete die diensthabende Sicherheitsoffizierin.

Riker machte ein grimmiges Gesicht. »Ich dachte, wir hätten zu den Rebellen eine beidseitige Standfrequenz eingerichtet.«

»Haben wir auch«, beteuerte die Frau. »Samt visueller Übertragung. Aber wenn sie auf unser Signal nicht antworten, kommt keine Verbindung zustande.«

»Freilich nicht.« Sorgenvoll zupfte Riker an seinem Bart. Wieso hielten die Rebellen sich nicht zu Verhandlungen mit der *Enterprise* über das Schicksal der Geiseln bereit? Wollte Koban erst einmal den harten Mann markieren? Oder war Worfs Suchtrupp schon entdeckt worden?

»Kontaktieren Sie Lieutenant Worf«, befahl Riker.

Unter Koorns Oberfläche durchquerte die Sicherheitsgruppe den Stollen, den die Entführer benutzt hatten. Worf blieb an der Spitze der Gruppe. Seine Klingonenaugen durchdrangen die Finsternis mühelos. Weil er bei einem etwaigen Hinterhalt nach Möglichkeit kein Ziel bieten mochte, hatte er die Verwendung von Lampen verboten.

Kurz darauf erwies sein Entschluß sich als gerechtfertigt. An der Stelle, wo nach seiner Schätzung der Tunnel in den auf dem Lageplan verzeichneten Teil des Stollenlabyrinths mündete, erspähte er sechs in Braun gekleidete Gestalten. »Eine Nachhut«, informierte Worf leise seine Untergebenen. »Wir müssen uns den Weg freischießen. Phaser heraus!«

Die Mehrzahl der Rebellennachhut hob sich gegen das Licht der offiziellen Stollen ab, als die Sicherheitsgruppe das Feuer eröffnete. Vier Männer sanken sofort betäubt zusammen. Der fünfte Mann warf sich zu Boden und schoß mit einem der von den Tseetsk erbeuteten Neuro-Disruptoren zurück. Einen Augenblick lang erleuchte das grelle, bläuliche Aufflammen der Disruptor-Entladungen den dunklen Tunnel. Da sie keine Deckung hatte, preßte die Sicherheitsgruppe der *Enterprise* sich an die Wände. Worf stürmte vorwärts und gab aus dem Phaser einen Schuß nach dem anderen ab, bis ein Aufschrei anzeigte, daß er den Schützen getroffen hatte.

Doch als er den hellen Stollen erreichte, war der sechste Rebell verschwunden.

»Wahrscheinlich schlägt er Alarm«, sagte Worf, indem er den Lageplan der unterirdischen Anlagen auf seinen Tricorder projizierte. »Dieser Tunnel führt zum westlichen Portal der Bunkersiedlung. Dort ist auch der Hangar.« Er drang in den Tunnel ein. »Den nehmen wir uns als erstes vor.«

In den breiteren, besser erhellten Stollen der eigentlichen Siedlung gelangte die Sicherheitsgruppe rascher voran. Sie bewegte sich in der Diamantformation vorwärts, die in feindlichem Territorium bevorzugt wurde: Vordermann, Flankenschutz und Nachhut.

Abgesehen von einem schwachen, rasch niedergeschlagenen Überfall aus einem Seitengang unternahmen Koorns Rebellen keine weiteren Anstrengungen, um das Vorrücken der Sicherheitsgruppe zu unterbinden. Kurz vor der letzten Biegung zum Hangar erkannte Worf den Grund. Dort hatte man nämlich

Kisten, alte Maschinen und sogar Container mit von der *Enterprise* gelieferten Hilfsgütern zu einer Barrikade aufgeschichtet. Dahinter hatte sich ein Haufen Männer zusammengeschart, der mit allem bewaffnet zu sein schien, was man greifen konnte, von Neuro-Disruptoren bis zur Spitzhacke. Ironischerweise trug die Mehrheit von den Replikatoren der *Enterprise* fabrizierte Thermojacken.

Worf stieß ein Brummen aus. »Ein Frontalangriff wird gefährlich sein, aber wir müssen durchbrechen.« Er teilte seine Leute in einen Sturmtrupp und eine Unterstützungsgruppe auf, die Feuerschutz geben sollte.

Unmittelbar nachdem der erste Vorstoß gescheitert war, summte Worfs Insignienkommunikator.

»Hier Worf«, meldete er sich sofort. »Sir, wir stehen in der Nähe des westlichen Portals im Gefecht mit einer Rebellenabteilung. Bis jetzt haben wir noch keine Spur vom Captain oder der Counselor gefunden.«

»Gehen Sie mit größter Vorsicht vor, Lieutenant«, ordnete Riker an. »Beachten Sie in jeder Situation, daß das Leben der beiden in der Hand der Männer liegt, gegen die Sie gerade kämpfen.«

»Verstanden, Sir. Worf Ende.«

Also war es zur offenen Auseinandersetzung gekommen. Riker konnte nur hoffen, daß die Rebellen pragmatisch dachten und auf Vergeltungsmaßnahmen gegen den Captain oder Deanna verzichteten.

Er drehte den Kommandosessel der wissenschaftlichen Station zu, an der ein Fähnrich mit duckmäuserischer Miene Dienst hatte. Der junge Mann hieß Tho. »Irgend etwas geortet?«

Tho duckte sich an seinem Platz, als wollte er sich hinter der Konsole verstecken. »Negativ, Sir«, quäkte er in weinerlichem Ton. »Man könnte meinen, der Captain und Troi wären gar nicht in der Rebellensiedlung. Ich habe meinem Suchprogramm ihre medizinischen Profile eingegeben und die Sondierungsimpulse die persönlichen, individuellen Charakteristika anpeilen lassen.« Nervös zuckte ihm der Mund. »Aber bis jetzt ohne Erfolg.«

»Auf jeden Fall eine gute Idee, Tho.«

Bei Rikers Lob heiterte das bläßliche Gesicht des Fähnrichs sich ein wenig auf. Riker wandte sich an Data.

»Irgend was bei Ihnen?«

»Nein, Sir. Ich nehme rund um die Bunkersiedlung ringförmige Sondierungen in immer größerem Radius vor, habe bisher jedoch nichts Ungewöhnliches geortet.« Der Androide hob den schmalen Kopf. »Es ist zu befürchten, daß die turbulenten Wetterbedingungen Koorns möglicherweise alle Hinweise auf den Verbleib unserer Kollegen verwischen.«

»Ich kann auch nichts feststellen, Sir«, meldete Geordi.

Mit gedämpftem Zischen öffnete sich erneut der Turbolift der Brücke. Zu Rikers Verblüffung betrat Drraagh den oberen Brückenbereich.

Alle Anwesenden drehten den Kopf. Ein Dutzend Augenpaare starrten die Fremdrassige an. Die Vogelintelligenz wippte unaufhörlich mit dem Kopf. Sie fühlte sich offensichtlich nicht wohl in ihrer Haut. Aber Riker war sich nicht sicher, ob die ungewohnte Umgebung sie nervte, oder ob irgend etwas Konkretes passiert war, das sie aus der Ruhe gebracht hatte.

Die Ablenkung war Riker nicht gerade willkommen, so daß er ein Aufseufzen unterdrückte, als er sich aus dem Sessel schwang. »Regentin, was kann ich für Sie tun?«

»Ich bin bei den Kranken nur im Weg gewesen. Deshalb wollte ich mich erkundigen, ob ich Ihnen irgendwie behilflich sein kann, Commander.« Drraaghs Worte ertönten wieder in einwandfreiem Englisch; sie war mit einem neuen Translator versehen worden.

Rikers Lider wurden schmal, als er eine Idee hatte. »Vielleicht ist das möglich«, sagte er nachdenklich. »Sie kennen sich auf Koorn gut aus. Beantworten Sie mir folgendes: Wären Sie auf Koorn Entführer und hätten vor, Ihre Geiseln irgendwo zu verstecken, wo niemand sie findet, aber sowohl sie wie auch Sie selbst einigermaßen sicher sind, wo würden Sie sich verbergen?«

»Im Großen Graben«, sagte die Fremde ohne Zögern. »Das ist diese riesige, durch den Asteroideneinschlag entstandene Erdspalte. Sie müssen sie bei der Sondierung des Planeten bemerkt haben. Sie erstreckt sich von Südosten nach Nordwesten und ist fast dreitausend Kilometer lang.«

»Auf den Wandschirm damit«, befahl Riker. Plötzlich füllte Weiß die Bildfläche aus. Schräg durch die Mitte der Mattscheibe verlief eine unregelmäßige, durch schroffe Schatten stark hervorgehobene Bergkette, deren Kahlheit an den irdischen Mond erinnerte.

»Ja, ich glaube, dort böte sich das beste Versteck.« Drraaghs Stimme klang nach Versonnenheit. »Der Große Graben gewährt selbst gegen das schlimmste Wetter Schutz. Außerdem ist das gesamte Gebiet mit Höhlen durchsetzt. Koorn war ursprünglich ein Bergbauplanet. Die Arbeitsbrigade hatte mit der Erforschung der Hohlräume gerade erst angefangen.«

»Also los, Leute«, rief Riker. »Sondiert die Region nach Lebensformen mit passender Masse.« Er schaute Drraagh an. »Ich gehe davon aus, Koorn hat keine größere heimische Fauna?«

Diesmal zögerte die Tseetsk mit der Antwort.

»Regentin?« hakte Riker nach; seine Zuversicht drohte zu schwinden.

»Ich glaube nicht«, erklärte Drraagh schließlich. »Es gab da gewisse Berichte, aber ...« Sie verstummte.

»Aber was?«

Mit den Klauenfingern glättete Drraagh sich das Brustgefieder. »Ich bin mir sicher, daß sie keinerlei

Wahrheitsgehalt hatten«, sagte sie. »Gelegentlich sind Männer von ihrem Einsatzort verschwunden. Einige ihrer Kameraden behaupteten, sie hätten in der Nähe der Stellen, an denen die Verschollenen tätig waren, riesige weiße Tiere gesehen. Ein paar Aufseher behaupteten sogar, solche … Kreaturen geschossen zu haben, aber sie konnten nie Kadaver vorweisen. Ich bin davon überzeugt, daß es sich um nichts als Sinnestäuschungen handelte. Auf Koorn kommt es zu entsetzlichen Blizzards. Wenn jemand durchgefroren und voller Furcht ist, bildet er sich leicht alle möglichen Ungeheuer ein.«

»Mmm«, machte Riker. »Na, dann hoffen wir mal, daß Sie recht haben.« Er schlenderte zur Operatorstation. »Wie steht's, Data?«

Der Androide schaute ihm ins Gesicht. »Es ist sonderbar, Sir«, sagte er. »Meine Sensoren orten überhaupt keine Lebensformen. Sie zeigen lediglich etwas an, das ein außerordentlich reißender Fluß zu sein scheint.« Er senkte den Blick auf die Konsole. »Seine Dimensionen korrespondieren mit den Maßen des Großen Grabens.«

»Was?«

»Zerbrich dir deswegen nicht den Kopf«, rief Geordi den beiden Männern von hinten zu. »Datas Messungen sind allesamt falsch, genau wie bei mir. Irgend etwas täuscht unsere Sensoren. Ich bin der Meinung, es ist irgendeine ungewöhnliche Mineralablagerung. Sie könnte ein Überbleibsel des eingeschlagenen Asteroiden sein, oder etwas, das durch seinen Aufprall freigelegt wurde.«

»Können Sie's rausfiltern?« fragte Riker ungeduldig.

»Ich bin dabei, es zu versuchen.« Geordi spreizte die Hände zu einer Geste der Frustration. »Bis jetzt ohne Ergebnis.«

Der Erste Offizier atmete tief durch. »Shuttles zum Start fertigmachen. Data, erarbeiten Sie eine Schätzung des Flugradius eines Tseetsk-Flyers. Dann haben wir ein Suchgebiet, auf das wir uns konzentrieren können.«

Die Crew führte seine Weisungen aus, während Riker still im Sessel lehnte, die nächsten Schritte plante. Wenn die Kidnapper in Höhlen untertauchen konnten, mußte man die Suche voraussichtlich zu Fuß fortsetzen.

Er betrachtete die trostlose weiße Einöde auf dem Wandschirm. Schon bei ihrem bloßen Anblick schien ihm die Kälte bis ins Mark zu dringen. Irgendwo in diesen zehntausend Quadratkilometern weißer Hölle befanden sich Picard und Deanna.

Und bei ihm lag es, sich einen Weg auszudenken, wie man sie finden konnte.

11

Beverley Crusher schob sich eine Strähne roten Haars aus dem Gesicht. In den tiefblauen Augen unter ihren geschwungenen Brauen stand Müdigkeit, während sie sich im Patientensaal der Krankenstation umschaute. Die Station war ungewöhnlich stark belegt. »Auf dieser Mission«, sinnierte Beverly, »könnte man sich glatt zu Tode schuften.«

Außer Jeremy, der von den Brüchen genas, hatte sie schon einen Patienten mit Blinddarmoperation, dazu den Sicherheitswächter mit der leichten Kopfverletzung – alle drei mußten postoperativ betreut werden – und Martinez, der sich von einem Disruptor-Treffer erholte, in ihrer Obhut gehabt. Jetzt waren drei weitere Betten mit Angehörigen des Laborpersonals belegt, die noch unter Nachwirkungen des Tseetsk-Pheromons litten.

Und in dem Bett an der hinteren Wand ruhte Vossted. Er verkörperte für Crusher einen ständigen Quell der Sorge. Sie hatte die versengten Neuronen des Ex-Aufsehers wiederhergestellt, und er hätte eigentlich mittlerweile auf dem Wege der Besserung sein müssen. Stattdessen befand er sich im Würgegriff tiefer Depressionen. Gegenwärtig war er wach, stierte jedoch nur aus stumpfen Augen zur Decke empor. Aber die meiste Zeit hindurch döste er im düsteren Hinterland grauenvoller Alpträume.

Doch nicht einmal Vossted verursachte ihr derartige Sorgen wie der Patient, den sie gerade vor sich auf der Diagnoseliege hatte. Am Fußende der Liege beugte sich Dr. Selar über die diagnostischen Anzeigen.

»Die Aussichten stehen schlecht«, prognostizierte Selar.

Crusher biß sich auf die Lippen und streichelte dem Kind auf der Liege die fahle Stirn.

»Anscheinend ruft das Pheromon unter anderem im Gehirn ›Fehlzündungen‹ der Neuronen hervor«, sagte Selar. »Bei dem Jungen sind sie mehrere Minuten lang aufgetreten, bis Drraagh das Gegenmittel benutzt hat.«

Crusher schob die Hände in die Seitentaschen ihres blauen Kittels und nickte.

»Die Folge waren umfangreiche Schädigungen. Bei zahlreichen Nervenbahnen sind krankhafte Veränderungen festzustellen. Die Nervenzellen selbst sind beeinträchtigt. Leider waren bis zu seinem Transfer in die Krankenstation schon entscheidende Minuten verstrichen.«

Tränen quollen Beverly in die Augen, drohten ihr die Wangen hinabzusickern. »Er ist noch jung«, meinte sie leise. »Vielleicht wird seine Widerstandskraft ...«

»Unter dem Gesichtspunkt der Hirnentwicklung ist zwölf nicht mehr jung. In dem Alter sind die zerebralen Nervenstränge im wesentlichen vollständig ausgebildet. Doktor, Sie wissen genau, daß es mehr als jugendliche Abwehrkräfte benötigen wird, um ihn durchzubringen.« Aus dunklen Augen musterte Dr. Selar ihre Vorgesetzte festen Blicks.

Crusher seufzte. Trotz aller Jahre der ärztlichen Tätigkeit war es ihr nie gelungen, sich einen ausreichend dicken Gefühlspanzer zuzulegen, der es ihr gestattet hätte, wirklich jeden Fall aus sachlichem Abstand zu betrachten. Ihr galt der Mensch einfach mehr als das Problem. Selar nahm medizinische Aufgaben lediglich zur Kenntnis und ging sie rein logisch an; so blieb es auch bei ärztlichen Mißerfolgen. Dagegen griffen das Leid der Betroffenen und die Trauer jener, die sie liebten, Beverly noch heute allzu oft ans Herz.

Und besonders nachhaltig nahm das Los dieses

Buben sie mit, den sie binnen kurzem, auf geradezu unerklärliche Weise, regelrecht liebgewonnen hatte. Wie er da bewußtlos vor ihr lag, erinnerten sein schwarzes Haar und das blasse, feingeschnittene Gesicht sie erneut sehr stark an ihren Sohn. Noch vor wenigen Jahren hatte Wesley ganz ähnlich ausgesehen. Inzwischen jedoch bedeutete er ihr mehr, als wäre er ein Abbild Wesley Crushers geblieben. Jetzt war er Lorens Ben.

Selar zeigte auf die Monitoren über dem Kopf des Jungen. »Es hat schon eine Notoperation zur Entfernung mehrerer Blutgerinnsel stattgefunden.«

»Ich weiß.« Eine dreistündige Operation, fügte Crusher in Gedanken hinzu. Drei Stunden ununterbrochener Konzentration und peinlich genauer Handhabung des Molekularskalpells; drei Stunden der Muskelverkrampfung und des Kräfteverschleißens. Nach der Pheromon-Attacke war Crusher nicht zum Operieren fähig gewesen. Sie hatte die Maßnahmen lediglich am Rande überwachen können, während die anderen Ärzte hingebungsvolle Arbeit leisteten.

»Kreislauf- und Nervensystem haben sich stabilisiert«, stellte Selar fest.

»Ja, ich glaube, sterben wird er nicht«, stimmte Crusher ihr zu. »Aber die Frage ist: Wie weit kann er sich erholen?«

Selars ruhige Augen widerspiegelten nahezu einen Anflug des Befremdens, als sie Crushers Blick erwiderte. »Bevor das Kind zu Bewußtsein kommt, können wir darüber nicht einmal spekulieren.«

»Warum ausgerechnet er?« brach es auf einmal aus Crusher hervor. »Weshalb muß gerade ihm so ein Unheil zustoßen? Darin findet man doch gar keinen Sinn.«

Dr. Selar lud eine Datei. »Den Untersuchungen zufolge hat Lorens aus irgendeinem Grund eine größere Dosis des Pheromons als alle anderen abbekommen. Vielleicht aufgrund seines Standorts in der Kuppel.

Oder es ist wegen seines relativ geringen Körpergewichts eine stärkere Wirkung eingetreten.«

Crusher hob eine Hand vor die Augen, versuchte sich so genau wie möglich auf den Ablauf des Überfalls zu besinnen. Wäre er nur zu vermeiden gewesen… Aber wie? Wer trug die Schuld? Nachdem wir freundschaftliche Beziehungen zu den Rebellen angebahnt hatten, gab es für uns keinen Anlaß zu befürchten, sie würden sich gegen uns stellen. Will Riker zermartert sich gegenwärtig mit dieser Problematik den Schädel. Armer Will. Was wir beide jetzt gebrauchen könnten, wären die Dienste einer guten Counselor…

Ihre Kehle schnürte sich zusammen, als sie an Deanna Troi dachte, die sich irgendwo auf Koorn in den Händen dieser verrohten, brutalen Männer befand. Und ebenso Jean-Luc. Wo mochten die zwei jetzt sein? Waren sie noch wohlbehalten?

Indem sie tief Luft holte, nahm Crusher den Diagnose-Scanner zur Hand und bewegte ihn behutsam an Lorens' Körper entlang. »Ich glaube, wir sind jetzt soweit, daß wir zum postoperativen Scanning des Nervensystems übergehen können«, sagte sie, staunte selbst über den sicheren Klang ihrer Stimme. Sie schwenkte das einem Portalkran ähnliche Gerät über dem Kopf des Jungen in Position und arretierte es. »Wir fangen bei niedrigster Einstellung mit der Untersuchung des Rückenmarks an.«

Eine trockene, kraftvolle Faust – Dr. Selars Hand – umfaßte Beverlys Handgelenk. »Doktor, Sie reden, als ob Sie die Absicht hätten, das Scanning persönlich vorzunehmen.«

»Wieso denn auch nicht?« wollte Crusher wissen. Die Scanninguntersuchung war eine harmlose Prozedur; das Gerät sandte einen schwachenergetischen Impuls durch die Neuronenverkettungen des Gehirns, um anomale Nervenknoten aufzuspüren, in diesem Fall durch das Pheromon veränderte, geschädigte Verknüpfungen.

Dadurch konnten sie ein klares Bild vom Ausmaß der Nervenschäden Lorens Bens erhalten. Und Beverly war selbstverständlich zur Erledigung dieser leichten medizinischen Verrichtung imstande.

»Stundenlang haben Sie unten auf dem Planeten gearbeitet, und danach sind Sie dem Einfluß eines psychoaktiven Pheromons ausgesetzt gewesen«, erklärte Selar. »Trotz Ihrer offenkundig beeinträchtigten Verfassung und unübersehbaren Übermüdung weigern Sie sich, eine Pause zu machen. Und nun möchten Sie sich wieder in die Arbeit stürzen, und das bei einem Patienten, der ihnen, wie Ihren Einlassungen zu entnehmen ist, sehr wichtig ist.« Selar wölbte ihre vulkanischen Brauen. »Ist das logisches Vorgehen? Würden Sie einem anderen Arzt erlauben, sich unter solchen Umständen noch zu betätigen?«

Crusher starrte die ihr unterstellte Kollegin an. Eine barsche Erwiderung lag ihr auf der Zunge. Dann jedoch seufzte sie. Selar nahm kein Blatt vor den Mund, aber sie verhielt sich korrekt – und sie hatte recht. »Würden Sie die Aufgabe durchführen?« fragte sie ruhig.

In genau diesem Moment öffnete sich die Tür der Krankenstation, und Drraagh trat ein. »Hallo, Dr. Crusher. Ich hoffe, ich störe Sie nicht.« Sie schwieg kurz. »Ich wollte … Ich möchte Vossted besuchen.«

»Sicherlich, Sie sind willkommen, Regentin«, begrüßte Crusher die Tseetsk. Beverly war über die Ablenkung sogar froh. Während sie Drraagh zu Vossteds Krankenbett führte, beobachtete sie das Vogelwesen neugierig von der Seite.

Drraagh sträubte ihr grünes Halsgefieder, und sie stieß fortgesetzt gedämpfte Gurrlaute aus, die der Translator offenbar nicht als sprachliche Äußerungen einstufte. Obwohl Crusher über die Psyche der Fremden nichts wußte, konnte sie sich nicht des Eindrucks erwehren, daß emotionaler Aufruhr Drraagh überwältigte. »Ist etwas nicht in Ordnung?« erkundigte sich Beverly.

Drraagh heftete den Blick ihrer großen, orangefarbenen Augen auf sie. »Vossted ist mir lieb und wert«, lautete die Antwort. »Für mich ist es, als wäre er ein Tseetsk. Mir graut davor zu sehen, was aus ihm geworden ist.«

Verwundert stutzte Crusher. »Er ist in keiner Weise entstellt worden, falls es das ist, was Sie meinen«, sagte sie.

»Sie haben mich mißverstanden. Ich spreche nicht von den körperlichen Verletzungen. Ich meine die Schäden an seinem Geist. Er hat dem Tod …«

»… ins Gesicht geschaut«, beendete Crusher den Satz an Drraaghs Stelle.

»Jarr, Tott«, bekräftigte die Regentin in leicht geflötetem Englisch. Dann sprach sie auf tseetsk weiter. »Ihr Wort dafür ist so kurz. Es klingt so unbedeutend. Aber es ist gräßlich, was Vossted zugestoßen ist. Und zudem von der Hand eines Mitmenschen.«

Nachdem sie erst einmal in Fahrt geraten war, konnte Drraagh anscheinend nicht mehr zu reden aufhören. »Wir Tseetsk kennen viel wirksamere gesellschaftliche Vorkehrungen zur Vermeidung von Gewalt, als Menschen sie haben. Uns ist es schon peinlich, nur daran zu denken. Unser uralter Imperativ zur Erhaltung unserer Rasse läßt uns keine andere Wahl. Ein Tseetsk, der absichtlich einem anderen Tseetsk Schaden zufügt, ist …« Sie stockte, suchte nach Worten. »Ich kann es nicht richtig beschreiben.«

Crusher nickte. »Ich erinnere mich daran, daß Vossted uns erzählt hat, die Verbrechenshäufigkeit auf Ihrer Heimatwelt sei verschwindend gering.« Sie lächelte. »Wie es aussieht, können wir vielleicht von Ihrem Volk etwas lernen.«

»Das kann man wohl sagen«, bestätigte eine dritte Stimme.

Crusher und Drraagh drehten sich um. Vossted war es, der sich eingemischt hatte. Sein ins Kissen gebetteter Kopf war jetzt der Tseetsk zugewandt.

»Drraagh«, sagte er. Für einen Moment verscheuchte ein Lächeln purer Freude die Melancholie aus seinen Augen.

Mit einem Trillerruf eilte Drraagh an sein Krankenbett, legte mit einer Klauenhand den Translator beiseite. Sie trällerte etwas auf tseetsk, und Vossted antwortete mit einer Reihe von Zirplauten.

Crusher schmunzelte. Anscheinend hatte Drraagh ihre Befürchtungen vergessen. Und zum erstenmal, seit er die Besinnung zurückerlangt hatte, gab Vossted wieder mehr als einsilbige Äußerungen von sich.

Plötzlich hörte man aus einer Ecke der Krankenstation ein merkwürdiges Schnaufen. Dr. Akihiko hatte es ausgestoßen, der in aller Ruhe damit beschäftigt gewesen war, das von den Rebellen abgefüllte Tseetsk-Pheromon zu analysieren. Er krümmte sich an der Chemo-Station und hustete, hielt sich dabei seine geprellte Schulter.

»Dr. Akihiko, was ist mit Ihnen?« Crusher eilte zu ihm.

Langsam richtete er sich auf. »Ich glaube, Sie sollten sich mal anschauen, was ich hier gefunden habe«, sagte er mit heiserer Stimme. »Und die Sicherheit muß wohl auch einen Blick darauf werfen.«

»Lassen Sie mal sehen«, forderte Crusher, sobald sie ihn erreichte.

Akihikos rundes, normalerweise freundliches Gesicht drückte Unmut aus. Er zeigte eine graue Thermojacke mit Fellkapuze vor. Das Kleidungsstück hatte Kindergröße. »Kennen Sie diese Jacke, Doktor?«

»Sie gehört Lorens«, antwortete Crusher überrascht. »Warum?«

»Ich wollte nur sicher sein. Gucken Sie mal da hinein.« Er öffnete die linke Seitentasche der Thermojacke.

Zwei flache Behältnisse mit spitzen Sprühstutzen waren in die Tasche gezwängt. Crusher beugte sich vor, um sich den Fund genauer zu besehen, und schnupperte etwas Ätzendes, das in den Lungen brannte und die Augen zu Tränen reizte. »Das riecht ja wie das Pheromon…« Schlagartig begriff sie, was das bedeutete. So langsam, als geschähe es gegen ihren Willen, drehte sie den Kopf in die Richtung der Diagnoseliege, auf der Lornes lag. Strenges Schweigen entstand.

»Jetzt wissen wir, wieso er die stärkste Dosis abgekriegt hat«, sagte schließlich Dr. Selar.

»Mein Gott…«, rief Vossted halblaut.

»Das heißt, Lorens hat mit den Entführern zusammengearbeitet.« Crushers Lippen fühlten sich beim Sprechen sonderbar steif an. »Er hat das synthetische Pheromon in diesen Dosen bei sich gehabt. So ist das Zeug in die Kuppel gelangt.«

»Und deshalb ist er so schwer in Mitleidenschaft gezogen worden«, konstatierte Akihiko. »Er stand mitten in der versprühten Wolke.« Ein für ihn untypischer, finsterer Ausdruck verdüsterte seine Miene. »Diese Lumpen hätten ihm wenigstens das Gegenmittel geben können, bevor sie ihn zu uns geschickt haben.«

»Vielleicht *hat* er es erhalten«, meinte Drraagh. »Ich habe ein Fläschchen mit dem Thweetra-Öl unweit der ausgestreckten Hand dieses Kindes gefunden. Es kann sein, daß er es verfügbar hatte, aber in der Aufregung vergaß, sich damit einzureiben. Er ist noch sehr jung.«

»Er hat tatsächlich einen reichlich aufgeregten Eindruck gemacht, als er hereinkam«, erzählte Crusher mit hohler Stimme. »Aber ich dachte, das läge daran, daß es ihm so gefiel, bei uns…«

Sie unterbrach sich mitten im Satz, kniff die Lider zusammen. »Irgendwie kann ich ihn verstehen«, sagte sie leise. »Er *ist* ja nur ein Kind, und das Ausmaß der Ereignisse, an denen er beteiligt sein durfte, hat ihn quasi mitgerissen. Die Rebellen sind romantische, verführerische Leute. Vielleicht war ihm nicht ganz klar, was er tat, was auf dem Spiel stand.«

Sie schwieg; ihre Gedanken schweiften wieder einmal zu Wesley ab. Wäre er an Lorens Stelle gewesen, hätte er das gleiche getan?

Vossted setzte sich in seinem Bett auf. »Ob Lorens Ben klar gewesen ist, was er trieb, oder nicht, ihr könnt sicher sein, daß mindestens eine Person vollkommenen Durchblick hatte. Eine bestimmte Person hat gewußt, daß der Bub sie verehrte. Und diese Verehrung ist ausgenutzt worden, um ihn zu einer Schandtat anzustiften, die gleichzeitig das Leben des Jungen in Gefahr brachte.« In seinen großen Augen sah man eine bislang bei ihm ungewohnte Härte, als er seine Beine auf den Fußboden schwang.

»Ich gehe zu Commander Riker«, fügte er hinzu. »Es wird höchste Zeit, daß ich Farbe bekenne.«

LOGBUCH ERSTER OFFIZIER: *Ergänzung*

Die Laborberichte besagen, daß die bei der Entführungsaktion verwendete Substanz tatsächlich eine annähernd gleich beschaffene, synthetische Kopie des Duftstoff-Pheromons ist, das den Tseetsk als individuelles Kampfmittel dient. Anscheinend haben die Rebellen chemische Fabrikationsstätten, die uns verschwiegen worden sind.

Der Verbleib Captain Picards und Bordcounselor Trois ist noch immer ungeklärt. Aufgrund hartnäckigen bewaffneten Widerstands der Rebellen konnte Lieutenant Worfs Suchmannschaft kein vollständiges Durchkämmen der Bunkersiedlung durchführen. Bei einem Feuergefecht wurde Crewmitglied Olivier Previn verwundet. Daraufhin hat das Team auf meinen Befehl den Rückzug an Bord angetreten.

Ich neige immer stärker zu der Ansicht, daß

Regentin Drraagh recht hat und die Gefangenen in das als Großer Graben bekannte Einschlagsgebiet des Asteroiden gebracht worden sind. Alle Bemühungen, die Rebellen zu kontaktieren und mit ihnen Verhandlungen aufzunehmen, sind bisher erfolglos geblieben.

Commander Riker zögerte, rieb sich mit Daumen und Zeigefinger den Nasenrücken. *Erfolglos.* Das trübsinnige Wort drückte ihm allmählich immer spürbarer aufs Gemüt. Doch eine Schwäche wie Selbstmitleid konnte er sich momentan nicht leisten. Es hing zuviel von ihm ab.

»Sir, von Koorn kommt endlich eine Reaktion«, meldete plötzlich der diensthabende Sicherheitsoffizier.

Riker beendete die Logbuch-Eintragung und straffte im Kommandosessel seine Haltung. Er beabsichtigte bei der Konfrontation mit Koban einen möglichst selbstbewußten Eindruck zu machen; instinktiv ahnte er, daß der Rebellenkommandeur bei Gegenspielern jede Unsicherheit nicht nur spürte, sondern auch verachtete.

Neben Riker saß Vossted in dem Sessel, den sonst der Erste Offizier einnahm. Mit einem Seitenblick betrachtete Will das herbe Profil des Aufsehers. Seit er über Lorens' Schicksal Bescheid wußte, war Vossted ein anderer Mensch geworden. Sein Gehabe melancholischer Ironie war von ihm gewichen; jetzt strahlte seine schmale Erscheinung unerbittliche Entschlossenheit aus. Trotz seiner ungepflegten, grauen Haare und der eingesunkenen Wangen sah Vossted gegenwärtig wie die Führerpersönlichkeit aus, von der er stets bestritt, sie zu sein.

»Grußfrequenz offen, Sir«, sagte der diensthabende Sicherheitsoffizier.

»Visuelle Übertragung aktivieren.«

Im nächsten Moment erschien übergroß Kobans verunstaltetes Gesicht auf dem Wandschirm. Riker betrachtete die Fläche zernarbten Gewebes, erwiderte den durchdringenden Blick der blauen Augen. Wie seltsam, dachte Riker. Gestern war es noch das Gesicht eines Helden. Heute ist es die Visage eines gemeingefährlichen Fanatikers.

Egal. Riker drückte die Hände auf die Armlehnen und ergriff als erster das Wort. »Koban, Sie haben durch die gewaltsame Entführung zweier Besatzungsmitglieder unseres Schiffs unser Vertrauen mißbraucht. Ich fordere Sie auf, uns Captain Picard und Counselor Troi unverzüglich und bedingungslos zurückzubringen. Sollten Sie diese Aufforderung mißachten, dürfen Sie sich darauf verlassen, daß wir umgehend Maßnahmen gegen Sie einleiten.«

Welche Maßnahmen? fragte er sich verdrossen. Er hat alle Trümpfe in der Hand und weiß es genau.

Kobans Stimme scholl durch die Brücke. »Es tut mir leid, Commander«, antwortete er höflich, »daß ich deinen Wunsch nicht erfüllen kann.«

Riker ballte die Hände zu Fäusten. Verflucht noch mal, der Kerl redet tatsächlich so überzeugend daher, als meinte er es ehrlich!

»Trotz der Tatsache, daß Angehörige eurer Sicherheitstruppe uns angegriffen und mehrere meiner Männer verwundet haben, sind die Geiseln nach wie vor unversehrt«, erklärte Koban. »Nehmt aber bitte zur Kenntnis, daß ein weiterer derartiger Angriff nicht ohne Konsequenzen bleiben wird.« Er verstummte, und sein Blick ruckte ein wenig zur Seite, er schaute rechts an Riker vorbei. »Vossted«, rief Koban in allem Anschein nach aufrichtiger Freude. »Wie schön, dich wohlauf zu sehen!«

»Ich wollte, ich könnte das gleiche sagen.« Obwohl Vossted mit verhaltener Stimme sprach, hatte sein Tonfall die Schärfe eines Peitschenknalls.

Koban schrak sichtlich zurück.

»Bist du dir dessen bewußt«, fragte Vossted, »daß Lorens Ben zur Zeit in der Krankenstation dieses Raumschiffs liegt, weil eine erhebliche Überdosis des Pheromons ihn vergiftet hat, und er sich vielleicht nie wieder davon erholt? Und daß du es bist, der ihm das angetan hat?«

»Lorens?« Kobans Kinn sackte herab. »Aber wie ist das möglich? Er hatte doch Rotgras-Öl.«

»Es hat aber niemand darauf geachtet, daß er es auch benutzt«, schnauzte Vossted ihn an. »Koban, was ist eigentlich aus dir geworden? Was für eine Sorte Unmensch kann denn ein Kind in den Tod schicken?«

Kobans gesunde Gesichtshälfte verfärbte sich rot; auch das Narbengewebe bekam hier und da rötliche Einsprengsel. »Ich habe den Jungen nicht in den Tod geschickt! Du weißt, ich mag Lorens. Er hatte sich freiwillig gemeldet. Und ... und wir hatten ihm das Öl gegeben.«

»Erzähl das seinen Eltern«, höhnte Vossted. »Ach, fast hätt' ich's vergessen, sein Vater ist ja tot. Du selbst hast ihn getötet, stimmt's?«

Kobans blaue Augen schienen Funken zu sprühen. »Wir kämpfen für das größte Anliegen überhaupt – die Freiheit! Ich war davon ausgegangen, daß dem Jungen kaum Gefahr droht. Aber wenn Opfer notwendig sind, sterben immer auch einige der Menschen, die wir schätzen. Wir dürfen uns durch *nichts* von unserem Ziel ablenken lassen.« Er beugte sich vor, seinem Monitor entgegen, sprach schneller und eindringlicher. »Wir sind hier im Krieg, Vossted. Sieh das endlich ein.«

»In einem Krieg schickt man keine Kinder vor«, entgegnete Vossted im Brustton unerschütterlicher Überzeugung. »Koban, aus dir hätte etwas Großes werden können. Aber wenn du dir einredest, deine heilige Sache rechtfertige den Tod eines Kindes, dann gibt es keine Hoffnung mehr für dich. Dann werde ich alles tun, was in meiner Macht steht, um dich aufzuhalten.«

Ohne ein weiteres Wort stand er auf, kehrte dem breiten Wandschirm den Rücken zu und verließ die Brücke.

Kobans überlebensgroßes Kinn mahlte, ein Zeichen starker innerer Aufgewühltheit. Sein Blick fiel zurück auf Riker. »Steht's um den Jungen wirklich so schlimm«, fragte er, »wie Vossted behauptet hat?«

Riker gab keine Antwort.

Koban beugte sich noch näher zu seinem Monitor herab, merkte plötzlich, was er tat, und richtete sich auf. »Vielleicht sollten wir uns weiter über die Sachfragen verständigen.« Aber kaum merklich zitterte seine Stimme.

Mit dem Kopf wies Riker in die Richtung des Ausgangs, durch den Vossted sich soeben entfernt hatte. »Er hat recht. Das müßte Ihnen klar sein. Koban, können Sie nicht erkennen, daß Sie inzwischen das Falsche tun?«

»Das reicht!« Unvermittelt fing der Rebellenkommandeur zu schreien an. »Ich habe nicht die Absicht, meine Handlungen vor euch zu rechtfertigen! Falls ich's je vorgehabt hätte, wäre die Gelegenheit jetzt vorbei. Nun verlange ich bloß noch, daß ihr euch meine Forderungen anhört.«

»Was verlangen Sie von uns?« fragte Riker, obwohl er die Antwort längst wußte.

»Diese Frage ist nicht gerade einfallsreich, aber ich werde sie beantworten, damit wir vorankommen.« Mittlerweile hatte Koban einen Teil seiner Beherrschung wiedergewonnen. »Wie du weißt, sehe ich die Flatt... das Tseetsk-Volk als Geißel des Weltalls und Gefahr für die Menschheit an. Bisher ist der Gefahrenquell auf einen Planeten beschränkt geblieben, aber lange wird es nicht mehr so sein. Dank der Kampfkraft eures Raumschiffs könnten wir jedoch das Übel mit Stumpf und Stiel beseitigen, ehe es sich ausbreitet.«

»Sie reden von Völkermord«, antwortete Riker. »Der Ausrottung einer gesamten Rasse. Überlegen Sie lieber noch einmal, Koban. Möchten Sie sich wahrhaftig so eine Verantwortung aufbürden?«

»Die Entscheidung ist gefallen«, lautete Kobans geradezu erschütternd schlichte Entgegnung. »Die Tseetsk müssen sterben.«

Er schwieg einige Sekunden lang. »Die Geiseln sind bis jetzt, wie gesagt, unbeschadet«, fügte er dann hinzu. »Ich hoffe, daß sich daran nichts ändert. Es wäre mir zuwider, sollte es erforderlich werden, ihnen etwas anzutun, besonders wegen der Frau. Ihr müßt euch aber darüber im klaren sein, daß ich nichts unterlasse, was erforderlich ist, um den Erfolg unserer Aktion sicherzustellen.« Er schaute auf sein Chronometer. »Ich lasse euch eine Frist von zwanzig Stunden, um uns euer Raumschiff zu übergeben.«

»Und was soll danach passieren?« erkundigte sich Riker.

Koban lächelte nur. »Zwanzig Stunden«, wiederholte er. »Überzieht die Frist nicht.«

12

Jean-Luc Picard schöpfte tief Atem. Verzweifelt versuchte er, inmitten des scheußlichen Wirrwarrs verzerrter Informationen, der seinen Verstand zu überwältigen drohte, irgend etwas Reales zu erhaschen, das ihm Halt geben könnte. Er fand für seine Sinne einen Anker in einem gedämpften, monotonen Brummen, das mitten in dem abartigen Krawall, den er zu hören, den beunruhigenden Dingen, die er zu sehen schien, von irgendwoher wie ein Mantra der Wirklichkeit ertönte.

Er wußte nicht, wieviel Zeit verstrich, bis die Phantome sich aus seiner Wahrnehmung verzogen. Was Dr. Crusher wohl zu dem Tseetsk-Pheromon sagen wird? dachte er, als er zu guter Letzt die Augen aufschlug.

Er stellte fest, daß er bäuchlings auf einer verschlissenen Metallfläche lag. Ganz klar war dieser Umstand ihm zunächst nicht. Anfangs merkte er bloß – mit einer gewissen Erleichterung –, daß das, worauf er ausgestreckt war, im Gegensatz zu anderen Gegenständen, die er in seinen vom Pheromon hervorgerufenen Halluzinationen erblickt hatte, keine Blasen warf, sich nicht verdrehte und keine Spiralform annahm. Zuletzt aber wurde ihm deutlich, daß eine dermaßen zerkratzte Metallplatte unmöglich Bestandteil des Forschungsstützpunkts der *Enterprise* sein konnte. Und das ständige Brummen drang ihm weiterhin ans Gehör.

Erst als er Anstalten machte, sich hochzustemmen, spürte er, daß etwas seine Hände an den Körperseiten festhielt. Indem er sich zusammenkrümmte, konnte er an sich hinabschauen. Er sah einen aus grobem Stoff gewobenen Gurt seine Oberschenkel einschnüren, eine Beinfessel, die außen kleinere Gurte aufwies, in denen seine Handgelenke steckten. Auch die Innenseiten der Beinfessel waren stramm miteinander verbunden. Selbst wenn ich es schaffe aufzustehen, werde ich wohl kaum weit laufen können, dachte Picard. Eine elegante Lösung.

Irgendwo hörte er eine Frau stöhnen. Um nach dem rechten zu sehen, wälzte Picard sich herum. Er blickte in Deanna Trois Augen, weit aufgesperrte Augen voller Furcht. »Ca-Captain …«, raunte sie.

»Aha, ihr seid wieder bei euch, was?« Chu Edorlics Bemerkung klang fast fröhlich. Er kam zu ihnen. »Ich kann mir vorstellen, daß ihr jetzt 'ne Menge Fragen habt. Schon 'ne knappe Nasevoll Flatterer-Gestank kann einen ganz schön irre machen.«

»Flatterer-Gestank?« wiederholte Picard. »Ach, das Tseetsk-Pheromon … Warum sollte Drraagh …?«

»Diesmal war es unsere eigene Hausmarke«, erklärte ihm Chu. »Sie ist auch ziemlich wirksam, das müßt ihr zugeben. Bestimmt lautet deine erste Frage: ›Wo bin ich?‹ Kurzum, ihr seid an Bord eines Flyers. Wir fliegen nach … Na, sagen wir mal, an einen sicheren Ort.«

Chu kniete sich hin, um Picards Fesseln nachzuschauen. »Und was das ›Warum‹ betrifft, will ich mich einfach so ausdrücken: Ihr seid, ob's euch paßt oder nicht, in den Dienst der Revolution gestellt worden.«

»Sie meinen«, fragte Troi, »wir sind Geiseln?«

»Koban betrachtet euch wohl eher als Gäste, die uns dabei helfen sollen, euer Sternenschiff für unsere Ziele einzuspannen.«

»Tragen bei Koban alle Gäste Fesseln?« fragte Picard unwirsch.

»Ich habe nur wiedergegeben, wie Koban sich dazu geäußert hat.« Chu Edorlic musterte die zwei Entführten. Die schwarzen Augen zwischen seinen geschlitzten

Lidern glitzerten. »Wir könnten freilich irgendein nettes Ammenmärchen auftischen, etwa der Art, die Gurte hätten den Zweck zu verhindern, daß ihr euch verletzt.« So professionell, wie ein Arzt eine Wunde untersuchte, prüfte er Trois Fesseln.

»Aber ich glaube, wir sollten uns den Tatsachen stellen. Ihr seid Gefangene. Unsere Geiseln, mit denen wir erreichen wollen, daß euer Schiff die Zwecke erfüllt, die wir uns vorgenommen haben. Du, Captain, aus naheliegenden Gründen. Die Counselor, weil Koban wegen der Weise dachte, wie ihr eure Frauen vor uns versteckt, daß sich mit einer weiblichen Geisel stärkerer Druck ausüben läßt. Nicht daß ihr euch« – eilig beruhigte er die beiden – »deshalb Sorgen machen müßtet. Wir werden Counselor Troi mit Respekt behandeln. Besser als dich, Captain.«

Edorlic zeigte auf Picards Brust. Der Captain blickte auf seinen Uniformpulli und sah, daß der Insignienkommunikator fehlte. Offenbar war er mitsamt einem Stückchen Stoff weggerissen worden. Er schaute hinüber zu Troi. Auch ihr Kommunikator war fort, und dem Uniformpulli war ein Fetzchen Stoff abhanden gekommen; ansonsten jedoch war ihre Kleidung in Ordnung.

Picard hockte sich auf, um seine Umgebung besser in Augenschein nehmen zu können. Der Flyer war offensichtlich für Tseetsk konstruiert worden. Chu Edorlic konnte unter der niedrigen Decke nur in leicht gebückter Haltung stehen. Im Rumpf des Flugapparats kauerten auf Sitzen, die zu tief montiert waren, um bequem zu sein, fünf weitere Männer, die Knie hoch an den Leib gezogen. Ein sechster Rebell hatte eine kleine Pilotenkanzel am anderen Ende des Rumpfs bemannt. Sein Blick blieb auf ein Steuerpult geheftet. Die übrigen Männer glotzten Deanna Troi an.

Von Troi schaute Chu Edorlic hinüber zu der Fünfergruppe, die unvermittelt an gänzlich anderen Dingen Interesse zu finden schien. Sein Blick fiel wieder auf die

Gefangenen. »Ihr seid Geiseln, ja. Wichtige Geiseln. Ich habe Befehl, dafür zu sorgen, daß euch nichts zustößt. Und solang ihr keine Scherereien macht, wird euch nichts passieren, das dürft ihr mir glauben.« Sein Blick kehrte zu den fünf Männern zurück, und er hob die Stimme. *»Nichts.«*

Während Edorlic nach vorn stapfte, um die Gruppe zur Warnung mit strengen Blicken zu messen, wandte Picard sich an Troi. »Ist alles in Ordnung, Counselor?«

Troi brachte ein zittriges Nicken zustande. »Körperlich ja. Aber seelisch ... Sie können's sich nicht vorstellen, Captain. Es ist wie ...« Sie zuckte, und Picard sah, daß erneut einer der Rebellen sie anschielte. »Sie können's sich nicht vorstellen«, wiederholte Troi mit unterdrückter Stimme.

»Und Chu Edorlic?« flüsterte Picard.

»Er meint es ehrlich, soweit er es versteht.«

Picard versuchte sich hinzusetzen. »Stufen Sie ihn ... für Sie persönlich als Bedrohung ein?«

»Nicht so, wie Sie es meinen, Captain«, antwortete Troi. »Natürlich spricht er zunächst einmal auf mein Frausein an. Seine Reaktion wird aber durch die Einsicht gedämpft, daß ich irgendwie anders bin. Eine Monstrosität.« Sie stotterte das letzte Wort. Anschließend blickte sie Picard in die Augen. »Das Problem ist nicht seine Reaktion auf mich, sondern seine Grundeinstellung zu der Situation. Chu Edorlic ist ein Fanatiker, Captain. Er gehorcht Kobans Befehlen. Aber sobald er sich zwischen Kobans Willen und dem entscheiden muß, was er selbst für das Anliegen hält ...«

»Diese Unterscheidung könnte sich für uns übel auswirken«, schlußfolgerte Picard leise. »Ich habe kapiert, Counselor.«

Um so mehr haben wir Grund zur Flucht, dachte der Captain. Aber solange wir nicht wissen, wo wir sind, können wir nichts planen.

»Mr. Edorlic«, rief er. »Was glauben Sie eigentlich,

wohin Sie fliegen können, ohne von der *Enterprise* geortet zu werden? Denken Sie etwa, Ihr Flyer entgeht den Sondierungsimpulsen?«

»Bitte entschuldige die Primitivität unserer Technik, Captain Picard«, gab Edorlic zur Antwort. »Wir sind leider nicht dazu imstande, uns ohne Umstände vom einen zum anderen Ort zu versetzen.« Er schaute auf sein Chronometer. »Aber wir werden bald aussteigen und uns auf eine sportliche Wanderung durch den Großen Graben machen.«

Als er Picards Miene sah, schmunzelte Chu Edorlic. »Ich nehme an, dort haben eure Sensoren ähnliche Schwierigkeiten wie unsere Instrumente. Im Großen Graben bekommt man einfach keine vernünftigen Meßergebnisse. Vossted vertrat die Theorie, der abgestürzte Asteroid hätte einige fremdartige Schwermetalle enthalten. Oder vielleicht sind sie bei den Beben, die dem Einschlag folgten, aus dem Planetenkern heraufbefördert worden. Oder es liegt bloß am wundervollen Wetter Koorns ...« Er zog zwei verschlissene Anoraks unter den Sitzen hervor. »Da wir gerade davon reden ... Es ist wohl ratsam, wir kleiden euch nun für den Spaziergang an.«

»Sie könnten uns wenigstens welche von den neuen, wärmeren Sachen geben«, beschwerte sich Picard, »die wir Ihnen überlassen haben.«

»Ach, aber wir wissen doch nicht, was für Kommunikationsapparate oder sonstigen Geräte da womöglich eingearbeitet sind, oder? Diese alten Joppen sind vielleicht nicht die beste Qualität, aber zumindest wissen wir, was wir haben.«

Gleich darauf fand Picard einen neuen Anlaß zum Unmut über die Fesselung. Während ein Rebell den Captain mit einem Neuro-Disruptor in Schach hielt, löste Edorlic ihm die rechte Hand und ließ ihn zuerst mit der rechten Körperhälfte in den Anorak schlüpfen. Sogar beim Umziehen sorgten die Rebellen für die Hilflosigkeit ihrer Gefangenen.

Ein anderer Mann nahm einen Anorak und näherte sich damit Troi. Mit einem einzigen, grimmigen Blick scheuchte Edorlic ihn zurück.

Danach musterte er ausgiebig den Captain. »Natürlich könnten wir euch die Lage erleichtern und die Fesseln abnehmen. Es wäre auch ungefährlicher. Unsere Bedingung wäre, daß ihr unterwegs keinen Unfug anstellt.«

Picard und Troi sahen sich für einen ausgedehnten Moment an. »Wir versprechen es Ihnen«, sagte Picard schließlich. Für unterwegs, fügte er in Gedanken hinzu.

»Außenposten Eins in Sicht«, rief der Flyer-Pilot.

Edorlic befreite Picard und Troi von den Fesselvorrichtungen. »Den ersten Halt legen wir bei einer geothermischen Bohrstelle ein«, erklärte er. »Einer von sechs derartigen Anlagen, die den Zweck haben, auf dieser Eiskugel das Klima zu erwärmen.« Er schenkte den beiden ein verzerrtes Lächeln. »Im Großen Graben ist die Bohrtätigkeit leichter, weil man dem Planetenkern erheblich näher ist. Trotzdem sind da unten dreißig Männer ums Leben gekommen.«

Er führte die Gefangenen in die Pilotenkanzel, um ihnen einen Blick auf das Flugziel zu ermöglichen. Gemessen an den normalen Verhältnissen Koorns herrschte gegenwärtig harmloses Wetter. Unter dem bleigrauen Himmel stoben nur da und dort wölkchenweise Flokken von Schneewehen. Rechts von der Flugrichtung ragte eine steile Felswand empor. Als Picard an ihr hinaufschaute, konnte er ihre Höhe nicht erkennen. Die oberen Bereiche verschwanden in stürmischem Dunst, so wie Berggipfel von Wolken verschleiert wurden.

Aber hier gab es keine Berggipfel, vermutete er. Diese Felswand war nichts anderes als eine Seite der gigantischen Kerbe, die vor Jahrtausenden der Asteroid in die Planetenkruste geschrammt hatte. Wie breit mag die Schlucht sein? fragte er sich. Die gegenüberliegende Seite konnte er nicht sehen.

Vielleicht hatten Hitze und Druck ursprünglich glatte Felswände hinterlassen. Im Laufe von zehntausend Jahren waren sie jedoch verwittert. Jetzt klafften Risse, Brocken waren herausgebrochen, Gesimse hatten sich gebildet.

Das Brummen des Flyers schwoll leicht an, während der Pilot auf ein großflächiges Sims zusteuerte, das aus der Felswand herauskragte. Picard sah, daß man das rauhe Gestein geglättet hatte und offenbar eisfrei hielt, um eine Landezone zu haben. Am Kliff erkannte er übereinandergebaute, an den Fels gestützte Unterkünfte. Auch das Bohrloch, das dem Einstieg zu einem Bergwerksschacht ähnelte, war in den Felswall getrieben worden. Picard vermutete, daß es sich um die Öffnung zur geothermischen Zapfstelle handelte.

Während der Flyer zur Landung ansetzte, streiften die Rebellen ihre Thermojacken über, schlossen sie und schulterten Vorratssäcke. Picard beobachtete, wie ein Mann sich einen schweren, kastenartigen Apparat um die Schultern schlang. Ein Funkgerät, wurde ihm klar. Wenn er es irgendwie an sich bringen könnte, wäre es vielleicht möglich, diesem Unsinn ein Ende zu machen.

Außerdem bemerkte er, daß Edorlic und ein zweiter Mann ihre Neuro-Disruptoren checkten. Die übrigen Rebellen packten Spitzhacken oder ähnliche improvisierte Waffen.

»Keine Sorge, Captain«, meinte Edorlic, als ihm Picards Mienenspiel auffiel. »Das hat nichts mit dir oder der Counselor zu tun. Wie erwähnt, wir haben im Großen Graben dreißig Mann verloren. Nicht alle Verluste waren auf Unfälle zurückzuführen. Einige Tote sind verstümmelt aufgefunden worden. Zwar wissen wir wenig darüber, aber es gibt tierisches Leben auf Koorn. Die Flatterer haben den Planeten nicht zu Forschungszwecken ausgesucht, sondern um ihn zu verändern. Ein paar Tote waren in Felsspalten gezwängt worden. Deshalb denken wir an einen größeren Fleischfresser, der seine Beute hortet.«

Der Pilot setzte den Flyer mit einem spürbaren Rumpeln auf; das bisher ständig hörbar gewesene Brummen verklang. »Hier ist unser erstes Nachtquartier«, sagte Chu Edorlic. »Wir hatten hier schon lange vor der Rebellion damit angefangen, Vorräte anzulegen. Der Außenposten sollte für uns, falls erforderlich, eine Operationsbasis sein.«

»Ich hätte angenommen«, äußerte Picard, »daß die Aufseher in solchen Außenstellen als erstes nach dem rechten sehen.«

Edorlic widmete ihm ein verpreßtes Lächeln. »Dieser Einsatzort ist nicht unser endgültiges Ziel. Wart's ab.«

Ein Rebell stieß die Luke des Flyers auf; eisige Luft fuhr herein.

»Ich verstehe nicht, wieso sie auf dem Versprechen bestanden haben«, murmelte Troi, indem sie sich enger in den Anorak hüllte. »Wir müßten dümmer als Idioten sein, wenn wir in so einer Umgebung blindlings die Flucht ergriffen.«

»Ja, wirklich.« Picard hatte ein Gefühl, als würden winzigkleine Eiskristalle in jeder Pore seines Gesichts brennen. Er stülpte sich die Kapuze über und schloß den Gesichtsschutz. Sein Blick wurde verkniffen. »Ich frage mich, wohin *werden* wir überhaupt gehen?«

Edorlic schwang sich als erster aus dem Flyer. Den Neuro-Disruptor hatte er schußbereit in der Faust. »Tarbin!« schnauzte er, indem er sich nach dem Piloten umblickte. »Bist du hier der letzte Besucher gewesen?«

»Ja, stimmt«, bestätigte Tarbin.

»Hast du im Haupthaus die Tür offengelassen?«

Betroffen riß Tarbin die Augen auf. »Ich nicht!«

Schlagartig stellten die Rebellen sich auf Verteidigung ein. Sie sprangen aus dem Flyer und reihten sich zu einer groben Linie auf; dabei befanden Edorlic und der zweite mit einem Disruptor bewaffnete Mann sich an den äußeren Enden der Reihe. So hatten sie das günstigste Schußfeld. Drei Rebellen mit provisorischen Waffen rückten in die Richtung der Unterkünfte vor. Tarbin, der Pilot, blieb im Flyer, um das Cockpit vor den Gefangenen zu bewachen. Seine Fäuste umklammerten vor seiner Brust den Stiel einer Spitzhacke. Mißtrauisch beäugte er die Geiseln.

Durch die Transparentscheibe des Cockpits hinter dem Piloten sah Picard die Rebellen in das größte Quartier eindringen. Einen Moment später kamen sie heraus und machten sich ans Durchsuchen der restlichen Unterkünfte.

Nach einer Weile kehrte Edorlic in den Flyer zurück. »Anscheinend hat deine Logik was für sich, Captain Picard«, sagte er verbittert. »Nicht nur würden Aufseher hier als erstes nach entflohenen Rebellen suchen, sondern sie *verstecken* sich auch hier vor siegreichen Rebellen.«

»Ich spüre keine menschliche Gegenwart«, sagte Troi.

»Nein, ich habe auch nicht angenommen, daß du Tote spüren kannst.« Wachsamen Blicks betrachtete Edorlic die Felsklüfte, die sich über ihrem Standort erhoben. »Die Tür ist eingeschlagen, die Männer sind umgebracht worden. Alle Ausrüstung hat man zertrümmert, die Vorräte geraubt oder vernichtet, die Räume ... beschmutzt.«

Mit verzerrtem Mund wandte er sich wieder Troi zu. »Du möchtest dir das Werk der hiesigen Lebensformen wohl nicht anschauen? Du könntest keine psychische Spur aufnehmen, oder so was?«

Wortlos schüttelte Deanna Troi den Kopf.

Die Rebellen sammelten sich am Flyer. Sie behielten ihre Waffen in festem Griff.

Auf einmal hatte der angekündigte ›Spaziergang‹ sich in eine Sache von Leben oder Tod verwandelt. Soviel ersah Picard, während er die bleichen, gespannten Gesichter musterte.

»Das Lager ist jetzt für uns nutzlos«, erläuterte Edorlic seinen Männern. »Trotzdem läßt unser Plan sich mit nur geringen Abänderungen ausführen. Wenn wir nicht herumbummeln, können wir's vor Anbruch der Dunkelheit zu den Höhlen schaffen.« Sein Blick fiel auf die Vorratssäcke, die die Rebellen aus den Häusern geborgen hatten. »Jedenfalls haben wir weniger als erwartet zu tragen. Tarbin!«

Der Pilot trat vor.

»Es müßten noch Notrationen an Bord des Flyers sein. Also hol sie raus. Und dazu alles, wovon du meinst, daß es uns nützlich sein kann. Dann schieben wir den Flyer über... Mal sehen...« Er verstummte, während er rundumblickte.

»Wir wissen, wohin wir ihn schieben können, Chu. Diese... diese Wesen... egal was für Biester es sind... sie haben es mit dem Flyer der Aufseher auch so gemacht.«

Nahezu erstarrt schaute Chu Edorlic den Rebellen an, der das Wort ergriffen hatte. »Was willst du damit sagen?« erkundigte er sich zu guter Letzt.

»Die Aufseher müssen mit ihrem Flyer ungefähr da gelandet sein, wo jetzt unserer steht. Aber jetzt liegt er auf 'm Grund der Schlucht... halb mit Schnee bedeckt.«

»Ach so...« Bedächtig rutschten Edorlics Lider tiefer über seine in tiefen Höhlungen sitzenden Augen. »Ja, dann wißt ihr freilich genau, wohin ihr ihn schieben müßt. Also ran an die Arbeit!«

Troi und Picard hatten schon zu bibbern angefangen, als das Häuflein sich endlich am Rande des Gesimses neu sammelte. »Wir marschieren in Einerreihe dieses Sims entlang«, sagte Chu Edorlic. »Ihr zwei« – er meine die Geiseln – »geht in der Mitte. Zu tragen braucht ihr nichts.« Ironisch lächelte er ihnen zu. »Nicht weil wir Bange hätten, daß ihr mit unseren wertvollen Vorräten Reißaus nehmt. Ihr sollt euch nicht abschleppen müssen. Wir werden uns nämlich beeilen. Ich hoffe, eure

Beine sind durch euer Transportersystem noch nicht zu stark verkümmert.«

»*Sie* hat verdammt stramme Beine«, nuschelte einer der Männer.

Edorlic wirbelte herum. »Haben wir noch nicht genug Schwierigkeiten, oder was ist eigentlich los?!« fuhr er die Rebellen an. »Der nächste, den ich solches Zeug quatschen höre, darf als Späher vorauslatschen. Er kann sich ja 'n Liebchen bei den Eismonstern suchen. Ne eisige Jungfrau, ha-ha-ha!«

Er stapfte voran und legte auf dem kalten, gewundenen Felssims sofort ein anstrengendes Tempo vor. Manchmal war das Sims so breit, daß sie alle hätten nebeneinander laufen können. Stellenweise allerdings wurde es so schmal, daß sie es nur nacheinander begehen konnten und sich dabei mit dem Rücken an die Felswand drücken mußten.

Selbst wenn wir irgendwann eine Pause machen, dürfen wir uns keine Ruhe gönnen, überlegte Picard. Er wartete darauf, mit dem Passieren einer der heikleren Engpässe an die Reihe zu kommen. Sobald wir uns zu bewegen aufhören, friert die Kälte uns in diesen elenden Lumpen die Gliedmaßen taub.

Endlich gelangte Edorlic zu einem ins Gestein gehämmerten Kletterhaken. »Seil her«, rief er. »Hier steigen wir auf das untere Felssims hinab.«

»Wohin sind wir denn unterwegs?« fragte Troi den Mann, der hinter ihr folgte.

Seine knochigen Wangen verfärbten sich fast so rot wie seine spitze Nase. »Zu den warmen Höhlen. Unter uns ist ein Vulkan oder so was. Darum bleiben sie immer warm.«

»Fendager!« erscholl vom Vorderende der Kolonne in scharfem Ton Edorlics Stimme. »Hat irgendwer dich zum Sprecher ernannt?«

Nervös schob Fendager sein Bündel Gepäck zurecht und ging zu Troi auf Abstand.

Am Seil ließen sie sich ein Stück weit an der Felswand hinunter und betraten ein anderes Sims, das ein deutliches Gefälle aufwies. Chu Edorlic orientierte sich an einer Anzahl kaum erkennbarer Zeichen und führte so den Trupp auf den Grund des Großen Grabens. Vom Weiß des Schnees hob sich ein karger Wald windschiefer Nadelbäume ab.

Das Leben hat die höchst erstaunliche Fähigkeit, selbst unter den unwirtlichsten Verhältnissen zu gedeihen, dachte Picard. Für einen Moment faßte er frischen Mut.

Doch die Strapazen des Marschtempos trieben ihm die flüchtige Freude über den Anblick der Bäume rasch aus. Nach Durchmessen der mit Felsbrocken übersäten Tiefe der Schlucht setzte Edorlic den Marsch aufwärts fort.

»Noch 'n bißchen fröhliches Gekraxel, 'ne Zeitlang ein Felssims entlang, dann überqueren wir die Gletscherspalte und sind fast zu Hause.« Edorlic blickte sich nach Picard um. »Ich hoffe, du traust dich über eine Hängebrücke, Captain. Sie ist nämlich der einzige Weg.«

Der Aufstieg bedeutete nicht nur den Kampf gegen die Schwerkraft. Bald wurde der Wind stärker, als ob er den Trupp hinabwehen und auf den Felsklötzen der Schlucht zerschmettern wollte. Mit beinahe gefühllosen Gliedmaßen Halt für Hände und Füße zu finden, erwies sich als gefährliche Aufgabe. Es erhöhte die Risiken zusätzlich, daß die Lichtverhältnisse sich früher als normal verschlechterten; jetzt kletterte der Trupp nämlich durch die Schattenseite der Felswände.

Die Düsternis verwandelte den ohnedies mühsamen Aufweg in einen Alptraum. Selbst den erfahrenen Kletterern des Trupps spielten die Trübnis so manchen Streich. Zeigte der dunkle Fleck voraus eine Stelle an, die das Gewicht eines Menschen trug? Oder war sie nur ein Schatten?

Picard streckte sich nach einem solchen Klecks. Seine müden Finger ergriffen einen ungenügenden Halt. Die Faust glitt ab. Einen schrecklichen Moment lang baumelte Picard halb in der Luft. Mit einer Hand noch klammerte er sich fest, und mit einem Fuß stützte er sich ab; auf diese Weise blieb er mit knapper Not am Felsgestein hängen. Seine andere Körperhälfte zappelte über dem Abgrund. Für einige Sekunden, die ihm eine Ewigkeit zu dauern schienen, rutschte er nach unten. Endlich schaffte er es, den freien Fuß zwischen Steine zu keilen. Er krallte sich an den Fels, keuchte vor sich hin. Die frostige Luft stach ihm wie Dolche in den Lungen.

»Captain«, rief Troi ihm von unterhalb zu. »Ist alles in Ordnung?«

Jean-Luc Picard befreite sich von dem eiskalten Griff der Furcht in seiner Kehle. »Vorerst ja, Counselor. Bis zum nächsten Mal.«

Wenig später erreichten sie ein neues Sims. Es war jedoch, erklärte Chu Edorlic, nicht ihr Ziel. Man hatte lediglich eingeplant, vor dem Weitermarsch hier zu verschnaufen.

»Ich habe vorhin deinen kleinen Balanceakt mitangesehen, Captain Picard. Du und Counselor Troi sind uns zu wichtig, als daß wir noch mehr solche Kunststückchen erlauben dürften.«

Er wandte sich an den Rebellen, der einige Zeit vorher mit Troi gesprochen hatte. »Fendager! Du bist ein guter Kletterer. Seil den Captain an dich.«

Während die beiden Männer sich durch ein Seil verbanden, stierten sämtliche übrigen Rebellen Troi an.

»Träumt ruhig, Brüder«, sagte Edorlic zu ihnen, während er sich eine Länge Seil um die Taille wickelte. »Die Counselor nehme ich ins Schlepptau.«

Als er das andere Ende des Seils Troi gab, richtete er den Blick auf Picard. »Nicht daß du denkst, das wäre 'ne Bevorzugung eines Höherstehenden, Captain. An

Nichtmenschen finde ich keinen Geschmack. Ich will bloß sicher sein, daß sich keiner dieser Idioten vergißt.«

Trois spitzes Gesicht wurde um eine Schattierung fahler.

Chu Edorlic überprüfte die Seile. »Wenn du nun stürzt, kann ich dich halten. Und wenn *wir beide* abstürzen ...« Er zuckte nur mit den Schultern.

Die nachfolgende Etappe des Wegs fiel den zwei Gefangenen etwas leichter. Teils lag das daran, daß sie bald den Schatten verließen; zum Teil verlieh der Umstand, an einen anderen Kletterer geseilt zu sein, ihnen wieder mehr Zuversicht. Chu Edorlic führte den Trupp erneut die gewundene Serpentine eines Felssimses entlang. Dort brauchten die Geiseln nicht angeseilt zu bleiben. Als Edorlic die nächste Rast ankündigte, war es nahezu dunkel geworden.

Picard war mittlerweile so gut wie alles egal. Ungefähr zwei Kilometer vorher hatte er seine letzten Kraftreserven erschöpft. Jemand torkelte ihm gegen den Rücken, so daß er fast der Länge nach niedersank. Mühselig richtete er sich auf und drehte sich um. Unbeholfen versuchte er mit seinen klammen Händen Deanna Troi zu stützen. Über der Gesichtsmaske waren die sonst so ausdrucksvollen, dunklen Augen der Counselor vor Erschöpfung glasig. Picard half ihr beim Weiterstapfen.

Es wunderte ihn, wie die Rebellen die Höhlen entdeckt haben mochten, zu denen sie sich unterwegs befanden. Wie er und Deanna am eigenen Leib spürten, boten die der Brigade verfügbaren Anoraks bei längeren Ausflügen ins Freie kaum hinlänglichen Schutz.

Wieviel Mut mußte es erfordert haben, für den Fall einer unumgänglichen Flucht nach einem Unterschlupf zu forschen, wenn schon der Versuch tödlich enden konnte? fragte sich der Captain. Trotz ihrer sonstigen Schwächen fehlte es den Rebellen keineswegs an Mumm.

»Es ist mir lieber, wenn du und die Counselor euch wieder anseilt.« Edorlic reichte ihnen Seil. »Von hier an wird die Strecke noch einmal schwieriger. Ich will, daß wir auf alles gefaßt sind.«

Während er in die zunehmende Finsternis spähte, sah Picard, was Edorlic meinte. Der letzte Abschnitt des Gesimses bestand aus geborstenem, abgesacktem Fels. Die Bruchstücke lagen als steile Halde aus Geröll und Gestein am Fuß der Felswand. Den Endpunkt des Schutthaufens bildeten zahlreiche, schräg aneinandergestützte Steinplatten. Sie neigten sich einem anderen auskragenden Felssims zu. Zwischen den aufgetürmten Gesteinsplatten und dem nächsten Sims gab es nichts als dünne Luft. Die Tiefe des Abgrunds ließ sich im Dunkeln schon nicht mehr erkennen.

Angesichts dieser Wegstrecke holte Picard erst einmal gründlich Atem. Dann wand er sich den Strick um den ausgelaugten, entkräfteten Körper.

»Freu dich, Captain.« Picards Miene bewog Edorlic zu einem ironischen Lächeln. »Wenn wir diese Stelle hinter uns haben, sind's bis zu den Höhlen bloß noch 'n paar Schritte.« Er musterte den Captain und Troi. »Ich nehme an, ihr seid zu müde, um euch in der kommenden Nacht mit Fluchtversuchen abzuplagen.«

Irgendwie hielten Picard und Troi auch noch den Schluß des Gewaltmarschs durch, die Überquerung der Geröll- und Steinhalde. Der Captain wußte nicht, ob Edorlic dabei das Marschtempo aus Rücksicht auf ihn und Troi verlangsamte oder wegen der schlechten Sicht.

Schließlich betraten sie die Felsplatten. Auch dort hatte man Kletterhaken in den Stein gehauen.

»Na los, Fendager«, sagte Chu. »Du hast dich schon mal hinübergeschwungen. Du weißt, wie's geht.«

Picards Seilgenosse knotete den Strick von seiner Taille und nahm eine andere Länge Seil zur Hand. Nachdem er ein Ende um einen Kletterhaken geknotet hatte, nahm er einen tüchtigen Anlauf und sprang über die Kluft auf das jenseitige Sims. Drüben band er das andere Ende des Seils an einem weiteren Kletterhaken fest.

Obwohl es Picard aus Übermüdung vor Augen schwindelte, beobachtete er das Geschehen. Erwartete man etwa von ihm und Deanna, daß sie sich nun auch noch im Seiltanzen bewährten? Auf keinen Fall hatten sie noch genug Kraft, um sich über diesen Schlund zu hangeln. Da sah er, wie Edorlic sich hinkniete und ein Ende eines neuen Seils an einem anderen Kletterhaken befestigte. Das freie Ende des Stricks warf Chu hinüber zu Fendager, der es ebenfalls an einen Kletterhaken knüpfte. Jetzt verliefen zwei Seile über den Abgrund, das eine rund eineinhalb Meter höher als das zweite.

»Das ist unsere Hängebrücke«, erklärte Chu den entsetzten Geiseln. »Auf das untere Seil stellt ihr die Füße. Das obere ist für die Hände. Tarbin, seil dich an den Captain. Welken, du gehst als erster. Danach kommen Tarbin und der Captain dran. Anschließend sind Troi und ich an der Reihe. Dann folgt Gord, und den Abschluß macht Kalik.« Er klopfte dem Letztgenannten auf die Schulter. »Sei vorsichtig mit dem Funkgerät. Wir möchten schließlich erfahren, wann wir umkehren können.«

Während seiner Ausbildung an der Starfleet-Akademie hatte Picard durchaus schon ähnliche Behelfsbrücken benutzt. Natürlich waren seitdem mehr Jahre verstrichen, als er sich gern in Erinnerung rief. Außerdem hatte er seither kein so anspruchsvolles Geländetraining mehr absolviert. Todmüde schleifte er die Füße das Seil entlang. Daß er sich tatsächlich an dem anderen Strick festklammerte, bewies ihm fast nur der Augenschein; seine Hände spürten ihn kaum.

»Du hältst wirklich gut durch, Captain«, meinte Tarbin leise zu Picard. In seiner Stimme klang Bewunderung an. »Ich dachte, in deinem Alter würdest du nicht mal die Hälfte des ersten Kliffs schaffen.«

Lob hin, Lob her, sobald Picard wieder festen Stein unter den Füßen hatte, brach er praktisch zusammen. Auf den Felsboden gekauert, schaute er Trois nervenzermürbender Überwindung der Tiefe zu. Endlich trafen auch sie und Edorlic auf dem hiesigen Sims ein. Damit befanden sich nur noch zwei junge Rebellen auf den Gesteinsplatten. Gord bewältigte die Überquerung zügig. Ihm folgte als letzter Kalik, der Mann mit dem Funkgerät.

Er hatte die halbe Entfernung zurückgelegt, als er plötzlich erstarrte. Mit der Hand griff er sich an die Brust. Im nächsten Moment überschlug er sich und stürzte ins Dunkel hinab.

»Kalik!« brüllte Tarbin.

Kann das wahr sein? fragte sich Picard. Oder haben mich die Lichtverhältnisse getäuscht? In dem Augenblick vor Kaliks Absturz hätte Jean-Luc Picard geschworen, daß er einen armlangen Pfeil aus dem Brustkorb des Funkers ragen sah.

13

Selars hageres Gesicht trug den gewohnten Gleichmut zur Schau. Nur die leichte Verkniffenheit der Augen und die zusammengepreßten Lippen verrieten die Müdigkeit der Vulkanierin. Doch Beverly Crusher ahnte, wie ihrer Kollegin zumute sein mußte. Im Laufe der letzten beiden Stunden hatten Selar und ein Medo-Team daran gearbeitet, ein dreidimensionales Bild von Lorens Bens Gehirn zu erstellen. Zur Sondierung hatten kaum meßbare elektrische Ladungen in den Nervensträngen gedient.

Ohne die medizinischen Scanner und die Computerausstattung der Krankenstation wären ihre Bemühungen aussichtslos gewesen. Aber eine solche Tätigkeit konnte man nicht den Apparaten allein überlassen. Es verlangte menschliche Urteilskraft, die anomalen Nervenbahnen zu erkennen, die das Tseetsk-Pheromon verändert hatte. Und Beverly Crusher mußte zugeben, daß es sie gegenwärtig überforderte, derartige Beurteilungen zu treffen. Es war richtig gewesen, daß sie diese Aufgabe an Selar abgetreten hatte. Aus einer stillen Ecke der Krankenstation hatte Beverly alles mitverfolgt.

Die Prozedur hatte sich nicht aufs Diagnostische beschränkt. Vor Crushers Augen waren von Selar im Hirn des Jungen mehrere Teile des zentralen Nervensystems repariert worden. Die Eingriffe hatten die für Atmung und Herzschlag zuständigen Nervenknoten wiederhergestellt. Selar hatte Hirnchirurgie der heikelsten Art bewältigt. Kein Wunder, daß die Ärztin müde aussah.

Trotzdem wußte Crusher, daß diese Operationen nur

die grundlegendsten Funktionen garantierten. Lorens lag weiterhin bewußtlos unter einem Stasisfeld. Sowohl für ihn wie auch fürs medizinische Personal war es besser, die Auswirkungen seiner Hirnschädigung nicht mitzuerleben.

Selar übergab die Medo-Konsole einem anderen Arzt, damit er den neuralen Kartografierungsprozeß fortsetzte, und ging zu ihrem Büro. Crusher schloß sich ihr an.

»Doktor«, sagte Selar mit einem Anflug von Resignation, »ich dachte, Sie würden sich jetzt ausruhen. Ich habe es Ihnen doch schon vor Stunden empfohlen.«

»Ich mußte einfach wissen, was bei der Prozedur herauskommt«, antwortete Crusher.

Selar ließ sich regelrecht in ihren Sessel sinken – das deutlichste Eingeständnis ihrer Ermüdung, das man von ihr erwarten durfte. »Die Prognose bleibt ungewiß. Der Junge ist nicht mehr von Lebenserhaltungssystemen abhängig. Wahrscheinlich wird er überleben. Aber wie gesund er wieder wird ...«

Crusher nickte. »Das ist mir klar. Wir haben es mit einem Gehirn zu tun. Es ist nicht so, als ob man einen Computerfehler sucht. Eher so, als sollte man aus einem Topf Spaghetti eine einzelne Nudel herausziehen, ohne den Topf oder den Inhalt zu bewegen.«

»All das wußten Sie doch auch vor Stunden schon, Doktor«, sagte Selar mit ungewohnter Freundlichkeit. »In Ihrem jetzigen Zustand sind Sie dem Buben nicht von Nutzen, und sich selbst schaden Sie nur.« Einen Augenblick lang schwieg die Vulkanierin. »Außerdem ist es möglich, daß wir bald neuen Bedarf an Ihren Fähigkeiten haben.«

Selar sieht alles so logisch wie immer, dachte Beverly. Nein, es ist noch schlimmer. Sie hat recht.

»Na schön, Doktor«, sagte sie. »Aber benachrichtigen Sie mich, wenn das Medo-Team fertig ist. Und vergessen auch Sie nicht, mal Pause zu machen.«

Es dauerte gar nicht lange, bis ein Computersignal Beverly Crusher weckte. »Doktor, wir haben bei Lorens Ben die Erfassung der Nervenstränge abgeschlossen.«

Benommen stand Beverly auf. »Danke, Akihiko«, sagte sie. »Wieviel Prozent sind defekt?«

»Die schon reparierten Teile nicht mitgerechnet, sind es rund dreißig Prozent.«

Crusher entfuhr ein Aufstöhnen. »Dann haben wir noch viel Arbeit vor uns«, lautete ihr Kommentar.

Selbst mit Hilfe der Computer erwiesen die noch nötigen Operationen sich als aufreibende, mühsame Kleinarbeit. In dem Bewußtsein, vorerst zur Durchführung außerstande zu sein, übernahm Crusher lediglich die Gesamtleitung. Selar und Akihiko tätigten die eigentlichen Eingriffe.

Vier Stunden später pochte grausamer Kopfschmerz in Beverlys Schädel. Dennoch brachte sie es nicht fertig, den Blick von den Reihen der Monitoren zu wenden und sich eine kurze Pause zu gönnen. Für die anderen ist es noch viel anstrengender, sagte sie sich. Akihiko und Selar führten gerade die Schlußmaßnahmen der komplizierten Operationen aus. Ich habe kein Mikroskalpell in der Hand.

»Ich glaube, damit sind die neuralen Reparaturen beendet«, sagte zu guter Letzt Dr. Akihiko. Er schnaufte schwer. Indem er sich aufrichtete, rieb er sich den Rücken. Während der Bedienung der Mikrosonden-Konsole hatte sein Körper allmählich eine verkrampfte Haltung angenommen.

»Wir haben für jede erkannte anomale Nervenbahn eine Umleitung geschaffen«, stimmte Selar zu. »Vermutlich existieren noch schadhafte Nerventeile. Aber wir können sie nur durch bewußte Mitwirkung des Patienten ausfindig machen.«

»Ich bin völlig Ihrer Meinung«, erklärte Crusher. »Desaktivieren Sie das Stasisfeld. Wir warten ab, bis Lorens von sich aus aufwacht. Medo-Techniker, informieren Sie mich, sobald er zu Bewußtsein kommt.« Crusher ging in ihr Büro. Sie wollte allein sein.

Die Aktualisierung medizinischer Aufzeichnungen war eine langweilige Betätigung. Beverly befaßte sich nur damit, um die Zeitspanne bis zu Lorens' Erwachen zu überbrücken. Sie hoffte, daß die vielen Stunden sorgfältigster Behandlung sich auszahlten. Und sie wünschte Lorens, daß die Rückkehr ins Wachsein nicht so scheußlich wurde, wie seine letzten Sekunden vor der Besinnungslosigkeit gewesen sein mußten. Die mikrochirurgischen Nervenkorrekturen müßten zumindest die gräßliche sensorische Synästhesie behoben haben. Vielleicht befand er sich auf dem Wege der Besserung ...

Beverly Crusher merkte, daß ein kompletter medizinischer Bericht vor ihr über den Computer-Bildschirm gewandert war, ohne daß sie ihn gelesen hatte. Offensichtlich gelang es ihr nicht, ihre Gedanken von den Vorgängen in der Krankenstation abzulenken. Sie löschte die Datei vom Bildschirm und verließ das Büro.

»Doktor«, rief der Medo-Techniker ihr entgegen. »Gerade wollte ich Sie anrufen. Die Anzeigen besagen, daß er wieder zu Bewußtsein kommt.«

In seinem Krankenbett hatte Lorens Ben sich zu regen angefangen. Ächzlaute entrangen sich seiner Kehle.

Crusher verfolgte den Ablauf des Erwachens am Monitor. Die Lider des Jungen flatterten. Dann schlug er die Augen auf. Verständnislos starrte er die medizinischen Geräte an, die ihn umgaben. Seine Augen weiteten sich, als er Crusher sah. »W-Wo bin ich?« Schwach zuckte in seiner Wange ein Muskel. Anscheinend ununterdrückbare Konvulsionen schüttelten ihm Arme und Beine, während er sich nach allen Seiten umblickte. »Das ... Ich ... ich ...« Seine Stimme erstickte in einem Röcheln.

Auf Crushers Weisung eilten vier Medo-Techniker herbei. Gemeinsam mühten sie sich hektisch ab, um die

Verfassung des Jungen zu stabilisieren. »Neurale Scanner aktivieren!« ordnete Crusher barsch an.

Inzwischen hatten Selar und Akihiko in der Sondierung und Restaurierung der Nervenbahnen des Jungen eine gewisse Übung. Für Lorens dagegen war es ein neuartiges, schreckliches Erlebnis. Beverly Crusher fiel die Aufgabe zu, ihn zu beschwichtigen.

»Lorens, hör zu. Ich bin es, Dr. Beverly. Es wird alles wieder gut. Du mußt versuchen, ganz ruhig zu bleiben. Wir können dir helfen.« Das Personal korrigierte immer mehr neurale Fehlfunktionen, so daß die Spasmen nachließen, langsam das Grauen aus Lorens' Miene wich. Er heftete den Blick auf Beverly, als wäre sie in einer irrsinnigen Welt der einzige Rettungsanker.

Crusher erinnerte sich an die Pheromon-Attacke. Zu erwachen und alles nach wie vor so verzerrt vorzufinden ... In seinem Schrecken wirkte Lorens um so kindlicher. Sonderbarerweise verstärkte sich dadurch in Beverlys Augen seine Ähnlichkeit mit Wesley.

»Was ... ist passiert?« Er lallte ein wenig, doch klang seine Stimme nicht mehr so breiig. Mit wachsender geistiger Klarheit vermittelte sie auch wieder deutlicher seine inneren Emotionen.

Crusher hörte einen Anflug nackter Furcht heraus. Wieviel von dem, was geschehen war, durfte sie ihm sagen? »Du bist einer Chemikalie ausgesetzt worden. Sie war in der Luft. Sie hatte unerwartete Nebenwirkungen.«

Plötzlich verwandelte Lorens' bleiches Gesicht sich in eine starre Maske, weil verschiedene Muskeln sich in entgegengesetzte Richtungen verzogen. Er hatte noch so wenig Kontrolle über sich selbst, daß jede Kleinigkeit sie stören konnte.

Endlich gewann er soviel Selbstbeherrschung wieder, daß er sich nochmals in der Krankenstation umschaute. »So-so schlimm ...«, quetschte er heraus. »Wa ... warum allein?«

»Warum nur du hier liegst?« Crusher erriet den Sinn seiner Frage. Ihr Blick streifte die freien Betten. »Die anderen Leute, die etwas abgekriegt haben, sind schon darüber hinweg. Du bist mitten in der chemischen Wolke gewesen und hast eine konzentrierte Dosis eingeatmet.« Sie zögerte. »Und wir wissen auch warum«, fügte sie dann hinzu. »Wir haben die Behälter in deiner Thermojacke gefunden.« Sie erachtete es als richtiger, es mit der Wahrheit zu halten. Verhörte Worf den Jungen, wäre das Ergebnis eine Katastrophe.

Unbeabsichtigt verzerrten sich Lorens' Lippen zu einem Zähnefletschen. Wieder zuckten ihm spastisch Arme und Beine. »Gefun ... funden ...«

»Ja. Und ein Fläschchen mit etwas, das ein Gegenmittel zu deinem Schutz gewesen sein dürfte.«

Die Aufregung schüttelte den Jungen dermaßen heftig, daß Beverly die Reaktivierung des Stasisfelds erwog. »Vergessen ...!« Sein Blick ruckte hinab zu seinen konvulsivischen Gliedmaßen. »Kein Wunder ... so schlimm ... Mir wurd' gesagt ...«

»Wer hat dir was gesagt?« Crusher sah dem Jungen direkt in die Augen.

Lorens Ben drehte den Kopf zur Seite.

»Du hättest geschützt werden müssen, Lorens«, meinte Beverly. »Du bist noch ziemlich jung. Wer hat dich dazu angestiftet?«

Für eine halbe Sekunde bemerkte Crusher in seiner Miene eine Andeutung des kessen Grinsens, das sie bei ihrer ersten Begegnung gesehen hatte.

»Freiwillig ... gemeldet ...!« stieß er hervor. Da befielen neue Zuckungen seine Gesichtsmuskulatur. »Koban. Geheimwaffe ... gegen eure Wissenschaft.« Lorens mutete sich zuviel zu. Er mußte schon nach Atem schnappen. »Mußte ... in euren Stützpunkt ...« Mühselig hob er eine zittrige Hand zur Brust. »Wurde ... *gebraucht* ...!«

»Und welche Gedanken hast du dir über uns gemacht?« Beverly Crusher mußte ihre Betroffenheit bezwingen, um die Frage in sachlichem Ton stellen zu können.

»Gebraucht...«, wiederholte Lorens. Aber er vermochte Beverlys Blick nicht standzuhalten.

»Aha, da ist ja unser wackerer Held.« Vossted kam herein. »Hoffentlich falle ich nicht lästig, Dr. Crusher. Ich hatte einen eurer Mitarbeiter gebeten, mich zu verständigen, wenn das Bürschchen aufwacht.«

»Verräter!« schrie Lorens. Sein Gesicht verzerrte sich zur Fratze.

»Aber du glaubst, nehme ich an, du hast für uns eine ruhmvolle Heldentat vollbracht.« Vossted schüttelte den Kopf. »Koban hat's nicht anders verdient, als daß ihm solche Trottel nachlaufen.«

»Ich war... Freiwilliger...!« schnob Lorens erbittert.

»Du meinst, der große Koban hat dich gefragt, und du hast dich geradezu darum gerissen, für ihn die Drecksarbeit tun zu dürfen. Hat dein grandioser Anführer daran gedacht, dir zu sagen, was für einen gefährlichen Inhalt die Behälter hatten? Ist dir eingeschärft worden, dich mit dem Schutzöl einzureiben? Hat er darauf geachtet, daß du es tust?« Vossted beugte sich über das Krankenbett, schaute dem Jungen aus unmittelbarer Nähe ins Gesicht. »Koban weiß genau, was jemand zustößt, der dem Gestank zu stark ausgesetzt wird. Der Duftstoff zerstört Nervenstränge. Er macht Menschen zu Wracks. Das ist es, was dein großer, glorreicher Koban dir angetan hat.«

Lorens sank ins Kissen zurück. »Wa-Wrack?« raunte er.

»Wrack?« fragte auch Crusher. Ihr Eindruck war, daß das Wort in diesem Zusammenhang eine besondere Bedeutung hatte. »Was meinen Sie damit?«

»Im Gegensatz zu eurer Kultur toleriert man bei uns keine langwierigen Problemfälle«, gab Vossted zur Antwort.

»Das ist vorbei... Koban...«

»Koban hat dich als ›Freiwilligen‹ mit einer Substanz vorgeschickt, die menschliche Nerven angreift«, donnerte Vossted schonungslos dazwischen. »Welche Medizin hat er denn, um solche Schäden zu heilen?«

»Ich ... ich hab' das Öl gekriegt«, entgegnete Lorens trotzig.

»Das Rotgrasöl, ja.« Vossted wandte sich an Crusher. »Doktor, hast du es untersucht?«

»Wir haben es analysiert, um seine Verwendbarkeit für Lorens' Behandlung zu prüfen«, räumte die Bordärztin ein. Sie holte tief Luft. »Nach meiner Ansicht hätte es ihn gegen die eingeatmete Dosis nur ungenügend geschützt.«

»Da hörst du's, Freundchen. Koban hat dir einen Auftrag erteilt, von dem er wußte, er würde dich zum Irren oder zum Krüppel machen. Nicht eben das Ende, wie ein Held es sich ausmalt, hm? Wenn du hier liegst und verstehen kannst, was ich rede, dann nur dank der Leute, die du so hinterlistig attackiert hast.«

Lorens Ben schien im Bett zu schrumpfen, während er über Vossteds Worte nachdachte.

»Krieg va-verlangt Opfer«, sagte der Junge schließlich.

»Dein Leben zu opfern, hatte Koban kein Recht!« fuhr Vossted ihn an. »Er hätte dich wenigstens warnen müssen. Aber ihn interessierte es nur, die Behälter in den Stützpunkt unserer Freunde zu schmuggeln.«

Diesmal blieb Lorens die Antwort schuldig. Crusher sah Tränen des Kummers in seinen Augen schimmern, bevor er die Lider schloß.

»Tut mir leid, daß ich so grob war«, sagte Vossted zu Crusher, indem er dem Bett den Rücken zukehrte. »Aber ich mußte mich so ausdrücken, daß er's kapiert.«

»Ich verstehe, worum's Ihnen geht«, antwortete Crusher halblaut. »Aber jetzt besteht ein neues Problem. Er hat nichts mehr, an das er glauben kann.«

Lorens' Gesicht hatte einen so verkrampften Ausdruck wie eine geballte Faust. An seinem Mundwinkel entstand ein Zucken und griff über auf die Wange.

Selar näherte sich. »Bei dieser ständigen Erregungsbelastung des Patienten kann die neurale Sondierung nicht fortgesetzt werden.« Mit einem Wink machte sie Crusher und Vossted verständlich, daß sie sich aus dem Umkreis des Krankenbetts entfernen sollten.

Bevor sie den Patientensaal verließ, schaute Crusher sich ein letztes Mal nach der kleinen, reglosen Gestalt um. Lorens hatte Wunden erlitten, die nicht mit dem Molekularskalpell geheilt werden konnten. Ob er jemals davon genas?

Auf Koorns Oberfläche sah Jean-Luc Picard, während er im Schnee kauerte, den Mann mit dem Funkgerät in die finstere Schlucht hinabstürzen. Jetzt sind wir von Koban abgeschnitten, begriff der Captain. Was auch sein Plan gewesen sein mag, nun ist er vollends schiefgegangen.

Seiner Ermattung war es zuzuschreiben, daß er trotz dieser Erkenntnis buchstäblich keinen Finger rührte.

»Captain!« Auf Händen und Füßen kroch Troi zu ihm. »Kommen Sie da weg! Hier sind Sie nicht sicher.«

Troi stieß ihn um. Etwas sauste an der Stelle durch die Luft, wo er gerade noch seinen Kopf gehabt hatte. Das Geschoß zerbrach am Felsgestein. Picard betrachtete es. Tatsächlich handelte es sich um einen roh geschnitzten, hölzernen Pfeil.

»Sie sind bewaffnet«, keuchte Fendager. »Die Eisbestien haben Waffen!«

»Das sieht man ja wohl, du Idiot!« herrschte Chu ihn an. »Geh in Deckung!«

»Da entlang, Captain.« Halb führte, halb zog die Counselor Picard in den Schutz einiger herabgestürzter Felsklötze.

Durchdringend scharfes Gezischel von Neuro-Disruptoren ertönte. Edorlic und der andere mit einem Disruptor bewaffnete Rebell erwiderten den Beschuß. Trotz der modernen Waffen befand der Trupp sich erheblich im Nachteil. Nur zwei Rebellen verfügten über Waffen mit größerer Reichweite, und selbst in dieser Hinsicht hatten sie deutliche Grenzen.

Picard spähte durch eine Lücke zwischen den Felsen. Er sah eine silbergraue Gestalt näher huschen. Gegen das Düstere des Gesteins hob sie sich aufgrund der Dunkelheit kaum ab. Doch Chu Edorlic mußte sie auch gesehen haben. Sein Neuro-Disruptor prasselte. Die Kreatur fiel hintenüber und stieß dabei einen fremdartigen, schrillen Flötlaut aus.

»Ich hab' eine erwischt, glaube ich«, rief Edorlic. »Tarbin, willst du ihr den Rest geben?«

Eifrig packte der Pilot seinen Hackenstiel und sprang vor, um dem Geschöpf den Garaus zu machen. Einen Moment später lag er auf dem Rücken und schrie. Zwei Pfeile hatten ihn getroffen. Sein Geschrei lenkte die Aufmerksamkeit weiterer versteckter Schützen auf ihn. Ein ganzer Schwarm Geschosse schwirrte durch die Luft. Abgehackt verstummte Tarbins Geheul.

»Endlich hält er die Klappe«, murmelte ein Rebell.

»Er hält die Klappe, weil er tot ist, du Dummkopf«, sagte Edorlic.

Ein anderer Mann erhob Einspruch. »Solange wir uns nicht davon überzeugt haben, können wir's nicht wissen. Vielleicht benötigt er Hilfe …«

»Dafür ist es zu spät«, unterbrach Edorlic ihn. Er blickte Troi an. »Counselor, spürst du von ihm noch irgendwas?«

Deanna kniete hinter einem Felsbrocken. Sie lehnte die Stirn an den Stein. »Zuerst habe ich Schmerz und Furcht gefühlt«, teilte sie Chu mit. »Jetzt nichts mehr. Ich glaube, Sie haben recht.«

»Das nutzt mir nichts«, brummte Edorlic. »Ich wäre lieber hier weg. Wenn wir noch lange rumbummeln, enden wir allesamt als gespicktes Gefrierfleisch.«

»Am besten kehren wir zum Außenposten um«, schlug einer der Männer vor.

Das Problem mit Rebellenbewegungen ist, dachte Picard, daß sie bei Schwierigkeiten immer glauben, sie hätten Zeit zu langwierigen Abstimmungen.

Chu Edorlic jedoch war niemand, der sich auf überflüssige Diskussionen einließ.

»Glänzender Einfall«, sagte er. Seine Stimme troff von Sarkasmus. »Wir brauchen ja nur wieder hinüberzuklettern. Was macht's, daß die Eisbestien uns mit Pfeilen überschütten? Oder hast du schon vergessen, was aus Kalik geworden ist?«

»Hier können wir doch unmöglich bleiben«, rief eine andere Stimme aus dem Dunkeln.

»Deshalb nehmen wir die Richtung, die die Bestien am wenigsten erwarten«, schnauzte Edorlic. »Wir gehen geradeaus. Die warmen Höhlen sind unsere einzige Hoffnung. Dort finden wir nicht nur Zuflucht vor der Kälte, sondern auch vor diesen … Was sie eben sind. Aber wir müssen es richtig anfangen, nämlich schubweise. Welken und ich geben Feuerschutz. Verstanden?«

Die übrigen Rebellen murmelten ihre Zustimmung.

»Also, sucht euch eine neue Deckung aus, und wenn ich euren Namen rufe, rennt ihr los. Zieht die Rübe ein. Und spart euch alle Mätzchen. Ihr habt gesehen, was Tarbin passiert ist, als er den Helden spielen wollte.«

Edorlic sah Picard und Troi an. »Die Gefangenen laufen zusammen, gleichzeitig mit Fendager.« Er musterte Picard strengen Blicks. »Denk nicht ans Ausreißen, Captain. Es steht fest, daß die Kreaturen, die uns hier beschießen, Menschen nicht leiden mögen. Ich würde mein Leben nicht durch den Irrtum riskieren, diese Wesen könnten zwischen menschlichen Parteien 'n Unterschied erkennen.«

Als nächstes rief er zu dem Rebellen mit dem zweiten Neuro-Disruptor hinüber. »Halt dich bereit, Welken. Es ist soweit. Rekking!«

Der Mann, der den Rückzug vorgeschlagen hatte, erhob sich aus seiner Deckung und verschwand nach kurzem, schnellem Lauf hinter einem Findling.

»Nun die Gefangenen«, erscholl Edorlics Stimme.

Picard spannte in der Hocke die Beine an. »Der Felsvorsprung dort müßte für uns drei ausreichend sein«, sagte er. Dann machte er einen Satz und lief, den Oberkörper fast in rechtem Winkel abgeknickt, auf die neue Deckung zu. Auf den Steinen zerschellte ein Pfeil. Das Fauchen eines Neuro-Disruptors folgte. Ohne sich darum zu kümmern, hastete Picard im Zickzack auf den Felsvorsprung zu. Gedämpft hörte er Troi hinter sich herkeuchen, Fendagers Stiefel trampeln. Zu dritt gelangten sie ans Ziel und konnten sich im letzten Moment in Deckung werfen, ehe ein wahrer Pfeilhagel vom Gestein abprallte. Das Disruptoren-Feuer, mit dem der Beschuß erwidert wurde, klang beklagenswert schwach.

Gord, der Rebell, der danach an der Reihe war, hatte kein Glück. Fast hatte er seine neue Deckung erreicht, da durchbohrte ein Pfeil ihm Auge und Hirn. Chu schaffte es bis in Sicherheit. Doch als Welken es versuchte, schlug das Unheil erneut zu. Eine ganze Garbe von Geschossen traf ihn, kaum daß er drei Schritte weit gelaufen war; tödlich verwundet brach er zusammen.

Rekking, der in seiner Deckung dem Niedergestreckten am nächsten kauerte, versuchte Welkens Neuro-Disruptor zu bergen. Das Wagnis kostete auch ihn das Leben. Der unsichtbare Feind jagte ihm ebenfalls ein ganzes Bündel Pfeile in den Leib.

»Wir müssen uns schleunigst absetzen.« Edorlic feuerte einen Schuß ab. Doch wegen der Unsichtbarkeit der gegnerischen Schützen hatte er keine Möglichkeit zu ernsthaftem Zielen. »Nach der Richtung zu urteilen, aus der die Pfeile kommen, müßten die meisten dieser Kreaturen über uns am Hang lauern. Eine zweite Horde versperrt uns den Weg übers Sims.«

Grimmig checkte er seinen Neuro-Disruptor. »Ich gehe voraus und schieße ihn frei«, erklärte er. »Der Rest von euch folgt in Abständen von je zehn Sekunden. Ich kann euch bloß raten, den Kopf einzuziehen. Und wer 'ne Schutzgottheit hat, soll beten.«

Er eilte voran und entschwand bald im Finstern außer Sichtweite. Wenig später hörte man das Knattern seiner Waffe und gellende Flötlaute der Überraschung.

»Vorwärts«, sagte Fendager. Mit einer Hand schubste er die Geiseln vor sich her. Seine andere Faust umklammerte den Hackenstiel so fest, daß die Knöchel sich weißlich abzeichneten.

In geduckter Haltung, um ein möglichst kleines Ziel abzugeben, hasteten sie das Sims entlang. Es blieb zu hoffen, daß die Dunkelheit, die ihre Flucht verlangsamte, auch die Verfolger beim Nachrücken behinderte.

Picard taumelte, als sie eine U-förmige Biegung der Serpentine durchmaßen. Hinter der Kurve werden wir außer Sicht sein, tröstete er sich. Selbst wenn die sogenannten Eisbestien im Dunkeln sehen können.

Er jedenfalls konnte es nicht. Sein Fuß stieß gegen eine vorstehende Steinspitze. Er stolperte und prallte gegen die Felswand, versuchte sich mit den Armen abzufangen.

»Captain!« schrie hinter ihm Troi.

»Laufen Sie!« befahl Picard. Gehorsam rannte sie vorbei. Picard rappelte sich auf; außer zerschrammten Handtellern hatte er sich nichts zugezogen. Erneut torkelte er weiter. Dicht hinter sich hörte er Fendager.

Plötzlich erscholl nochmals Trois Stimme. »Sehen Sie dort, Captain! Da ist eine der Kreaturen.«

Picard holte Troi ein und faßte sie am Ellbogen, um sie vorwärtszuscheuchen. Er widmete der Gestalt, die auf dem Felssims lag, einen flüchtigen Blick. Er sah ein seltsames Gemisch aus Mausgrau und Silber. Um das hingestreckte Wesen genauer zu betrachten, blieb keine Zeit.

Trotzdem schaute Troi sich immer wieder über die Schulter nach dem Geschöpf um, bis sie und Picard schließlich fast einer über den anderen gefallen wären. »Captain, ich glaube, es ist ...«

Unvermutet schnellte die Gestalt hoch, stand im nächsten Augenblick auf zwei Beinen. Eine Körperseite wirkte lahm, wahrscheinlich die Folge eines Disruptor-Treffers. Doch ein gesunder, starker Stummelarm hielt eine Keule.

Hinter dem Wesen erscholl wüstes Gebrüll. Mit emporgehobenem Hackenstiel griff Fendager an. Er drosch ihn dem Wesen auf den Kopf, schmetterte es nieder. Dann prügelte er ununterbrochen auf es ein.

»Halt!« schrie Troi. »Hören Sie auf! Sie haben's doch längst umgebracht.«

»So wie es uns gern abgemurkst hätte.« Fendager schwang die Faust zu noch einem Schlag in die Höhe. Plötzlich erstarrte er mitten in der Bewegung. Ein Röcheln gurgelte aus seiner Kehle. Aus seiner Brust ragte ein Pfeil.

Gemeinsam drehten Troi und Picard sich um und rannten, so schnell sie konnten. Der Weg führte durch zahlreiche Biegungen an der Felswand entlang. Schließlich verbreiterte das Sims sich zu einem ausgedehnten, steinigen Hang. Oberhalb des Abhangs ließ das Kliff sich im Dunkeln fast nicht mehr erkennen. »Da seid ihr ja«, rief eine Stimme aus dem Düstern. »Wo ist Fendager?«

»Tot«, antwortete Picard schroff.

Man hörte Chu Edorlic aufstöhnen. »Wenigstens haben wir jetzt die Höhlen erreicht. Steigt den Hang herauf. Orientiert euch an meiner Stimme.«

Troi und der Captain kraxelten auf dem Geröllhang aufwärts. Picard glaubte, hinter Edorlic einen besonders finsteren Schatten wahrzunehmen. Er strengte seine Augen an und erkannte, daß er eine reale Erscheinung sah. Es handelte sich um den Eingang einer Höhle, die tief in das Kliff führte.

»Ihr seid gleich da... Hier!« Eine Hand packte zu und zog Picard auf eine Felsplatte. Sie bildete vor dem Höhleneingang eine Art natürlichen Balkon. Edorlic half Troi herauf.

»Wir haben überlebt und noch immer eine Chance«, sagte der Rebell. »In diesem Höhlenlabyrinth können wir uns vor Verfolgern bestens verstecken.«

Er wandte sich an Troi. »Kannst du feststellen, wo sich die Eisbestien aufhalten?«

Troi schüttelte den Kopf. »Meine Fähigkeiten haben keine so ...«

Steine polterten. Das Geräusch unterbrach nicht nur Troi, sondern machte auch Edorlics Frage überflüssig. Offenbar waren die Verfolger schon bis zum Abhang vorgedrungen.

Mit einer Hand faßte Edorlic den Captain, mit der anderen Troi am Arm. »Kommt«, flüsterte er mit heiserer Stimme.

Doch Deanna Troi rührte sich nicht von der Stelle. In verkrampfter Haltung blieb sie stehen. »Da sind noch mehr von ihnen. Sie warten in einer geschlossenen Räumlichkeit.«

Picard spähte angespannt in den Höhleneingang. »Einer Räumlichkeit?« fragte er. »In der Höhle?«

»Das kann ich nicht sagen. Aber ich spüre Haß.« Trois Stimme drohte zu ersticken. »Und ein Lechzen nach Tod ... *Unserem* Tod.«

14

Doktor, dafür habe ich jetzt wirklich überhaupt keine Zeit.« Es kostete Riker Mühe, nicht in gereiztem Ton zu sprechen. »Ich stehe hier vor der Anforderung, eine Krise zu meistern. Ich kann unmöglich die Brücke verlassen.«

Beverly Crusher verschränkte die Arme und maß ihn mit einem festen Blick ihrer blauen Augen. »Die Krise dürfte sich verschärfen, falls der befehlshabende Offizier plötzlich im Dienst zu halluzinieren anfängt«, entgegnete sie. »Commander, wir kennen die volle Wirkung des Tseetsk-Pheromons noch nicht. Aber mehrere betroffene Personen haben Rückfälle erlitten. Bitte begleiten Sie mich zur Untersuchung in die Krankenstation. Es dauert nur ein paar Minuten.«

»Aber ...« Riker zuckte zusammen, als in seinen Schläfen Schmerz stach. Das Kopfweh, das er seit dem Anschlag hatte, wollte einfach nicht verschwinden.

»Da haben wir's«, sagte Crusher mit Nachdruck. »Ich bestehe auf der Untersuchung, Commander. Sie leiden offensichtlich noch unter Nachwirkungen. Zumindest sollten Sie mich etwas gegen Ihre Kopfschmerzen tun lassen. Wenn die Situation sich zuspitzt, müssen Sie in Bestform sein.«

»Also gut«, willigte Riker ein. Crushers Argument ließ sich kaum etwas entgegenhalten.

Riker schaute sich auf der Brücke um. Data, Geordi und Tho arbeiteten emsig an ihren verschiedenen Sensorkonsolen. Sie durchforschten die eisige Wildnis

Koorns nach Spuren Picards und Trois. Tatsächlich gab es für Riker momentan gar nichts zu erledigen.

»Mr. Data, Sie sitzen am Navigationspult. Falls während meiner Abwesenheit etwas vorfällt, kontaktieren Sie mich unverzüglich.«

Riker folgte Crusher in den Turbolift. Die Transportkapsel sauste mit ihnen zur Krankenstation. »Wie geht's unserem jungen Rebellen?« erkundigte Riker sich unterwegs.

»Lorens Ben?« Kummervoll runzelte Crusher die Stirn. »Er wird gesund, glaube ich. Wenigstens körperlich.« Sie schwieg für einen Moment. »Ich hoffe, Sie nehmen ihm nicht allzu übel, was Jean-Luc… dem Captain und Counselor Troi zugestoßen ist. Der Junge hat Koban vergöttert. Ohne zu zögern hat er alles getan, was der Mann verlangte. Erst jetzt begreift er, daß er mißbraucht worden ist. Er ist deswegen völlig niedergeschlagen. Er fühlt sich hintergangen. Ich … ich mache mir um ihn große Sorgen.«

Die Lifttüren öffneten sich. »Zu dumm, daß Deanna nicht da ist, um ihm gut zuzureden«, bemerkte Riker voller Ironie. Er und Crusher gingen den kurzen Weg zur Krankenstation. Plötzlich sah er die beklommene Miene der Bordärztin. Er berührte ihren Arm. »Entschuldigen Sie, Doktor. Ich muß mich im Moment einfach mit schwerwiegenderen Problemen als einem jugendlichen Missetäter befassen. Aber das mit der Counselor war mein Ernst. Ich denke, davon wird Lorens mehr Nutzen als von einer Bestrafung haben.«

»Freut mich, daß wir einer Meinung sind.«

Dr. Crusher geleitete Riker zu einer Diagnoseliege und bat ihn, sich darauf auszustrecken. Dann schwenkte sie einen neuralen Scanner über ihn. »Tut kein bißchen weh«, versprach sie dem Commander.

»Wenn doch, waren das Ihre letzten Worte.« Riker schloß die Lider und wartete.

»Alles klar, Sie können aufstehen«, sagte Crusher wenige Sekunden später.

Riker schlug die Augen auf. »Wollten Sie nicht meine Nerven scannen?«

Die Bordärztin lachte. »Ich bin schon fertig. Ihnen fehlt nichts. Es sind keine bleibenden Schädigungen feststellbar.«

Sie drückte einen Injektor auf seine harten Oberarmmuskeln. Ein leises Zischen ertönte. Das Medikament drang in Rikers Blutkreislauf ein. »So. Das wird Ihre Kopfschmerzen beheben, Commander. Ich erkläre Sie für diensttauglich.«

»Sie haben wirklich keinen Spaß gemacht, als Sie sagten, es dauert nur ein paar Minuten«, äußerte Riker. Er schwang sich von der Diagnoseliege. »Ich glaube, ich kann noch etwas Zeit erübrigen. Hätten Sie was dagegen, wenn ich mal nach Lorens schaue?«

Wieder furchte Sorge Crushers Stirn. »Nein, gar nichts. Aber ärgern Sie sich nicht, wenn er sich nicht auf Sie einläßt.«

Sie führte den Commander in den Patientensaal. »Vor einigen Stunden waren noch sämtliche Betten belegt«, teilte die Bordärztin ihm mit. »Ich bin froh, daß es inzwischen wieder leerer geworden ist. Auch Vossted läuft wieder herum. Allerdings habe ich den Verdacht, er verdankt der Anwesenheit Drraaghs mehr als meinen ärztlichen Künsten. Die zwei hocken gerade an einer Computerkonsole und holen mehrere Jahrhunderte galaktischer Geschichte nach.«

»Anscheinend hat der Wutausbruch Vossted gutgetan. Er hatte wohl eher eine Art von Gemütsleiden.« Riker lächelte der Medizinerin zu. »Keine Bange, Doktor, für mich bleiben Sie die Wunderärztin. Es gibt wahrhaftig keine Krankheit und keine Verletzung, die Sie nicht kurieren könnten.«

Crusher erwiderte sein Lächeln mit unübersehbarer

Halbherzigkeit. »Ausgenommen die Gemütsleiden, wie Sie's nennen.« Sie deutete mit dem Finger. »Dort ist er.«

Lorens lag mit dem Gesicht zur Wand im hintersten Bett. Er hatte die Augen geschlossen. Seine Atemzüge gingen tief und regelmäßig.

»Lorens?« sprach Riker ihn gedämpft an.

Er erhielt keine Antwort.

»Ich glaube, er schläft«, flüsterte der Commander. Auf Zehenspitzen kehrte er zu Dr. Crusher zurück.

Beverly schüttelte den Kopf. »Ich bezweifle es. So liegt er schon seit der letzten Behandlung da. Ich bin der Ansicht, er mag mit niemandem sprechen.«

Die beiden verließen den Patientensaal. »Nicht einmal mit Ihnen?« fragte Riker. »Ich dachte, zu Ihnen hätte er ein gutes Verhältnis.«

Nochmals schüttelte Crusher den Kopf. »Leider ist es wohl nicht gut genug.«

Sie begleitete Riker in den Korridor. »Nun ja, wenigstens müssen wir uns um Sie keine Sorgen machen«, sagte sie, während sie zum Turbolift schlenderten. »Sie werden nicht plötzlich auf der Brücke durchdrehen. Jedenfalls nicht infolge des Tseetsk-Pheromons.«

Freudlos schmunzelte Riker. »Es gibt noch jede Menge Gründe, aus denen es trotzdem passieren könnte.«

»Data an Commander Riker.« Die Stimme des Androiden hallte durch den Korridor. »Die Rebellen möchten mit Ihnen reden, Sir. Bitte kommen Sie auf die Brücke.«

»Damit haben wir schon einen guten Grund.« Mit mürrischer Miene stieß er die geballte Faust gegen die Kom-Konsole an der Wand. »Bin unterwegs.«

»Sir, der Anrufer ist Rebellenkommandeur Koban«, informierte Data den Commander, sobald Riker die Brücke betrat.

»Lassen Sie ihn noch einen Moment lang schmoren«, befahl Riker. »Liegen irgendwelche Resultate der externen Sondierung vor?«

»Nein, Sir. Auch die Shuttles haben bei der Fahndung nach dem Captain und Counselor Troi keinerlei Erfolge gemeldet. Zum Glück haben die Magnetanomalien in der Umgebung der Spalte die Kommunikationssysteme der Shuttles nicht beeinträchtigt. Allerdings werden in den Shuttles sämtliche Scanningsensoren bis zur Betriebsuntüchtigkeit gestört.«

»Nun spuck's schon aus, Data.« Mit der Hand vollführte Riker eine Gebärde der Ungeduld. »Nein, nein«, rief er hastig, als er sah, wie der Androide stumm den Kopf hob. »Ich hab' nichts gesagt.«

»Data meint«, mischte Geordi sich ein, »daß die Shuttle-Besatzungen bei der Suche aufs bloße Auge angewiesen sind.« Die Miene des Chefingenieurs widerspiegelte Anspannung und Enttäuschung. »Wegen der ungünstigen Topographie des Planeten ist es fast nirgends möglich, tiefer als siebenhundert Meter zu fliegen. Der Wind weht dauernd Schnee in die Sensoren. Außerdem ist es dort unten gegenwärtig mitten in der Nacht ...«

»Danke, Mr. LaForge«, fiel Riker ihm matt ins Wort. »Jetzt ist die Lage mir klar.«

Er nahm Platz. »Also gut. Mr. Worf, visuelle Verbindung herstellen. Wir wollen mal hören, was Koban zu sagen hat.«

Kobans Konterfei erschien auf dem Wandschirm. Rikers erster Eindruck war, daß den jungen Rebellenkommandeur starke Nervosität plagte. Doch außer in den Augen gab Kobans Narbengesicht wenig preis. Riker überlegte, ob er sich seinen nachdenklichen Gesichtsausdruck und die Verkrampfung in den Schultern nur eingebildet hatte.

Deanna könnte mir jetzt deutlicheren Aufschluß geben, dachte er. Beim Gedanken an sie fing aus Beunruhigung sein Magen zu rumoren an.

»Du hast mich warten lassen, Riker«, sagte Koban. »Warum?«

Die Frage zeichnete sich durch kindische Hintersinnigkeit aus. Daß jemand wie Koban sich dazu verstieg, befremdete und verdroß Riker. »Ich mußte mich mit anderen Angelegenheiten befassen«, antwortete er kurz angebunden. »Jetzt stehen wir in Kontakt. Was kann ich für Sie tun?«

Koban schnitt eine feindselige Miene. »Ich will eure Antwort. Liefert ihr uns euer Raumschiff aus?«

»Moment mal«, rief Riker. »Was soll denn das?« Er war ebenso erstaunt wie verärgert. »Sie haben gesagt, die Frist betrüge zwanzig Stunden. Es sind noch keine zehn verstrichen.«

Für einen Sekundenbruchteil funkelte es in Kobans Augen. Fast unmerklich lockerte sich seine Haltung. »Ich hab's mir anders überlegt«, entgegnete er kaltschnäuzig. »Es gibt keinen einleuchtenden Grund für eine so lange Frist. An unseren Forderungen wird sich sowieso nichts ändern. Commander, du bist ein Mann der Tat. Du bist zu schnellen Entschlüssen fähig. Wie soll's weitergehen? Bekommen wir das Schiff, oder müssen eure Freunde sterben?«

»Bleiben Sie dran«, sagte Riker durch zusammengebissene Zähne. Er drehte sich Worf zu und machte eine Geste, als ob er mit der Hand einen Schalter drehte. Worf nickte. Der große Wandschirm erlosch.

»Tja, da haben wir die Bescherung.« Riker stand auf und begann an den vorderen Konsolen auf- und abzugehen. Endlich wandte er sich ruckartig der Brückencrew zu. »Sie haben es selbst gehört. *Irgend etwas* ist passiert. Aber was, das weiß ich nicht. Was ist Ihr Eindruck?«

»Koban hat eindeutig etwas verschwiegen«, lautete Worfs Meinung.

»Ja, genau«, bestätigte Geordi. »Es kam mir so vor, als wollte er von Ihnen die Antwort auf eine Frage, ohne sie stellen zu müssen.«

Riker nickte. Er hatte das gleiche Gefühl gehabt.

»Seinem Benehmen nach hat er die gewünschte Antwort erhalten. Nun muß ich wissen, um welche Frage es ging.«

Schweigen. Der Blick des Commanders traf den Androiden. »Haben Sie irgendeine Vorstellung, Data?«

»Zu meinem Bedauern überfordern derartige Spekulationen meine Kapazitäten, Sir«, gab Data bekümmert Auskunft.

»Er hat vermutlich eine Neuigkeit erfahren, die seine Strategie uns gegenüber beeinflußt.« Worf sprach langsam. Seine dunkle Stimme hatte einen fast schleppenden Ton. »Sonst wäre es nicht erforderlich gewesen, uns auszuhorchen.«

»Eine Nachricht, die seine Strategie beeinflußt...« Worfs Einschätzung spornte Rikers Verstand zu höchsten Leistungen an. Seine Lider verengten sich zu Schlitzen. Er versuchte sein Umfeld aus dem Bewußtsein zu verdrängen, sich auf den Ansatz zur Lösung des Rätsels zu konzentrieren. Eine Nachricht, die seine Strategie beeinflußt...

»Sir«, meldete Worf, »Koban besteht auf Fortsetzung des Gesprächs.«

Riker ließ den Kopf sinken. Futsch. Er hatte so dicht davor gestanden, Koban zu durchschauen. Jetzt war der Ansatz zur Klärung verflogen. Riker wußte, daß es keinen Zweck hatte, sich weiter das Gehirn zu zermartern. Nun mußte er wohl oder übel die Verhandlungen wiederaufnehmen. Er hoffte, daß es ihm gelang, den raffinierten Rebellenkommandeur zu überlisten.

»Durchschalten«, befahl er Worf.

»Commander, diese Wartespielchen mißfallen mir«, sagte Koban, kaum daß sein Gesicht wieder auf dem Wandschirm erschien. »Ich verlange eine klare Entscheidung.«

»Solche Entschlüsse brauchen ihre Zeit, Koban«, erwiderte Riker in umgänglichem Tonfall. »Ich versichere Ihnen, wir überlegen ernsthaft, wie wir...«

»Commander!« Ein eindringlicher Zuruf Worfs unterbrach Riker. Plötzlich erlosch der Bildschirm.

Riker fuhr herum und starrte hinüber zu dem Klingonen. »Was ist los?«

»Sir, ich habe die Verbindung getrennt. Soeben sind zwei große Raumschiffe unbekannter Herkunft mit Warpgeschwindigkeit ins Sonnensystem eingeflogen.« Worf las Anzeigen ab. »Sie nehmen Kurs auf Koorn.«

Rikers Herz machte einen Satz. »Wie groß sind sie, Mr. Worf?«

»Jedes hat...« Worf las die Daten ab, checkte die Instrumente, schaute ein zweites Mal hin. »Jedes hat ungefähr die siebenfache Masse der *Enterprise.*«

»Die Tseetsk«, sagte Geordi leise. »Sie haben das Signal der von den Aufsehern abgefeuerten Tachyonensonde empfangen.«

Riker nickte. »Sieht ganz so aus.« Er wandte sich dem dunklen Wandschirm zu. Mit der Hand strich er sich durch den Bart. »Jetzt frage ich mich, wie sie wohl zu uns stehen.«

Auf die Beantwortung dieser Frage brauchte er nicht lange zu warten. Innerhalb einer Stunde befanden die beiden Raumschiffe sich im Erfassungsbereich der Optiken. Riker betrachtete sie auf dem Schirm.

Zwei gewaltige, glänzend schwarze, pfeilförmige Umrisse erschienen auf dem Wandschirm. Sie verdunkelten fast die Hälfte der sichtbaren Sterne. Zwecks Größenvergleich projizierte der Bordcomputer einen maßstabsgerechten Querschnitt der *Enterprise* zwischen die fremden Schiffe. Die *Enterprise* wirkte jämmerlich klein. »Schau sich mal einer diese schweren Koffer an«, staunte Geordi unterdrückt.

»Anscheinend sind beide durch ein ähnliches Kraftfeld geschützt, wie es auch den Tseetsk-Computer auf Koorn abschirmt«, sagte Data. »Der Effektivitätsquotient beträgt rund das doppelte der bei der Föderation gebräuchlichen Deflektortechnik.«

»Unglaublich«, murmelte Riker in wahrer Ehrfurcht.

»Unsere Schilde sind alle aktiviert«, gab Worf bekannt. »Ich schlage vor, Alarmstufe Gelb zu geben, Sir.«

Riker kaute an seinem Daumen, dachte einen Moment lang nach. »Einverstanden«, sagte er schließlich. »Aber nur zur Vorsicht. Ich bin der Auffassung, daß es eigentlich unnötig ist. Wenn stimmt, was uns Drraagh und Vossted über die Tseetsk erzählt haben, werden sie wohl kaum einen Schußwechsel riskieren. Die Gefahr wäre zu groß, daß sie Verluste erleiden. Worf, schalten Sie auf Grußfrequenz.«

»Aye, Sir. Antwort trifft ein.« Worfs Stimme klang nach Unzufriedenheit. »Visuelle Übertragung stabil.«

Im folgenden Moment wich das Panorama auf dem Wandschirm der Nahaufnahme eines runden, gefiederten Gesichts. Es hatte große, ernste Augen und einen kurzen Schnabel. Das war jedoch schon die ganze Ähnlichkeit mit Drraagh. Diese Tseetsk hatte knallrote Gesichtsfedern. Von den Augen gingen wie Spinnennetze dicke, grüne Streifen aus. Ein keck nach vorn geschwungener Kamm aus langen, krausen Federn verlieh der Intelligenz etwas Komisches.

Flüchtig betrachtete die Tseetsk die Brückencrew. »Menschen«, fragte sie dann ohne jede Begrüßung, »woher habt ihr das Raumfahrzeug?«

Verdutzt blinzelte Riker. Der Translator hatte eine Tendenz, Betonungen zu verwischen. Trotzdem meinte der Commander, der Frage etwas unmißverständlich Gebieterisches angehört zu haben. Die Tseetsk sind es gewöhnt, in allen Menschen Sklaven zu sehen, rief er sich in Erinnerung. Ich brauche das nicht persönlich zu nehmen.

»Ich bin Commander William Riker«, sagte er. »Sie haben Kontakt mit dem Föderationsraumschiff *Enterprise,* das ...«

»Commander?« unterbrach die Tseetsk ihn mit einer Andeutung von Empörung in der Stimme. »Du bist ein Mensch.«

»Ja, stimmt«, gestand Riker. »Aber …«

»Menschen werden keine Commander«, behauptete die Tseetsk. »Sie sind Sklaven.«

Riker verschränkte die Arme auf dem Brustkorb. Er fragte sich, ob die Tseetsk ihn wohl je einen Satz beenden ließ.

Anscheinend hatte sie nicht die Absicht. »Sklaven dürfen keine Raumschiffe besitzen«, erklärte sie in kühlem Ton. »So etwas verkörpert ein untragbares Risiko. Menschen, ihr habt das Raumfahrzeug unverzüglich zu verlassen und nach Koorn zurückzukehren.«

Der Tenor der Unterhaltung verstimmte Riker zusehends. »Leider können wir Ihren Wunsch nicht erfüllen«, entgegnete er. »Sie müssen nämlich wissen, daß wir …«

Aber die Tseetsk-Kommandantin kannte keine Bereitschaft zum Zuhören. In einer bestürzend fremdartigen Bewegung drehte ihr Kopf sich auf den Schultern und beschrieb dabei einen fast kompletten Kreis. Sie ergänzte die Gebärde durch eine undeutbare Geste in die Richtung jemandes, der sich hinter ihr außer Sicht befand. Unvermutet verschwand die Tseetsk vom Wandschirm. Die Übertragung zeigte erneut eine Außenansicht der fremden Raumschiffe.

Riker war zumute, als wollten sich ihm die Haare sträuben. »Was geht denn jetzt vor?« fragte er halblaut.

»Sir, am Bug des näheren Schiffs haben sich gerade zwei Luken geöffnet«, rief Worf.

Tatsächlich konnte Riker nun auf dem Bildschirm zwei helle, viereckige Ausschnitte im Rumpf des genannten Tseetsk-Schiffs erkennen. »Geschützpforten?« fragte er.

»Die Sensoren zeigen an, daß dort konische Objekte in Position geschoben werden«, meldete Data. Er blickte zu Riker herüber. »Sir, ihre Konfiguration entspricht der vor zwei Tagen beobachteten Tachyonenrakete.«

»Alarmstufe Rot!« brüllte Riker. Eine Faust schien sein Herz zusammenzupressen.

Plötzlich erschien wieder die Tseetsk-Kommandantin auf dem Wandschirm. »Menschen, euch einzubilden, ihr könntet uns drohen, war dumm von euch«, sagte sie. »Nun müssen wir euch vernichten.«

15

»Was fangen wir nun an, Mr. Edorlic?« fragte Picard.

»Was wir anfangen sollen?« schnaubte Chu Edorlic. Er checkte die restliche Energieladung seines Neuro-Disruptors. Der schwache Schein von Koorns Monden glänzte auf dem Lauf der Waffe. »Natürlich uns wehren.«

»Und womit?« erkundigte Troi sich ganz ruhig.

Picard lehnte sich rücklings an den Fels. Durch den billigen Anorakstoff spürte er die Kälte des Gesteins. Er hatte den Eindruck, als ob ihm der nach dem letzten Sprint auf die Stirn getretene Schweiß gefror.

Sein Atem rasselte. Dem Captain wurde klar, daß er sich auf keinen Fall noch mehr Anstrengungen zumuten durfte. Aufgrund der Nachwirkungen des Pheromons und des strapaziösen Gewaltmarschs durch Koorns unwirtliche Landschaft waren seine Kräfte jetzt endgültig erschöpft.

»Die Counselor und ich sind unbewaffnet«, sagte er zu Edorlic. »Und wenn Sie glauben, ich wäre gegenwärtig zum Nahkampf imstande, täuschen Sie sich.«

Ungefähr fünfzehn Meter hangabwärts knirschte leise Schnee unter verstohlenen Schritten. Ein Pfeil wurde aus dem Köcher gezogen.

»Hört ihr das?« fragte Edorlic. »Es ist der Tod, der sich da anschleicht. Laßt euch kampflos hinschlachten, wenn ihr wollt. Ich dagegen habe vor, ein paar dieser Kreaturen mit in den Tod zu nehmen.«

»Die Energie Ihres Disruptors muß nahezu verbraucht sein«, äußerte Picard. »Sie können höchstens noch zwei, drei Schüsse abgeben. Ob sie im Dunkeln jemanden treffen, bleibt offen. Danach sind Sie genauso wehrlos wie wir.«

»Worauf willst du hinaus, Captain?« grummelte Edorlic.

»Auf folgendes. Es braucht nicht Counselor Trois beachtenswertes Talent, um zu erkennen, daß diese Wesen intelligent sind. Sie führen einen organisierten Kampf und verfügen über relativ wirksame Waffen.«

»Na und?«

»Dank ihrer Intelligenz sind sie möglicherweise vernünftigen Argumenten zugänglich. Ich schlage vor, Mr. Edorlic, daß wir uns mit ihnen zu verständigen versuchen.«

»*Was?*« brüllte der Rebell wütend. Sofort fiel er in einen Flüsterton zurück. »Kapitulieren? Hat die Kälte dein Gehirn verwirrt, Alter? Du hast doch gehört, was Troi gesagt hat. Diese Bestien wollen uns zur Strecke bringen. Denkst du, wenn wir uns ihnen vertrauensselig ergeben, blasen sie ihr großes Festessen ab?«

»Ich habe nie behauptet, daß sie uns zu verzehren beabsichtigen«, stellte Troi klar. »Im Gegenteil, ich spüre bei ihnen keinerlei Hunger. Nur Haß.«

»Na, das genügt mir.« Edorlic zuckte zusammen, als ein Stein polterte. Er zielte mit dem Disruptor in die Richtung des Geräuschs.

»Seien Sie so freundlich, nicht mit dem Ding herumzufuchteln«, bat Picard mit matter Stimme. »Entschuldigen Sie, daß ich Sie erschreckt habe.«

»Wo stecken diese verdammten Bestien?« murmelte Edorlic. Die Schultern gebückt, spähte er ratlos in die eisige Düsternis. »Weshalb lassen sie sich so viel Zeit? Warum machen sie nicht einfach Schluß?«

»Ich ... ich glaube, sie warten ab. Sie wollen sehen, was wir als nächstes tun.« Wiederholt stockte Trois

Stimme. »Ich spüre ... Verwunderung. Sie fragen sich, welche Absichten wir verfolgen.«

»Das ist unsere Gelegenheit.« Picard beugte sich vor und faßte Chu Edorlic am Arm. »Wir sollten sie nicht versäumen. Lassen Sie uns Verhandlungen aufnehmen, solang ihre Neugier den Haß überwiegt.«

Edorlic riß sich los. »Und was wird, wenn der Haß neu aufflammt?« wollte er wissen. »Dann morden sie uns nach Lust und Laune hin.«

»Es muß ja nicht unbedingt dazu kommen«, erwiderte Picard. »Bei einem Kampf dagegen ist unser Ableben nur eine Frage der Zeit.«

»Der Captain hat recht, Chu«, wandte Troi sich flehentlich an Edorlic. »Hören Sie auf ihn. Es ist unsere einzige Chance.«

Voller Unruhe beobachtete Picard den Rebellen.

Edorlics Miene war finsterer als die sich hinter seinem Rücken ballenden Schatten. Nach einem ausgedehnten Moment angespannten Schweigens legte er den Neuro-Disruptor vor sich aufs Gestein. Fast zärtlich glitten seine Finger ein letztes Mal über die Waffe. Dann zog er die Hand zurück. »Also gut.« Unsicherheit ließ seine Stimme beklommen klingen. »Und was nun?«

Zur Antwort stand Picard bedächtig auf und schob sich die Kapuze vom Kopf. Die Hände hoch über den Kopf erhoben, trat er aus dem Dunkel der Felsen.

»Captain!« keuchte Troi.

»Es war meine Idee«, erklärte Picard gelassen. »Folglich ist es angebracht, daß ich als erster das Wagnis eingehe. Werde ich getötet, Mr. Edorlic, dürfen Sie das Weitere entscheiden.«

Picard machte noch einen Schritt vorwärts. In diesem Augenblick brach das Mondlicht durch die Wolken. Es erhellte Picards Gesicht. Der verzerrte Schatten seiner eingemummten Gestalt fiel auf die zwei Menschen, die sich hinter ihm niederduckten.

Stille herrschte. Der Wind hatte zeitweilig ausgesetzt.

Picard konnte nichts anderes als den eigenen Herzschlag hören. Er dröhnte ihm durch den Schädel wie das dumpfe Schlagen einer Trommel. Der Captain hatte sich auf die eindeutigste, einfachste Art der Kommunikation verlegt – zwei ausgestreckte, leere Hände. Wie mochte die Gegenseite darauf reagieren? Er widerstand der Versuchung, die Lider zu schließen und auf den tödlichen Pfeil zu warten. Unter Aufbietung aller Willenskraft hob er den Fuß und tat den nächsten Schritt.

Danach blieb er stehen.

Zeit verstrich. Picard hatte keine Ahnung, ob er da für eine Sekunde oder eine Stunde stand. Auf alle Fälle beließ er seine Arme lange genug in der unbequemen Haltung, daß sich in den Gliedern Blutleere ergab. Seine Hände wurden vollkommen gefühllos.

Sind die Wesen überhaupt noch in der Nähe? fragte er sich irgendwann. Es wäre ja wirklich lächerlich, wären sie längst weg, und ich stehe hier die halbe Nacht hindurch wie eine elende Vogelscheuche.

Ein Stakkato gedämpfter Schnatter- und Schnalzlaute vertrieb die Befürchtung aus seinen Gedanken. Eine längere Antwort ähnlicher Laute folgte. Offenbar diskutierten die sogenannten Eisbestien sein Verhalten.

»Captain!« ertönte von hinten Trois Stimme. »Ich glaube, sie werden nicht mehr schießen. Erst kam es zu einem Anschwellen von Aggressionen, als man Sie gesehen hat. Aber inzwischen sind sie weitgehend verebbt.«

»Weitgehend?« wiederholte Picard – oder wollte es wenigstens. Seine Kehle war knochentrocken und konnte nur ein Krächzen hervorröcheln. Er schluckte zweimal und versuchte es nochmals. »Was heißt ›weitgehend‹, Counselor?«

»Einige der Geschöpfe empfinden für Sie auch jetzt noch ausschließlich Feindschaft«, gab Troi zu. »Die Mehrzahl jedoch neigt zur Besonnenheit. Und viele sind neugierig.«

»Hoffen wir, daß die Besonnenen und Wissensdurstigen das Sagen haben«, meinte Picard. »Was werden sie nach Ihrer Ansicht nun anstellen?«

»Ich empfange keine eindeutigen Eindrücke.«

»Also sind wir noch einmal am Zug«, murmelte Picard. »Mr. Edorlic, möchten Sie nicht zu mir herauskommen?«

»Ich?« maulte Edorlic in unterdrücktem Ton. »Warum ich? Weshalb nicht eure kostbare Counselor Troi?«

Entschlossen straffte sich Troi. »Schon recht. Ich gehe.«

Edorlic langte nach ihrem Arm und riß sie grob zurück. »Das fehlte noch«, fauchte er. »Ich lasse mich doch nicht von einem weiblichen ...«

Monstrum. Unwillkürlich zuckte Troi zusammen, als sie das Wort erriet, das Chu nicht ausgesprochen hatte.

»Wenn Sie die Hoffnung haben möchten, diese Nacht zu überleben, Mr. Edorlic, sollten Sie Ihren geistigen Horizont im Schnellverfahren erweitern.« Picard sprach mit fester Stimme. Ihren unnachgiebigen Tonfall erkannten Troi und Edorlic als Anzeichen unterdrückten Zorns. »Nehmen Sie nun endlich die Hände hoch und kommen Sie zu mir heraus.«

Widerwillig tat Edorlic wie geheißen. Anscheinend kostete das Aufrichten ihn erhebliche Mühe. Selbst im Stehen blieb er in geduckter Haltung. Die Hände hielt er dicht neben den Kopf.

Er verließ die Deckung des Höhleneingangs und stellte sich neben den Captain. Zum zweitenmal spürte Troi bei den fremden Wesen ein Aufflackern von Feindseligkeit. Diesmal war es jedoch weniger heftig als vorher. Als es verging, konnte sie eine wesentlich verstärkte Neugierde wahrnehmen.

Nun ahmte sie das Beispiel der beiden Männer nach und gesellte sich mit erhobenen Händen zu ihnen.

Ein längerer, geschnatterter Wortwechsel wurde hörbar. Das Geschnalze und Gegluckse der fremdartigen

Sprache hatte einen Klang wie das Knacken von Hunderten trockener Zweige.

Edorlics wachsamer Blick erkannte als erster in der Dunkelheit Bewegung. »Da kommt etwas auf uns zu.«

»Bleiben Sie einfach still und ruhig«, riet Picard.

Aus dem Düstern näherte sich eine ungefähr menschengroße, silbrige Gestalt. Weitere folgten, huschten lautlos hinter Findlingen hervor. Ein Rascheln hinter den drei Menschen verriet, daß man sie umzingelte. Allem Anschein nach waren die Geschöpfe ausnahmslos bewaffnet. Die meisten trugen lange Bogen und Köcher voller Pfeile. Zwei oder drei jedoch hatten gefährlich aussehende Speere und Keulen dabei.

Langsam und mit bereitgehaltenen Waffen rückten die Wesen heran. Als nur noch etwa zweieinhalb Meter sie von den Menschen trennten, hielten sie an. Picard konnte erkennen, daß sie groß und hager waren; sie hatten rauhes, zotteliges Fell. Dunkle Flecken tupften den silbergrauen Pelz. Oder hatten sie sich in das Fell irgendeines anderen Lebewesens gehüllt? Im schwachen Mondschein vermochte Picard es nicht richtig zu unterscheiden. Auf den kleinen, glatten, keilförmigen Schädeln saß ein buschiger Kamm. Picard verkniff die Augen, um deutlicher sehen zu können. Diese Kopfform…

»Captain«, entfuhr in diesem Moment Troi ein gedämpfter Ausruf. »Es sind Vogelwesen.«

Genau das war es! Das war ihm so bekannt vorgekommen. Die dreieckigen Münder waren Schnäbel. Und das Zottige ihrer Erscheinung ließ sich tatsächlich auf die Pelzkleidung zurückführen, die sie übers Gefieder gestreift hatten.

»Gütiger Himmel, Sie haben recht«, sagte Picard. Nur mit Mühe gelang es ihm, seine Aufregung zu verheimlichen. »Noch eine intelligente Vogelrasse! Wie hoch ist die Wahrscheinlichkeit, zwei solche Völker in ein und demselben Raumsektor vorzufinden?«

Plötzlich sprang ein Vogelwesen auf Picard zu und schüttelte vor seinem Gesicht bedrohlich einen Speer. Erschrocken wich Picard zurück. Aus einem ihrer weit auseinanderliegenden Augen starrte die Kreatur ihn eine Sekunde lang an. Sie gab etwas von sich, das wie »Ki-ni-ka-la!« klang.

»Tut mir leid, ich verstehe nichts.« Ohne die Arme zu senken, spreizte Picard die Hände, um sein Unverständnis zu verdeutlichen.

»Ki-ni-ka-la-k-k-k«, entgegnete das Wesen. Da ertönte anscheinend ein Befehl eines anderen Vogelwesens. Das zänkische Geschöpf kehrte in die Reihe seiner Artgenossen zurück.

»Vielleicht möchte es, daß du den Mund hältst«, raunte Edorlic.

Vielleicht. Auf jeden Fall bewertete Picard es als klüger, vorerst Schweigen zu bewahren. Die Lippen zusammengepreßt, betrachtete er den Kreis der Vogelwesen mit erhöhter Aufmerksamkeit.

Obwohl sie der gleichen Gattung angehörten, wiesen sie mit Drraagh nur wenig Ähnlichkeit auf. Abgesehen von der Färbung – oder fehlenden Färbung –, waren sie beinahe doppelt so groß wie Drraagh. Sie hatten einen erheblich schlankeren Körperbau sowie längere, kräftigere Beine; und zudem, wenn Picard sich nicht täuschte, längere Flügelarme. Darüber hinaus war ihre Schädelform gänzlich anders. Drraagh hatte einen vornehmlich runden Kopf mit kleinem, zierlichem Schnabel und großen Augen. Bei diesen Wesen liefen die Schädel vorn spitz zu, wie man es von Raubvögeln kannte. Die Schnäbel waren groß und krumm. Picard vermutete, daß sie damit lebensgefährlich zuhacken konnten. Und die schwarzen Augen waren kleiner; außerdem standen sie sehr weit auseinander. Picard bezweifelte, daß die Geschöpfe eine stereoskopische Sicht hatten.

Faszinierend. Schlicht und einfach faszinierend.

Wie es den Anschein hatte, gab das größte Wesen der

Horde den Anführer ab. Der arg gerupfte Veteran hatte nur noch ein Auge. Er – oder sie? – gurrte einen neuen Befehl. Drei der seltsamen Kreaturen schlichen umsichtig von der Seite heran. Mit Pfeilen stocherten sie sachte an den Menschen herum.

»Was zum…?« Erstmals war Chu Edorlic eine gewisse Furcht anzumerken.

»Nur die Ruhe«, riet Troi leise. »Sie wollen uns nichts antun, glaube ich. Wahrscheinlich suchen sie nur nach Waffen.«

Anscheinend stimmte ihre Annahme. Einige Augenblicke später rief der zerzauste Anführer erneut einen Befehl. Die drei vorgeschickten Wesen steckten ihre Pfeile zurück in die Köcher.

Langsam und vorsichtig senkte Picard seine schmerzenden Arme. Edorlic und Troi taten das gleiche. Ein paar Vogelwesen störten sich daran. Doch der Anführer brachte sie mit einer Geste zum Schweigen. Ein Geschöpf schlang sich eine Rolle knotigen Seils vom Hals und zerschnitt es mit einem Knochenmesser in drei Teile. Sie beabsichtigen, uns die Hände zu fesseln, mutmaßte Picard.

Er hatte recht. Allerdings schienen die Wesen dabei gehörige Angst zu haben. Weil das Blut in seine Hände zurückströmte, bewegte Picard die kribbelnden Finger. Sofort schrak die Kreatur, die ihn fesselte, zurück. Augenblicklich stand Picard still.

Die übrigen Wesen äußerten Laute, die in Picards Ohren unmißverständlich nach Spott klangen. Ein, zwei Sekunden später trat das Geschöpf wieder näher und beendete seine Aufgabe.

Nachdem man den drei Menschen die Hände sorgsam auf den Rücken gebunden hatte, machte der Anführer der Vogelwesen eine Geste mit seinem Speer. Man drängte die Gefangenen in die Richtung des Höhleneingangs.

Im Innern der Höhle hielt der Anführer an und

klaubte einen kleinen Gegenstand aus einem um den Hals gehängten Beutel. Mit den Händen vollführte er Reibbewegungen. Gleich darauf flackerte ein Funke. Picards Staunen wuchs. Zunder!

Mehrere Wesen holten Fackeln aus ihren Pfeilköchern und entzündeten sie an dem vom Anführer entfachten Flämmchen. Woraus die Fackeln bestanden, konnte Picard nicht feststellen. Ihre hellen Flammen entwickelten wenig Rauch, verbreiteten jedoch einen aromatischen Duft. Picard blickte sich um. Die lange Höhle hatte eine niedrige Decke.

Der Weg wurde fortgesetzt. Auf dreizehigen Spreizfüßen mit dicken Ballen strebten die Vogelgeschöpfe lautlos dahin.

Im unsteten Fackelschein forschte Picard in Trois Miene. Es beruhigte ihn zu sehen, daß sie einigermaßen gefaßt wirkte. Ihre Zähne klapperten nur infolge der Kälte.

»Was meinen Sie, wohin sie uns bringen?« fragte er mit gedämpfter Stimme.

»Keine Ahnung«, bekam er zur Antwort. »Darauf kann ich keine Hinweise spüren.«

»Hier ist der Einstieg zu den warmen Höhlen«, ergriff Edorlic auf der anderen Seite des Captains das Wort. »Es muß irgendwo einen Schacht oder ein Loch zu einem Vulkan geben. Gefunden haben wir nie was. Aber die Höhlen werden ziemlich gut erwärmt. Bald haben wir's richtig gemütlich. Außer natürlich, die Eisbestien brutzeln uns über einem schön heißen Magmatümpel.« Er stieß ein freudloses Lachen aus.

Ein Vogelwesen stach wegen des plötzlichen Prustens wenig rücksichtsvoll mit einem Pfeil nach ihm. Mit bösem Gesicht verfiel Chu Edorlic in Schweigen.

Eine Zeitlang führte die Wanderung durch eine Reihe natürlicher Höhlen und Gänge, die das einheitlich graue Felsgestein durchzogen. Eiszapfen und Stalaktiten hingen in glitzeriger Pracht von der Decke herab.

Nach Durchquerung der ersten Höhlen war vom Pfeifen des Windes nichts mehr zu bemerken. Trotzdem fühlte Picard keine Erwärmung der Luft. Ihm fiel jedoch auf, daß der Weg sich langsam, aber sicher nach unten neigte.

»Wann gelangen wir in die warmen Bereiche?« flüsterte er Chu Edorlic zu. Inzwischen hatte er den anfänglichen Schreck der Begegnung mit den sogenannten Eisbestien verwunden. Nun machten ihm seine überbeanspruchten Muskeln erst richtig mit Beschwerden zu schaffen.

»Ich bin mir nicht sicher«, gestand der Rebell. »So tief bin ich hier unten noch nie gewesen. Von der vierten Höhle zweigt ein Gang mit stärkerem Gefälle nach Osten ab. Dort kommt man zu den warmen Höhlen.«

»Nach Osten.« Picard dachte kurz nach. »Wissen Sie, in welche Richtung wir gehen?«

Edorlic verkniff die schwarzen Brauen. »Ungefähr nach Südosten, würde ich sagen. Wir folgen dem Verlauf des Großen Grabens.«

»Beeindruckend«, murmelte Picard.

Edorlic feixte. »Vielleicht sind wir rückständigen Sklaven gar nicht so dumm, wie ihr denkt.«

Picard seufzte und ließ es bei der Bemerkung bewenden. Er empfand Bedauern. Nicht einmal in der gegenwärtigen, unschönen Situation konnte Chu Edorlic sich zur Solidarität mit seinen Leidensgefährten durchringen.

Mittlerweile durchquerten sie einen recht engen, gewundenen Gang. Unversehens hielt die Kolonne der Vogelwesen an. Picard war froh, wieder einmal verschnaufen zu dürfen. Er hockte sich an die Höhlenwand. Doch er merkte bald, daß ihm keine lange Pause vergönnt sein sollte. Eines nach dem anderen verschwanden die seltsamen Wesen durch einen schmalen Spalt im Fels.

Eine vorspringende Steinplatte entzog den Durchstieg der Sicht jedes Uneingeweihten. Sofort hatte Picard gewisse Zweifel daran, daß es sich um eine natürlich entstandene Gesteinsformation handelte. Die Steinplatte wirkte ebenso roh und verwittert wie aller andere Fels. Ihr zweckmäßiger Standort legte allerdings den Verdacht vorheriger Planung nahe.

Erneut wechselte Picard einen Blick mit Troi. »Diese Wesen werden mit jeder Minute interessanter, stimmt's, Sir?« tuschelte sie.

»Wahrhaftig«, pflichtete der Captain ihr bei.

Endlich war es an ihm, durch das Loch zu schlüpfen. Die Spalte erstreckte sich ein beträchtliches Stück weit. Außerdem mußte sie mehrere Biegungen haben. Picard sah von den Fackeln der ihm vorangegangenen Kreaturen nicht den geringsten Lichtschimmer.

Die Beengtheit verursachte ihm Unwohlsein. Kleine, dunkle Räume hatten ihm seit jeher Unbehagen bereitet. Aber jetzt war nicht die geeignete Zeit, um zimperlich zu sein.

Er holte tief Luft und stapfte vorwärts. Schon nach wenigen Schritten verengte der Weg sich dermaßen, daß der Captain mit beiden Ärmeln am Gestein streifte. Die dicke Kleidung und die Fesseln erhöhten zusätzlich die Schwierigkeiten. Einmal blieb er an einem Engpaß sogar stecken. Panik drohte ihn zu überwältigen. Aber er wand sich hin und her, kam schließlich mit einem Ruck frei und durch.

Der Spalt – oder vielleicht war es ein künstlich angelegter Stollen – durchlief nach etwa zehn Metern eine U-Kurve. Picard war wieder etwas zuversichtlicher zumute. Zielstrebig tappte er durch die Biegung. Zum Lohn sah er voraus das nahezu anheimelnde Geflacker des Fackelscheins auf den Felswänden.

Er eilte weiter – und sein Fuß rutschte auf einer ausgetretenen, glatten Stelle aus. Sein anderes Bein zappelte für einen Augenblick in der Luft. Dann stürzte er auf den Rücken. Würdelos kullerte er eine absonderlich verkantete Schräge hinab.

»Uff«, machte er, als er endlich auf ebenem Untergrund liegenblieb. Zum Glück hatte das Futter der dicken Kleidung, die ihm vorhin noch hinderlich gewesen war, die ärgste Wucht des Aufpralls gemildert. Er fühlte sich reichlich angeschlagen und durchgerüttelt. Doch offenbar hatte er keine ernsten Verletzungen erlitten.

Ein Kreis keilförmiger, silbriger Köpfe blickte auf ihn herab. Gefühllos betrachteten ihn schwarzglänzende Augen. Picard stöhnte und versuchte aufzustehen. Infolge der Handfesseln war es ihm allerdings unmöglich. Zu guter Letzt packte ein Vogelwesen zu und zog ihn mit nur einer Faust auf die Beine. Sie sind stark, schlußfolgerte Picard. Sehr stark. Das muß ich mir merken.

Er drehte sich um und schaute nach, was ihn zu Fall gebracht hatte. »Stufen!« entfuhr es ihm unwillkürlich.

Diesmal war bezüglich des künstlichen Ursprungs kein Irrtum möglich. Picard war eine kurze Treppe mit breiten, in den Fels gehauenen Stufen hinuntergepurzelt. Für den durchschnittlichen menschlichen Fuß hatte man die Stufen zu flach gemacht; doch sie sahen aus, als wären sie für einen Riesenvogel mit stämmigen, muskulösen Beinen wie geschaffen.

Unverzüglich erkannte Picard auch den Grund für sein Ausrutschen. Die Treppenstufen waren reichlich abgewetzt. In der Mitte sah man tellergroße, tiefe Mulden. Hunderte, vielleicht sogar Tausende von Jahren hindurch mußten Vogelfüße diese Stufen ausgetreten haben.

Nun kam vorsichtig Troi die Treppe herab. Ihr folgte Edorlic. Die Counselor hob die Brauen, sobald sie zu Picard gelangte. »Diese Wesen sind eindeutig nicht so primitiv, wie man auf den ersten Blick meinen konnte. Um diese Stufen herauszuschlagen, müssen sie Metall benutzt haben, oder nicht?«

»Ich halte es für wahrscheinlich«, antwortete Picard mit verhaltener Stimme. »Nach dem Zustand der

Treppe zu urteilen, muß sie schon vor sehr langer Zeit angelegt worden sein. Vielleicht sehen die Wesen in den Menschen Koorns Störenfriede und fühlen sich in ihrer Lebensweise bedroht. Jedenfalls wäre das eine Erklärung für ihre Feindseligkeit.«

Anscheinend war der Anführer der Vogelwesen der Ansicht, die Gefangenen hätten jetzt lange genug geredet. Er gab einem anderen Geschöpf einen harschen Befehl. Das angesprochene Wesen schnatterte etwas und machte Drohgebärden in Trois und Picards Richtung, bis sie voneinander auf Abstand gingen.

Anschließend wurde der Weg abwärts fortgesetzt. Die Höhlenwanderung führte von neuem durch eine Reihe von Biegungen und Kurven. Picard vermutete, daß nicht einmal der gutinformierte Chu Edorlic ahnte, wohin es eigentlich gehen sollte.

Kein Zweifel aber bestand mehr daran, daß die Vogelwesen mit ihnen tiefer in die planetare Kruste hinabkletterten. Jetzt erwärmte die Luft sich rasch. Schon rund fünfzehn Minuten später schwitzte Picard in seinem Anorak gehörig. Anfangs war es ihm angenehm, wieder Wärme zu genießen. Aber bald wurde ihm recht unbehaglich zumute. Und die Temperatur stieg ständig.

Nach einiger Zeit hatte er das Empfinden, daß die Hitze ihn nachhaltiger als vorher die Kälte zermürbte. Er trottete nur noch vor sich hin, ließ den Kopf hängen. Jeder Schritt tat seinen Füßen weh. Wie weit sollen wir denn noch laufen? fragte er sich benommen. Vielleicht bis zum Magmakern?

Unerwartet taumelte er gegen einen weichen, pelzigen Rücken. Die Kolonne hatte angehalten. Mit Mühe fing Picard sich ab und hob den Kopf.

Sie standen am Zugang zu einer geräumigen Höhle. Picard schaute rundum. Die Höhle war natürlichen Ursprungs. Manche Stellen sahen jedoch aus, als wären dort Felsen geglättet worden.

Ungefähr ein Dutzend weiterer Vogelwesen kauerten in der Höhle. Sie arbeiteten an der Anfertigung von Pfeilen und Speeren. Sobald sie die gefangenen Menschen erblickten, sprangen sie mit Schnalzrufen auf und schwangen ihre Waffen.

Die erregten Geschöpfe verwickelten den einäugigen Anführer in eine schnell geschnatterte Diskussion. Nach einem Weilchen hastete eine Kreatur zu einem Durchstieg in der Rückwand. Beim Rennen schaukelte sie leicht unbeholfen auf den dicklichen Beinen. Trotzdem bewegte sie sich, wie Picard beobachtete, ziemlich flott voran.

Wenige Augenblicke später kam sie wieder zum Vorschein und winkte. Der einäugige Anführer sagte etwas, und neun Vogelwesen nahmen die Menschen ringsum in die Mitte. Man brachte sie durch den Verbindungsgang in eine benachbarte Höhle. Dort führte man sie zu einer steinernen Empore. Darauf hockte in einer Art von gepolstertem, mit Fellen ausgelegtem Nest ein Vogelgeschöpf von besonders kräftiger Statur. Es trug einen Überwurf aus weißen und gesprenkelten Pelzen. Durchs Brustgefieder des Wesens konnte man deutlich eine dreißig Zentimeter lange, faltige Narbe erkennen. Stumm musterte es die Menschen.

»Der Häuptling«, flüsterte Troi.

Picard machte die Lider schmal. »Ist Ihnen aufgefallen, daß beide Führungspersonen, die wir bisher gesehen haben, ziemlich abscheuliche Narben tragen?« raunte er zurück. »Das verweist darauf, daß man in dieser Kultur der Kampftüchtigkeit hohen Wert beimißt.«

»Na, immerhin«, sagte Chu leise. »Wenigstens sind diese Geier im Gegensatz zu den Flatterern keine Feiglinge.«

»Ki-ni-ka-la«, rief der Einäugige. Danach klappte er mit hörbarem Knacken den Schnabel zu.

Das Vogelwesen auf der Empore beugte sich vor und sagte etwas zu Picard. Statt des Captains antwortete

Einauge. Vermutlich teilte er seinem Häuptling mit, daß die Gefangenen die Vogelsprache nicht beherrschten.

Der Häuptling lehnte sich zurück und überlegte für einen Moment. Schließlich beugte er sich ein zweites Mal vor und deutete mit einem Krallenfinger auf die eigene Brust. »Kraax-korn-aka«, sagte er langsam.

Der Sinn dieser Äußerung war unmißverständlich. Picard nickte. Wegen der Handfesseln konnte er nicht auf sich selbst zeigen. »Picard«, stellte er sich trotzdem vor. Mit dem Kopf wies er erst auf die Counselor. »Troi.« Dann auf den Rebellen-Unterführer. »Edorlic.«

»Ik-kard.« Der Häuptling wiederholte die Namen. »Troi. E-dor-lik-k.« Er betrachtete die Menschen noch ein Weilchen. Endlich sagte er etwas zum Einäugigen.

Einauge gab den Wächtern ein Zeichen. Sie eskortierten die Menschen hinaus.

Nun geleitete man sie in eine noch größere Höhle. Bei grob quadratischem Grundriß hatte sie eine Abmessung von ungefähr dreißig mal dreißig Metern. Die Bodenfläche war auf eindrucksvolle Weise nahezu glattgeschabt worden.

»Hier ist es wie in einem Museum«, wisperte Troi. »Oder wie in einer Kirche.«

Picard fühlte sich zu entkräftet, als daß die Maße der Höhle ihm noch Ehrfurcht eingeflößt hätten. Trotzdem riß er unwillkürlich die Augen auf, als er die Maschine in der Mitte der Räumlichkeit erblickte. Er erblickte einen glänzenden Metallpilz von gut und gerne fünfzehn Metern Höhe.

Neben dem Captain schnappte Edorlic nach Luft. »Das ist ja eine unserer geothermischen Zapfstellen«, rief er.

Also beheizte diese Anlage die Höhlen. Picard näherte sich der Maschine. Er sah, daß man sie offenbar mit außerordentlichster Sorgfalt wartete und pflegte. Jede Metallplatte der Verkleidung war beinahe spiegelblank poliert. Die Flächen warfen den Schein der in

Wandhaltern lodernden Fackeln zurück. Doch in den Fugen zwischen den Abdeckplatten war das Schwarz hohen Alters zu sehen. Sämtliche Muffen und Schrauben waren fast weggescheuert.

»Diese Apparatur sieht viel zu alt aus«, bemerkte Picard verwundert, »als daß sie von Ihnen stammen könnte.«

»Sie muß von uns sein«, widersprach Edorlic. »Ich kenne doch die Gehäuse. Ich muß es ja wohl wissen. Drei dieser verdammten Anlagen habe ich für die Flatterer mitaufgebaut.«

»Ja, Sie müßten es eigentlich wissen«, sagte Picard bedächtig. Ihm kam ein unglaublicher Verdacht.

Sie strebten an der Zapfstelle vorüber. Picard fiel auf, daß die Wächter in offensichtlich rituellem Gebaren mit den Köpfen wippten und die Halsfedern aufplusterten.

Plötzlich hörte er Troi aufkeuchen. »Captain, sehen Sie nur!«

Picard schaute in Trois Blickrichtung. Hinter der alten Zapfanlage sah er in einer Nische der Felswand einen glatten, schwarzen, glänzenden Kubus. »Mein Gott!« entfuhr es ihm. Aber schon brachte man sie durch einen neuen Durchgang in eine andere, diesmal kleine Höhle. Ihre Begleiter verteilten sich an den Wänden, um Wache zu halten.

»Das Ding sah ja geradeso wie der Computer in unserer Siedlung aus.« Chus Stimme klang entgeistert. »Wie haben die Eisbestien bloß so was in die Klauen gekriegt?«

Picard hörte kaum zu. Seine Gedanken kreisten um all die unfaßbaren Beobachtungen. Ein zweites Vogelvolk, die geothermische Zapfstelle, der Computer sowie die unübersehbaren Anzeichen des Alters der Geräte ... Er blickte auf und sah plötzlich in Trois dunkle Augen. »Denken Sie das gleiche wie ich?« fragte er die Counselor.

Sie nickte. »Genau das gleiche.«

»Was denn?« brummelte Edorlic. Sein Blick ruckte zwischen Picard und Troi hin und her. »Wovon quatscht ihr da?«

»Es hat den Anschein«, antwortete Picard, »daß die Eisbestien, wie Sie sie nennen, gar kein Völkchen diebischer Barbaren sind.«

»Nicht?« Der Rebellen-Unterführer nahm auf einer steinernen Sitzbank Platz. »Dann kläre mich auf, o Sternenmensch. *Was* also sind sie?«

»Was wir gesehen haben, verrät es ganz deutlich«, erläuterte Picard. »Es gibt sogar einen linguistischen Hinweis. Ich meine das Präfix ›Kraax‹ im Namen des Häuptlings. Commander Data hat in Ihrem Computer Verweise auf den Begriff ›Kraaxaa‹ gefunden.«

Der Captain betrachtete die Vogelwesen. »Wir sind auf Überlebende des Vernichtungskriegs gestoßen, der vor zehntausend Jahren diese Welt und andere Planeten verwüstet hat. Eines Krieges, der sie zu einer primitiven, armseligen Existenz in unterirdischen Höhlen verurteilte … und fast die Ausrottung ihrer gesamten übrigen Rasse zur Folge hatte.« Picard wölbte die Brauen. »In Wirklichkeit, Mr. Edorlic, sind die ›Eisbestien‹ nämlich Tseetsk.«

16

Erneut verschwand das Konterfei der Tseetsk-Kommandantin vom großen Wandschirm. Riker bekam wieder die riesigen, pfeilförmigen Raumschiffe und die offenen Abschußluken zu sehen. »Mr. LaForge«, fragte er, »was haben wir zu befürchten, und was läßt sich dagegen unternehmen?«

»Eine Salve von zwölf Raketen, soviel ich feststelle, Sir«, antwortete Geordi von seiner Station herüber. Er seufzte. »Vielleicht *könnten* wir eine erste Salve mit einem Schwarm Photonentorpedos abfangen ...«

»Ich höre schon das ›Aber‹«, sagte Riker.

»Richtig, Commander. Das Problem ist, daß die erste Salve, auch wenn wir sie abfangen, unsere Bordsysteme beeinträchtigen wird. Selbstverständlich kann ich die Schilde energetisch verstärken und uns besser abschirmen. Trotzdem würden sie nicht den gesamten Ionisierungseffekt abwehren. Unsere Detektoren und Sensoren dürften ausfallen, so wie schon einmal.«

Riker schnitt eine bittere Miene. »Und zwar, wenn wir sie am dringendsten benötigen ...«

»Wir wären blind«, bestätigte Geordi. »Falls Sie mir den unwissenschaftlichen Ausdruck nachsehen.«

»Das sind keine günstigen Nachrichten, Geordi.«

»Tja, was soll ich sagen? Diese Vögel haben früher Asteroiden auf mißliebige Planeten geschleudert. Und jetzt schießen sie mit Kanonen auf Spatzen. Anscheinend fehlt's ihnen an Humor.«

Riker starrte die Abschußluken an. »Hätten wir bloß was zum Zurückschleudern«, murmelte er in den Bart.

Auf einmal hatte er eine Idee. »Computer«, sagte er, »lokalisiere Vossted und Drraagh und bitte Sie, auf die Brücke zu kommen.« Mag sein, dachte er, daß unsere Waffen den Tseetsk nicht gewachsen sind. Aber vielleicht kann sachkundiger Rat uns helfen, sie zu überlisten.

»Commander«, grollte hinter ihm Worfs Stimme. »Vom Planeten trifft ein Funkspruch ein.«

»Auf den Wandschirm schalten«, befahl Riker.

Das Abbild Iarni Kobans ersetzte die Aufnahme der Tseetsk-Kriegsschiffe. Diesmal wirkte der Rebellenkommandeur erstaunlich selbstbewußt. »Unsere Instrumente haben die Ankunft von Flatterer-Raumschiffen geortet«, sagte Koban. »Ich habe vorhin mit der Tseetsk-Kommandantin gesprochen und sie über die Koorn-Revolution informiert.« Seine Brauen rutschten aufwärts. »Ob's euch paßt oder nicht, nun müßt ihr euch uns anschließen.«

Riker rang sich für den Rebellenkommandeur ein ironisches Lächeln ab. »Na, wenn wir jetzt auf ein und derselben Seite stehen, können Sie ja den Captain und Counselor Troi freilassen. Die beiden wären uns bei der Bewältigung der Krisensituation eine große Hilfe.«

Koban erwiderte das Lächeln mit einem für Rikers Empfinden reichlich abartigen Grinsen. »Ach, wir wissen doch beide, Commander, daß ihr nur wegen Picard und Troi überhaupt noch da seid. Große Sympathie bringt ihr unserer Sache bestimmt nicht entgegen.«

Riker verging das Schmunzeln. »Für Sie ist Ihre Sache offenbar Grund genug, um Ihr Leben und zudem das Ihrer Anhänger aufs Spiel zu setzen. Aber erwarten Sie von mir kein Verständnis, wenn Sie *unsere* Besatzung gefährden. Erst recht nicht, nachdem Sie versucht haben, uns zu erpressen, damit wir Ihnen beistehen.«

Damit reizte er Koban. »Ich hatte nur die Absicht ...«

»Es ist egal, welche Absichten Sie hatten«, unterbrach Riker ihn. »Für uns sind die Konsequenzen klar. Unser Raumschiff sieht sich zwei feindlichen Einheiten gegenüber, die uns offensichtlich himmelweit überlegen sind. Obendrein verfügen Sie über eine völlig unbekannte Technik. Sie wollten, daß die Föderation an einem Krieg gegen die Tseetsk teilnimmt. Freuen Sie sich, Sie werden Erfolg haben. Posthum.«

Kobans erstarrte Miene verschwand vom Wandschirm.

Riker hörte hinter seinem Rücken ein Aufseufzen. »Tja, Koban ...«

Er drehte sich um. Vossted und Drraagh hatten die Brücke betreten. »Ich hatte in bezug auf ihn noch Hoffnung«, meinte der Ex-Aufseher. Sein Blick ruhte auf der dunklen Mattscheibe. »Ich dachte, er könnte trotz allem zu einer Führerpersönlichkeit heranreifen, die unsere Welt verändert. Aber er ist so weit vom richtigen Weg abgeirrt ... Jetzt frage ich mich, ob es für ihn überhaupt noch irgendeine Hoffnung gibt.«

»Nun ja, das ist eine interessante Frage. Aber Koban ist momentan unser geringeres Problem. Die größten Schwierigkeiten haben wir gegenwärtig mit *denen* da.« Er wies auf den Wandschirm, der inzwischen wieder die fremden Raumschiffe zeigte. »Bewaffnete Tseetsk-Raumer. Sie haben uns mit Vernichtung gedroht. Leider ersehen wir nicht so recht, wie wir uns gegen einen Angriff verteidigen sollen.«

»Wir wissen Bescheid«, sagte Vossted knapp. »Drraagh und ich werden tun, was wir können, um euch zu helfen. Wenn wir nicht einschreiten, lösen diese Schiffe möglicherweise einen verheerenden Krieg aus.«

Das Absurde der Situation nötigte Riker zu einem Grinsen. Zuerst stand ich mit ganzem Herzen auf der Seite der Rebellen. Dann haben die Rebellen das Schiff in Gefahr gebracht. Und nun muß ich mich, um schlimmeres Unheil abzuwenden, mit den zwei letzten Sklavenhaltern Koorns verbünden.

»Wir sind nicht unbedingt in einer Position der Stärke«, stellte er unverblümt fest.

»Also müssen wir möglichst überzeugende Worte finden, um den gegenteiligen Eindruck zu erwecken«, sagte Drraagh. Sie gab ein kurzes Aufgackern von sich.

Riker blinzelte. Hatte die Tseetsk gerade gelacht?

»Mr. Worf«, rief er, »kontaktieren Sie die Tseetsk-Einheiten.«

Auf dem Wandschirm löste ein großes Tseetsk-Gesicht die beiden riesenhaften Raumschiffe ab. Der rotgefiederte Kopf hatte einige Ähnlichkeit mit dem Aussehen der ersten Gesprächspartnerin. Allerdings bemerkte Riker eine schlichtere Zeichnung. Oder handelte es sich um Rangabzeichen?

»Eine untergeordnete Offizierin«, konstatierte Drraagh leise.

»Seid ihr zur Kapitulation bereit, Menschen?« fragte die Tseetsk.

»Ich bin bereit, Sie etwas mehr Anstand zu lehren«, keifte Drraagh die junge Offizierin an. »Ich wünsche Hweeksk zu sprechen.«

Die Offizierin stieß ein Qieken der Überraschung aus. Sie verschwand vom Wandschirm. Dieser zeigte als nächstes wieder die Tseetsk-Kommandantin. »Drraagh! Wir dachten, die Menschen hätten ... hätten Sie ermordet. Statt dessen sehe ich Sie jetzt als ihre Geisel.« Aus Erregung sträubten sich Hweeksks Halsfedern.

Riker durchschaute den Anlaß der Bestürzung. Ein Raumschiff voller Menschen zu vernichten, hätte Hweeksk nicht gezögert. Wahrscheinlich wäre sie nicht einmal davor zurückgeschreckt, die menschliche Bevölkerung eines ganzen Planeten zu massakrieren. Dagegen rührte die Vorstellung, Drraagh zu töten – eine andere Tseetsk –, an ein wesentliches Tabu ihrer Kultur.

Es wunderte Riker nicht, daß Hweeksk unverzüglich einen Sündenbock fand. »Vossted! Natürlich. Sonst niemand kann der Vater dieser Revolte sein.«

Trotz der Mängel der Translatorfunktionen bemerkte Riker die seltsame Betonung, die Hweeksk dem Wort

›Vater‹ verlieh. Sie stockte dabei ein wenig, als spräche sie etwas Ekelhaftes, Abstoßendes aus.

»Ich habe hier keine Revolte angezettelt«, entgegnete Vossted. »Eure eigene Zivilisation hat sie verursacht.«

»Egal, was hier entstanden ist, noch kann ... es im Keim erstickt werden.«

Riker konnte sich nicht des Gefühls erwehren, daß Hweeksk ziemlich grobschlächtig auftrat. In einer Kultur, die sich unbeschränktem Wachstum und Gedeihen verschrieben hatte, mußte eine derartige Äußerung als Ausdruck schlechtesten Geschmacks gelten.

»Es kann sein, daß ihr euch hier ein Sternenschiff angeeignet habt«, wandte Hweeksk sich an Riker. »Es wird euch aber nichts nutzen. Euch Menschen fehlen die erforderlichen Fähigkeiten, um ...«

»Hweeksk, schauen Sie sich dieses Raumfahrzeug einmal genauer an«, unterbrach Drraagh die Kommandantin. »Sieht es irgendeiner Konstruktion ähnlich, die Sie aus der Geschichte unserer Raumfahrt kennen?«

»Es kommt mir primitiv vor«, meinte Hweeksk geringschätzig.

»Könnte unser Volk ein solches Raumschiff heute bauen?« fragte Drraagh.

Die Kommandantin sah sie nur stumm an.

»Hweeksk, seien Sie auf der Hut. Die Besatzung dieses Schiffs hat nie unter Tseetsk-Protektion gelebt. Diese Menschen sind Repräsentanten der Regierung ihrer Heimatwelt.«

»Regierung?« wiederholte Hweeksk in schrillen Mißtönen.

»Bei unserem Erstkontakt mit der menschlichen Rasse ist uns ein schwerer Fehler unterlaufen. Damals ist ein falscher, gefährlicher Weg eingeschlagen worden. Wir haben es nicht mehr mit einer kleinen, planetar ansässigen Gruppe mutmaßlicher Überlebender eines Rassenselbstmords zu tun. Die Menschen sind ein Raumfahrervolk. Zusammen mit anderen Rassen haben sie eine bedeutende Föderation gegründet.« Drraagh zeigte auf Worf, der an der taktischen Station stand. »Ihre Vereinte Föderation der Planeten umfaßt mehr Welten, als es in unserer Sphäre der Klans je gegeben hat.«

Riker widmete der kleinen Vogelgestalt einen Blick der Anerkennung. Offenbar hatte Drraagh die historischen Dateien der *Enterprise*-Computer gut zu nutzen verstanden.

»Das sind doch nur junge, barbarische, expansionistische Völker«, erwiderte Hweeksk. »Es ist besser, wir treiben sie jetzt in ihre Löcher zurück, bevor sie unsere Menschenbrigaden gegen uns aufhetzen.«

Riker mischte sich ein. »Sie sind also willens, für die Beibehaltung Ihrer … Wie nennen Sie sie? Sie wollen für den Erhalt Ihrer ›Menschenbrigaden‹ Krieg führen? Ich muß Sie warnen. Eine auf Sklaverei gestützte Gesellschaft kann niemals stabil bleiben.«

Drraaghs nächste Frage galt etwas Konkreterem. »Hweeksk«, erkundigte sie sich, »wann haben Sie Ihre Raketen das letzte Mal im Ernstfall eingesetzt? In wie vielen Schlachten haben Sie gekämpft?«

Wieder bewahrte Hweeksk Schweigen.

»Ich möchte keine militärischen Geheimnisse ausplaudern«, sagte Drraagh, »aber …«

»Sie wären wirklich dazu imstande, sich auf die Seite dieser Ausgeburten zu stellen?« fragte die Tseetsk-Kommandantin. »Labilen Geschöpfen, die sich beinahe selbst ausgerottet hätten? Denken Sie daran, was die Menschen ursprünglich in unsere Sphäre verschlagen hat.«

»Ich weiß es«, antwortete Drraagh gelassen. »Aber denken *Sie* daran, warum die Menschen in unserer Sphäre einen unbewohnten Planeten zum Besiedeln fanden. Sie sind nicht die einzige Rasse, die schon einen Tanz mit der Selbstvernichtung hatten.«

»Die Menschen sind Barbaren!« krähte Hweeksk.

»So sehr unterscheiden sie sich nicht von uns. Ich habe sie besser kennengelernt. Menschenmütter lieben ihre Kinder, so wie wir unsere Jungen.«

»Aber ...« Hweeksks Stimme verklang.

Drraagh streckte die Stummelarme aus. »Bitte, Hweeksk! Uns bietet sich die Gelegenheit, mit dieser Rasse gemeinsam einen neuen Anfang zu machen. Zetteln Sie keinen Krieg an. Es muß einen vernünftigeren Weg geben.«

In äußerster Erregung sträubte die Kommandantin ihr Gefieder. »Ich ... ich sehe keine Alternativen, Drraagh.«

»Lassen Sie mir etwas Zeit. Ich werde Ihnen eine beweiskräftige Begründung liefern.«

»Also gut.« Hweeksk wippte mit dem Kopf. »Sie haben einen Orbit Frist.«

Der Wandschirm erlosch.

Am späten Abend saß Beverly Crusher noch in ihrem kleinen Büro und sah ältere Ausgaben der *Verbandszeitschrift der Föderationsärztekammer* durch. Normalerweise konnte sie fürs Lesen keine Zeit erübrigen. Viel Neues stand ohnehin nie in der Verbandszeitschrift. Doch das Lesen lenkte sie von der schrecklichen Spannung ab, die die gegenwärtige, kritische Situation der *Enterprise* hervorrief.

Wenigstens ist Wesley an der Akademie und dort in Sicherheit, dachte Beverly. Immer machte sie sich um ihn große Sorgen. Jetzt lag eine grausige Ironie darin, daß momentan nicht er, sondern sie in akuter Gefahr schwebte. Das bewies, sinnierte sie, daß man nie wußte, welches Schicksal bevorstand ...

Sie wünschte sich nur, sie dürfte ihn noch einmal sehen. So vieles hatte sie ihm noch nicht gesagt. Die Sehnsucht nach ihrem Sohn überwältigte Beverly. Sie senkte den Kopf auf die verschränkten Arme.

Während sie döste, halb träumte, verwandelte sich in

ihrem Geist Wesleys Bild allmählich in eine jüngere Version seiner Erscheinung; in ein Gesicht mit dunkelbraunen statt nußbraunen Augen, das einen Ausdruck der Verschlossenheit und Verzweiflung hatte. Langsam straffte sie sich; dann schwang sie sich mit einem Aufseufzen aus dem Sessel.

»Es ist an der Zeit, einmal *diesem* Kind ein paar wichtige Sachen klarzumachen«, sagte sie laut.

Im Patientensaal der Krankenstation glomm schwache, bläuliche Beleuchtung. Auf Zehenspitzen schlich Crusher zum hintersten Bett. Lorens Ben lag auf dem Rücken. Die Bordärztin sah, daß er die Augen offen hatte. Er starrte die Saaldecke an.

»Lorens«, sprach Crusher ihn leise an.

Sofort schloß er die Lider.

Beverly stellte einen Stuhl neben sein Bett und nahm Platz. »Ich weiß, daß du wach bist. Möchtest du nicht mehr mit mir reden?«

Sie wartete. Etwa eine Minute später öffnete er die Augen wieder. »Was gibt es denn noch zu sagen?« fragte er mit unterdrückter, gefühlloser Stimme.

»Oh, eine ganze Menge«, beteuerte Crusher. Sie hob die Hand, um ihm übers Haar zu streichen. Lorens wich vor ihr zurück.

Beverly bemühte sich, deswegen nicht gekränkt zu sein. Sie faltete die Hände im Schoß. »Lorens, es beunruhigt mich, daß du so unglücklich bist. Ich weiß, was Koban verbrochen hat, ist für dich sehr schmerzlich. Aber du darfst nicht so tun, als wäre es das Ende der Welt. Du bist jung. Du hast noch das ganze Leben vor dir. Dich erwarten so viele ...«

»Ich habe nichts«, unterbrach Lorens sie. »Meine Mutter ist tot. Als ich die Elementarschule besuchte, ist mein Vater weit fort gewesen. Ich hielt ihn für den großartigsten Menschen des Universums. Dann nahm er mich mit nach Koorn, und ich kam dahinter, wie er wirklich war ...« Seine Stimme erstickte. Es dauerte einen Moment, bis er weitersprechen konnte. »Shakra Ben war Aufseher. Ein Leuteschinder. Eine Memme. Er hatte eine widerwärtigere Sklavenseele als die Männer, die ihm unterstanden. Weißt du, weshalb Shakra mich nach Koorn gebracht hat? Nicht aus Zuneigung zu mir, seinem Sohn. Nein, er wollte sicher sein, daß ich *genau wie er werde.*«

Ein Krampf befiel die Gestalt des Jungen. Sein Körper versteifte sich zu fürchterlicher Starre. Crusher sah wütende Entschlossenheit in seiner Miene. Er rang darum, die Konvulsionen durch schiere Willenskraft zu überwinden.

Gleich darauf sprach er durch zusammengebissene Zähne weiter. »Dann bin ich Koban begegnet. Er ist ein wahrer Führer, dachte ich. Als endlich der Aufstand stattfand, war ich froh ... Obwohl ich wußte, daß Koban meinen Vater getötet hatte ...« Sein Atem rasselte stoßweise. »Für Koban wäre ich zu allem bereit gewesen. Und er hat mich ... er hat mich in so etwas ...«

»Was er angestellt hat, war falsch«, bestätigte Crusher. »Aber du darfst dich nicht von den Menschen abwenden, nur weil ein oder zwei von ihnen anders sind, als du angenommen hattest. Es gibt Menschen, die dich mögen.«

»So wie du?« fragte Lorens verbittert. »Du lungerst bloß bei mir herum, weil ich dich an deinen Sohn erinnere.«

»Das ist nicht wahr«, versicherte Beverly mit fester Stimme.

»Ich bin aber *nicht* dein Sohn!« Lorens schimpfte weiter, ohne auf sie zu achten. »Außerdem fliegst du bald weg. Das heißt, wenn wir nicht sowieso alle im Krieg gegen die Flatterer umkommen. Also, Dr. Beverly, was *habe* ich?«

Crusher ging das Herz über. »Erstens hast du dich selbst. Es stimmt, zuerst ist meine Aufmerksamkeit geweckt worden, weil du mich an Wesley erinnert hast.

Aber das spielt inzwischen keine Rolle mehr. In den vergangenen Tagen habe ich dich als den Menschen kennengelernt, der du bist… Und du bist ein prachtvoller Kerl.«

Beverly sprach in verhaltenem Ton. »Zweitens hast du mich«, fügte sie hinzu. »Du hast recht, ich… Wenn alles gut ausgeht, fliege ich in Kürze mit der *Enterprise* weiter. Aber unabhängig davon, wo ich bin, Lorens, bin ich deine Freundin.«

Lorens' Reaktion bestand lediglich aus einem ungläubigen Blick.

»Hör zu. Als Wesley noch ein Kind war, ist sein Vater – mein Mann Jack – bei einem Unglück umgekommen.« Plötzlich schnürte sich Beverly die Kehle zu. Angestrengt schluckte sie.

»Ich dachte, ich müßte auch sterben, als ich die Nachricht von seinem Tod erhielt. Jack war für mich die Welt. Ich habe Jahre gebraucht, um diesen Schicksalsschlag wenigstens in Ansätzen zu verwinden. Noch heute bin ich oft traurig, das kann ich nicht leugnen. Aber nach einer Weile habe ich etwas gemerkt. Weißt du was? Ein Teil Jacks ist nie gestorben. Dieser Teil lebt für immer in meinem Herzen, in meinem Geist. Selbst wenn ich mich eines Tages in jemand anderes verlieben sollte, wird Jack mir deshalb nicht verlorengehen. Weil ich mich *erinnere.* Verstehst du, was ich meine?«

Noch gab Lorens keine Antwort. Doch er hatte sich auf den Ellbogen hochgestemmt und schaute Beverly achtsam ins Gesicht.

»Und noch etwas will ich dir sagen. Das gleiche gilt für Wesley, meinen Sohn. Er ist zur Zeit weit weg. Und wenn er älter wird und seine Laufbahn fortsetzt, werden wir bestimmt noch häufiger getrennt sein. Aber egal wo er ist, gleich wo ich bin, gleichgültig was geschieht – ein Teil von uns bleibt immer beim anderen. In unserem Gedächtnis.«

Beverly Crusher verstummte. Was für eine ergreifend schlichte Wahrheit sie soeben ausgesprochen hatte, begriff sie selbst erst jetzt. Sollte kommen, was wollte, Wesley würde nie für sie verloren sein; so wenig, wie sie Jack je verloren hatte. Mit einem Mal durchströmte tiefe Erleichterung sie.

»Dr. Beverly ...« Mühsam setzte Lorens sich auf.

»Ja?«

»Wirst du ...« Er konnte den Satz nicht beenden. Tapfer versuchte er es nochmals. Seine Stimme blieb so leise, daß Crusher sich vorbeugen mußte, um ihn verstehen zu können. »Wirst du dich auch an mich erinnern ...?«

Plötzlich schüttelte ihn ein Schluchzen. Er schlang die Arme um Beverlys Taille, drückte seinen dunklen Schopf in die Falten ihres Kittels. Die lange zurückgehaltenen Tränen rannen ihm nun die Wangen hinab.

Auch Beverly traten Tränen in die Augen; unbemerkt tropften ein paar auf Lorens' Scheitel. »Immer, Lorens«, versprach sie ihm. Sie wiegte seinen schmächtigen Oberkörper in den Armen. »Immer.«

In der Höhle unter Koorns Oberfläche schritt Jean-Luc Picard ungeduldig auf und ab. »Verdammt noch mal, Counselor!« wetterte er. »Die Entdeckung einer einheimischen Tseetsk-Bevölkerung wirft ein völlig neues Licht auf die gesamte Situation ...!« Er senkte seine Lautstärke. »Damit haben wir den Schlüssel zur Lösung des ganzen Problems. Könnten wir nur zurück auf die *Enterprise* ...!«

»Es kommt jemand«, zischelte Chu Edorlic vom Eingang der kleinen Höhle herüber. Die stumme Wächterabteilung der Kraaxaa-Tseetsk hatte geduldet, daß er sich dort hinhockte. Es störte die Aufpasser auch nicht, daß er ihnen ständig bitterböse Blicke zuwarf.

Neue Krieger erschienen. In ihrer Mitte kam ein hochgewachsener Tseetsk herein. Er trug eine ähnlich prächtige Pelzkleidung wie der Häuptling. »Ik-kard«, rief der Bonze.

Picard stand auf. »Wieso behandeln eigentlich alle *dich* wie den Boß?« murrte Edorlic verdrossen.

Der Tseetsk-Bonze legte eine Hand auf die Brust, um sich vorzustellen. »Sss-kaa-twee.«

Picard bemerkte eine Kette um den Hals des Tseetsks. Daran hing das einzige Schmuckstück, das er bisher bei diesem Stamm gesehen hatte. Es war ein Stück schwarzen Kristalls in Würfelform. Man hatte es sehr sorgfältig gefertigt und geschliffen. Versonnen betrachtete der Captain den winzigen Kubus.

»Ich glaube, dieser Anhänger verrät uns Sss-kaa-twees Funktion. Er ist Priester, vielleicht Seher… Auf alle Fälle der Hüter des Computers.«

Wie zur Bestätigung wies Sss-kaa-twee in die Nachbarhöhle mit der uralten geothermischen Zapfstelle. Eine im Stakkato hervorgestoßene Äußerung begleitete seine Gebärde. Eskortiert von den Wächtern, folgten die Gefangenen ihm nach nebenan.

In der geräumigen Höhle drängten sich jetzt zahlreiche Kraaxaa-Tseetsk. Ihre fürs Freie bestimmte Fellbekleidung hatten sie abgestreift. Eine ganze Anzahl war größer und rundlicher als der Rest. Weibchen, vermutete Picard. Die Vogelwesen kauerten in etlichen Reihen hintereinander auf dem Felsboden. Rund um die Zapfstelle hatten sie einen Kreis freigelassen.

»Ein beachtliches Publikum haben wir«, brummte Picard. »Sollen wir als Gladiatoren auftreten, oder steht nur unsere Hinrichtung bevor?«

Die ausdruckslosen Vogelaugen der Versammelten musterten die Menschen. Troi schüttelte den Kopf. »Ich spüre ausschließlich gespannte Erwartung.«

Man führte die Menschen in den freien Kreis, wo sie sich setzen durften. Aus der Gruppe der Priester – Gelehrten? – trat Sss-kaa-twee vor. Er war der größte von ihnen. Er bezog vor dem enormen schwarzen Kubus

Aufstellung, den man seitlich der Zapfstelle in eine Felsnische gestellt hatte. Dort stimmte er einen Gesang im rauhklingenden Kraaxaa-Dialekt an. Im Innern erhellte ein Leuchten den Kubus.

Dann projizierte er Bilder. Offensichtlich zeigten sie die Kraaxaa-Tseetsk in alten, gloriosen Zeiten. Ihnen folgten Wirren und Krieg. »Was, die Flatterer haben sich untereinander bekriegt?« meinte Edorlic.

»Laut Commander Data, der sich mit Ihrem Computer befaßt hat, gab es mehrere Fraktionen: Sree-, Joost- und Loor-Tseetsk, und diese hier, die Kraaxaa-Tseetsk.«

»Hmm!« machte Edorlic. »Unsere Flatterer nannten ihre Sprache Sree-Tseetsk. Koban hat uns alle gedrängt, davon 'n bißchen zu lernen. Aber das Gequäke dieser Biester klingt ganz anders.«

Vor den Augen der Zuschauer flackerten Aufzeichnungen diverser kriegerischer Handlungen über die Fläche des Kubus. Danach sah man eine Sternenkarte. Kurzes, heftiges Aufblitzen markierte verschiedene Sonnensysteme. Dann konnte man Aufnahmen der Verwüstung Koorns und des Schicksals der Überlebenden sehen.

»Erstaunlich«, kommentierte Picard halblaut. »Das erklärt, weshalb sie trotz ihrer relativ primitiven Technik noch über ein gewisses geistiges Niveau verfügen.«

»Sie haben bis heute Erinnerungen an den Weltraum bewahrt«, sagte Troi. »Ich spüre eine Reaktion auf ihre damaligen Gegner.«

Ein zweiter Priester erhob sich und stellte sich zu Ssskaa-twee. Er deutete auf die Menschen und fing einen eigenen Gesang an. Sein Singsang klang schlichter und gröber. Ähnliches galt jetzt auch für die Bilder auf dem Computerschirm.

Natürlich, dachte Picard. Die Computerkapazität ist begrenzt. Hier steht nur ein kleinerer Kubus. In der ehemaligen Sklavensiedlung der Sree-Tseetsk nimmt er eine ganze Wand ein. Die Steuerung der geothermischen Zapfstelle dürfte erheblichen Speicherplatz beanspruchen. Ebenso die historischen Daten. Da bleibt für die zusätzliche Bildverarbeitung nur wenig übrig.

Die neuen Bilder waren dermaßen einfach, daß sie beinahe Strichdarstellungen glichen. Trotzdem wurde ihr Sinn klar. Es gab einen weiteren Rückblick auf die jüngere Geschichte der Kraaxaa-Tseetsk. Der Computer projizierte die Umrisse eines Tseetsk-Flyers. Er hatte die gleiche pfeilartige Form wie die von den Ex-Sklaven benutzten Flyer. In der Zuschauermenge breitete sich Gemurmel des Wiedererkennens aus. Offenbar brachten die Kraaxaa-Tseetsk die Flugapparate mit ihren einstigen Feinden in Verbindung.

Unter dem stromlinienförmigen Flyer kamen als Strichmännlein abgebildete Menschen zum Vorschein. Sie verfolgten ebenfalls nur andeutungsweise dargestellte, mit Pfeil und Bogen bewaffnete Tseetsk-Krieger. Andere Tseetsk-Figuren waren unbewaffnet und kleiner, manche sogar winzig. Frauen und Kinder, lautete Picards Schlußfolgerung. Wo ein Mensch einem Tseetsk begegnete, deutete er mit dem Arm auf ihn; jeder Tseetsk, auf den ein Mensch zeigte, fiel um. Die Krieger verschossen Pfeile. Auch einige Menschen fielen.

»Sie wissen nicht über die Neuro-Disruptoren Bescheid«, flüsterte Troi. »Ihnen ist nur klar, daß aus den Händen der Menschen irgendwie der Tod kommt. Darum waren sie so nervös, als sie uns gefesselt haben.«

»Die Bedeutung ist völlig unmißverständlich«, sagte Picard. »Sie stufen uns als Verbündete der Tseetsk ein, die den Planeten dem Terraforming unterziehen wollen. Und sie beschuldigen uns des Völkermords.«

Sss-kaa-twee wandte sich den Menschen zu.

»Es hat den Anschein, als ob sie von uns eine Antwort erwarten«, meinte Picard. »Angesichts der Sprachbarriere ist das keine leichte Anforderung.« Wäre wenigstens auch Data entführt worden, dachte er. Der

Androide hätte den Computer genauso gut wie die Tseetsk bedienen können.

Das Schweigen zog sich hin. »Sie warten auf unsere Stellungnahme«, äußerte Troi.

Picard schaute Chu Edorlic an. »Ein wenig kennen Sie sich doch mit der Sprache aus, oder nicht?«

Unwirsch schüttelte Edorlic den Kopf. »Wie gesagt, ich beherrsche nur ein bißchen Sree-Tseetsk.«

»Sree-Tseetsk!« krächzte der Schamane, der offensichtlich als Ankläger fungierte. Erneut ging Gemurmel durch die dichtgedrängten Reihen der Vogelwesen.

»Sree-tseetsk«, rief Sss-kaa-twee dem Computer zu. Aus der Anlage zwitscherte eine Folge melodischerer Vokabeln.

»He!« entfuhr es plötzlich Edorlic. »Da war unter anderem das Flatterer-Wort für ›Übersetzung‹ zu hören.«

»Anscheinend ist der Computer zu dolmetschen bereit, was Sie erzählen«, sagte Picard.

»Kann sein. Aber ich kenne nicht mal das Flatterer-Wort für ›Sklaverei‹. Wie soll ich also was erklären?«

Troi kniete sich hin und fing an, Umrisse in den Staub zu zeichnen. »Kommen Sie«, rief sie Edorlic zu, »helfen Sie mir.«

Picard und Edorlic hockten sich zu ihr. »Das Dreieck soll ein Sree-Tseetsk-Flyer sein«, sagte Troi. »Können Sie das dem Priester begreiflich machen?«

Edorlic zeigte auf das Dreieck und trällerte ein paar abgehackte Silben. Sss-kaa-twee drehte sich zum Computer um, aus dem etliche rauhere Kraaxaa-Vokabeln drangen.

Unter den Flyer malte Troi mehrere Strichmännchen-Tseetsk mit ausgestrecktem Arm. Sie ergänzte sie um eine Gruppe Menschen, einige mit gesenkten Armen, während andere lagen.

»Ich hab's kapiert«, sagte Edolric. »Ihre früheren Feinde haben uns überfallen, soll das heißen.«

Troi nickte. Sie zeichnete noch mehr Figuren in den

Sand: Menschen in unterwürfiger Haltung, daneben aufrechte Tseetsk. »Vielleicht genügt das zur Erklärung«, meinte die Counselor.

Edorlic machte sich in stockendem Tseetsk daran, die Darstellungen zu erläutern. Wiederholt zeigte er auf sie, suchte nach Worten. Der Computer dolmetschte. »Ich habe erzählt, daß sie bei uns aufgetaucht sind, viele von uns getötet und die anderen zur Arbeit gezwungen haben.«

Sss-kaa-twee sang dem Computer etwas vor. Auf dem Schirm erschienen Szenen, die Trois Bildgeschichte wiedergaben. Von neuem kam in der Versammlung Gemurmel auf.

Der zweite Priester/Gelehrte – den Picard als ›Ankläger‹ ansah – ließ seine vorherige Bildsequenz wiederholen. »Alles klar«, sagte Picard. »Ob gezwungenermaßen oder nicht, wir haben seinen Stamm angegriffen.«

Umgehend erarbeitete Troi eine Entgegnung. Sie änderte ihre Zeichnung des Flyers, der Sree-Tseetsk und ihrer Sklaven. Jetzt richteten die Menschen die Arme auf die Tseetsk und die Tseetsk die Arme auf die Sklaven.

»Verstehe«, sagte Edorlic. »Das soll die Revolution sein. Wir Menschen kämpfen gegen die Sree-Tseetsk.« Er bemühte sich in seinem Pidgin-Tseetsk, den Anwesenden das Ereignis zu verdeutlichen.

Währenddessen wischte Troi die Tseetsk-Figuren eine nach der anderen weg und malte an ihre Stelle tot daliegende Tseetsk in den Staub.

Nachdem entsprechende Bilder auf den Computerschirm projiziert worden waren, wandten die zwei Schamanen sich an das Publikum.

»Sieht so aus«, bemerkte Edorlic, »als wäre der informative Teil der Veranstaltung vorbei.«

Inzwischen hatte sich auch Kraax-koorn-aka eingefunden. Dank seiner Brustnarbe konnte man ihn leicht identifizieren. Er betätigte sich als Moderator. Etliche sehnige Krieger standen auf und leisteten Diskussionsbeiträge. Auch einige der kleinwüchsigeren Tseetsk-Weibchen meldeten sich zu Wort. Zuletzt hatte es den Anschein, als ob man irgendeine Übereinkunft erzielt hätte.

Als nächstes hielt der Häuptling seinem Stamm einen Vortrag. Anschließend wandte er sich mit langsamer gesprochenen Worten an den Computer.

Aufmerksam lauschte Edorlic der Übersetzung. »Man läßt uns leben«, teilte er Picard und Troi hocherfreut mit. »Sss-kaa-twee hat darauf bestanden.«

Während die Stammesangehörigen die Höhle verließen, kam Sss-kaa-twee auf die drei Gefangenen zu. Krieger begleiteten ihn an beiden Seiten. Der Priester führte das Trio neben den Kubus des Computers.

Picard erblickte auf der Seitenfläche vielerlei andere Anzeigen. In Tseetsk-Ideogrammen geschriebene und kalibrierte Datenauflistungen flimmerten durch die Projektion.

Verdutzt runzelte Edorlic die Stirn. »So was habe ich auf dem Computer in unserer Siedlung noch nie gesehen.«

»Ich vermute, es ist ein permanentes Display, das Statusinformationen einer wichtigen technischen Anlage anzeigt«, sagte Picard. Er schaute den Rebellen-Unterführer an. »Chu, haben Sie bei der Rebellenschulung auch Kenntnisse der Tseetsk-Schriftsprache erworben?«

Edorlic zuckte die Achseln. »Lesen kann ich das Zeug. Das ist 'ne Diagnostik der geothermischen Zapfstelle.«

Nacheinander besah er sich die Daten. Zum Schluß stieß er einen gedämpften Pfiff aus. »Die Hälfte der Meßwerte sind fast oder ganz im Gefahrenbereich. Kann sein, die Flatterer haben 'ne gute Technik. Aber im Laufe von Jahrtausenden verschleißt jede Apparatur.« Er schnaubte. »Jetzt ist mir klar«, fügte er hinzu,

»weshalb Sss-kaa-twee will, daß wir am Leben bleiben. Wir werden gebraucht, um das Ding zu reparieren.«

»Also ist ihnen die Ähnlichkeit ihrer Zapfstelle mit der Anlage aufgefallen, an deren Errichtung Ihre Brigade weiter oben im Großen Graben gearbeitet hat«, sagte Picard. Er preßte die Lippen zu einem dünnen Strich zusammen und überlegte angestrengt. »Ich hoffe, die geothermische Technik der Tseetsk ist genauso standardisiert wie ihre Computer.«

»Du hast vor, ihre Zapfstelle zu reparieren?« wollte Chu Edorlic erfahren.

»Dank der Techniklehrgänge an der Starfleet-Akademie habe ich eine allgemeine Vorstellung von der Beschaffenheit solcher Installationen. Rechnen wir Ihre konkreten Detailkenntnisse hinzu, müßte es uns gelingen.«

»Und wenn ich mich weigere?« fragte Edorlic.

Picards Blick streifte die umstehenden Wächter. »Sind Sie so darauf versessen«, lautete seine Gegenfrage, »den Heldentod zu sterben?«

Nach einem Moment des Zögerns seufzte Chu. »Dann packen wir's am besten gleich an.«

Der Rebell unterstützte Picard, indem er ihm die Statusanzeigen des Computerdisplays übersetzte. So machte der Captain sich nach und nach ein Bild von der Funktionsweise der Zapfstelle.

»Offenbar haben die Tseetsk sich einen eigenen Geysir geschaffen«, erklärte er Troi. »Es ist ein Schacht bis hinab zu heißem Gestein gebohrt worden. Dem hat man dann Wasser zugeleitet. Im Prinzip ist es nichts anderes als eine Dampfmaschine. Man beschickt sie mit Hitze aus dem Kern des Planeten. Dadurch wird dicht unter der Oberfläche eine Anzahl von Turbinen betrieben.«

»Und das seit über zehntausend Jahren«, staunte Troi.

»Sorgfältig gewartet durch eine Priesterkaste. Das Problem ist, daß viele bewegliche Teile inzwischen völlig verschlissen sind. Steuerventile, Turbinenblätter, Armaturen… Alles hat letzten Endes eine beschränkte Lebensdauer.«

»Aber sie können ausgetauscht werden?«

Picard nickte. »Die wichtigsten Schwachstellen haben wir schon gefunden. Nun brauchen wir nur noch die Ersatzteile.«

Um sie zu besorgen, müssen wir eine Expedition zum Außenposten und den Flyer-Wracks unternehmen, dachte er. Unsere einzige Hoffnung auf Flucht liegt dort unter dem Kliff des Großen Grabens. Vorausgesetzt allerdings, die Funkgeräte haben den Absturz überstanden…

17

Picard fühlte sich, als hätte er nie im Leben so etwas wie Müdigkeit gekannt. Koorns zwei kleine Monde erhellten die vor ihm liegende Landschaft nur schwach. Die Abmachung mit den Höhlen-Kraaxaa-Tseetsk war rasch geschlossen worden. Es hatte nur einen Verhandlungspunkt gegeben: Freiheit gegen Reparatur der geothermischen Zapfstelle.

Kraax-koorn-aka hatte Sss-kaa-twees Vorschlag aufgegriffen, die Expedition zur Beschaffung der erforderlichen Ersatzteile persönlich anzuführen. Unverzüglich war mit den Vorbereitungen angefangen worden. Picard hatte kaum ein Stündchen ausruhen können, bevor Krieger das Gefängnis betraten. Da hatten sich die ersten Anzeichen neuer Schwierigkeiten gezeigt: Picard und Edorlic wurden hinausgeführt. Troi dagegen nicht. Kraax-koorn-aka wies Picards Protest herrisch zurück.

»Der Flatterer-Häuptling will wohl gegen uns ein Druckmittel in der Hand behalten, Captain«, meinte Edorlic. »Die Frau soll als Geisel in Gewahrsam bleiben.«

Wie sollte er darüber mit jemandem diskutieren, der eine völlig fremde Sprache redete? hatte Picard sich gefragt. Versucht hatte er es dennoch. Schließlich war ihm der seltsame Ausdruck in Trois dunklen Augen aufgefallen.

»Sparen Sie sich die Mühe, Captain«, hatte die Counselor ihm empfohlen. »Sie können den Häuptling nicht umstimmen.« Sie senkte die Lautstärke ihrer Stimme, bis nur Picard sie noch hören konnte. In ihrem Tonfall schwangen unheilvolle Ahnungen mit. »Ich habe stark den Eindruck, daß man mich nicht mehr fortlassen will. Und ebensowenig Sie, nachdem Sie mit der Arbeit fertig sind.«

Zumindest nicht lebend, begriff Picard. Aus der Warte des Häuptlings war eine spätere Liquidierung der Gefangenen nur sinnvoll. Die drei Menschen wußten zuviel. Sie kannten den Höhleneingang, den Weg in die Wohnhöhlen und ihre Heizquelle. Die Kraaxaa-Tseetsk mußten es als zu gefährlich einschätzen, sie einfach gehen zu lassen.

Trotzdem hatte Picard bittere Enttäuschung empfunden. Gab es auf diesem Planeten denn keine einzige ehrliche Seele?

Er hatte Troi in die Augen geschaut und genickt. »Ich verstehe, was Sie meinen. Wir werden danach handeln.«

Dann war Picard in seinen Anorak geschlüpft. »Kommen Sie, Mr. Edorlic. Wir haben in dieser Nacht noch alle Hände voll zu tun.«

Wenigstens war der Rückweg zum demolierten Außenposten weniger strapaziös gewesen. Im unterirdischen Höhlensystem gab es eine Abzweigung, die kaum eineinhalb Kilometer vom Außenposten entfernt auf die planetare Oberfläche mündete. Picard, Edorlic, Kraaxkoorn-aka und ein Trupp Krieger hatten bei Fackelschein und unter einigermaßen angenehmen Umständen lediglich einen gewundenen Weg durch etliche Höhlen und Nebenhöhlen beschreiten müssen. Mehrmals hatte Picard sich gefragt, ob all das Kreuz- und Quermarschieren wirklich unvermeidbar war, oder nur dem Zweck diente, ihn und Edorlic zu desorientieren.

»Ich habe schon Stinkvollgesoffene besser geradeausgehen sehen als diese Vögel«, beschwerte sich Edorlic. »Wozu wandern sie hier endlos hin und her?«

Die Zeit war da, um ihn einzuweihen. Picard erzählte ihm von Trois intuitiver Ahnung.

»Also wollen sie uns umbringen, nachdem wir ihnen aus der Patsche geholfen haben, hm?« Edorlic zog eine verkniffene Miene. »Wahrscheinlich sind sie doch typische Flatterer. Wir hätten ihnen nie trauen dürfen.«

»Das klänge wesentlich glaubhafter«, antwortete Picard, »käme es nicht aus dem Mund eines Mannes, von dem die Counselor und ich verschleppt worden sind.«

»Ach, das sind doch längst alte Geschichten«, sagte Edorlic. »Jetzt stehen wir vor einer ganz anderen Frage: Was werden wir dagegen machen?«

Picard atmete tief durch. »Unterhalb des Außenpostens liegen zwei Flyer in der Schlucht.«

»Es ist höchst unwahrscheinlich«, entgegnete Edorlic, »daß einer davon noch flugtüchtig ist.«

»Aber beide haben Funkgeräte an Bord«, hielt Picard ihm entgegen. »Wenn wir eher als die Tseetsk bei den Wracks eintreffen und eines der Funkgeräte in Betrieb nehmen können ...«

»Ist es uns möglich, Hilfe zu rufen«, beendete Edorlic an seiner Stelle den Satz. Er schenkte Picard einen durchdringenden Blick. »Und was wird aus Troi? Es ist ausgeschlossen, schnell genug Leute in die Höhlen zu schicken, um die Frau zu retten.«

Es gab eine Methode, um Deanna Troi zu retten. Doch sie Edorlic zu verraten, hätte gleichzeitig zuviel von Picards längerfristigen Plänen enthüllt – den Absichten, gegen die Edorlic mit Sicherheit Einwände hätte. Um einen rohen Menschen zu überzeugen, sagte sich Picard, brauchte er ein rohes Argument.

»Hier geht's um unser Überleben.« Er zeigte Edorlic eine harte Miene. »Ich dachte, Sie hätten darin genügend Erfahrung, um zu wissen, daß man nie alles haben kann.«

Chu Edorlic wandte sich vom Captain der *Enterprise* ab und musterte die pelzbekleideten Krieger, die sie umgaben. »Weißt du was? Fast hätten diese Flatterer mir Respekt abgerungen. Es hat mich gewundert, daß sie den Handel nicht ehrlich meinen. Aber daß du eine Frau so einfach abschreibst … *Das* überrascht mich *wirklich*, Picard.« Nun grinste Edorlic ihm kühl zu. »Obwohl deine Überlegung natürlich vollkommen vernünftig ist.«

Nach Verlassen des verborgenen Höhlenausgangs schilderte Edorlic die Aufteilung der Außenpostenquartiere. »Unser eigentliches Ziel ist der größte Bau. Einen Teil der Räume haben wir aus dem Fels gehauen. Dort sollte die neue geothermische Zapfstelle stehen. Da lagern die Bestandteile der Anlage. Und andere Materialien.«

»Beispielsweise auch Seile?« fragte Picard. Es fiel ihm schwer genug, sich Edorlics Angaben einzuprägen. Gleichzeitig mußte er das rutschige Sims hinaufwandern, und zudem war es viel dunkler als beim Herweg. Obendrein herrschte auf Koorn nachts noch erheblich bitterere Kälte als während der Tageszeit. Frostkalte Nadeln schienen sich durch jede Naht seiner Kleidung zu bohren, eisige Finger seinen Gesichtsschutz zu betasten. Kühle drang ihm in alle Gelenke, in Beine und Arme, sogar in die Kieferknochen.

»Mehrere hundert Meter Seil«, gab Edorlic ihm Auskunft.

»Ausgezeichnet«, sagte Picard. »Wir gehen hinein, holen die Einzelteile der Zapfstelle aus den Packkisten und sortieren sie. Dann schnappen wir uns ein Seil und klettern auf den Grund der Schlucht.«

»Meinst du nicht, die Flatterer-Krieger könnten etwas dagegen haben?«

Picard zuckte mit den Schultern. »Dann zücken Sie Ihren Disruptor.«

Mitten im Schritt blieb Edorlic stehen und blickte Picard an. »Du weißt Bescheid?«

»Ich bin nicht blind, Edorlic. Mir ist aufgefallen, daß Sie die ganze Zeit lang etwas an Ihre Brust drücken. Außerdem hat Troi mir erzählt, daß Sie in ziemlich geduckter Haltung aufgestanden sind, um sich zu ergeben. Da haben wir uns gedacht, daß Sie die Waffe unter der Jacke verstecken.«

»Wirklich gescheit.« Boshaft grinste Edorlic. »Du hast recht. Ich hab' meinen Disruptor behalten.«

Hoffentlich funktioniert er noch, dachte Picard, während er mit tauben Armen auf den unterkühlten Oberkörper klopfte. Daß ich im Nahkampf gegen diese Wesen etwas tauge, bezweifle ich.

Ein Schnalzen Kraax-koorn-akas brachte die Kolonne zum Stehen. Das Felssims wurde breiter. Voraus erkannte Picard die Bauten des Außenpostens. Konnte es sein, daß er die eingeschlagenen Türen erst gestern nachmittag gesehen hatte?

Der Kraaxaa-Tseetsk-Häuptling schaute die Gefangenen an. Eine stumme Frage stand in seinem Blick. Edorlic deutete auf das Hauptgebäude. Dann zeichnete er mit den Händen einen Pilz in die Luft.

Der Häuptling schickte einen Späher vor. Kurz darauf kehrte der Krieger zurück ins Freie und winkte. Die Expedition betrat das Haus.

Drinnen holten die Krieger Fackeln heraus und entzündeten sie. Picard sah, daß nur drei Wände und das Dach des Bauwerks aus Gußplastik bestanden. Die Arbeiter der Brigade 14 hatten an der Rückseite reichlich solides Felsgestein herausgehauen. Der Innenraum reichte weit ins Kliff hinein. In der künstlichen Höhle erhob sich eine Konstruktion, die halb wie ein Gerüst, halb wie ein Kran aussah. Darunter hatte man eine Anzahl ungeöffneter, viereckiger, mannshoher Plastikbehälter abgestellt. Im Hintergrund standen weitere, noch größere Kisten voller Einzelteile.

Vor der Materialsammlung lagen zwei tote Männer.

»Forns und Jevet«, nannte Edorlic lakonisch ihre Namen. »Zwei geflüchtete Aufseher.«

Koorns niedrige Temperaturen hatten die Toten gut konserviert. Die Gesichter der Männer waren im verzerrten Ausdruck des Entsetzens erstarrt. Ihre Leichen strotzten vor Wunden. Viele stammten von Pfeilen, andere von Speeren. Sogar das Blut war gefroren.

Kraax-koorn-aka und seine Krieger beachteten die Leichname nicht. Statt dessen fingen die Kraaxaa-Tseetsk an, die Behältnisse aufzuschlagen. Sie legten mit Schaumstoff abgepolsterte Turbinenblätter und Metallgehäuse von beträchtlicher Größe frei, Segmente für fünf Meter lange Gelenkstangen, Pumpenschwengel, Rohre, und so weiter – alle Komponenten einer neuen geothermischen Zapfstelle.

Edorlic wartete, bis die Tseetsk-Krieger sich ausnahmslos mit dem Auspacken der Maschinenteile beschäftigten. Dann nickte er in die Richtung des Eingangs. »Das Seil ist vorn in der rechten Ecke«, sagte er zu Picard. »Du schnappst dir 'ne Rolle, während ich für Ablenkung sorge.«

Picard grunzte vor Anstrengung, als er aus einem verknäulten Stapel Seil eine halbwegs ordentlich aufgewickelte Rolle hervorzerrte. Hinter sich hörte er den Neuro-Disruptor prasseln.

Er fuhr herum und sah Edorlic schon auf der Schwelle stehen. Ein Disruptor-Schuß traf noch einen glücklosen Krieger. Scharfe Ausrufe der Tseetsk hallten durch das Gebäude, während sie überstürzt nach ihren Waffen griffen.

»Los doch, vorwärts!« Edorlic griff sich das Seil. Er und Picard hasteten hinaus in die Dunkelheit. »Dort drüben haben wir einige Kletterhaken in den Fels gehauen.« Er führte Picard an den Rand des Abgrunds.

Während Picard das Seil an einen Kletterhaken knüpfte, behielt Edorlic die zertrümmerte Tür des Hauptgebäudes im Augenmerk. Der Fackelschein im Innern mußte die Umrisse jedes Kriegers sichtbar machen, der Pfeile zu verschießen versuchte. »Sollte es ein nächstes Mal geben«, spekulierte der Rebell, »werden die Flatterer uns bestimmt genauer durchsuchen.«

Wieder knatterte der Neuro-Disruptor. Picard drehte den Kopf und sah einen Tseetsk zurücktaumeln. Er war getroffen worden, lebte aber noch. »Schießen Sie nicht mit voller Kapazität?« fragte der Captain.

»Aus praktischen Gründen, nicht aus Rücksichtnahme«, antwortete Edorlic mit rauhem Grinsen. »Ich möchte die restliche Ladung nicht zu früh erschöpfen.« Erneut fauchte seine Waffe. »Bist du noch immer nicht fertig?«

»Doch«, sagte Picard. Er hatte das obere Ende des Seils fest angeknotet. Das andere Ende baumelte tief im Dunkel der Schlucht.

»Dann klettere hinunter. Ich komme gleich nach. Ich muß dafür sorgen, daß unsere Freunde das Seil nicht kappen.«

Das Hinabklettern am Kliff blieb Picard wie ein verschwommener Alptraum vom Bergsteigen in Erinnerung. Er kümmerte sich nicht um die Gefühllosigkeit seiner Hände und Füße. Er kraxelte über zerklüftete Vorsprünge abwärts und hangelte sich an senkrechten Felswällen hinab. Trotz der Handschuhe brannte ihm das Seil allmählich immer spürbarer in den halb erfrorenen Händen, als wäre es ein Wärmequell. Irgendwie gelangte er zuletzt heil auf den Grund der Schlucht. Links lag ein großes, zerknittertes Metallgebilde, dem man die ursprüngliche Pfeilform noch entfernt ansah. Es handelte sich um den zertrümmerten Rumpf des Flyers, mit dem die Rebellen Picard und Troi in ihre Geiselhaft geflogen hatten. Er war mit der Oberseite aufgeschlagen. Schon bedeckte eine dünne Schneeschicht den verlassenen Flugapparat.

Der Captain hatte das Wrack erreicht und umrundete es, um die Einstiegsluke zu suchen, als von oben ein Pfeil herabsauste und am Metall abprallte. Picard beschleunigte die Suche. Wenige Augenblicke später holte Edorlic ihn ein. »Sie klettern uns nach«, keuchte der Rebell außer Atem.

Endlich fanden sie die Luke. Sie war geschlossen. Ihr Unterrand befand sich etwa einen halben Meter über ihrer Kopfhöhe. »Sehen wir uns den anderen Flyer an«, schlug Edorlic vor.

Der Flyer, den die Aufseher zur Flucht benutzt hatten, war mit dem Bug voran aufgeprallt und deshalb stärker als der andere Flugapparat beschädigt. Die Luke war beim Aufschlag aufgesprungen. Mit den Füßen schob Edorlic angehäuften Schnee beiseite, öffnete die Luke vollends und schwang sich in den Flyer.

Neben dem Einstieg wühlte er in einem Staukasten, der anscheinend für Notfälle gedachte Ausrüstung enthielt. Er kramte eine mit Batterien betriebene Taschenlampe hervor. Ihr schwächlicher Lichtkegel erhellte das chaotisch durcheinandergeworfene Innere des Flyers. Es stimmte weitgehend mit der Innenausstattung des Flyers überein, in dem Picard gestern geflogen war; auch hier verrieten die räumliche Beengtheit und die niedrige Decke, daß man die Maschine für eine kleinere Rasse konstruiert hatte. Allerdings waren weniger Sitze vorhanden. Kahle, verschrammte Platten bedeckten einen Großteil der Bodenfläche. Selbst in dem trüben Funzellicht sah man deutlich die groben Schweißnähte.

»Das Funkgerät ist vorn im Armaturenbrett des Piloten.« Edorlic bahnte sich durch an einer Trennwand aufgetürmte, zerbrochene Gegenstände einen Weg zum Bug des Flyers. »Verflucht noch mal!« schalt er vor sich hin. »Ich würde sagen, da hat sich jemand ganz schön die Birne gestoßen.«

Picard lugte über Edorlics Schulter. Er sah ein Paar schräg vornübergekippter Sitze und ein durch die Wucht des Aufpralls eingedrücktes Armaturenbrett. Aus der Bruchstelle hingen zerrissene Kabel und demolierte Chips. »Am besten nehmen wir mit, was wir können«, sagte Picard, »und verrammeln uns in dem anderen Flyer.«

Die Arme voller ausgeschlachteter Instrumententeile,

liefen sie zurück zum zweiten Wrack. Über sich hörten sie die Tseetsk beim Herunterklettern regelrechte Raubvogelrufe kreischen. Weitere Pfeile schwirrten herab.

Unter der Luke des umgedreht liegenden Flyers stemmte Edorlic den Captain hoch. Anschließend half Picard dem Rebellen-Unterführer empor. Wenige Zentimeter neben ihren verklammerten Fäusten schepperte ein Pfeil über den Rumpf.

»Unsere gefiederten Freunde entwickeln allmählich eine gewisse Abneigung gegen uns«, murmelte Picard.

Das Wrack lag nicht nur auf der Oberseite, sondern zudem in ziemlich schrägem Winkel. Der Weg zur Pilotenkanzel glich einer Geisterbahn, bei der es um Leben oder Tod ging.

»Ich nehme mir das Funkgerät vor«, sagte der Captain. »Schauen Sie mal nach, ob noch Elektrizität da ist.«

Mehrere Chips waren zerplatzt. Ob beim Aufprall oder infolge der Minustemperaturen, konnte Picard nicht feststellen. Es gelang ihm, sie durch Teile aus den geborgenen Instrumenten zu ersetzen.

Gerade war er damit fertig, da flammte die Notbeleuchtung des Flyers auf. Nach dem unzulänglichen Licht der Taschenlampe blendete die Helligkeit ihn fast.

»So, Strom haben wir«, rief Edorlic. »Was ist mit dem Funkgerät?«

»Das werden wir gleich sehen.« Picard kippte eine Taste. Skalen wurden erhellt. »Anscheinend ist es funktionsfähig.«

»Gut.« Chu Edorlic hockte sich auf einen Haufen schrottreifen Materials und zielte mit dem Neuro-Disruptor auf Picard. »Es ist mir beinahe peinlich, Captain, aber ich muß dich wohl daran erinnern, daß du mein Gefangener bist. Ich werde nun Koban anrufen. Er wird ein paar Flyer schicken, um die Wilden zu verscheuchen. Wir brauchen dich noch immer, Picard. Du bist jetzt unsere einzige Geisel. Aber es ist so, wie du gesagt hast… Man kann nie alles haben.«

Edorlic behielt Picard im Auge und hatte ständig die Waffe auf ihn gerichtet, während er am Funkgerät die richtige Frequenz einstellte. »Edorlic an Koban. Edorlic an Koban. Empfangt ihr mich?«

»Transporterstrahl fokussieren!«

Die Stimme widerspiegelte Genugtuung – und sie gehörte unzweifelhaft Will Riker.

»Nummer Eins!« entfuhr es Picard unwillkürlich.

Chu Edorlic blieb noch Zeit für einen ungläubigen Blick in die Höhe. Im nächsten Moment trat Picard ihm gegen die Knie. Kopfüber krachte Edorlic in den Schrott. Dann verschwand er plötzlich in einem Gleißen bläulichen Lichts.

»Nummer Eins«, rief Picard ins Funkgerät. »Sind Sie noch da?«

Statt einer Antwort wurde eine Gruppe eng zusammengekauerter Crewmitglieder herabgebeamt.

Einige Augenblicke später begannen die Kraaxaa-Tseetsk-Krieger ihren Angriff auf das Flyer-Wrack. Sie stürmten eine offene Luke. Das blaue Leuchten, das sie zuvor gesehen hatten, war erloschen.

Wie es ihm in seiner Position als Häuptling oblag, drang Kraax-koorn-aka als erster in den Flyer ein. Er erlebte eine flüchtige Schrecksekunde höchster Überraschung, als er drinnen nicht etwa zwei Flüchtige vorfand. Vielmehr sah er sich einer Starfleet-Sicherheitsgruppe mit schußbereiten Handphasern gegenüber. Dann traf ihn ein Betäubungsschuß. Von den folgenden Geschehnissen bekam er nichts mehr mit.

»*Enterprise*«, rief Worf in seinen Insignienkommunikator. »Wir haben den alten Vogel mit der Narbe erwischt. Transfer, sechs Personen.«

Deanna Troi war fast so verblüfft wie kurz vorher Kraax-koorn-aka, als vor der kleinen Gefängnishöhle eine Sicherheitsgruppe der *Enterprise* materialisierte. Will Riker persönlich hatte das Kommando. Kurz blitzten Handphaser-Entladungen auf, und schon lagen die Wächter betäubt auf dem Steinboden.

»Will«, rief Troi. »Wie haben Sie herausgefunden, wo...? Hat der Captain...?«

»Der gesamte Funkverkehr der Rebellen ist durch uns überwacht worden. Wir haben alle Sender angepeilt. Sobald Captain Picard wieder bei uns an Bord war, hat er uns bestätigt, daß die Ortung der hiesigen geothermischen Zapfstelle nicht nur auf einer Anomalie beruht. So konnte Geordi den Transporterstrahl fokussieren.« In Rikers Bart glänzten die Zähne, als er Deanna zulächelte.

In diesem Moment drängte ein Trupp Tseetsk-Krieger aus einem Verbindungsgang. Sie pfiffen einen Alarmruf und griffen sofort an. Ernsten Gesichts fällte Riker die beiden vordersten Krieger. Dann tippte er auf seinen Insignienkommunikator. »Am besten verdünnisieren wir uns, ehe die Luft dicker wird. Riker an *Enterprise:* Auftrag erledigt. Transfer. Fünf Personen.«

Sobald Jean-Luc Picard sich endlich wieder auf der Brücke seines Raumschiffs befand, ließ er sich heilfroh im Kommandosessel nieder. Dank diverser Maßnahmen Beverly Crushers zu seiner Kräftigung fühlte er sich inzwischen bedeutend wohler. Und aufgrund der Nachricht von Trois erfolgreicher Rettung besserte sich auch seine Laune.

»Mr. Data«, rief er. »Wie kommen Sie mit dem Translatorprogramm für das Kraaxaa-Tseetsk voran?«

»Es ist schon fertig und im Bordcomputer geladen, Captain«, lautete die Auskunft des Androiden. »Von nun an können wir uns mit dem Häuptling verständigen.«

Als wäre diese Mitteilung ein Stichwort gewesen, öffnete sich der Turbolift. Zwei stämmige Angehörige des Sicherheitspersonals führten Kraax-koorn-aka auf die Brücke. »Mörder!« tobte der Häuptling. »Was habt ihr meinem Volk angetan...?!«

»Kraax-koorn-aka!« Picards Stimme übertönte das Gezeter des Tseetsk-Oberhaupts. »Ich bedaure, daß wir Sie auf so ungewöhnliche Weise an Bord unseres Raumschiffs schaffen mußten. Aber ich bezweifle, daß Sie uns freiwillig zugehört hätten.«

Der Tseetsk-Häuptling stutzte, starrte Picard an. »Du! Auf einmal sprichst du meine Sprache. Was ...?«

»Ich habe hier Apparate, die mir dabei behilflich sind«, erklärte Picard. »Sie werden bald sehen, daß eine Verständigung zwischen uns dringend geboten ist.«

Er zeigte auf die Tür zu seinem Bereitschaftszimmer. »Bitte warten Sie nebenan. Die Männer werden Ihnen Gesellschaft leisten. Sie werden mitverfolgen können, was passiert. Allerdings will ich nicht, daß Sie jetzt schon gesehen werden.«

»Ich denke nicht daran ...!« verfiel Kraax-koorn-aka in neues Toben. Doch Picard unterbrach ihn.

»Entschuldigen Sie, ich habe im Augenblick einfach keine Zeit für Streitigkeiten. Mr. Worf, würden Sie und Ihre Leute wohl Kraax-koorn-aka ins Bereitschaftszimmer geleiten? Schalten Sie für ihn die visuelle Übertragung ein.«

Worf nickte. Gemeinsam mit seinen Untergebenen schob er den wutentbrannten Vogelhäuptling durch die Tür auf der linken Seite der Brücke. »Bringen Sie Drraagh und Vossted herein«, befahl Picard, kaum daß der Häuptling fort war. »Und kontaktieren Sie die Tseetsk-Kommandantin.«

Während der Ex-Aufseher und die Regentin sich zu beiden Seiten Picards aufstellten, erschien Hweeksks Gesicht auf dem Wandschirm. »Ich bin Jean-Luc Picard, Captain des Raumschiffs *Enterprise*«, sagte Picard. »Ich war zeitweilig auf Koorn mit anderen Angelegenheiten beschäftigt. Meine Offiziere haben mir mitgeteilt, daß es Ihre Absicht ist, mein Schiff zu vernichten und die menschlichen Bewohner Koorns auszurotten.«

Angesichts der unverblümten Redeweise des Captains sträubten sich aus Gereiztheit Hweeksks Federn. »Die Sklaven revoltieren. Sie unterstützen sie. Wir sehen die einzige Lösung des Problems in radikaler Ausmerzung.«

»Dabei würde allerdings auch Regentin Drraagh den Tod finden«, warnte Picard die Kommandantin.

Hweeksks Erregung wuchs. »Dessen bin ich mir bewußt.«

»Das dürfte Ihnen erhebliches Kopfzerbrechen bereiten«, sagte Picard der Kommandantin offen ins Gesicht. »Soviel ich weiß, gilt Ihr kultureller Imperativ dem Überleben der Rasse. Darin ist das Wohlergehen jedes Individuums miteingeschlossen. Für einen Tseetsk ist es das größte Verbrechen, schuld am Tod eines anderen Tseetsk zu sein. Und wenn ich Ihnen nun ankündige, daß die Unterdrückung der Koorn-Revolte den Verlust nicht nur eines Tseetsk-Lebens zur Folge hätte? Daß Hunderte, vielleicht Tausende sterben müßten?«

Zornig plusterte die Tseetsk-Kommandantin ihr Gefieder. »Ich bezweifle, daß Ihr Raumer unsere Schiffe schwer genug beschädigen kann, um so hohe Verluste zu verursachen«, entgegnete sie. »Und ich habe nicht vor, eine militärische Aktion auf der Planetenoberfläche durchzuführen. Wie also sollten Sie ...«

»Ich versichere Ihnen, Kommandantin, daß viele Tseetsk sterben werden, falls Sie bei Ihren Absichten bleiben. Ihre Regierung hat zwar auf Koorn eine Regentin eingesetzt. Dort gab es aber schon ein Tseetsk-Oberhaupt. Das ist nämlich, wenn ich mich nicht irre, die volle Bedeutung der Bezeichnung ›Kraax-koorn-aka‹.«

Er winkte. Die Tür des Bereitschaftszimmers wurde geöffnet. Kraax-koorn-aka kam zurück auf die Brücke.

Gedämpfte Keuchlaute entrangen sich Drraagh, Hweeksk und auch Vossted. Sie starrten Kraax-koorn-aka an; und er stierte sie an. Beide Seiten benahmen sich, als stünden sie auf einmal vor Fabelwesen.

Kraax-koorn-aka, der sich ein wenig länger auf die

Konfrontation hatte vorbereiten können, ergriff zuerst das Wort. »Meinen Gruß, Artverwandte ...!« Trotz des Translators bemerkte Picard die Ironie in seiner Stimme. »Ihr habt also diese Nacktbälger losgeschickt, um meinen Stamm hinzumorden.«

Voller Faszination musterte Drraagh den Häuptling.

Hweeksk erlitt einen Wutausbruch. »Was für ein schmutziger Trick dieser Menschen ist denn nun das?« kollerte sie.

»Ein menschlicher Trick ist es wohl kaum«, erwiderte Picard. »So hat nie ein Mensch ausgesehen.« Er richtete den Blick auf Hweeksk. »Ich glaube, das ist eine Falle, die sich die Tseetsk selbst gestellt haben, weil sie eine zu enge Vorstellung vom Universum beibehielten. Sogar auf der Höhe Ihrer Macht haben Sie Spezialisierung auf die Spitze getrieben. Aber Spezialisierung bedeutet geistige Enge. Das Resultat waren eine Aufspaltung Ihrer Gesellschaft und ein mörderischer Vernichtungskrieg. Die Gründer Ihrer neuen, heutigen Gesellschaft haben eine universellere Sichtweise durchzusetzen versucht: Treue zu allen Tseetsk-Klans. In Wahrheit jedoch ist es bei dem beschränkten Horizont geblieben. Kaum waren Sie Angehörigen einer anderen intelligenten Rasse begegnet, fiel Ihnen nichts Klügeres ein, als sie zu Sklaven zu machen – nur weil es keine Tseetsk gewesen sind. Sie paßten nicht in Ihre Klischeevorstellungen. Deshalb hatten Sie keine Bedenken, sie zu mißbrauchen.«

Picard wies auf Kraax-koorn-aka, der alles war, was ein Tseetsk der Gegenwart verabscheute: großwüchsig, männlich und aggressiv. Unübersehbare Narben überstandener Gefahren verunzierten seine Gestalt. »Aber wenn schon die Menschen für Ihre Kleinkariertheit ein Problem verkörperten, kann man das hier wohl nur als Katastrophe bezeichnen.«

»Er ist ein Tseetsk«, sagte Drraagh.

»Er ist niemand von uns«, widersprach Hweeksk hastig.

»Doch, Hweeksk«, hielt Drraagh ihr entgegen. »Insgeheim wissen Sie ganz genau, daß er ein Tseetsk und unser Opfer ist. Sie kennen den für alle neuen Siedlungswelten gültigen Befehl: Eliminierung aller großen, gefährlichen Lebensformen. In unserem Auftrag haben die Menschensklaven sich an diese Order gehalten. Nur hat sich in diesem Fall die ›große Lebensform‹ gewehrt. Unsere Sklaven haben Tseetsk niedergemetzelt. Auf unsere Weisung.«

Die Einsicht, an einem Massaker an Angehörigen des eigenen Volkes beteiligt gewesen zu sein, veranlaßte beide Sree-Tseetsk zu hektischem Kopfwippen – Ausdruck des Schreckens. Hweeksk senkte den Blick. »Wir müssen die Heimatwelt darüber informieren«, meinte schließlich Hweeksk.

»Das ist in der Tat unumgänglich.« Drraagh drehte sich Kraax-koorn-aka zu. »In der Zwischenzeit müssen wir über so manches reden, Artverwandter.«

Der Kraaxaa-Tseetsk betrachtete sie gemessenen Blicks. Seine Feindseligkeit war verflogen. Er musterte Drraagh mit einer Art wachsamer Gefaßtheit, die Picard als erstaunlich empfand. »Ja, über vieles«, bestätigte der Häuptling.

»Ich melde mich wieder, wenn ich mit der Heimatwelt gesprochen habe.« Hweeksk verschwand vom Wandschirm.

Drraagh wandte sich an Vossted. »Wir brauchen deine Hilfe, alter Freund. Unsere beiden Völker stehen vor einer gewaltigen Herausforderung.«

»Es ist nicht nur eine Herausforderung, sondern auch eine große Chance.« Vossted lächelte. »Aber ich kann nicht allein für uns alle sprechen. Captain, würdest du wohl Koban kontaktieren?«

»Sicherlich.« Picard erteilte dazu den Befehl.

Als nächstes erschien auf dem Wandschirm die Funkstation der Bunkersiedlung Koorns. Müde und leicht nervös trat Koban in den Erfassungsbereich der Kamera. Die gesunde Hälfte seines Gesichts verfärbte sich totenblaß, als er sah, wer ihn anrief. »Picard! Was...? Wo sind meine Männer?«

»Sechs Ihrer Anhänger haben zu spät gemerkt, daß auf Koorn gewisse Gefahren unnatürlichen Ursprungs sind. Die einzigen, die Ihr kleines Abenteuer überlebten, sind Chu Edorlic und Lorens Ben.«

Verzweifelt sackte Koban auf seinen Sitz. »Dann schickt ihr sie wohl nun herunter und überlaßt uns den Flatterern?«

»Ich sende die beiden hinunter und lade Sie zu Verhandlungen an Bord ein«, berichtigte Picard. »Es hat sich vieles ereignet, wovon Sie noch nichts wissen. Die ›Eisbestien‹, die Ihre Brigade gejagt hat, sind in Wirklichkeit Tseetsk. Sie stammen von den Verlierern eines vor zehntausend Jahren stattgefundenen Krieges ab. Ihre bisherigen Herren, Koban, müssen sich neue Gedanken über ihr Volk, ihre Zukunft und das Verhältnis zu anderen Völkern machen. Meine Ansicht ist, daß es auch Ihnen nützlich sein könnte, einmal alles völlig neu zu durchdenken.«

Drraagh trat vor. »Ich habe Vossted um Unterstützung ersucht«, sagte sie.

»Und ich muß mich um Beistand an *meine* Leute wenden«, äußerte Vossted. »Die Aufmerksamkeit der Tseetsk ist mir jetzt sicher. Meine Stimme braucht deinen Rückhalt, Koban, deinen Geist als treibende Kraft. Du hast bewiesen, daß du für die Freiheit zu sterben bereit bist. Bist du auch bereit, dafür zu leben? Willst du mir dabei behilflich sein, Argumente auszuarbeiten, Neues zu lehren, die Tseetsk und die Menschen zu einem neuen Verhältnis zu *führen?* Wenn wir unsere Freiheit haben, unsere Würde, die Gelegenheit, mittels der Föderation eine Brücke zu unserer Vergangenheit zu schlagen? Ist das kein Ringen, für das sich Einsatz lohnt?«

»Überlegen Sie's sich, Koban«, riet Picard dem Rebellenkommandeur. »Sie haben die Chance, sich für die Freiheit aller auf Tseetsk-Planeten lebenden Menschen einzusetzen, ohne daß menschliches Blut fließen müßte.«

Versonnen blickte Koban ihm ins Gesicht. »Seid ihr sicher? Sind die Flatterer ... Die Tseetsk, meine ich ... Wollen sie wirklich mit uns reden?«

»Ich glaube, die Situation ist sogar noch günstiger«, sagte Picard. Er lächelte. »Zum erstenmal seit langem sind sie nun wohl sogar geneigt zuzuhören.«

Zwei Wochen später war die *Enterprise* zum Verlassen des Orbits bereit. Einige Tage vorher hatte sich die USS *Charadri* mit einem Föderationsbotschafter eingefunden, der bei den Verhandlungen den Vorsitz übernehmen sollte. Im Rahmen des diplomatischen Protokolls verabschiedeten Picard, Riker, Troi und Crusher sich von den Beteiligten.

»Die Föderation hat eine kluge Wahl getroffen, indem sie als Repräsentanten eine Aurelianerin entsandt hat.« Riker schielte hinüber zu Botschafterin Struthio, die mit dem hohen Federbusch ihres Kopfes sogar Kraaxkoorn-aka überragte. Sie unterhielt sich gegenwärtig mit Vertretern beider Tseetsk-Volksgruppen.

»Ich habe das Gefühl, Hweesks überlegt schon, wie sie das Federkleid der Botschafterin imitieren könnte«, meinte Troi mit breitem Lächeln.

Picard und Beverly Crusher tauschten gerade herzliche Worte mit Vossted aus, als sich ihnen aus dem Gewimmel der diplomatischen Veranstaltung zwei Personen näherten: Koban und Lorens Ben.

»Ich möchte auf Wiedersehen sagen, Dr. Beverly«, sprach Lorens die Bordärztin an.

»Und ich ...« Eine Sekunde lang zögerte Koban, suchte nach Worten. »Ich möchte dir dafür danken, Dr. Crusher, daß du Lorens gerettet hast.« Er musterte Picard, zögerte nochmals. »In den vergangenen fünf

Jahren mußte ich einen gefahrvollen Weg gehen. Ich mußte Führer der Rebellen werden und die Revolution planen. Fehler durfte ich mir nicht erlauben. So kam ich schließlich zu der verkehrten Auffassung, mir *könnten* gar keine Fehler unterlaufen. Während der letzten zwei Wochen habe ich mich persönlich mit vielen Tseetsk unterhalten. Dabei habe ich nachträglich viele Fehler erkannt, die ich mir in den zurückliegenden Jahren in meinem Denken geleistet habe.«

Für einen kurzen Moment schwieg Koban. »Und mir ist aufgefallen, welche Fehler ich im Umgang mit dir und deinen Leuten gemacht habe, Captain.«

»Sie bringen die Bereitschaft zum Lernen auf, Koban«, sagte Picard. »Diese Tugend zählt zu den wichtigsten Eigenschaften einer Führungspersönlichkeit. So jemand darf nicht im Sumpf früherer Vorurteile stekkenbleiben.«

»Wie wahr. Endlich sprechen wir über eine Zukunft für alle. Wenn ich zur Tseetsk-Heimatwelt fliege, nehme ich ein Kader unserer gescheitesten jungen Köpfe mit. Diesen jungen Mann hier, zum Beispiel.« Er legte eine Hand auf Lorens Bens Schulter. »Er wird die Tseetsk-Medizin studieren.« Der Junge und der Mann lächelten sich zu.

Anscheinend ist auch im Verhältnis der beiden wieder Frieden eingetreten, dachte Picard.

»Und wenn er den Doktortitel tatsächlich erworben hat«, fügte Koban hinzu, »werde ich ihn vielleicht bitten, *das* da zu behandeln.« Kobans Finger strichen über das Narbengewebe seines Gesichts. »Vorerst allerdings behalten Kraax-koorn-aka und ich unsere Narben aus politischen Erwägungen. Die Delegierten der Tseetsk-Heimatwelt sind von unserem wüsten Aussehen sehr beeindruckt.«

»Ich freue mich schon auf den Tag, an dem wirklich alle Narben geheilt sind«, erklärte Picard.

»Ich auch«, sagte Lorens. Er sah Crusher an. »Ich

werde mich an dich erinnern, Dr. Beverly. Ich hoffe, du erinnerst dich auch immer an mich.«

»Darauf kannst du dich verlassen«, versprach Beverly Crusher.

Am Ausgang des Festsaals schlenderte Riker an Picards Seite. »Was hat Koban von sich gegeben?«

»Zum Teil hat er auf mehr oder weniger verschleierte Weise um Entschuldigung für die Entführung gebeten«, antwortete Picard.

»Das war wohl das mindeste, was er Ihnen schuldete.« Unter seinem Bart preßte Riker die Lippen zusammen.

»Er hatte den Anstand einzugestehen, daß er infolge der schwierigen Situation Führungsfehler begangen hat«, erzählte Picard. »Für den Druck komplizierter Umstände haben Sie sicherlich Verständnis, obwohl Sie für Führungstätigkeit begabter als Koban sind.«

»Stimmt genau, Will«, bekräftigte Crusher die Äußerungen Picards. »Die Rettung des Captains und Deannas ist Ihnen zu verdanken.«

»Ich hatte Glück«, sagte Riker. Das Lob brachte ihn ein wenig durcheinander.

Picard lächelte. »Es war Napoleon, glaube ich, der sagte, daß große Führer ihres Glückes Schmied sind.« Er trat in den Korridor hinaus. »Kommen Sie, gehen wir zum Transporterraum. Ich bin froh, wenn ich mein Kommando ausüben kann. Es muß noch ein beträchtlicher Teil dieses Raumsektors kartografiert werden. Ich möchte soviel wie möglich davon erledigt haben, ehe Starfleet die *Enterprise* wieder einmal für eine dieser langweiligen politischen Missionen abberuft.«

»Langweilig?« Riker hob die Brauen. »Sie meinen, so wie auf Koorn?«

Im Festsaal blickten die feierlich gestimmten Delegierten verdutzt auf, als sie plötzlich aus dem Korridor schallendes Gelächter dröhnen hörten.

STAR TREK™

in der Reihe
HEYNE SCIENCE FICTION & FANTASY

STAR TREK: CLASSIC SERIE
Vonda N. McIntyre, Star Trek II: Der Zorn des Khan · 06/3971
Vonda N. McIntyre, Der Entropie-Effekt · 06/3988
Robert E. Vardeman, Das Klingonen-Gambit · 06/4035
Lee Correy, Hort des Lebens · 06/4083
Vonda N. McIntyre, Star Trek III: Auf der Suche nach Mr. Spock · 06/4181
S. M. Murdock, Das Netz der Romulaner · 06/4209
Sonni Cooper, Schwarzes Feuer · 06/4270
Robert E. Vardeman, Meuterei auf der Enterprise · 06/4285
Howard Weinstein, Die Macht der Krone · 06/4342
Sondra Marshak & Myrna Culbreath, Das Prometheus-Projekt · 06/4379
Sondra Marshak & Myrna Culbreath, Tödliches Dreieck · 06/4411
A. C. Crispin, Sohn der Vergangenheit · 06/4431
Diane Duane, Der verwundete Himmel · 06/4458
David Dvorkin, Die Trellisane-Konfrontation · 06/4474
Vonda N. McIntyre, Star Trek IV: Zurück in die Gegenwart · 06/4486
Greg Bear, Corona · 06/4499
John M. Ford, Der letzte Schachzug · 06/4528
Diane Duane, Der Feind – mein Verbündeter · 06/4535
Melinda Snodgrass, Die Tränen der Sänger · 06/4551
Jean Lorrah, Mord an der Vulkan Akademie · 06/4568
Janet Kagan, Uhuras Lied · 06/4605
Laurence Yep, Herr der Schatten · 06/4627
Barbara Hambly, Ishmael · 06/4662
J. M. Dillard, Star Trek V: Am Rande des Universums · 06/4682
Della van Hise, Zeit zu töten · 06/4698
Margaret Wander Bonanno, Geiseln für den Frieden · 06/4724
Majliss Larson, Das Faustpfand der Klingonen · 06/4741
J. M. Dillard, Bewußtseinsschatten · 06/4762
Brad Ferguson, Krise auf Centaurus · 06/4776
Diane Carey, Das Schlachtschiff · 06/4804
J. M. Dillard, Dämonen · 06/4819
Diane Duane, Spocks Welt · 06/4830
Diane Carey, Der Verräter · 06/4848
Gene DeWeese, Zwischen den Fronten · 06/4862
J. M. Dillard, Die verlorenen Jahre · 06/4869
Howard Weinstein, Akkalla · 06/4879
Carmen Carter, McCoys Träume · 06/4898
Diane Duane & Peter Norwood, Die Romulaner · 06/4907
John M. Ford, Was kostet dieser Planet? · 06/4922
J. M. Dillard, Blutdurst · 06/4929
Gene Roddenberry, Star Trek (I): Der Film · 06/4942
J. M. Dillard, Star Trek VI: Das unentdeckte Land · 06/4943
Barbara Paul, Das Drei-Minuten-Universum · 06/5005
Judith & Garfield Reeves-Stevens, Das Zentralgehirn · 06/5015
Gene DeWeese, Nexus · 06/5019
D. C. Fontana, Vulkans Ruhm · 06/5043

STAR TREK™

Judith & Garfield Reeves-Stevens, Die erste Direktive · 06/5051
Michael Jan Friedman, Das Doppelgänger-Komplott · 06/5067
Judy Klass, Der Boacozwischenfall · 06/5086
Julia Ecklar, Kobayashi Maru · 06/5103
Peter Morwood, Angriff auf Dekkanar · 06/5147
Carolyn Clowes, Das Pandora-Prinzip · 06/5167

STAR TREK: DIE NÄCHSTE GENERATION

David Gerrold, Mission Farpoint · 06/4589
Gene DeWeese, Die Friedenswächter · 06/4646
Carmen Carter, Die Kinder von Hamlin · 06/4685
Jean Lorrah, Überlebende · 06/4705
Peter David, Planet der Waffen · 06/4733
Diane Carey, Gespensterschiff · 06/4757
Howard Weinstein, Macht Hunger · 06/4771
John Vornholt, Masken · 06/4787
David & Daniel Dvorkin, Die Ehre des Captain · 06/4793
Michael Jan Friedman, Ein Ruf in die Dunkelheit · 06/4814
Peter David, Eine Hölle namens Paradies · 06/4837
Jean Lorrah, Metamorphose · 06/4856
Keith Sharee, Gullivers Flüchtlinge · 06/4889
Carmen Carter u. a., Planet des Untergangs · 06/4899
A. C. Crispin, Die Augen der Betrachter · 06/4914
Howard Weinstein, Im Exil · 06/4937
Michael Jan Friedman, Das verschwundene Juwel · 06/4958
John Vornholt, Kontamination · 06/4986
Mel Gilden, Baldwins Entdeckungen · 06/5024
Peter David, Vendetta · 06/5057
Peter David, Eine Lektion in Liebe · 06/5077
Howard Weinstein, Die Macht der Former · 06/5096
Michael Jan Friedman, Wieder vereint · 06/5142
T. L. Mancour, Spartacus · 06/5158
Bill McCay & Eloise Flood, Ketten der Gewalt · 06/5242

STAR TREK: DIE ANFÄNGE

Vonda N. McIntyre, Die erste Mission · 06/4619
Margaret Wander Bonanno, Fremde vom Himmel · 06/4669
Diane Carey, Die letzte Grenze · 06/4714

STAR TREK: DEEP SPACE NINE

J. M. Dillard, Botschafter · 06/5115
Peter David, Die Belagerung · 06/5129
K. W. Jeter, Die Station der Cardassianer · 06/5130
Sandy Schofield, Das große Spiel · 06/5187

DAS STAR TREK-UNIVERSUM, 2 Bde.,
überarbeitete und aktualisierte Neuausgabe!
von *Ralph Sander* · 06/5150

Diese Liste ist eine Bibliographie erschienener Titel

KEIN VERZEICHNIS LIEFERBARER BÜCHER!